Stefanie R. Carl

A Universe FOR US

Elbury University – Reihe

Band 2

STEFANIE R. CARL

A *Universe* FOR US

ROMAN

VAJONA

Dieser Artikel ist auch als E-Book erschienen.

FSC
www.fsc.org
MIX
Paper from responsible sources
FSC® C115691

A Universe FOR US

info@vajona.de

Druck und Verarbeitung: TOTEM.com.pl, ul. Jacewska 89,
88-100 Inowrocław
Printed in Poland
Lektorat und Korrektorat: Désirée Kläschen
Umschlaggestaltung: Julia Gröchel unter Verwendung von Motiven von Rawpixel
Satz: VAJONA Verlag, Oelsnitz

ISBN: 978-3-948985-37-0

VAJONA Verlag

Für alle, die ihre
Für-Immer-Person in diesem
stürmischen Leben gefunden
haben

PROLOG

Camille

»Komm schon, Camille, wir gehen jetzt was essen.« Vince schob mich unaufhaltsam durch die Menge an Schülern und Gästen, die sich auf der kleinen Anhöhe tummelten. Mein Bruder schien so gut wie jeden hier zu kennen. Ständig wurden wir aufgehalten, weil er jemandem die Hände schütteln oder kurz stehen bleiben und Smalltalk halten musste, was wahrscheinlich normal war, er hatte diesen High School Fundraiser schließlich organisiert. So wie jedes Jahr, seitdem er nach seinem Abschluss an der *Bainbridge Island High School* angefangen hatte. Der Erlös der Essensstände und Jahrmarktsbuden wurde an die psychologische Abteilung der Schule gespendet, sein Herzensprojekt. Ich konnte mir keinen besseren Job für meinen Bruder vorstellen als Schulpsychologe, aber unsere Eltern hatten ihm immer noch nicht verziehen, dass er nicht Jura oder Wirtschaft studiert hatte. Ironischerweise waren sie der Grund, aus dem er sich so sehr für die mentale Gesundheit von Teenagern einsetzte. Da bildete seine Schwester keine Ausnahme, auch wenn ich mittlerweile weder ein Teenager war noch seine Hilfe brauchte. Trotzdem liebte ich die Zeit mit meinem Bruder und kam mindestens zwei Mal im Jahr her, sehr zum Leidwesen meiner Eltern und Brysons.

»Ich hab keinen Hunger«, nörgelte ich, obwohl sich mein Magen sehr nachdrücklich meldete, je näher wir den Essensständen kamen.

»Ich aber. Außerdem erzählst du mir das seit zwei Wochen. Es ist ein Wunder, dass du jeden Tag sechs Meilen laufen kannst, bei dem bisschen, was du isst.« Vince verdrehte seine Augen, die das gleiche dunkle Blau hatten wie meine eigenen.

Überhaupt sahen wir uns ziemlich ähnlich, obwohl er fast zehn Jahre älter war. Seine Haare waren genauso hellblond wie meine, nur dass er sie schulterlang und meistens in einem unordentlichen Dutt im Nacken trug. Er war zwar ein ganzes Stück größer als ich, aber wir beide hatten überdimensional lange Beine und Arme, sodass wir immer etwas schlaksig wirkten.

»Können wir vielleicht wenigstens …« Weiter kam ich nicht, denn ein paar Jungs in Footballtrikots zogen die Aufmerksamkeit meines Bruders auf sich.

»Verdammt! Callahan, Taylors.« Vince wandte sich seinen Schülern zu, die wenig einfallsreich aus einer braunen Papiertüte tranken. Während mein Bruder wütend wurde, schmunzelte ich. Er hatte früher auf diesen Schulveranstaltungen genau das Gleiche getan, nur war er schlauer und hatte den Alkohol in eine Eisteeflasche umgefüllt.

»Sorry, Camille. Darum muss ich mich kümmern. Hier, iss wenigstens das.«

»Hey, ich bin …«, setzte ich an, als er einen Apfel aus der Tasche zog und mir in die Hand drückte. »… keine zwölf mehr«, murmelte ich zu mir selbst, denn er hatte sich schon umgedreht. Auch wenn er mich gehört hätte, würde es ihn nicht interessieren. Für ihn blieb ich immer seine kleine Schwester, auf die er aufpassen musste.

Unschlüssig ließ ich meinen Blick über das Gelände schweifen. Vince hatte ganze Arbeit geleistet. Obwohl solche Veranstaltungen normalerweise auf dem Sportplatz der Schule stattfanden, hatte er eine lokale Bar überredet, ihren Außenbereich direkt am Strand zur Verfügung zu stellen. Mit vollem Erfolg. Die kleinen Buden und Stände wirkten vor dieser Kulisse einladender und die ungewohnt warmen Temperaturen hatten unglaublich viele Leute angelockt. Die Stimmung war ausgelassen und trotzdem fühlte ich mich einsam. Nach zwei Wochen bei Vince, auf dieser verschlafenen Insel, vermisste ich die *Elbury University* und meine Freunde. *Bainbridge Island* lag gleich vor dem Festland und war durch eine Brücke mit Seattle verbunden, trotzdem bekam man nichts vom pulsierenden Leben dort mit. Wären meine Freunde hier gewesen, hätten sie aus einem Sonntagnachmittagsfundraiser einer beliebigen High School ihre ganz persönliche Party machen können.

Ich war so in Gedanken versunken, dass ich gar nicht merkte, wie ich mich langsam an den Rand des Geländes geschoben hatte. Die Musik, die aus fast allen Buden dröhnte, war hier so leise, dass man sogar schon das Meer rauschen hörte. Obwohl ich meine empfindliche Haut wahrscheinlich nicht ungeschützt der Sonne aussetzen sollte, lief ich wie ferngesteuert Richtung Ozean, bis ich den Sand unter den Schuhen spürte. Als die einzigen Geräusche um mich herum endlich nur noch von dem Rauschen der Wellen und den Schreien einiger Möwen herrührten, zog ich Sneakers und Socken aus und genoss das Gefühl des kühlen Sandes zwischen meinen Zehen.

Camille, ein Mädchen läuft nicht barfuß, was sollen die Leute denken?

Ausgerechnet jetzt musste sich die mahnende Stimme meiner Mutter in meinen Kopf schleichen. Es könnten theoretisch auch Brysons Worte sein, er hasste es mindestens genauso sehr wie sie, wenn ich nicht zu hundert Prozent perfekt gestylt war. Sie würden wahrscheinlich beide Herzrasen bekommen, wenn sie jetzt mein ungeschminktes Gesicht und meine zerzausten langen Haare sehen könnten. Bryson würde die Nase rümpfen, wenn er wüsste, dass ich statt eines Rocks Jeans und ein schlichtes Oberteil trug, und meine Mutter würde wie üblich meinem Bruder die Schuld geben.

Missmutig biss ich in den Apfel, der furchtbar schmeckte. Eigentlich schmeckte er nicht mal nach Apfel, sondern nach überhaupt nichts. Ich zog eine Flasche Wasser aus meiner Tasche, um den Geschmack wegzuwaschen, aber selbst das schmeckte mir nicht. Vielleicht lag es einfach daran, dass ich schon den ganzen Spring Break keinen Appetit hatte. Nicht, nachdem Bryson sich wieder einmal wie ein Idiot aufgeführt hatte, um mich dann für zwei Wochen zu ignorieren. Wieder einmal. Und wieder einmal verlor ich so fast zwei Kilo.

Er wollte eine Beziehungspause. Damit er sich auf sich selbst konzentrieren konnte. Dabei war ich es, die seit Beginn unserer Beziehung zurückgesteckt hatte. Seit vier Jahren war ich Sidekick in der Bryson-Show, trotzdem war er derjenige, der eine Pause brauchte. Ich war diejenige, die kein eigenes Leben auf der High School gehabt hatte, sondern immer nur Brysons Anhängsel war. Ich war auch diejenige, die ihre Kurse umgelegt hatte, um so viel Zeit mit ihm zu verbringen wie möglich. Sogar aus dem Leichtathletikteam war ich ausgetreten, weil er nicht wollte, dass ich so oft allein zum Training ging.

Dass er mich an der Uni in eine WG ziehen ließ, statt abseits des Campus mit ihm in eine Wohnung, lag nur daran, dass er unbedingt in eines der Verbindungshäuser wollte.

Ich zog mein Handy aus der Tasche meiner Jeans, obwohl ich wusste, dass er sich nicht gemeldet hatte. Trotzdem öffnete ich unseren Chatverlauf, der mir jedes Mal fast die Tränen in die Augen trieb, wenn ich sah, wie oft ich ihm geschrieben hatte und wie oft er mir nicht antwortete.

Nicht weinen, Camille. Starke Mädchen weinen nicht. Wenn du den Schmerz nicht zulässt, wird er nicht real.

Wieder hörte ich die Stimme meiner Mutter, und das obwohl ich die ganzen Ferien über kein Wort mit ihr gesprochen hatte. Oder besser gesagt, *sie* hatte kein Wort mit *mir* gesprochen. Ihre Art, mich dafür zu ›bestrafen‹, den Spring Break bei Vince zu verbringen.

Ich schüttelte den Kopf, als könnte ich so ihre helle Stimme aussperren, und fing an zu tippen. Und zu löschen. So ging das drei weitere Male, bis ich mein Handy zurücksteckte. Obwohl ich ihm früher oder später schreiben würde. Ich war nicht stark genug, seine Spielchen mitzuspielen, die mich immer wieder so verletzten. Paradoxerweise vermisste ich ihn trotzdem. Oder zumindest die Version von ihm, die nur noch in meinen Erinnerungen existierte.

Es war mir egal, dass meine Freunde schon seit Wochen der Meinung waren, Bryson habe die Beziehung pausiert, um sein Singleleben zu genießen, und ich die Einzige war, die daran glaubte, er wäre treu und würde zu mir zurückkommen. Egal wie oft er mich im Stich gelassen und mein Herz strapaziert hatte, ich konnte Bryson nicht enttäuschen. Es gab nur ein *Bryson und ich.*

An mein Ich vor Bryson konnte ich mich kaum erinnern.

Leo

»Verdammt, Maya. *Ven aquí!*«

Meine Lunge brannte mindestens genauso sehr wie die Sonne auf meiner schweißnassen Haut, während ich wie ein Verrückter den Strand entlanglief. Die ganze Woche war ich noch kein einziges Mal joggen gewesen, und weil es für einige Zeit das letzte Mal sein würde, dass ich meine übliche Route am Strand von *Bainbridge Island* laufen konnte, übertrieb ich es maßlos. Meine Cap war schweißdurchtränkt und meine Muskeln brannten, aber ich liebte es, wenn mein Körper an seine Grenzen gehen musste. Für mich gab es keine bessere Möglichkeit, den Stress der letzten Tage abzuschütteln.

»Maya!« Wieder rief ich nach meiner Hündin, die sich schon viel zu weit von mir entfernt hatte. Ich machte mir keine Sorgen, dass sie weglaufen würde, wir liefen diese Strecke fast täglich. Maya liebte das Wasser, und das, obwohl ich sie genau an diesem Strand halb ertrunken aus dem Meer gezogen hatte.

Trotzdem hoffte ich inständig, dass sie niemandem begegnen würde. Genauso inständig wie ich hoffte, dass ich niemandem begegnen würde. Es war ungewöhnlich warm, und auch wenn um diese Zeit noch nicht besonders viele Touristen auf der Insel waren, verirrten sich ein paar Spaziergänger an den Strand.

Ohne auf meine brennende Lunge Rücksicht zu nehmen, wurde ich schneller, als Mayas freudiges Bellen ertönte, das sich mit einem schrillen Aufschrei vermischte.

»Warum nennst du mich Maya?«

Schweratmend kam ich vor dem Mädchen zum Stehen, dessen Stimme vorwurfsvoll klang. Für einen kurzen Moment schloss ich die Augen, um meine Herzfrequenz auf ein normales Level zu bringen. Ich hatte sie noch nie gesehen. Zum Glück.

»Sorry.« Mein Atem ging schwer, als Maya sich neben mich setzte und so tat, als hätte sie nicht gerade alles vergessen, was sie in der Hundeschule gelernt hatte. »Das hier ist Maya.« Ich streichelte über das weiße Fell auf ihrer Nase und versuchte etwas im Blick des Mädchens vor mir zu erkennen. Ihr Ausdruck war verkniffen, fast verhärtet, aber ihre dunkelblauen Augen waren aufgewühlt. Fast so wie das Meer hinter ihr.

»Sie vergisst manchmal ihre gute Erziehung. Ist alles okay?«

»So okay wie man sein kann, wenn man gerade von einem Ungetüm überrannt wurde.« Sie musterte Maya, die die sich anscheinend ebenfalls entschuldigen wollte und mit ihrer Schnauze das Bein des Mädchens berührte, auf dessen Gesicht sich nun ein leichtes Schmunzeln andeutete. »Sorry, du bist natürlich kein Ungetüm.« Als sie die Hand ausstreckte und in Mayas Fell vergrub, zuckten ihre Mundwinkel nach oben. Als hätte Maya das Gesagte verstanden, ließ sie die Zunge heraushängen und schien fast zu lächeln.

»War das Maya?« Vor ihr lag eine Flasche, deren Inhalt im Boden versickerte, und ein angebissener Apfel, der komplett vom Sand überzogen war. Ich hatte nicht vor, ein Gespräch mit der Fremden anzufangen. Mein Plan war gewesen, auf meiner Laufrunde niemandem zu begegnen und dann meine restlichen Sachen zu packen und zu verschwinden. Aber das Universum hatte andere Pläne. Das Universum und Maya.

»Das macht nichts, ich habe mich nur erschreckt. Wollte ich sowieso nicht essen.« Sie bückte sich, um die Sachen einzusammeln. »Tschüss, Maya.« Sie strich meiner Hündin ein letztes Mal übers Fell und wollte sich umdrehen.

»Warte.« Wie von selbst machte ich einen Schritt nach vorn und berührte sie am Arm. »Ich möchte mich trotzdem gerne entschuldigen.«

Ruckartig blieb sie stehen und schaute mich an. So als würde sie abwägen, ob ich derjenige war, von dem Gefahr ausging. Kannte sie mich doch? Wusste sie, was über mich erzählt wurde?

»Du bist nicht von hier, oder?« Was zum Teufel machte ich hier eigentlich? Ich sollte mir Maya schnappen und auf schnellstem Weg nach Hause laufen. Heute war mein letzter Tag und mein einziges Ziel war, ihn ohne unangenehme Begegnungen zu überstehen.

»Nein … Äh, ich bin nur zu Besuch.« Sie schüttelte den Kopf und sah mir für ein paar Sekunden in die Augen, bevor wieder Leben in sie kam. »Wie gesagt, alles okay. Ich muss dann auch zurück.« Sie zeigte auf die Wiese gleich hinter dem Strand, die normalerweise bis auf ein paar Tische und Bänke leer war. *Der High School Fundraiser*. Mist. Hätte ich mich nicht die letzten Wochen von der Außenwelt abgeschottet, hätte ich mich garantiert daran erinnert und wäre eine andere Strecke gelaufen. Das Letzte, was ich wollte, war, einen meiner ehemaligen Mitschüler zu treffen, von denen sich bestimmt einige hier herumtrieben. Obwohl *Bainbridge Island* nur eine kleine Insel vor Seattle war, blieben erstaunlich viele hier, um auf das *Community College* zu gehen statt in die Stadt. So wie ich. Aber im Gegensatz zu mir genossen sie diese enge Gemeinschaft und fühlten sich nicht von ihr an den Rand gedrängt, bis der einzige Ausweg ein Neuanfang war.

»Du bist zu Besuch und gehst auf eine Veranstaltung der lokalen High School?« Die Alarmglocken in meinem Gehirn schrillten munter vor sich hin, während ich sie ignorierte. Ich konnte es nicht gut sein lassen. Die Art, wie sie mich mit ihren meerblauen Augen ansah, die so unruhig und gleichzeitig so tief waren wie das Wasser hinter ihr, zog mich magisch an.

»Nein, … ja. Mein Bruder ist der Organisator. Warum interessiert dich das?« Ihre Stimme wurde ein wenig lauter und ich konnte es ihr nicht verübeln, dass sie verwirrt war. Ich wusste selbst nicht so genau, warum mich das interessierte. Trotzdem plapperte ich einfach weiter.

»Vince Dannerbrink?« Ich dachte erst darüber nach, wie das für sie klingen musste, nachdem ich die Worte ausgesprochen hatte.

Wie auf Kommando verwandelte sich ihr Ausdruck von skeptisch zu schockiert. »Bist du ein Stalker oder so?« Sie trat einen Schritt zurück.

»Nein. O Gott, nein. Ich war auch auf dieser Schule. Dein Bruder ist ziemlich cool.«

Beschwichtigend hob ich die Hände, während sie den Kopf schieflegte, als würde sie angestrengt etwas in meinem Gesicht suchen. Nach einer gefühlten Ewigkeit zuckten ihre Mundwinkel. Offensichtlich glaubte sie mir, dass ich das Lob ernst gemeint hatte. Ich hätte ihr gerne gesagt, wie cool ich Vince wirklich fand. Wie sehr er mir geholfen hatte, meine Schulzeit hier so angenehm wie möglich zu gestalten. Aber das wäre verrückt gewesen. Fast so verrückt wie immer noch hier mit ihr zu stehen.

»Ich bin Leo – kein gruseliger Stalker – nur jemand, der seinen Hund nicht im Griff hat.«

Es dauerte ein paar Sekunden, bis sie meine Hand nahm und sogar mein Lächeln – wenn auch zögerlich – erwiderte. »Camille.«

»Also, Camille Dannerbrink.« Beim Klang ihres Nachnamens verzog sie das Gesicht. »Kann ich dich zur Entschuldigung auf einen Slushie einladen?«

Was. Zur. Hölle. Tat. Ich. Hier?

Ich lud keine fremden Mädchen zu irgendetwas ein. Auch nicht, wenn sie so hübsch waren wie Camille. Sie war groß und mit ihren dunkelblauen Augen und den vollen Lippen auf eine unaufdringliche Art schön. Ihre langen blonden Haare waren vom Wind, der auf *Bainbridge Island* immer wehte, zerzaust und es kostete mich mehr Mühe, als ich jemals zugeben würde, ihr nicht die losen Strähnen aus dem Gesicht zu streifen.

Ich hielt mich normalerweise auch nicht länger als nötig an einem Ort auf, an dem ich früher oder später jemandem begegnen würde, der meinte, ganz genau zu wissen, wer ich war. Am Anfang hatte ich mich den Blicken trotzig gestellt, aber nach einiger Zeit erschien es leichter, ihnen einfach aus dem Weg zu gehen. Doch jetzt stand ich hier vor einem Mädchen, von dem ich nur den Namen wusste, und wollte ihr etwas zu trinken anbieten. Hatte ich aus Versehen ein Portal zu einem Paralleluniversum durchquert? Zu einer Dimension, in der das letzte Jahr nie passiert war?

»Du willst mir einen Slushie kaufen? Bist du zwölf?« Sie zog ihre Brauen zusammen und sah mich skeptisch an. Ich konnte es ihr nicht verübeln. Ich ergab keinen Sinn. Trotzdem ließ ich nicht locker.

»Ich werde jetzt mal so tun, als hätte ich diese Beleidigung überhört. Und du«, ich zeigte mit dem Finger auf sie, »wirst deine Skepsis gleich sowas von bereuen.«

Ich beobachtete, wie sich ihre Nase kräuselte, während sie angestrengt versuchte ein Lächeln zu unterdrücken. Mit jeder Minute, die ich in ihrer Nähe verbrachte, löste sich die Anspannung in meiner Magengegend und der Drang, mir mein Cap ganz tief ins Gesicht zu ziehen, wurde schwächer. Ihre Nähe fühlte sich so gut an, dass sich zumindest ein kleiner Teil von mir erlauben wollte, dieses selten gewordene Gefühl zu genießen.

Sie schielte an mir vorbei zu der Wiese und dem Fundraiser, dann zu Maya und wieder zurück zu mir.

»Ach was soll's, von mir aus.« Sie zuckte mit den Schultern und sah mich an. Zwar eher so, als wäre ich das kleinere Übel zu ihren sonstigen Möglichkeiten, aber ich freute mich über diesen Mini-Sieg.

»Was ist deine Lieblingssorte?« Ich stand mit Camille vor dem kleinen Wagen, der Eis, Milchshakes und die Slushies verkaufte, die ich wohl neben meiner Familie am meisten vermissen würde.

»Keine Ahnung.« Sie klang überfordert, als hätte ich sie nach etwas so Abwegigem wie der Formel für den Weltfrieden gefragt.

»Ich empfehle dir Zitrone-Melone.« Ich gab mein Bestes, mein selbstbewusstes Ich sprechen zu lassen, und hoffte, dass sie die Blicke von Carlos – dem Verkäufer und Freund meiner Großmutter – nicht bemerkte. Er wunderte sich wahrscheinlich auch, was zum Teufel mich dazu bewog, mich länger als nötig hier aufzuhalten. Zum Glück war er kein Mann vieler Worte.

»Das klingt furchtbar.« Camille schüttelte sich und studierte die schwarze Tafel, auf der alle Sorten mit Kreide angeschrieben waren. »Kann ich einfach nur Wasser haben?«

Carlos zog eine Braue nach oben und es war schwer zu deuten, ob er damit meine Anwesenheit quittierte oder Camilles Bestellung.

»Ich habe es dir gerade schon gesagt und ich sage es dir noch mal: Das wirst du sowas von bereuen.« Ich zwinkerte ihr zu, aber sie zuckte nur mit den Schultern.

»Lo escuchaste«, rief ich Carlos zu, der der Einzige außerhalb meiner Familie war, mit dem ich Spanisch sprach. Abgesehen davon gab es auf *Bainbridge Island* sonst auch nicht besonders viele Menschen, die die Sprache verstanden.

»Hast du gerade meine Bestellung geändert?« Camille straffte die Schultern und funkelte mich an. Sie sah … verletzt aus?

»Warum sollte ich das tun?« Ich nahm Carlos den Becher mit Wasser und Eis ab und hielt ihn ihr hin. »Du hast ein Recht auf deine falsche Meinung.«

Für ein paar Sekunden wirkten ihre Augen so kalt wie der Becher in meiner Hand, bevor sie blinzelte und ihr Gesicht wieder unter Kontrolle brachte.

»Sorry. Ich hatte Französisch in der Schule.« Sie nahm mir den Becher ab und ich hatte unweigerlich das Gefühl, dass dieser kleine Ausbruch nicht unbedingt etwas mit mir zu tun hatte.

»Falsche Wahl. Wie das Wasser.« In mir kroch die Neugierde darauf hoch, was sich hinter ihrer vorsichtigen Fassade verbarg, doch ich beließ es dabei. Höchste Zeit, sich wieder daran zu erinnern, dass sie eine vollkommen

Fremde war.

Ich wechselte ein paar Worte mit Carlos, der mir eine Schüssel Wasser für Maya gab, und drehte mich wieder zu Camille. Sie stand immer noch mit diesem Ausdruck im Gesicht da, als würde sie sich selbst fragen, was wir hier eigentlich machten. Ich konnte es ihr nicht verübeln.

»Kommst du aus –« Sie ging vorsichtig ein paar Schritte auf mich zu, blieb aber stehen, als ich sie unterbrach.

»Wenn du jetzt Mexiko sagst, muss ich dir dein langweiliges Getränk wieder wegnehmen.«

Sie seufzte. »Ich wollte *Bainbridge Island* sagen. Vielen Dank auch, dass du mich für so oberflächlich hältst.«

»Tut mir leid. Ich habe diese Frage einfach schon viel zu oft gehört.« Für ein paar Sekunden überlegte ich, eine Erklärung hinzuzufügen. Warum mich solche Fragen viel tiefer trafen, als sie es sollten. Vor allem, nachdem ich mein ganzes Leben auf dieser Insel verbracht hatte. Aber dazu müsste ich viel zu weit ausholen und für diesen Moment wollte ich es genießen, mit jemandem zu sprechen, der außer meinem Namen nichts über mich wusste.

»Ja, mir auch. Dann sind wir wohl jetzt quitt.« Sie schenkte mir ein schwaches Lächeln und streichelte Maya über den Kopf.

Es wäre der perfekte Zeitpunkt gewesen, um mich von ihr zu verabschieden. Um nach Hause zu gehen, ein neues Leben anzufangen und zu vergessen, warum ihre Augen, die so blau und unergründlich waren wie der Ozean, alles in mir in Aufruhr versetzten.

»Ich werde das Meer vermissen.« Camille atmete tief ein und ging ein paar Schritte auf das Wasser zu.

»Ich auch.« Prima, Leo, genau so fängt man eine Verabschiedung nicht an.

»Warum? Ist das hier nicht dein Zuhause?« Sie wartete, bis ich zu ihr aufgeschlossen hatte, und wie automatisch fingen wir an, aufs Meer zuzulaufen.

»Nicht mehr.« Ich spürte ihren Blick auf mir und ohne zwei Mal darüber nachzudenken, sprach ich weiter.

»Kennst du dieses Gefühl, wenn du dir denkst, du willst nach Hause und dann fällt dir auf, dass du zu Hause bist?« War ich eigentlich von allen guten Geistern verlassen? Ich könnte Small Talk mit ihr machen. Mit ihr über die Wassertemperatur oder Mayas dreckiges Fell sprechen, aber sie nicht mit meinen Gefühlen überrennen. Aus dem Augenwinkel sah ich, wie sie eine Braue nach oben zog und langsam nickte.

»Ja. Wenn zu Hause nicht mehr der Ort ist, an dem man zur Ruhe kommt.« Ihre Stimme war so leise, dass der Wind ihre Worte fast wegwehte, als sie hinzufügte: »Dasselbe gilt auch für Personen.«

Ohne uns abzusprechen, verlangsamten wir unsere Schritte und ließen uns nebeneinander in den Sand fallen. Es fühlte sich nicht so an, als hätten wir uns gerade zufällig am Strand getroffen. Es war mir sogar egal, dass ich in verschwitzten Sportklamotten neben ihr saß. Ich wusste nicht, was sie an sich hatte. Irgendetwas an ihr brachte mich zur Ruhe. Ein Gefühl, dass mir fast fremd geworden war.

Sogar Maya hörte auf herumzulaufen und legte sich vor unsere Füße in den Sand.

»Das ist ein schreckliches Gefühl.« Erst als sich Camilles Lippen wieder bewegten, fiel mir auf, dass ich sie angestarrt hatte. Entweder sie bemerkte es nicht, oder es war ihr egal, denn ihr Blick war fest auf die untergehende Sonne vor uns gerichtet.

»Genau. Und deshalb wird es Zeit, das alles hier loszulassen.«

Es war das erste Mal, dass ich es ausgesprochen hatte. Weil ich sie bis jetzt verdrängt hatte. Die Tatsache, dass ich hier wegmusste, obwohl ich so lange für etwas gekämpft hatte, das eigentlich gar nicht mehr richtig existierte. Das Gefühl, hierherzugehören. Ich fing an, kleine Muster in den Sand zu malen, wie ich es schon als Kind gemacht hatte, wenn ich nachdenken wollte.

»Wow.« Endlich sah Camille mich wieder an. »Das ist mutig. Loslassen meine ich.«

Ihre Hand war so nah bei meiner, dass ich sie mit einer kleinen Bewegung berühren könnte.

»Manchmal ist es besser, etwas loszulassen, wenn es uns nicht mehr guttut, findest du nicht?«

»Hast du nicht Angst davor, es zu verlieren, wenn du es loslässt? Vielleicht ist es besser, festzuhalten, bevor man überhaupt nichts hat.« Wie zufällig berührte ihre Hand meine, ehe sie sie ruckartig zurückzog, als könnte sie die Berührung so ungeschehen machen.

Es fühlte sich so leicht an, mit Camille zu reden. Obwohl sie unmöglich wissen konnte, wovon ich genau sprach, schien sie mich zu verstehen. Mehr noch, es schien ihr ähnlich zu gehen.

»Ich glaube, da liegst du falsch, Camila.« Ich richtete mich auf und setzte mich in den Schneidersitz, ihr zugewandt. Als ich ihren Namen in der spanischen Version aussprach, drehte sie den Kopf zu mir. Ihr Gesichtsausdruck wirkte so sanft in dem goldenen Licht, das die letzten Sonnenstrahlen auf ihrer Haut hinterließen, und auf einmal fühlte sich ihre Nähe viel zu intim an. Ihren Namen so auszusprechen, kam mir ganz natürlich über die Lippen, obwohl ich normalerweise nicht ständig spanische Wörter einfließen ließ, um mein Umfeld daran zu erinnern, dass ich zweisprachig aufgewachsen war. Wenn überhaupt machte ich das nur bei Menschen, mit denen ich mich wohlfühlte.

All diese Gefühle hätten mir eine Warnung sein sollen. Eine Warnung, so schnell es geht aufzubrechen, statt hier mit einer Person zu sitzen, die mich ansah, als könnte sie direkt in mein Innerstes blicken. Als wüsste sie schon viel mehr über mich als meinen Namen.

Zum wiederholten Mal an diesem Tag ignorierte ich die mahnende Stimme, die nur ich hören konnte, und sprach weiter, ohne ihrem Blick auszuweichen. »Es ist viel härter, etwas nur halb zu haben und verzweifelt daran festzuhalten, als es gar nicht zu haben.«

1

Leo

ZWEI WOCHEN SPÄTER

Das Universum war komisch. Und es wollte mich ganz bestimmt verarschen. Und das Allerschlimmste daran war: Ich wusste nicht, ob ich dafür dankbar sein oder es verfluchen sollte.

Zwei Wochen. Zwei verdammte Wochen, in denen alles nach Plan lief. Es lief sogar so gut, dass ich nach einem Jahr endlich wieder auf der Bühne stand. Sie war zwar klein, provisorisch und spärlich ausgeleuchtet und wir waren höchstens *Background Noise* für meine neuen Kommilitonen auf dem Campusfest der *Elbury University*, aber ich war glücklich. Dass ich direkt unter Blake eingezogen war, der Musik mindestens genauso liebte wie ich, war wahrscheinlich das Beste, was mir hier passieren konnte. Gleich am ersten Tag hatte er mich in seine Wohnung eingeladen, nachdem er meine Gitarre vor der Tür gesehen hatte. Er hatte mir auch seinen Mitbewohner Kian und Pit, einen Kumpel der beiden, vorgestellt und wir hatten uns ein paar Mal zum Gitarre spielen oder einfach nur zum Abhängen bei ihm getroffen. Blake war es auch, der mich trotz Protesten und Lampenfieber überredet hatte, auf dem Campusfest für ihn Background-Gitarre zu spielen. Er hatte kein *Nein* akzeptiert. Da ich es nicht über mich brachte, ihm zu erklären, warum ich so großes Lampenfieber hatte, hatte ich mich schließlich geschlagen gegeben. Obwohl ich so aufgeregt war wie noch nie vor einem Auftritt, war ich ihm schon nach dem ersten Lied dankbar für seine Hartnäckigkeit. Das Gefühl, endlich wieder auf der Bühne zu stehen, war es wert. Hier musste ich keine Angst haben, dass die Hälfte der Leute mir nur zuhörte, um sich eine Meinung über mich zu bilden. Ob sie die Gerüchte glauben sollten. Niemand tuschelte hinter vorgehaltener Hand. Es war schon viel zu lange her, dass ich es genossen hatte, alle Blicke auf mich gerichtet zu haben. Zum ersten Mal hatte ich das Gefühl, wieder frei atmen zu können.

Das änderte sich allerdings schlagartig, als ich in meerblaue Augen blickte. Die gleichen, in denen ein Sturm tobte, der es schon bei unserer ersten Begegnung geschafft hatte, alles in mir in Aufruhr zu versetzen, so wie der Wind das Wasser aufwirbelte.

Camille.

Ich hatte sie sofort erkannt, obwohl es nur der berüchtigte Bruchteil einer Sekunde war, in dem sie mich anstarrte, als wäre ich eine Erscheinung. Was ich ihr nicht verübeln konnte, denn ich starrte wahrscheinlich genauso zurück. Die Erkenntnis, dass das Mädchen, welches seit zwei Wochen immer wieder ungefragt in meinen Kopf wanderte, in diesem Moment vor mir stand, überrollte mich so heftig, dass ich sogar kurz aus dem Takt kam. Blake zog eine Braue nach oben und ich zuckte entschuldigend mit den Schultern. In der nächsten Sekunde war Camille verschwunden. Dort, wo sie gerade eben gestanden hatte, war nur noch ein Mädchen mit schulterlangen blonden Haaren, das Blake fröhlich zuwinkte. Vielleicht war sie wirklich eine Erscheinung gewesen und ich hatte mir das alles nur eingebildet. Was ich mir allerdings nicht einbildete, war die Reaktion meines Körpers. Mein Magen flatterte – dieses Mal nicht vor Lampenfieber – und meine gesamte Haut kribbelte. Meine Gedanken wanderten zurück zu meinem letzten Abend auf *Bainbridge Island*, an dem ich mich in ihrer Anwesenheit so ruhig und gleichzeitig so viel lebendiger als im gesamten letzten Jahr gefühlt hatte. Dieses Gefühl ließ sich nicht verdrängen oder vergessen. Ich wusste genau, warum ich sie damals nicht nach ihrer Nummer gefragt und mir später verboten hatte, ihren Namen in die Suchleiste meines Internetbrowsers einzugeben. Dennoch dachte ich viel zu oft an sie und an die unerklärliche Anziehungskraft, die sie auf mich ausübte. Nein, ich hatte sie mir bestimmt nicht eingebildet. Sonst könnte ich mich jetzt wieder auf die Noten am iPad vor mir konzentrieren, statt zu versuchen, mit meinem Blick jeden einzelnen Winkel des Hauptplatzes der Universität auszuleuchten. Vielleicht hatte mein Unterbewusstsein die ganze Zeit geahnt, dass sie in der Nähe war. Der Gedanke an sie und diese tiefe Verbindung, die ich von Sekunde eins zu ihr gespürt hatte, war immer wieder still und heimlich in meinen Kopf gekrochen. Und mit jedem Mal weigerte er sich ein bisschen stärker dagegen, zu verschwinden. Und das, obwohl ich weder an Schicksal, das Universum oder sonst irgendetwas glaubte, was nicht mit Fakten zu belegen war. Ich wollte Anwalt werden, verdammt, und nicht Philosoph mit Nebenfach *übersinnliche Kräfte und die Macht des Universums.*

Weil ich immer noch die Stelle fixierte, an der Camille vor

ein paar Sekunden gestanden hatte, griff ich zum zweiten Mal an diesem Abend den falschen Akkord. Außer Blake hatte es wahrscheinlich niemand mitbekommen, aber ich hätte mich am liebsten selbst an der Schulter gepackt, geschüttelt und gerufen: *Was zum Teufel tust du da? Das hier ist deine Chance auf einen Neuanfang! Versau es nicht wegen eines Mädchens! Egal wie stark du dich zu ihr hingezogen fühlst! Lass sie nicht dein Verderben sein!*

Mein Gehirn schrie und tobte, aber all das hätte meinen Körper nicht weniger interessieren können. Der stand immer noch unter Strom und machte meinem Hirn ganz deutlich bewusst, dass das Kapitel Camille für mich gerade erst begonnen hatte.

Obwohl mir der Auftritt wirklich Spaß gemacht hatte, war ich froh darüber, als Blake die letzten Töne von *One Directions Perfect* ins Mikrophon sang. Es war komplett dunkel geworden und die beleuchteten Stände, die Essen und Trinken zu wohltätigen Zwecken verkauften, waren neben dem großen Lagerfeuer die einzigen Lichtquellen. Die Studierenden der *Elbury University* saßen oder standen in kleinen oder größeren Gruppen ums Feuer und die Stimmung war genau so, wie ich sie mir vorgestellt hatte. Am *Bainbridge Community College* hatte es keine Studentenpartys gegeben, und selbst wenn, wäre ich nicht dazu eingeladen worden. Ich dachte immer, das wäre okay für mich, doch seit ich hier war, wurde mir schmerzlich bewusst, wie sehr ich ein intaktes Sozialleben vermisst hatte.

»Hey, du bist Leo, oder?« Ich hörte eine laute, aber

freundliche Stimme hinter mir, während ich gerade den kleinen Verstärker in einer Kiste verstaute, die Blake später mit nach Hause nehmen würde.

»Ich bin Rylan.« Als ich mich umdrehte, erkannte ich das blonde Mädchen, das vorhin neben Camille vor der Bühne stand. Obwohl es unhöflich war, sah ich mich sofort in alle Richtungen um, aber sie war nirgends zu sehen. Bevor Rylan mir meine Enttäuschung anmerkte, versuchte ich mich an einem Lächeln und streckte ihr die Hand hin, die sie konsequent ignorierte. Stattdessen machte sie einen großen Schritt nach vorne und zog mich in eine feste Umarmung. Ich war so perplex, dass ich ein paar Sekunden brauchte, um sie zu erwidern. Zwar würde ich mich nicht als Berührungsscheu bezeichnen – meine Eltern stammten aus Kolumbien, einem Land, in dem man sogar seine Vorgesetzten mit Küsschen begrüßte –, aber dass mir von Fremden so viel geballte Freundlichkeit entgegengebracht wurde, war ich nicht gewohnt.

»Ich bin irgendwie mit dem da«, sie zeigte auf Blake, der ein paar Kabel aufrollte und uns angrinste, »befreundet.«

»Was soll das heißen, irgendwie?« Er ließ die Kabelrolle fallen, kam auf uns zu und gab ihr einen freundschaftlichen Klaps auf die Schulter.

»Irgendwie hat meine Freundin Addie sich in seinen Freund Kian verliebt und tja … jetzt sind wir wohl alle Freunde.« Rylan lächelte mich immer noch an und schien sich nicht daran zu stören, dass ich bis jetzt kein Wort gesagt hatte. Mein Gedankenkarussell begann sich zu drehen, als ich die Namen Kian und Addie hörte. Ich war Kian schon öfters begegnet, er war nicht unbedingt der offenste oder gesprächigste Typ. Manchmal war ich mir nicht so sicher, was er von mir oder meiner Anwesenheit hielt, aber einmal hatte er mir von seiner Freundin und ihren Mitbewohnerinnen erzählt. Damals war mir nur aufgefallen, dass seine sonst so neutrale und unlesbare Miene aufleuchtete, wenn er von Addie gesprochen hatte. In diesem Moment erinnerte ich mich jedoch nur daran, dass er *Mitbewohnerinnen* gesagt hatte. Mehrzahl. Wenn Rylan – Mitbewohnerin von Addie – mit Camille hier war, hieß das dann …?

»Warum hast du ihn bis jetzt vor uns versteckt?« Rylans laute Stimme hielt mich davon ab, den Gedanken zu Ende zu denken.

»Weil ihr ihn sonst verschreckt hättet. Ich muss ihn langsam in die Gruppe einfügen. Geballt sind wir nur schwer zu verkraften. Deshalb habe ich mit Kian und Pit angefangen.« Blake lächelte immer noch, während er mit Rylan sprach, und ich erinnerte mich daran, dass er mir erzählt hatte, wie gern er den Status ausnutzte, den er als Musiker an der Uni hatte. Irgendwie wollte das nicht so richtig zu dem warmen Lächeln passen, mit dem er Rylan ansah. Aber was wusste ich schon? Ich war schließlich der Eindringling, der einfach mitten im Jahr aufgetaucht war.

»Und da dachtest du, Pit wäre eine gute erste Wahl?« Rylan zog die Brauen nach oben und blickte zwischen Blake und mir hin und her.

»Was denn?« Wieder ließen die beiden mich nicht zu Wort kommen, denn Blake antwortete an meiner Stelle. »Pit hat ihm gleich die Top drei der Verbindungen mit den heißesten Studentinnen erklärt. Du weißt schon, die wichtigen Dinge.«

Tatsächlich war das eines der ersten Dinge, über die ich mit Pit gesprochen hatte. Oder besser gesagt, er mit mir. Ich hätte ihn niemals danach gefragt, aber ich brachte es auch nicht übers Herz, ihm zu sagen, dass mich nichts weniger interessieren könnte, als mit Verbindungsmädchen zu schlafen. Das hätte nur Fragen aufgeworfen. Fragen, die ich nicht beantworten wollte.

Rylan seufzte und für einen klitzekleinen Moment hatte ich das Gefühl, ihr Lächeln würde verrutschen. Vielleicht hatte ich es mir auch nur eingebildet, denn sie plapperte sofort weiter. »Okay, aber Kian hat dich doch bestimmt verschreckt, oder Leo?« Dieses Mal blickte sie zu mir statt zu Blake.

»Ähm …« *Ganz toll, Leo. Mit so einem Herumgestotter machte man sich bestimmt beliebt an einer neuen Uni.*

»Wie sollte Kian ihn denn verschrecken? Er sagt doch nur etwas, wenn man ihn dazu zwingt.« Blake und Rylan lachten und ich hatte das Gefühl, dass sie alle eine besondere Freundschaft verband. Eine, von der ich keine Ahnung hatte, weil ich nie richtig gute Freunde gehabt hatte.

»Auf jeden Fall ist heute dein Glückstag.« Rylan hakte sich bei mir unter. »Weil du endlich die Mädels der Gruppe kennenlernst.«

Sie lachte, als Blake mit den Augen rollte, und zog mich mit sich in Richtung des Lagerfeuers. Nach zwei Minuten, in denen ich zwischen ihr und Blake über den Platz ging und Rylan fast durchgehend erzählte, wusste ich, dass sie Modedesign studierte – etwas, was ihr auffälliges, langes und gelbes Kleid bestätigte, das aussah, als hätte sie es zwei Mal um ihren Körper gewickelt. Ich wusste, dass sie in einer WG mit ihren beiden Freundinnen wohnte, ihre Klamotten selbst nähte und ihre Lieblingspflanze Lavendel war. Nach nichts davon hatte ich sie gefragt, aber ich mochte sie und ihre extrovertierte Art auf Anhieb. Obwohl ich mich freuen sollte, weil Blake und Rylan offenbar beschlossen hatten, mich zumindest für diesen Abend mitzunehmen, konnte ich mich nicht vollkommen auf sie konzentrieren. Mein Blick wanderte immer wieder wie von selbst über den Platz vorm Hauptgebäude der *Elbury University*. Statt mich auf Rylan und ihre Erzählungen zu konzentrieren und so meine Chance zu nutzen, Freundschaften zu schließen, hörte ich ihr nur mit halbem Ohr zu, während ich nach blauen Augen Ausschau hielt. Weder Rylan noch Blake schien das aufzufallen, denn die beiden steuerten zielstrebig auf den am hellsten erleuchteten Stand des Festes zu. Es war ein Wunder, dass er nicht blendete, denn irgendjemand hatte an jeder freien Stelle eine Lichterkette angebracht. Hätten wir nicht April, könnte man glauben, wir befänden uns auf einem Weihnachtsmarkt.

Ich konnte Kian erkennen, der hinter dem provisorisch aufgebauten Tresen Kaffee in Pappbecher füllte und an die Studierenden verkaufte. Aus dem Lächeln, das auf seinen Lippen lag, schloss ich, dass das dunkelhaarige Mädchen neben ihm Addie sein musste. Obwohl all diese Eindrücke auf mich einprasselten, rückten sie in der nächsten Sekunde in den Hintergrund, denn als wir den Stand fast erreicht hatten, sah ich noch jemand anderen am Tresen lehnen.

Camille hatte die Arme um ihren Körper geschlungen, als müsste sie sich schützen, und als ihr Blick meinen fand, betrachtete ich sie wie durch den Portraitfoto-Modus meines iPhones. Auf sie war mein Fokus gerichtet und alles andere nahm ich nur noch verschwommen und verblasst wahr.

Sie war hier. Real. Keine Erscheinung. Mein Körper reagierte prompt mit dem unbändigen Verlangen, sie in meine Arme zu ziehen, so wie ich das vor zwei Wochen zum Abschied getan hatte. Diese Umarmung war anders gewesen als alle, die ich je zuvor erlebt hatte. Weder freundschaftlich noch getrieben von körperlichem Verlangen. Sie war Ruhe und Vertrautheit. Sie ließ mich so fühlen wie schon der ganze Abend mit Camille: So lebendig und gleichzeitig so ruhig, wie schon seit Langem nicht mehr. Sie gab mir Kraft und Halt zugleich und all die Gefühle, die ich in diesem Moment empfunden hatte, kamen mit nur einem Blick in ihre Augen zurück. Allerdings standen die Augen, die ich mit dieser Erinnerung verband, im krassen Kontrast zu denen, die mich jetzt anfunkelten. Ich konnte nichts Sanftes mehr darin erkennen, sondern nur noch Aufruhr, und trotzdem wandte niemand von uns den Blick ab.

Hallo!? Gehirn an den restlichen Leo? Kannst du dich noch daran erinnern, was die erste Regel für diesen Neuanfang war?

Es kostete mich einiges an Mühe, mir zu vergegenwärtigen, was ich mir vor einem Jahr geschworen hatte: Meine Gefühle würden nie wieder mein Verderben sein.

Obwohl die Alarmglocken in meinem Gehirn weiter vor sich hin klingelten, gehorchte mein Körper nicht. Als Camille sich ruckartig umdrehte, um mit schnellen Schritten in der Menge zu verschwinden, zögerte ich nicht einmal eine Sekunde, mich von Rylan zu lösen. Ich spürte ihre und Blakes Blicke auf mir, während ich ein fast unverständliches »Entschuldigung« murmelte, um Camille hinterherzulaufen, als hinge mein Leben davon ab. Ich dachte nicht mehr daran, dass ich eigentlich hier war, um neue Freunde zu finden und mein Studentenleben zu genießen. Sobald ich in Camilles aufgewühltes Gesicht sah, konnte ich mich nur noch schemenhaft daran erinnern, wie sich ein sozialtauglicher Mensch verhielt.

Meine Gedanken drehten sich um alles und nichts, als ich

sie nach ein paar schnellen Schritten fast erreicht hatte. »Camila!« Als ich ihren Namen sagte, blieb sie ruckartig stehen, drehte sich aber nicht um, obwohl sie meine Stimme erkannt haben musste. »Camila«, wiederholte ich ihren Namen eine Spur leiser und berührte sie leicht am Unterarm. Es dauerte ein paar Sekunden, bis sie sich zu mir umdrehte und mir fest in die Augen sah. Ich hatte weder eine Ahnung, was sie dachte, noch hatte ich mir einen Plan überlegt, was ich ihr sagen wollte. Das Einzige, was ich wusste, war, dass mein Herz in ihrer Nähe ganz eindeutig anders schlug.

2

Leo

»Was machst du hier? Bist du doch ein Stalker?« Nachdem sie mich einige Sekunden nur angestarrt hatte, kam wieder Leben in sie. Ihre Worte klangen schroff und sie zuckte zusammen, als wäre sie von ihrer eigenen Stimme überrascht.

Ich zupfte an meinem blaugrauen Sweatshirt mit dem Logo der *Elbury University* und tat mein Bestes, ihr nicht zu zeigen, wie sehr mich ihre Anwesenheit aus dem Konzept brachte. »Tja … sieht aus, als würde ich jetzt hier studieren.«

Ich lächelte, aber sie kniff ihre Augen noch etwas mehr zusammen. »Warum hast du mir das nicht gesagt?«

Sie wirkte wütend und mein erster Impuls war es, mich zu verteidigen, obwohl es dafür überhaupt keinen Grund gab.

»Was? Ich wusste doch nicht, dass du hier studierst.« Ich vergrub meine Hände in der Bauchtasche meines Hoodies, weil ich nicht wollte, dass sie sah, wie nervös ich war.

»Und was machst du dann *hier*?« Sie zeigte auf den Stand des *Elbury's Mug Cafés* und ich musste mich nicht umdrehen, um zu wissen, dass sie Blake und die anderen meinte.

»Ich habe mich mit Blake angefreundet und er wollte …« Weiter kam ich nicht, denn Camille schnappte nach Luft, als hätte ich ihr gerade eröffnet, dass ich hier war, um die Weltherrschaft an mich zu reißen.

»Du kannst nicht einfach hier auftauchen und dich mit *meinen* Freunden anfreunden.« Sie reckte das Kinn nach vorne, und wenn sie mir nicht so offensichtlich ablehnend gegenübergestanden hätte, hätte ich es vielleicht süß gefunden.

»Erstens wusste ich nicht, dass das deine Freunde sind, und zweitens«, wie automatisch gestikulierte ich mit den Händen, etwas, was immer dann passierte, wenn ich nervös wurde, »wir sind doch auch Freunde.« Ich zuckte mit den Schultern und merkte im nächsten Moment, dass meine Antwort ihr gar nicht gefiel. Ihr ganzer Ausdruck verdunkelte sich und sie schüttelte so vehement den Kopf, dass sich ihre blonden Haare, die ihr heute in Wellen über die Brust fielen, hinter den Ohren lösten. Meine Gedanken wanderten zurück zu dem Abend am Strand. Sie schien sich so wohl in meiner Nähe gefühlt zu haben. Von der weichen Ausstrahlung, die sie damals hatte, war nichts mehr übrig. Gerade als ich sie fragen wollte, woher ihre ablehnende Haltung so plötzlich kam, spannte sie ihre Schultern an und ihre Gesichtszüge wurden noch eine Spur härter.

»Wir sind keine Freunde, Leo.« Sie sagte es mit so einer Überzeugung, dass ich ihr fast geglaubt hätte, wenn mein Blick nicht an ihren Augen hängen geblieben wäre, die eine andere Sprache sprachen. Darin konnte ich nämlich keine Ablehnung erkennen. Sie lagen genauso sanft und dunkel auf mir wie schon vor zwei Wochen, und diese Tatsache gab mir den Mut, weiterzusprechen. Wäre ich sonst nach so einer Abfuhr am liebsten umgedreht, um mich mit Maya in meiner Wohnung zu verkriechen, machte ich jetzt einen Schritt auf Camille zu. Verdammt, sie schaffte es, all meine Prinzipien über Bord zu werfen.

»Natürlich sind wir das, Camila.« Wie immer, wenn ich ihren Namen so aussprach, schlug mein Herz ein bisschen schneller. Es kam mir ganz leicht über die Lippen und kurz bildete ich mir ein, dass ihre Augen aufleuchteten, als sie ihn hörte.

»Sind wir nicht. Wir haben uns erst einmal getroffen. Wir kennen uns gar nicht.« Erst als ihr Atem meinen Hals streifte, wurde mir bewusst, wie nah wir uns waren. Ich konnte mich nicht davon abhalten, ihren blumigen Duft einzuatmen. Etwas, was ich *nicht* tun sollte, wenn ich sie und mich davon überzeugen wollte, dass wir Freunde waren. Nur Freunde. Oder wenigstens Freunde. Jetzt kam es mir eher so vor, als würde sie überhaupt nichts wollen. Und ich hatte keinen blassen Schimmer, wieso.

»Du willst mir also sagen, du hättest den Abend auf *Bainbridge Island* schon vergessen, weil wir nur oberflächlichen Small Talk gehalten haben? Das ist Bullshit, Camille.« Ich machte noch einen Schritt auf sie zu, bis sich unsere Oberkörper beinahe berührten. Fast konnte ich die Wärme, die von ihr ausging, spüren und – was viel schlimmer war – ich genoss sie. Genau dieses Gefühl ließ die Alarmglocken in meinem Kopf wieder lauter schrillen, aber ich ignorierte sie mit aller Kraft.

»Du solltest nicht hier sein, Leo.« Ihre Stimme war leiser, fast flehend, als sie meinen Namen sagte, doch sie klang nicht mehr ablehnend. Eher verzweifelt.

»Das war keine Antwort.« Auch meine Worte waren geflüstert und ich beugte mich automatisch ein wenig zu ihr hinab. Für ein paar Sekunden standen wir so da und es hätte nur noch gefehlt, dass ein paar Regentropfen auf uns niederprasselten, um den perfekten, herzzerreißenden Moment in einem Buch nachzustellen. Nur dass dieser Moment in Büchern für gewöhnlich erst in der Mitte auftauchte, aber Camille und ich uns höchstens in Kapitel zwei befanden.

»Du solltest nicht hier sein, Leo«, wiederholte sie und presste ihre vollen Lippen aufeinander. »Bitte.«

Sie wirkte fast flehend und je länger ich hier mit ihr stand, desto schwerer fiel es mir, sie zu verstehen. Hatte ich vor zwei Wochen am Strand etwas falsch gemacht? Hatte ich mir das alles nur eingebildet und in Wahrheit hatte sich Camille in meiner Nähe die ganze Zeit unwohl gefühlt? Ich schüttelte fast unmerklich den Kopf, weil ich mir das beim besten Willen nicht vorstellen konnte. Vielleicht war ich nicht der Erfahrenste im Flirten oder allgemein, wenn es um Mädchen ging, die mir unter die Haut gingen, aber so daneben konnte ich nicht liegen.

»Ich habe das doch nicht geplant. Das ist einfach Zufall.« Kaum hatte ich den Satz beendet, merkte ich, dass ich mir selbst nicht glaubte. Wie konnte das Zufall sein? Egal wie wenig ich an die Kraft des Universums glauben mochte – Camille kennenzulernen und sie dann hier wieder zu treffen, war ein bisschen zu viel des Guten, um es als reinen Zufall zu bezeichnen.

»Genau.« Auch in ihrer Stimme konnte ich erkennen, dass sie sich selbst nicht glaubte. »Und deshalb hat nichts davon eine Bedeutung.« Sie lehnte sich fast unmerklich in meine Richtung und der Drang, meine Arme um sie zu schlingen, wurde wahrscheinlich nur von dem Wissen unterdrückt, dass wir uns inmitten eines Campusfestes voller Menschen befanden. Stattdessen hob ich meine Hand und strich ihr sanft und nur kurz über den Unterarm. So leicht, dass ich mir einreden konnte, sie hätte es gar nicht gespürt, wenn sie nicht zusammengezuckt wäre und ruckartig ausgeatmet hätte. Aber sie zog ihren Arm nicht weg. Meine Fingerspitzen hatten nicht einmal ihre Haut berührt und trotzdem kribbelte innerhalb von Sekunden mein ganzer Körper. Ich war sowas von am Arsch und dieses Mal war ich auch noch selbst schuld daran.

»Dann spricht ja nichts dagegen, dass wir jetzt alle Freunde sind, oder?« Ich wusste nicht genau, ob ich es mit diesem Satz darauf anlegte, die aufgeladene Stimmung zwischen uns zu zerstören, oder ob ich in Camilles Anwesenheit seit Neuestem einfach aufhörte, mein Gehirn zu benutzen. Tatsache war aber, dass sie die Schultern anspannte und einen Schritt zurückmachte. Sie war mir immer noch so nah, dass es mir schwerfiel, mich daran zu erinnern, dass wir nicht allein waren – doch der Moment zwischen uns war vorbei. Was auch immer *der Moment* gewesen war. Während ich noch darüber nachdachte, schnaubte Camille und wieder musste ich den Drang, sie zu fragen, woher ihre Feindseligkeit kam, mit aller Macht unterdrücken. Es war nicht das erste Mal, dass Menschen mich grundlos nicht mochten. Oder dass sie Gründe hatten, die absolut nichts mit mir und der Wahrheit zu tun hatten. Aber bei Camille musste etwas anderes dahinterstecken und ich hoffte inständig, dass es nichts mit mir persönlich zu tun hatte.

»Wir«, sie zeigte mit dem Finger erst auf mich und dann auf sich selbst, »sind keine Freunde, Leo.«

Ich öffnete den Mund, um sie zu fragen, was sich in den letzten zwei Wochen geändert hatte, und klappte ihn wieder zu, als ich realisierte, dass ich die Antwort darauf vielleicht gar nicht hören wollte. Oder dass sie keine Rolle spielen würde, obwohl die Verbindung, die ich zu ihr spürte, so stark war wie bei unserer ersten Begegnung und ich nicht wusste, wie ich mich dagegen wehren sollte. Wie sie so vor mir stand mit ihren dunkelblauen Augen, deren Farbe trotz des Schummerlichts am Campus wahnsinnig intensiv wirkte. Ich hatte keine Ahnung, ob ich zulassen sollte, dass mein Herz einen Freudentanz aufführte, oder ob es besser war, es mit aller Macht zu verhindern.

Während ich noch in meinen Gedanken gefangen war, warf Camille mir einen letzten Blick zu, der irgendwo zwischen warnend und bittend lag, und ließ mich stehen. Wie schon vor zwei Wochen war mein erster Impuls, sie nicht gehen zu lassen. Damals gewann mein Verstand über mein Herz. Obwohl es sich anfühlte wie das Ende von etwas, das ich nicht richtig greifen konnte, sah ich ihr nur nach, als sie so schnell wieder aus meinem Leben verschwand, wie sie gekommen war. Ich fragte mich, wie ich reagiert hätte, hätte ich gewusst, dass sie so schnell wieder in mein Leben stolpern würde. Hätte ich mich gefreut? Oder hätte die Angst wieder gesiegt? Und wollte ich es überhaupt herausfinden, jetzt wo ich die Chance dazu hatte?

Als ich mich umdrehte und Camille zurück zu ihren Freunden gehen sah, fühlte es sich wieder so an wie das Ende. Vielleicht lag es auch daran, dass mein letztes Jahr fast nur aus Enden bestanden hatte. Das Ende von Beziehungen, das Ende von Freundschaften, von Lebensabschnitten und Hobbys. Es hatte sogar das Ende des Verhältnisses zu meinen Eltern bedeutet, jedenfalls so, wie ich es kannte. Viel zu lange hatte ich gedacht, dass es okay so war. Es gab sogar eine Zeit, in der ich mir sicher war, es verdient zu haben. Mit aller Macht hatte ich versucht damit klarzukommen, bis mir bewusst wurde, dass es mich auf Dauer zermürben würde. Mit einundzwanzig Jahren war ich verdammt noch mal zu jung dafür, den Rest meines Lebens bloß irgendwie zu existieren. Ich hatte genug davon, nur die Wahl zu haben, entweder ein unwichtiger Niemand zu sein oder ein geächteter Niemand.

Deshalb stellte ich mich ein paar Momente später zwischen Blake und Camille an den Cupcakestand, der mittlerweile nicht mehr hell leuchtete, und war erleichtert, dass niemand mich komisch anblickte. Sie alle sahen mich freundlich an und ich fragte mich automatisch, wann ich das letzte Mal zu einer Gruppe Menschen gestoßen war, deren Lächeln in meine Richtung nicht verkrampft gewirkt hatte. Mittlerweile war ich ziemlich gut darin, Gesichtsausdrücke zu analysieren, und konnte besser als die meisten unterscheiden, ob ein Lächeln falsch oder einfach gezwungen höflich wirkte. Offene und ehrliche Freundlichkeit war selten geworden und ich neigte immer noch dazu, sie zu hinterfragen, auch wenn mir hier bisher keiner einen Grund dazu gegeben hatte.

»Hey, ich bin Addie.« Kians Freundin löste sich aus seinem Arm und drückte mich, genau wie Rylan vorhin, stürmisch an sich, als wäre ich ein alter Freund, der gerade von einem Auslandssemester zurückgekommen war. »Ich bin Leo. Äh, … schön, dich kennenzulernen.« Ich stellte mich wirklich an wie ein Kind am ersten Schultag. Obwohl Addie mich aus ihren grauen Augen herzlich anstrahlte, war ich nervös.

»Endlich stellt uns Blake denjenigen vor, mit dem er freiwillig das Rampenlicht teilt. Pit wird richtig eifersüchtig sein.« Sie lachte und strich mit ihrer Hand über meine

Schulter, bevor sie sich wieder neben Kian stellte, der ihr sofort einen Arm um die Taille schlang.

»Okay, wenn jetzt alle hier sind, gehen wir, oder?« Blake klatschte in die Hände und sah auffordernd in die Runde. Entweder hatte niemand bemerkt, wie angestrengt Camille mich ignorierte, oder niemand traute sich, es anzusprechen.

»Äh, wohin gehen wir?«, fragte ich viel zu schüchtern, als alle nickten.

»Zu Kappa Omega Alpha. Hier ist um zehn Uhr Schluss, außerdem wird hier kein Alkohol ausgeschenkt, um die Untereinundzwanzigjährigen nicht in Versuchung zu führen.« Blake rollte mit den Augen und ich fragte mich, wie er es finden würde, wenn er wüsste, dass mir ein striktes Alkoholverbot sogar lieber war, als einem Haufen Collegestudenten erklären zu müssen, dass ich nie wieder einen Tropfen Alkohol anrühren würde.

Er schlug mir freundschaftlich auf die Schulter, und weil meine Anwesenheit bis jetzt niemanden zu stören schien, ging ich bereitwillig mit. Das hieß, meine Anwesenheit schien niemanden außer Camille zu stören. Die behandelte mich nämlich auch auf dem ganzen Weg zu dem Verbindungshaus so, als wäre ich Luft, und es machte mich zusehends verrückter.

»Okay, wenn niemand sonst fragt, tue ich es.« Pit, der kurz vor dem opulenten Gebäude, in dem die Mitglieder von Kappa Omega Alpha wohnten, zu uns gestoßen war, richtete sich auf der Couch auf und fixierte mich mit schiefgelegtem Kopf.

Ich war zum ersten Mal in meinem Leben auf einer Verbindungsparty und zu meiner grenzenlosen Verwunderung genoss ich es. Das Gebäude wirkte von außen mit den großen Säulen und dem steinernen Balkon über jeder Eingangstür wie ein altes Südstaatenhaus, auch innen konnte man diese Einflüsse erahnen, obwohl vor lauter feiernden, tanzenden und trinkenden Studierenden kaum etwas vom Haus zu sehen war. Ich wollte weder feiern noch tanzen und schon gar nicht trinken und trotzdem hatte ich nicht das Bedürfnis, abzuhauen. Bis jetzt. Bis Pit mich so argwöhnisch beäugte, als hätte er mich durchschaut. Meine Schultern spannten sich an, genauso wie der Rest meines Körpers, um für das gewappnet zu sein, was er sagen würde. Vielleicht hatte er es sich zur Aufgabe gemacht, herauszufinden, warum ich mitten im Jahr an diese Universität gekommen war oder warum ich mich so schwertat, in der Gesellschaft einer Gruppe zu entspannen.

Meine Gedanken rasten auf der Suche nach einer Erklärung oder besser gesagt einer Ausrede, doch Pit sprach bereits weiter. »Warum schleichen Camille und Leo herum, als hätten sie etwas Verbotenes getan?«

Er sah jetzt nicht mehr nur mich an, sondern alle und sein Blick war auch nicht mehr argwöhnisch, sondern belustigt und ein bisschen zufrieden darüber, mich aus der Reserve gelockt zu haben. Denn dass er das geschafft hatte, war offensichtlich. Bevor ich mich davon abhalten konnte, mich noch auffälliger zu verhalten, wandte ich mich zu Camille um, die überraschenderweise nicht so verkrampft wirkte, wie ich mich fühlte. Sie wirkte eher genervt. Ob von mir oder von ihren Freunden war schwer zu sagen. Sie stieß einen übertriebenen Seufzer aus, rollte mit den Augen und wirkte überhaupt nicht wie die Camille, die ich kennengelernt hatte.

»Vielleicht ja, *weil* sie etwas Verbotenes getan haben?« Rylan gab niemandem von uns Zeit zu antworten und sah von mir zu Camille, zu Pit und wieder zurück zu Camille. »Wie auch immer, bestimmt war es nicht so verboten, wie das was du mit deinen Bekanntschaften immer tust.«

Pit öffnete den Mund, um zu antworten, da sprang Rylan schon auf. »Wir wollen es gar nicht so genau wissen. Außerdem gehen wir jetzt tanzen.« Sie machte einen Schritt nach vorne, zog Camille auf die Beine und hakte sich bei ihr ein, bevor sie protestieren konnte.

»Ich komme mit.« Addie konnte sich nur mit Hilfe von Kian aus dem Sitzsack schälen und hakte sich auf Camilles anderer Seite unter.

»Na gut, dann komme ich eben auch mit.« Pit stand gespielt widerwillig auf, als täte er den Mädels einen großen Gefallen, indem er sie begleitete.

»Vergiss es, wir sind bestimmt nicht deine Wing-Women«, sagte Addie und es klang nur halb wie ein Scherz.

»Süße, du weißt ganz genau, dass ich das nicht nötig habe.« Er wuschelte ihr durchs Haar und kurz darauf verschwanden die vier durch eine offene Flügeltür. Obwohl mein Körper mir eindeutig gezeigt hatte, wie sehr er sich freute, Camille in seiner Nähe zu haben, war mein Verstand erleichtert, als sie aus meinem Sichtfeld verschwand. Der Abstand half mir, mich wieder auf mich selbst zu konzentrieren und darauf, ein sozialkompetenter Mensch zu sein.

Ich war froh, dass vor allem Blake es mir leicht machte und er und Kian mich nicht mir selbst überließen, sondern so wirkten, als verbrächten sie gerne Zeit mit mir. Zumindest Blake wirkte so. Aus Kian schlau zu werden, war, als würde man versuchen, durch null zu teilen. Er ließ kaum etwas von seinen Gefühlen an die Oberfläche und war wahnsinnig wortkarg. Dafür war Blake das genaue Gegenteil. Er schien so gut wie jeden hier zu kennen, denn ständig kamen Leute vorbei, setzten sich kurz zu uns, um ein bisschen mit ihm zu quatschen oder anzustoßen. Zuerst verspannte ich mich bei jedem, der mich begrüßte oder auch nur ansah. Dann merkte ich, dass keiner der Blicke abschätzig war, und hörte langsam auf, die Hände in der Tasche meines Hoodies zu Fäusten zu ballen. Als mich sogar ein paar meiner Kommilitonen, die ich vom Sehen kannte, grüßten, hatte ich endgültig das Gefühl, dass meine Anspannung wahrscheinlich etwas übertrieben war.

Alba, die ständig in meiner Nähe auftauchte, seit Pit sie mir vor einer Woche ungefragt vorgestellt hatte, begrüßte mich mit einem eindeutigen Augenaufschlag, woraufhin Blake mir anerkennend auf die Schulter klopfte. Obwohl sie konsequent Spanisch mit mir sprach, antwortete ich ihr nur knapp auf Englisch. Es war nicht so, dass ich sie unangenehm fand oder unattraktiv, das war sie mit ihren dunklen glatten Haaren und den ausladenden Kurven ganz bestimmt nicht. Aber sie war einer dieser Menschen, deren vorherrschendes Persönlichkeitsmerkmal darin bestand, Kind von Immigranten zu sein. Als jemand, der schon immer darum kämpfte, diesen Stempel abzuwaschen, konnte ich es noch nie nachvollziehen, warum man sich freiwillig in diese Schublade stecken ließ. Ihre erste Frage war nicht mein Name oder mein Studiengang gewesen, sondern woher ich kam. Obwohl sie die Augen verdreht hatte, als ich ihr mit *Bainbridge Island* geantwortet hatte, schien sie nach wie vor Interesse zu haben.

»Stehst du nicht auf sie?« Blake zog eine Braue nach oben, als ich den Kopf schüttelte, sobald Alba aus unserem

Sichtfeld verschwunden war.

Ich zuckte mit den Schultern und stützte die Ellenbogen auf meinen Knien ab. »Das Problem ist eher, dass sie nur auf das Herkunftsland meiner Eltern steht.«

Zu meiner Überraschung kam von Blake kein philosophischer oder sarkastischer Spruch, sondern er nickte wissend. »Kenne ich. Ich verstehe einfach nicht, warum die Herkunft für manche das Hauptkriterium ist. Ich bin nur Halb-Filipino, aber das reicht vielen schon. Früher habe ich das ausgenutzt, aber mittlerweile nervt es einfach.« Blake setzte sich auf und nahm einen Schluck aus seinem Becher, bevor er das Thema erneut aufgriff. »Schon komisch, oder? Der gleiche Grund, warum man einerseits anders oder schlechter behandelt wird, ist auf der anderen Seite der einzige Grund, warum man von manchen Menschen gemocht wird.«

Für ein paar Sekunden sagte niemand was, denn Blakes Aussage war genauso wahr wie schmerzhaft. Mein Blick streifte Kians Gesicht, und ich registrierte den traurigen Ausdruck darin. Er schien genau zu wissen, wovon Blake sprach. Die beiden kannten sich schon beinahe ihr ganzes Leben lang, und Kians Miene nach zu urteilen, waren in der Vergangenheit Dinge passiert, die ihm genauso wehtaten wie seinem besten Kumpel. Kurz durchfuhr mich ein klitzekleiner Stich, als ich daran dachte, dass ich es niemals geschafft hatte, so tiefe und lange Freundschaften zu schließen, geschweige denn zu halten. Krampfhaft versuchte ich mich daran erinnern, dass das hier meine Chance auf einen Neuanfang war. Eine neue Umgebung, neue Freunde und neue Chancen. Und ich würde alles dafür tun, mir nicht selbst im Weg zu stehen.

3

Camille

»Also woher zum Teufel kennst du Leo?« Addie und Rylan bauten sich vor mir auf, sobald wir durch die Flügeltür auf die Veranda getreten waren, die sich einmal um das gesamte Erdgeschoss des Hauses zog. Wir waren weiter in eines der Verbindungshäuser gezogen, weil auf dem Campus der *Elbury University* Alkoholverbot herrschte, und ich hoffte inständig, dass Bryson nicht mit den Mitgliedern von Kappa Omega Alpha befreundet war. Oder vielleicht hoffte ich auch, dass er hier war. Während meine Gefühle normalerweise so ordentlich im Kopf sortiert waren wie Akten im Repräsentantenhaus, herrschte heute Anarchie in meinem Gehirn.

Ich hatte nie richtig durch die ganzen Regeln durchgeblickt, die man in der Welt der Verbindungen beachten musste, aber ich wusste, dass befreundete Verbindungen gegenseitig ihre Partys besuchten und von den anderen lieber wegblieben.

Als wir ankamen, beschlich mich kurz das Gefühl, hier schon einmal gewesen zu sein. Allerdings konnte das genauso gut daran liegen, dass die Gebäude in der *Greek Row*, in der alle Verbindungshäuser außerhalb des Campus standen, nahezu identisch waren. Sie waren alle riesig und ähnelten alten Südstaatenanwesen, mit den ausladenden Veranden und den weißen Säulen, die so gut wie jedes der Häuser umgaben. Auch von innen war die Raumaufteilung immer ähnlich. Unten gab es eine Gemeinschaftsküche sowie einen Ess- und Wohnbereich, in dem die Partys hauptsächlich stattfanden. Die meisten Häuser hatten Gärten und die mit den reichsten Mitgliedern sogar einen Pool. Eine alte Holztreppe führte nach oben auf eine Galerie, von der aus man in die Schlafzimmer gelangte.

»Wir sind uns zufällig in den Ferien auf *Bainbridge Island* begegnet«, antwortete ich ausweichend und vermied es, meine Freundinnen anzusehen.

Ich war den beiden dankbar dafür, dass sie mich aus der Situation mit Leo herausgeholt hatten, bevor ich etwas Dummes sagen konnte. Auch wenn sie es nur getan hatten, weil sie verdammt neugierig waren und unbedingt wissen wollten, warum ich ihm offensichtlich schon einmal begegnet war.

Vorhin auf der Bühne hatte ich ihn sofort erkannt. Seine wilden dunklen Haare, seine gleichmäßigen Gesichtszüge und seine dunkelbraunen Augen, die vollends zufrieden wirkten, während er auf seiner Gitarre herumzupfte. Er stand neben Blake auf der Bühne, als hätte er noch nie etwas anderes getan. Und anstatt dass es mir egal war, ihn hier wieder zu sehen, konnte ich nichts gegen das verdammte Kribbeln tun, das einsetzte, sobald ich ihn sah. Dieses Kribbeln, das man von den Zehen bis zu den Haarwurzeln fühlen konnte, war das Gleiche, das ich schon vor zwei Wochen hatte. Als ich aus mir immer noch unerklärlichen Gründen stundenlang mit ihm im Sand gehockt und übers Leben gesprochen hatte. Nicht über die Welt und das

Leben im Allgemeinen, wie man das mit Menschen, die man gerade erst kennengelernt hatte, machte. Sondern über diese tiefen Gefühle und Gedanken, die man sich normalerweise nicht einmal vor sich selbst zuzugeben traut.

Viel zu oft hatte ich seitdem an Leo gedacht und daran, wie gut sich seine bloße Anwesenheit angefühlt hatte. Sein dunkles Lachen und sein schiefes Grinsen, wenn er mich aufzog. Seine Gedanken, die meinen so ähnlich waren, dass es mir eigentlich hätte Angst machen sollen. Mindestens genauso oft fühlte ich mich deswegen miserabel. Immer dann, wenn ich an Bryson und unsere Beziehungspause dachte. Trotzdem wanderte Leo wieder und wieder ungefragt durch meinen Kopf. Ich durfte nicht an ihn denken. Wäre er hier nicht aufgetaucht, wären die Erinnerungen an ihn sicher irgendwann verblasst. Jetzt hatte ich eine dunkle Vorahnung, dass er alles nur noch komplizierter machen würde.

»Du hast gesagt, die ganzen Ferien lang ist überhaupt nichts Spannendes passiert.« Rylan machte einen Schritt auf mich zu, »Das hier …«, sie zeigte durch die gläserne Flügeltür auf Leo, der immer noch etwas unbehaglich mit Blake und Kian auf dem Sofa saß, »ist was Spannendes.«

»Und noch dazu ist *das hier* …« Auch Addie zeigte nun auf Leo und ich hatte das Gefühl, er müsste unsere Blicke auf ihm jeden Moment spüren, »superheiß.«

Meine Freundinnen führten sich auf wie zwei Teenager, die gerade ihren Schwarm getroffen hatten, und es war höchste Zeit, das zu unterbinden.

»Wir haben uns auf dem Fundraiser der High School meines Bruders gesehen. Kein Grund auszuflippen.« Ich versuchte, möglichst beiläufig zu klingen, was mir die beiden natürlich kein Stück abnahmen.

»Dafür hast du aber gerade verdächtig danach ausgesehen, als würdest du dich in seine starken Arme werfen wollen.« Rylan legte sich die Hand theatralisch auf die Brust und sah aus wie das Emoji, das Herzen anstelle von Augen hatte.

»Also Leo, der heiße Löwe?« Addie senkte die Stimme, obwohl Kian, der unter seiner harten Schale einen sehr eifersüchtigen Kern hatte, sie nicht hören konnte.

»Heißer Löwe, Addie? Ernsthaft?« Ich rollte mit den Augen, aber meine Freundin zwinkerte mir nur zu, um mich gleich darauf wieder abwartend anzusehen. »Also, was hat es mit ihm auf sich?«

Ich wusste, dass es keinen Sinn hatte, etwas vor meinen Freundinnen verheimlichen. Meistens wollte ich das auch nicht. Noch weniger aber wollte ich mich mit den verwirrenden Gefühlen auseinandersetzen, die Leo und seine Anwesenheit mit sich brachten. Deshalb entschied ich mich für eine sehr abgespeckte Version der Wahrheit, die vor allem auf seinem Hund Maya und einer fallengelassenen Wasserflasche am Strand basierte. Die stundenlangen Gespräche und dieses Kribbeln, das ich in seiner Nähe gespürt hatte, ließ ich geflissentlich aus. Genauso wie die Tatsache, dass ich mich tatsächlich sofort in seine Arme geworfen hätte, wenn er mich nicht so unergründlich angestarrt hätte.

»Nur weil wir uns zufällig getroffen haben und er jetzt zufällig mit Blake abhängt, heißt das nicht, dass es das Universum so eingerichtet hat«, beendete ich meine Geschichte und nahm Rylan gleichzeitig den Wind aus den Segeln. Die Art, wie sie ihre Lippen aufeinanderpresste, zeigte mir, dass sie genau das sagen wollte. Im Gegensatz zu uns glaubte sie nämlich sehr wohl an das Schicksal und die Macht des Universums.

»Sie sagt ja nicht, dass du dich unsterblich in ihn verlieben musst, aber so als Ablenkung von Bryson …«, versuchte es Addie, doch auch ihr schnitt ich das Wort ab.

»Ich brauche keine Ablenkung von Bryson, Mädels. Wir sind in einer *Beziehungspause.*« Ich betonte das Wort Beziehungspause, obwohl mir sehr bewusst war, dass ich dafür höchstens eine hochgezogene Braue ernten würde.

»Ach Süße, glaubst du nicht, es wird langsam Zeit, der Wahrheit ins Auge zu sehen?« Rylans braune Augen hatten wieder diesen mitfühlenden Ausdruck, den sie immer bekamen, wenn es um Bryson ging. Da ich keine Anstalten machte, ihr zu antworten, sprach sie weiter. »Er zieht doch munter durch jede Schwesternschaft an der Universität und entscheidet sich dann, ob er zu dir zurückkommen will, wenn ihm sein Single-Leben nicht mehr gefällt. Und du gibst ihm auch noch die Chance dazu. Wenn er zu blöd ist, zu erkennen, dass er schon lange den Hauptgewinn gezogen hat, dann kannst du froh sein, wenn du ihn endlich los bist. Du verdienst jemanden, der dich im Bett zum Stöhnen bringt, und nicht nur weil er wieder …«

Weiter kam sie nicht, weil Addie ihre flammende Rede unterbrach. »Rylan! Bitte.«

Auch wenn sie ihr insgeheim zustimmte, war sie ein bisschen feinfühliger, was dieses sensible Thema anging.

»Wir wollen doch nur, dass dir endlich klar wird, dass du dich nicht mit weniger zufriedengeben solltest, als dem, was du verdienst. Du verdienst diese elektrisierende Verbindung, die man tief in seiner Seele spürt, und kein bisschen weniger, Camille.« Addies Stimme war ruhig, aber gleichzeitig eindringlich. So als wüsste sie genau, wie recht sie hatte.

Sie wusste aber nicht, wie es war, wenn man mit jemandem seit Beginn der High School zusammen war. Wie es sich anfühlte, wenn die eigene Zukunft mit dieser einen Person geplant war und man überhaupt keine Vorstellung hatte, wie ein Leben ohne sie aussehen sollte. Diesen Plan schmiss man nicht so einfach über den Haufen. Für diesen Plan kämpfte man. Man ging Kompromisse ein und manchmal nahm man in Kauf, verletzt zu werden.

»Ich habe einfach das Gefühl, dass ich ihn verliere, wenn ich aufhöre zu kämpfen.« Ich musste viel lauter sprechen, als ich wollte, um den Geräuschpegel, der mit jeder Minute zu steigen schien, zu übertönen. In mir tobte ein Kampf zwischen meinem Kopf und meinem Herzen. Zwischen der Macht der Gewohnheit und dem Willen, etwas zu ändern. Ich hasste dieses Gefühl. Ich hasste es abgrundtief, aber ich war nicht stark genug, um etwas daran zu ändern.

Als hätten die beiden meinen inneren Kampf gespürt, legte Rylan mir ihren Arm um die Schulter und drückte mich an sich, während Addie mir über die Haare strich.

»Süße, du kämpfst darum, bei jemandem zu bleiben, der nicht einmal ein bisschen dafür kämpft, dich bei ihm zu halten.« Rylans Stimme war jetzt leiser. »Verlier dich nicht selbst, Camille.«

Minutenlang hingen wir einfach unseren Gedanken nach, obwohl diese Stimmung so gar nicht zu der Party um uns herum passen wollte. Ich wusste, dass meine Freunde eine eindeutige Reaktion aus mir herausbekommen wollten. Eine, die diesem jämmerlichen Schauspiel endlich ein Ende setzen würde. Sie waren sich sicher, ich müsste nur einmal richtig ausflippen, damit ich nach vorne blicken und weitermachen konnte. Aber ich hatte Bryson noch nie richtig zur Rede gestellt, geschweige denn besonders viele Tränen vergossen.

Meine Mitbewohnerinnen bezeichneten mich deshalb gerne als emotionalen Eisblock, aber nur weil ich meine Gefühle lieber sortierte, hieß das nicht, dass ich sie weniger stark fühlte. Ich fühlte sie so stark, dass ich sie unter Verschluss halten musste, weil ich sonst Angst hatte, sie nicht mehr ertragen zu können. Mit überwältigenden Gefühlen konnte ich noch nie gut umgehen. Sie hatten bei mir in der Vergangenheit schon häufiger zu einer inneren Kurzschlussreaktion geführt. Die Bombe, die in so einem Fall explodierte, entlud sich meist leider nicht nur innerlich, sondern direkt auf alle, die mir im Weg standen.

»Dann lass dich heute wenigstens aufheitern und zieh dich nicht so weit in deinen Kopf zurück, okay?« Rylan klatschte in die Hände und griff nach ihrem Drink, um mit uns anzustoßen.

Sie hatte recht, ich verbrachte viel zu viel Zeit mit meinen Gedanken und ich hatte nicht das Gefühl, dass es besonders hilfreich war. Meine Freunde gaben sich so viel Mühe, mich aufzuheitern und mich dazu zu bringen, meine Collegezeit zu genießen, dass ich zumindest ein wenig guten Willen zeigen konnte.

»Kannst du uns trotzdem kurz erklären, wie du in den Ferien …« Addie machte eine Pause und zeigte verschwörerisch auf das Wohnzimmer, und ich nutzte die Chance, um sie zu unterbrechen.

»Können wir heute bitte einfach nicht mehr über mich sprechen?« Ich versuchte, gelassen zu klingen, aber ein kleiner Moment, in dem ich mich nicht unter Kontrolle hatte, reichte aus, dass ich schwach wurde und mich umdrehte. Leo lachte gerade über etwas, was ihm von einem schwarzhaarigen Mädchen zugeflüstert wurde, und obwohl es sowas von unangebracht war, verkrampfte sich mein Magen bei diesem Anblick. Obgleich ich bei der Geräuschkulisse nichts hören konnte, klang sein dunkles Lachen in meinen Ohren. Es war sanft und ansteckend und in dieser einen Nacht hatte ich es so oft gehört, dass ich das Gefühl hatte, es nie wieder vergessen zu können.

Vor zwei Wochen noch war ich mir sicher, ich würde mit Leo nie mehr teilen als diesen einen Abend voller Lachen und Gesprächen am Strand. Zum Abschied hatte er wie von selbst seine Arme um mich geschlungen und mich an sich gedrückt und keiner von uns schien zuerst loslassen zu wollen. Auch da dachte ich, er würde nie mehr sein als eine Erinnerung, die früher oder später verblassen würde.

Wir hatten weder Nummern noch Wohnorte oder irgendwelche Fakten ausgetauscht. Unsere Gespräche gingen so tief, dass mir diese Dinge fast banal vorgekommen waren. Allerdings konnte ich nicht leugnen, dass ich am liebsten bei ihm geblieben wäre, als er sich verabschiedet hatte und sein Gesicht so voller Gefühle war, die ich nicht deuten konnte. Trotzdem war ich weggegangen und hatte mich nicht umgedreht. In meinem Leben war kein Platz für noch ein Chaos-Gefühl und Leo musste es nicht einmal aussprechen, damit ich wusste, dass es ihm genauso ging.

Und jetzt war er hier. Nicht nur in *Elbury Park*, sondern, so wie es aussah, auch mitten in meinem Leben und ich hatte keine Ahnung, was ich mit dieser Tatsache anfangen sollte. Ich hatte keine Kraft, mich mit einer weiteren Gefühlsbaustelle auseinanderzusetzen. Am liebsten wäre es mir gewesen, wenn Leo zusammen mit der ganzen Baustelle wieder verschwinden würde. Viel zu lange starrte ich gedankenverloren auf sein Profil. Seine schwarzen, dichten und welligen Haare und die Gesichtszüge, die so weich waren und gleichzeitig verrieten, dass sich so viel mehr dahinter verbarg. Seine vollen dunklen Lippen und seine beneidenswert gerade Nase, die sich kräuselte, immer dann, wenn er lachte. All das kam mir so vertraut vor, als würden wir uns schon jahrelang kennen. Ich merkte erst, dass ich nicht unsichtbar war und mich wirklich jeder auf dieser Party beim Starren – oder ging das schon als Schmachten durch? – beobachten konnte, als Leo mir mit seinen dunklen Augen geradewegs ins Gesicht blickte. Statt seinem Blick standzuhalten, wandte ich den Kopf ruckartig und super auffällig zur Seite. Toll gemacht, Middle-School-Camille lässt grüßen. Ich hätte mich einfach umdrehen können, als wäre das gerade nicht passiert. Als würde ich nicht hier stehen wie ein kleines Kind, das zum ersten Mal dem Weihnachtsmann begegnete und scharf auf die Süßigkeiten war. *Stopp!* Was zum Teufel war bloß mit mir los? Wann genau wurde meine Gefühlswelt zu so einem offensichtlichen Problemfall?

Weil ich nicht ewig in den Garten hinterm Haus hinausstarren konnte, drehte ich langsam den Kopf wieder nach vorne, nur damit die Hoffnung, er hätte mich schon vergessen, im nächsten Moment zerschlagen wurde. Er funkelte mich immer noch an, aber dieses Mal lag ein schiefes Grinsen auf seinem Gesicht, bei dem der rechte Mundwinkel etwas höher lag als der linke. Auch diesen Ausdruck kannte ich schon von ihm. Jedes Mal, wenn er mich so ansah, wagte mein Herz es, ein kleines bisschen zu hüpfen. Da machte es auch jetzt keine Ausnahme. Aber hier an der Universität fühlte es sich viel falscher an als auf *Bainbridge Island.* Dort hatte sich die Zeit mit Leo so angefühlt, als wären wir in unserer eigenen Blase, die uns vor der Realität beschützte.

»Lasst uns auf die Tanzfläche gehen!« Ruckartig riss ich meine Augen von Leo los, bevor er noch auf die Idee kommen würde, zu mir nach draußen zu gehen, und drehte mich zu meinen Freundinnen um, die mich beide mit hochgezogenen Brauen musterten. Ob ihre Skepsis daher rührte, dass ausgerechnet ich den Vorschlag machte, tanzen zu gehen, oder ob sie Leos Blick bemerkt hatten, wollte ich in diesem Moment nicht herausfinden. Ich wollte nicht mehr nachdenken oder mir Sorgen machen. Keine Sorgen darüber, warum ich nicht gut genug für Bryson war und was das alles für meine Zukunft bedeuten würde. Ich wollte auch nicht mehr an dunkelbraune Augen und ein schiefes Grinsen denken, das sich ungefragt in meinem Kopf einnistete, ohne dass mein Körper meinen Verstand um Erlaubnis gefragt hatte. Ich wollte einfach so tun, als wäre nichts davon wichtig.

4

Camille

Die gute Laune und die Energie der anderen waren so ansteckend, dass ich es schon nach einer halben Stunde tatsächlich schaffte, die Sorgen und bedrückenden Gedanken der letzten Woche zu verdrängen.

Es störte mich nicht einmal mehr, dass meine Haare, die Rylan so kunstvoll mit ihrem Lockenstab in Form gebracht hatte, schon längst in alle Richtungen abstanden. Oder dass meine Wimperntusche mir wahrscheinlich schon auf die Wangen gerutscht war, weil ich bei Pits neuesten Dating-Geschichten Tränen lachte. So sollte doch das College sein, oder? Mit Freunden feiern und Erinnerungen fürs Leben schaffen, statt zu Hause zu sitzen und Trübsal zu blasen. Gut, vielleicht war meine gute Laune auch den Drinks geschuldet, die Pit mir in die Hand drückte. Ich war kein Mensch, der unkontrolliert trank – darin hatte ich nie einen Sinn gesehen – aber an diesem Tag war diese magische Grenze, die einem mitteilte, wann es Zeit für eine Flasche Wasser war, viel zu schnell überschritten. Und schon allein wegen dieser Tatsache hätte ich es wissen müssen. Ich hätte wissen müssen, dass ein Abend, an dem man Trübsal und einen gefährlich unterdrückten Gefühlscocktail mit Wodka mischte, niemals gut ausgehen könnte.

Diese Erkenntnis überrollte mich, als ich auf dem Weg auf die Toilette meinen Blick über die Tanzfläche und die Sitzgruppen auf der anderen Seite schweifen ließ. Eigentlich war ich auf der Suche nach Rylan. Anstelle ihrer großen dunklen Augen erspähte ich hellgrüne, die sich zu schmalen Schlitzen zusammengezogen hatten. Schlagartig wurde mir bewusst, dass das Gefühl, schon mal hier gewesen zu sein, nicht daher kam, dass alle Verbindungshäuser gleich aussahen. Die hässlichen braunen Sofas, die so gar nicht zu den grellen Neonbildern in Form von Bierflaschen, Palmen oder pseudointelligenten Sprüchen, mit denen die Wände tapeziert waren, passen wollten. Die viel zu breite Treppe, die vom Wohnzimmer aus nach oben führte. All das kam mir bekannt vor, weil Bryson und seine Verbindungsbrüder öfters hier feierten.

Plötzlich konnte ich mich wieder genau daran erinnern, wie er mich gleich im ersten Semester mit hierhergeschleppt hatte. Ich war gestresst und übermüdet, aber Bryson hatte kein Nein akzeptiert. Er hatte sogar mein Outfit ausgesucht, weil es das erste Mal war, dass ich mit der Verbindung, in die er gerade eingetreten war, unterwegs war. Das hellblaue Kleid mit einer Schleife am Rücken, das mir meine Mutter für eine ihrer Wahlkampfveranstaltungen gekauft hatte, war in diesem Haus genauso fehl am Platz gewesen wie ich zwischen den Mitgliedern der Verbindung. Nachdem er mich jedem Einzelnen vorgestellt hatte wie sein Schoßhündchen, saß ich den Rest des Abends zwischen den anderen Freundinnen, die alle in der gleichen Schwesternschaft waren und meine Anwesenheit komplett ignorierten. Deshalb hatte ich das Haus nicht erkannt.

Damals hatte ich immer nur aus der großen Fensterfront gestarrt, weil ich die ganze Zeit wie angeklebt auf dem Sofa gesessen und darauf gewartet hatte, dass der Abend endlich vorbei war.

»Camille? Was zum Teufel willst du hier?« Bryson war näher gekommen und hatte sich vor mir aufgebaut, während sich diese Erinnerung durch den dichten Nebel in meinem Kopf geschoben hatte.

»Ich habe doch gesagt, ich melde mich, warum kommst du extra hierher? Weil ich dir nicht geantwortet habe? Das ist lächerlich, Camille.« In seinen Augen, die mich früher einmal angesehen hatten, als wäre ich das Wertvollste auf der Welt, stand jetzt nur noch Wut. Wut und eine Spur Verachtung. Sogar nach einigen Drinks war mir klar, dass es ihm unangenehm war, mich hier zu sehen. Ich hasste mich dafür, dass ich den Blick abwenden musste. Es nicht ertragen konnte, wie er mich ansah, als wäre ich irgendein lästiges Anhängsel. Um nicht auf den Boden zu starren und mir damit selbst das letzte bisschen Würde zu nehmen, sah ich mich um und blieb an seinen Verbindungsbrüdern hängen, die mich mit einer Mischung aus Neugierde und Schock anstarrten. Von den meisten kannte ich nicht einmal mehr den Namen. Irgendwie sahen sie gerade sowieso alle gleich aus.

Als Bryson sich räusperte, um meine Aufmerksamkeit wieder auf ihn zu lenken – weil sich in seiner Welt *alles* um ihn zu drehen hatte –, bewegte ich meinen Kopf viel zu schnell und bemerkte, wie das Zimmer zu schwanken begann. Auf der Suche nach einem Punkt, den ich fixieren konnte, um nicht das Gleichgewicht zu verlieren, blieb mein Blick an seinem Hals hängen. Der weiße Kragen seines Poloshirts war rot. Und ich war mir trotz meiner vernebelten Sinne sofort sicher, dass das nicht von einem verschütteten Getränk kam. Vor allem nicht, nachdem ich die verräterischen Flecken auf seiner Haut bemerkte, die unter seinem Shirt verschwanden. Er presste seine Lippen zusammen, als ich die Lippenstiftspuren an seinem Kinn fixierte. In diesem Moment waren meine Gedanken seltsam klar, obwohl meine Welt sich gefährlich schnell drehte. Bryson war mir untreu. Er brauchte keine Zeit für sich, er brauchte Zeit für andere Mädchen.

Ich wollte etwas sagen. Wollte ihn anschreien, ihm mein Getränk ins Gesicht schütten oder ihm eine scheuern. Er hätte alles davon verdient. Stattdessen ließ ich mich von ihm in den Boden starren, bis ich das vertraute Brennen hinter meinen Lidern spürte. Ich hatte es bis jetzt jedes Mal geschafft, mich zusammenzureißen, aber durch den Alkohol kostete es mich viel mehr Kraft, die Tränen zurückzuhalten.

»Du bist im Moment nicht der Mittelpunkt meiner Welt, Camille, ich dachte, wir hätten das besprochen?« Die Kälte in seiner Stimme traf mich mit voller Wucht und zerstörte meine warme Blase, die der Alkohol und die Zeit mit meinen Freunden um mich herum gebildet hatten.

Ich schlang die Arme um mich, als könnte mich das vor den spitzen Pfeilen beschützen, die der Mann, der seit der High School der Dreh- und Angelpunkt meiner Welt war, mit seinen Worten in mein Herz schoss. In meinem schulterfreien Oberteil mit den dünnen Ballonärmeln kam ich mir auf einmal wahnsinnig schutzlos vor.

»Ich dachte, wir wollten … Ich wollte …« Meine Stimme klang nicht halb so stark und selbstbewusst, wie ich es mir gewünscht hätte, und ich hatte Mühe, überhaupt die Musik zu übertönen.

»Hör auf damit. Ich melde mich, wenn ich dich sehen will. Du weißt, dass ich Abwechslung brauche!« Harsch unterbrach Bryson mein Gestammel mit einer wegwerfenden Armbewegung. Wie von selbst fingen meine Lider an zu flattern. Nein, ich würde jetzt nicht vor Bryson und seinen Freunden weinen. Es war nicht der richtige Zeitpunkt, all die Tränen zu vergießen, die ich die ganze Zeit über so mühsam zurückgehalten hatte.

»Du ... Du hast gesagt, du brauchst Abstand, nicht Abwechslung.« Obwohl ich es nicht explizit aussprach, musste ihm klar sein, dass ich auf die eindeutigen Spuren in seinem Gesicht anspielte. Er starrte mich jetzt an wie ein Vater ein Kind, das nicht verstehen wollte, dass eine Gabel und eine Steckdose kein geeignetes Spielzeug waren.

»Komm schon, das ist doch etwas ganz anderes. Das ist nur Spaß, das kannst du mit unserer Beziehung doch gar nicht vergleichen.« Er legte seine Hand auf meinen Oberarm, aber das wohlige Kribbeln, das sich früher bei seinen Berührungen eingestellt hatte, blieb aus. Stattdessen brannte meine Haut, als hätte er mir Säure darübergekippt.

»Ich muss mich im College austoben, Süße. Damit ich später nicht mehr den Drang dazu habe. Du verstehst das doch, oder? Meine Freundin bleibst du natürlich trotzdem.« Seine Fingerspitzen glitten an meinem Arm langsam nach unten, bis er nach meiner Hand griff. Ich wusste, dass er mich weichkochen wollte. Dass ich einfach nicken sollte, ohne ihm Probleme zu machen. Das war einer dieser Momente, in denen ich mir wünschte, ich wäre ein bisschen mehr wie Rylan. Sie würde niemals hier stehen und zulassen, dass jemand so auf ihrem Herzen herumtrampelte. Und bestimmt würde sie niemals in Erwägung ziehen, ihn damit weiterzumachen lassen, nur weil sie Angst vor Veränderungen hatte.

Ich hasste mich dafür, dass mir die Worte, die ich ihm so gerne an den Kopf geworfen hätte, nicht über die Lippen kamen. Widerstandslos ließ ich Bryson meine Hand drücken. Lange würde ich die Tränen nicht mehr zurückhalten können und mir damit die Blöße vor allen Anwesenden geben. Mein Herz schlug immer schneller und ich war mir sicher, dass ich schwankte. Aber statt mir Halt zugeben, ließ Bryson meine Hand los und ging einen Schritt zurück.

Ich würde fallen. Meine Füße würden jeden Moment nachgeben und dann würde ich vor Bryson zusammenbrechen, ohne etwas dagegen tun zu können. In mir breitete sich eine Panik aus, die ich nur allzu gut kannte. Sie schnürte mir den Magen zu und hinderte mich daran, zu atmen. Es war zu spät, um dagegen anzukämpfen. Ich würde fallen und Bryson würde mich nicht auffangen.

Bevor meine Füße endgültig unter mir nachgeben konnten, krallte sich eine andere Hand um meinen Arm und hielt mich fest, so wie ich es mir von Bryson gewünscht hätte.

»Ach sieh mal, wen der Wind mit dem Müll von draußen hier reingewirbelt hat.« Rylan, in deren Stimme normalerweise immer ein fröhlicher Unterton mitschwang, klang so kalt, als wollte sie Bryson allein mit ihren Worten in einen Eisblock verwandeln. Sie hakte sich bei mir unter, sodass ich keine Chance hatte, zusammenzusacken.

»Glaub ja nicht, du könntest dir Camille warmhalten, bis dir die Mädels aus der Verbindung der schlechten Haar-Extensions da drüben zu langweilig werden.« Rylan wies auf die Mädchen, die sich unter Brysons Freunde gemischt hatten, und wurde lauter, so als wollte sie sichergehen, dass die Schwestern sie hörten.

»Ich glaube nicht, dass dich das etwas angeht. Wir haben hier alle nur Spaß, stimmts, Camille?« Sogar ich merkte, wie seine betont lässige Stimme zitterte. Bryson hasste Rylan, weil sie sich einen Dreck darum kümmerte, ob sie mitten auf einer Party einen Aufstand machte und deshalb für zwei Wochen das Hauptgesprächsthema des Campus sein würde.

»Du hast dir die Chance auf Spaß mit Camille gerade verspielt. Und jetzt geh uns aus dem Weg und bleib weg von ihr.« Rylan machte einen Schritt nach vorne, sodass Bryson ihr ausweichen musste, und zog mich unnachgiebig mit sich. Mein Herz schlug so schnell, dass ich sicher war, jeder, an dem wir vorbeikamen, müsste es hören. Obwohl sich meine Augen mit Tränen füllten, drehte ich mich noch einmal um, aber Bryson folgte uns nicht. Ich verachtete mich dafür, dass ich mir wünschte, er würde es tun. Ich wollte, dass er mir nachlief und sich entschuldigte. Dass er mir sagte, dass alles nur ein großes Missverständnis war, und wir so weiter machen konnten wie vorher. Aber er stand nur mit dieser Wut im Gesicht da und starrte mir für den Bruchteil einer Sekunde nach, bevor er sich abwandte und meinem Herzen somit den Todesstoß verpasste.

Keine Ahnung, was ich erwartet hatte. Dass sich Bryson mit einem Strauß weißer Rosen bei mir entschuldigen und mir seine ewige Liebe vor der gesamten *Elbury University* auf den Stufen, die zum Hauptgebäude führten, gestehen würde? Nach vier Jahren Beziehung sollte ich eigentlich wissen, dass er nicht der Typ dafür war. Oder generell für Liebesbekundungen. Oder Blumen. Nicht dass ich mich bei einer romantischen Szene in der Öffentlichkeit wohl gefühlt hätte, aber nach über vier Wochen Funkstille hätte ich zumindest eine Umarmung oder irgendetwas erwartet, das im Entferntesten wie Interesse an mir wirkte. Eigentlich hätte ich so gut wie alles erwartet. Alles, aber nicht das. Dass er mich austauschen würde. Oder mich in die zweite Reihe stellen würde. Dass ich nicht genug für ihn war.

Wie in Trance stolperte ich hinter Rylan her, bis wir endlich an der frischen Luft waren. Selbst jetzt hatte ich das Gefühl, nicht richtig atmen zu können. Es fühlte sich an, als hätten mir Brysons Worte einen Mantel aus Blei um den Körper gelegt, unter dessen Gewicht ich zusammenzubrechen drohte.

Als ich den Kopf hob, fing die Welt an, sich gefährlich schnell, um mich herum zu drehen. Rylan schaffte es nicht, mich festzuhalten, sodass ich mich auf die Veranda sinken ließ.

»Süße, Hey.« Sie streifte mir sanft eine Strähne hinters Ohr und wie auf Kommando liefen meine Tränen. Durch den Alkohol war ich viel emotionaler als sonst und hatte keine Chance, mich weiter zusammenzureißen.

»Ich weiß, wie du dich fühlst. Aber jetzt hast du Klarheit darüber, was er wirklich macht. Wenn du mich fragst, ist das nicht das Schlechteste, was dir passieren konnte.« Rylan ließ sich neben mich auf den alten Holzboden sinken.

»Wieso fühlt es sich dann so schlecht an?« Ich schlang meine Arme um meine angezogenen Beine und legte meine Stirn auf den Knien ab. »Jetzt meldet er sich bestimmt nicht mehr.«

Ich hörte, wie Rylan scharf die Luft einzog, bevor sie mir ihren Arm um die Schultern legte. »Das ist doch genau der Punkt, Süße. Er soll sich nicht mehr melden. Es tut mir leid, aber ich liebe dich und ich konnte das nicht mit ansehen. Du hast alles Glück der Welt verdient und er ist es ganz sicher nicht.«

Sie rüttelte mich ein bisschen, sodass ich den Kopf zu ihr drehte.

»Rylan, du hättest mich nicht beschützen müssen, ich hätte das mit ihm klären können.« Ich wusste, dass es meine Worte waren, aber ich erkannte meine Stimme nicht wieder. Sie war dünn, wie verzerrt und viel zu schroff.

»Ich weiß. Trotzdem wollte ich nicht, dass du dich wieder von ihm einlullen lässt. Es ist, als würdest du dich immer und immer wieder an derselben Flamme verbrennen, weil die Wärme dich anzieht. Irgendwann werden die Narben nicht mehr verheilen, Camille, wenn du dich nicht endlich selbst schützt.«

Irgendwo tief in mir drin war mir klar, dass sie nur das Beste für mich wollte. Und dass sie verdammt recht hatte. Aber die Bombe aus dem vielen Alkohol, meinem geschundenen Herzen und der unerträglichen Anspannung in mir explodierte in dem Moment, in dem mir bewusst wurde, dass ich meine gesamte so sorgfältig geplante Zukunft bei Bryson gelassen hatte. Die Druckwelle traf Rylan mit voller Wucht.

»Du hättest mich nicht beschützen müssen. Und woher willst du wissen, dass es so besser für mich ist? Nur weil du jeden Typen, der mehr als dreimal mit dir ausgehen will, abblockst, hast du meine Beziehung jetzt auch zerstört!« Die Worte sprudelten ungefiltert aus mir heraus. Obwohl eine kleine Stimme in meinem Inneren, die noch nicht vom Alkohol vernebelt war, lautstark protestierte, so mit meiner Freundin zu sprechen, konnte ich nicht aufhören.

»Camille, bitte …«

Abrupt riss ich den Kopf nach oben, nur um direkt in Addies große graue Augen zu blicken. Ich hatte gar nicht mitbekommen, dass sie uns gefolgt war.

»Nein.« Ich schnitt ihr das Wort ab und versuchte mich aufzurappeln. »Ihr habt Bryson doch von Anfang an keine Chance gegeben. Ich brauche eure Hilfe nicht.«

Es war ein weiterer schwerer Fehler, den ich an diesem Abend beging, denn sobald ich aufrecht stand, fing die Welt ein weiteres Mal an sich zu drehen. Ich erkannte Addie nur schemenhaft, als ich einen Schritt nach vorne stolperte. Instinktiv griff ich nach ihrem Arm, doch es war schon zu spät. Die ruckartige Bewegung war zu viel für meinen Magen und er entleerte jeden einzelnen Schluck Alkohol auf den Boden. Fluchend machte Addie einen Satz auf mich zu, um mir meine langen Haare aus dem Gesicht zu halten. »Fuck, Camille.«

Ich wusste nicht, wie lange ich so dastand, aber nachdem ich mich wieder ein bisschen beruhigt hatte, ließ ich mich widerstandslos von ihr auf die Veranda drücken, wo ich sofort mein Gesicht in meinen Händen vergrub.

»Scheiße. Ich … ich wollte nicht. Es tut mir leid.« Vor lauter Schuldgefühlen fingen die Tränen wieder an zu laufen, als mir irgendjemand über den Rücken streichelte. »Scheiße.«

»Hier, trink das.«

Wie durch einen Schleier sah ich Pit, der mir eine Flasche Wasser vors Gesicht hielt und mich aufmunternd angrinste. Ganz toll. War jeder, den ich kannte, hier anwesend, um meinen Zusammenbruch mit anzusehen?

»Ich bin dir dankbar, Camille. Ab heute bin ich wenigstens nicht mehr der Einzige, der sich ein Leben lang anhören muss, dass er auf Addies Schuhe gekotzt hat.« Pit wuschelte mir durch die Haare, als ich ihm die Flasche aus der Hand nahm.

»O Gott.« Konnte ich mich heute noch lächerlicher

machen? Ich versuchte alles um mich herum auszublenden und mich darauf zu konzentrieren, die Welt anzuhalten und einen klaren Gedanken zu fassen.

Gesprächsfetzen drangen an mein Ohr und ich hatte keine Ahnung, welche Stimme zu wem gehörte. Kurz glaubte ich, Blake zu hören, aber im Moment traute ich keinem meiner Sinne, geschweige denn meinem Verstand.

»Scheiße.« Normalerweise fluchte ich nie, das wurde in meinem Elternhaus nie geduldet und dieses Verbot war bis heute tief in meinem Gehirn verankert.

»Shhh, Süße, wir bringen dich jetzt nach Hause. Morgen fühlst du dich bestimmt besser.« Es war immer noch Rylan, die neben mir saß.

»Oder auch übermorgen«, erklang Addies Stimme auf der anderen Seite. Ich hatte eine meiner besten Freundinnen gerade grundlos beleidigt und der anderen auf die Schuhe gekotzt. Trotzdem waren sie kompromisslos für mich da. Ich war wirklich ein hoffnungsloser Fall. Und ein undankbares Miststück.

5

Camille

Der nächste Tag begann für mich, wie der vorherige aufgehört hatte: Mit Nebel im Kopf.

Trotz der Sonne, die durch die geöffneten Vorhänge direkt auf mein Bett schien, fror ich, was wahrscheinlich auch der Grund dafür war, dass ich überhaupt aufgewacht war. Offensichtlich hatte ich es gestern zwar noch geschafft, mich aus meinen Klamotten zu schälen, aber nicht mehr, meine Schlafsachen anzuziehen. Deshalb lag ich jetzt, in Unterwäsche mit der Bettdecke verknotet, quer über das Doppelbett ausgestreckt.

Ich schaffte es gerade so, meine Augen lange genug zu öffnen, um einen Blick auf die Uhr zu erhaschen. Resigniert ließ ich meinen Kopf wieder mit dem Gesicht voraus auf mein Kissen fallen. Es war fast zwölf Uhr mittags und ich konnte mich nicht daran erinnern, wann ich zum letzten Mal einen Sonntagvormittag im Bett verbracht hatte.

Am liebsten hätte ich mich einfach umgedreht, um weiterzuschlafen, sodass ich mich den Ereignissen der letzten Nacht nicht stellen musste. Mein Mund fühlte sich wahnsinnig trocken an und die verschwommenen Erinnerungsfetzen formten sich langsam zu einem viel zu klaren

Bild. Zwar wusste ich nicht genau, wie sich ein kompletter Filmriss anfühlte, aber in diesem Moment würde ich mir wünschen, mich an nichts mehr erinnern zu können.

Ich wollte Brysons abschätzigen Blick und die Lippenstiftspuren auf seinem Gesicht nicht mehr in den lebhaftesten Farben sehen. Ich wollte das Gefühl der Hilflosigkeit, das er in mir auslöste, ignorieren und das Gespräch, das wir hatten, ungeschehen machen.

Es funktionierte für ungefähr fünf Sekunden, in denen ich mich viel zu ruckartig aufsetzte und meine Gedanken von einem unangenehmen Schwindelgefühl abgelöst wurden. Doch sobald meine Füße den flauschigen Teppich, den ich dank Addies Leidenschaft für Schnäppchen vor meinem Bett liegen hatte, berührten und mein Körper sich an die aufrechte Haltung gewöhnt hatte, waren die Bilder von letzter Nacht wieder zur Stelle.

»Verdammt. Konnte man eigentlich noch bescheuerter sein?« Ich murmelte diese rein rhetorische Frage nur zu mir selbst, denn die Antwort fiel eindeutig aus: Konnte man selbstverständlich nicht.

Ich hatte es in einer Nacht geschafft, Leo erst anzuschmachten und ihn dann wie eine Siebenjährige zu ignorieren. Mich von Bryson auf einer Party bloßstellen zu lassen und ihm mein Herz vor die Füße zu werfen, nur damit er darauf herumtrampeln konnte. Und als wäre das nicht genug für eine Nacht, war ich grundlos gemein zu Rylan, die nichts anderes getan hatte, als mir zu helfen, und hatte Addie, die vollkommen unbeteiligt war, auf die Schuhe gekotzt. Eine wahre Meisterleistung. Wüssten meine Eltern nur einen Bruchteil davon, würden sie wahrscheinlich einen spontanen Ohnmachtsanfall erleiden und Vince würde anfangen, seine Psychologenpersönlichkeit auszupacken. »Und wie hast du dich dabei gefühlt?«, würde er fragen und mich mit diesem verdammt besorgten Ausdruck in den Augen ansehen, der ausschließlich für seine kleine Schwester reserviert war.

Wie sollte ich mich dabei gefühlt haben? Furchtbar hatte ich mich dabei gefühlt. Und zwar so furchtbar, dass ich nicht einmal eine Rangliste für das schlimmste Ereignis von letzter Nacht erstellen konnte. Jedes Einzelne davon hatte das Potenzial, mein Leben um einiges unangenehmer zu machen.

Nachdem ich mir ein altes T-Shirt, das über meinem Schreibtischstuhl hing, übergeworfen hatte, rieb ich mir so lange übers Gesicht, bis ich kleine, glitzernde Sternchen tanzen sah, als würde ich dadurch irgendeine Form der Erleuchtung finden. Da das nicht funktionierte, wagte ich es, aufzustehen, und machte ein paar Schritte bis zu Tür, um sicherzugehen, dass mir nicht sofort wieder schwarz vor Augen werden würde. Noch bevor ich die Klinke nach unten drückte, stutzte ich. Es war ruhig in der Wohnung. Es war nie ruhig in unserer Wohnung. Ich hatte zwei laute Mitbewohnerinnen und einen Pit, der hier öfter abhing als in seinem eigenen Wohnheimzimmer. Auch als ich die Tür einen Spalt öffnete, drangen keine Geräusche an mein Ohr.

Ich hatte mir keinen Schlachtplan überlegt, wie ich Addie und Rylan gegenübertreten sollte, aber die Tatsache, dass ich mich nicht auf der Stelle bei ihnen entschuldigen konnte, schnürte mir den Magen zu. Die beiden waren die besten Freundinnen, die ich mir wünschen konnte, und ausgerechnet ihnen gegenüber wurde ich zur Furie. Als ich barfuß in den leeren Wohnbereich tapste, fühlte ich mich mit jedem Schritt noch viel schlechter, weil sich eine bittere Erkenntnis in mir breitmachte: Das ich mich mit meinen

Mitbewohnerinnen gestritten hatte, schaffte es ganz nach oben auf die Rangliste der schlimmsten Dinge von gestern Abend. Auch wenn Bryson auf meinen Gefühlen herumgetrampelt war und mich einfach fallen gelassen hatte – ohne meine Freundinnen würde ich das nicht durchstehen.

Ob die beiden absichtlich ausgeflogen waren, nur um mich nicht sehen zu müssen? Das sah ihnen eigentlich nicht ähnlich, aber da der Duft von Kaffee in der Luft hing, konnten sie noch nicht lange weg sein.

»Verdammt«, entfuhr es mir, als ich mit der Faust auf unseren kleinen Tresen schlug. Verzweiflung machte sich in mir breit. Was, wenn ich gestern auf einen Schlag all die Menschen, die mir am meisten bedeuteten, verloren hatte?

Nachdem ich es geschafft hatte, die letzten Monate keine einzige Träne wegen Bryson zu vergießen, schien mein Körper dieses Versäumnis jetzt nachholen zu wollen, denn im nächsten Moment fingen sie schon wieder an zu laufen. Es war, als hätte ich auf der Party am Abend zuvor eine Schleuse geöffnet, die mich immer und immer wieder ins Tal der Tränen beförderte.

Ich schloss die Augen und versuchte mich ganz auf meine Atmung zu konzentrieren, was für ziemlich genau zwei Sekunden mehr oder weniger gut funktionierte. Das Gefühl der Hilflosigkeit und des Kontrollverlusts füllte meinen Körper aus und ich wusste nicht, wohin mit mir.

Nicht dass ich das Gefühl nicht kannte, nur dieses Mal schien ich mich nicht so leicht davon befreien zu können.

Das erste Mal, dass ich mich so fühlte, war zu Beginn meiner Laufleidenschaft gewesen. Ich war ungefähr in der Middle School und zum ersten Mal ohne meinen Bruder auf einer Wahlkampfveranstaltung unserer Eltern. Meine

Mutter hatte mich in ein absolut scheußliches Rüschenkleid gesteckt und mir immer in den Arm gezwickt, sobald mein Lächeln verrutscht war. Das war auch das erste Mal, dass ich mich zwischen all den seriösen Bekannten meiner Eltern so fühlte, als könnte ich nicht mehr atmen. Jeder von ihnen hatte mich umarmt, mir Küsschen aufgedrückt und mich über mein Leben ausgefragt. Die missbilligenden Blicke, die mir zugeworfen wurden, wenn ich zurückwich oder meine Antworten nicht zufriedenstellend waren, hatte ich nie vergessen. An jenem Tag begann ich zu verstehen, warum Vince zwei Tage nach seinem Abschluss mit Sack und Pack ausgezogen war.

Als wir an diesem Nachmittag nach Hause kamen, war ich so lange in dem kleinen Wald, der an unser Haus grenzte, herumgelaufen, bis meine Lunge brannte und mein Körper nach Luft ringen musste. Seitdem war dieses Gefühl mein Anker.

Zwei Meilen. Zwei Meilen und ich war vollkommen außer Atem. Ich konnte mich nicht erinnern, wann ich das letzte Mal nach so einer kurzen Strecke eine Pause machen musste. Vielleicht hätte ich die Enge in meiner Brust doch ignorieren sollen, mich statt in meine Laufklamotten lieber in meine Jogginghose schmeißen und mit Netflix ablenken sollen.

Schon während ich über den Campus joggte, hatte ich das Gefühl, dass mein Herz schmerzhaft in meinem Kopf pochte. Trotzdem blieb ich nicht stehen. Es tat gut, jeden meiner Muskeln zu spüren. Als würde die ganze Schande, die ich letzte Nacht selbst über mich gebracht hatte, meinen Körper verlassen.

Nach der Erkenntnis, dass mein Leben langsam, aber sicher – oder besser gesagt mit unaufhaltsamer Geschwindigkeit – den Bach runter und geradewegs auf einen riesigen Wasserfall zusteuerte, hielt mich nichts mehr in der Wohnung. Ich ignorierte die kleine Stimme in meinem Kopf, die mich daran zu erinnern versuchte, dass ich nichts zu mir genommen hatte und wenigstens noch eine Banane essen sollte, und rannte.

Ich rannte weg von dem Schmerz, den Bryson mir zugefügt hatte. Weg von der Tatsache, dass ich mich in eine unausstehliche Person verwandelte, die wahllos um sich schlug, wenn sie sich in die Ecke gedrängt fühlte. Weg von dem schlechten Gewissen, das ich empfand, weil ein viel zu großer Teil von mir viel zu froh gewesen war, als Leo vor mir gestanden hatte.

Ich rannte, ohne zu wissen, wohin. Ohne mich zu kontrollieren, obwohl ich dieses Tempo niemals durchhalten könnte. Ich wollte, dass meine Lunge in Flammen stand und der körperliche Schmerz in meinen Muskeln all den anderen Schmerz übermalte. Körperlichen Schmerz konnte ich kontrollieren. Er war nicht von anderen abhängig und so viel leichter zu ertragen als der, den ich in meinem Herzen empfand. Ich genoss das Stechen in meiner Seite regelrecht, sodass ich erst viel zu spät merkte, wie es mich lähmte. Dazu zwang, stehen zu bleiben. Wieso kam mir die Luft nicht wie sonst so frisch vor? Heute hatte ich eher das Gefühl, viel zu wenig Sauerstoff zu bekommen. Ich musste kurz die Augen schließen und mich beruhigen, dann könnte ich weitermachen. Nur ganz kurz, auch wenn sich die Welt in der Dunkelheit sofort zu drehen begann.

Mein Sichtfeld verschmälerte sich und plötzlich wusste ich nicht mehr, wohin ich gelaufen war. Weit weg von der Universität konnte ich noch nicht sein. Vielleicht im Park, der zu dem Wanderweg führte, den ich normalerweise nahm? Ich hatte vollkommen die Orientierung verloren, wusste weder, aus welcher Richtung ich gekommen war, noch, wo ich hinwollte. Mit beiden Händen stützte ich mich auf die Oberschenkel und versuchte die Balance zu halten. Ich konnte jetzt nicht fallen. Niemand würde mich auffangen. Schon gar nicht Bryson. Ich musste endlich lernen, mich auf mich selbst zu verlassen.

»Camille, verdammt. Sieh mich an.«

Ich war nicht gefallen. Zumindest fühlte es sich so an, als würde ich noch stehen. Trotzdem packten mich zwei Hände, die wahrscheinlich zu der tiefen Stimme gehörten, an den Schultern und versuchten mich aufzurichten. Keine gute Idee. Sofort fühlte ich mich wieder viel unsicherer auf den Beinen. Instinktiv schloss ich die Augen, als könnte ich mich so in eine andere Welt befördern. Es dauerte ein paar Sekunden, bis mir bewusst wurde, dass das nicht funktionieren würde. Es gab nur diese eine Welt und ich würde darin zurechtkommen müssen.

Als ich wieder aufsah, stand Leo vor mir. Irgendwo in meinem Kopf wusste ich, dass er es war, der mich aufrecht hielt, und ich sah auch, dass sich seine vollen Lippen bewegten, aber an meine Ohren drang nur ein undefinierbares Rauschen.

Diese Situation wirkte so unwirklich, dass ich die Augen wieder schließen musste. Ich fühlte mich wie in meinem ganz persönlichen Albtraum. Warum zum Teufel musste Leo da sein, wenn ich mich gerade an einem Tiefpunkt befand? Er musste mich für das labile kleine Mädchen halten, in das ich mich Stück für Stück verwandelte. Und das Schlimmste war, dass ich keine Ahnung hatte, wie ich diese Verwandlung aufhalten, geschweige denn rückgängig machen sollte. Alles an mir hing mit Bryson zusammen. Jetzt da er weg war, fiel ich komplett in mich zusammen. Mein Studium, meine Zukunft und sogar meine Familie waren so eng mit der Beziehung zu Bryson verwoben, dass es sich anfühlte, als würde ich mit jedem Tag, der seit dem Anfang unserer Beziehungspause verging, ein bisschen weiter verschwinden.

Als ich das nächste Mal versuchte, tief einzuatmen, hörte ich ein verzweifeltes Geräusch. Bevor ich verstand, dass es von mir kam, merkte ich, dass ich zwar einatmete, die Luft aber nicht in meiner Lunge ankam. Instinktiv riss ich die Augen auf. Leo war immer noch da. Er schien sich keinen Zentimeter bewegt zu haben und ich bildete mir ein, dass er eine Spur verzweifelter aussah. Sein Griff um meine Schulter wurde fester und erst da merkte ich, wie wackelig ich tatsächlich auf den Beinen war.

Ich wollte ihn anlächeln und sagen, dass er mich ruhig loslassen konnte, aber schon der Versuch scheiterte. Alles, woran ich denken konnte, war: Ich hatte vergessen, wie man atmet. Je krampfhafter ich mich daran zu erinnern versuchte, desto panischer wurde ich. Ich wollte mich bewegen, aber meine Beine verweigerten ihren Dienst. Ich fiel, doch der Aufprall war nicht so schmerzhaft wie erwartet. Erst als ich auf einem weichen Untergrund aufkam, wurde mir klar, dass Leo mir seinen Arm um die Taille geschlungen und mich festgehalten hatte.

»Camille, du musst ausatmen. Dein Körper verarscht dich.«

Leo ging neben mir in die Hocke, um mich dazu zu bringen, ihm in die Augen zu sehen, aber ich konnte nicht. Ich musste mich erst wieder daran erinnern, wie man atmet.

Ich hörte, wie er meinen Namen wiederholte und irgendetwas sagte, das ich nicht verstand. Statt ihn anzusehen, zog ich die Knie an und platzierte Arme und Kopf darauf, wie ein Käfer, der sich zusammenrollte, bis seine Feinde ihn in Ruhe ließen. Nur dass Leo nicht der Feind war. Trotzdem wollte ich, dass er wegging.

Fiepen. Das war das nächste Geräusch, das ich hörte. Entweder ich verlor langsam den Verstand oder Leos Versuche, mit mir zu reden, wurden kreativer. Wahlweise könnte Leo auch verschwunden sein und ich mich in der Gegenwart eines Verrückten befinden. Während ich noch abwog, ob es sich lohnte, aufzusehen, schob sich etwas Warmes und Weiches unter meine Arme und eine feuchte Nase stupste meine Wange an. Obwohl ich es nicht wollte, lockerte ich den Griff um meine Beine und eine ziemlich große schwarz-weiße Hundeschnauze nutzte die Gelegenheit und legte sich auf meine Knie. *Maya.*

Ganz langsam atmete ich aus, so als könnte ich selbst nicht glauben, dass es funktionierte, und sofort löste sich der unsichtbare Griff, der meine Lunge umklammert und mich am Luftholen gehindert hatte. Mechanisch strich ich über das weiße Fell auf Mayas Nase und konzentrierte mich auf meine Atmung. Sie ging stoßweise, aber es funktionierte wieder.

»Danke«, flüsterte ich und blickte geradewegs in ihre

treuen dunklen Augen, die mich sofort an Leo erinnerten. Leo. Der wahrscheinlich nicht ohne seine Hündin weiterspaziert war, sondern sich immer noch irgendwo hier in der Nähe befand. Noch einmal legte ich meinen Kopf auf meinen Beinen ab, um Zeit zu gewinnen und meine Gedanken zu sortieren.

»Wir bringen dich nach Hause, okay?« Seine Stimme hörte ich, bevor ich verstand, dass er direkt neben Maya im Gras hockte. Obwohl ich es lieber vermieden hätte, blickte ich auf und geradewegs in seine braunen Augen, die denen des Hundes erstaunlich ähnelten. Gab es nicht Studien, die besagten, dass sich Hundebesitzer mit der Zeit ihren Vierbeinern anglichen? Und warum war das wichtig?

Langsam schüttelte ich den Kopf. Ich konnte mir einfach nicht vorstellen, nach Hause zu gehen und mich dem Leben zu stellen.

»Dann bringe ich dich mit zu Maya und mir, okay?« Seine Antwort kam, ohne zu zögern. Er meinte es offensichtlich ernst.

»Du kannst hier nicht sitzen bleiben, Camila.«

Er meinte es definitiv ernst, in seinem Tonfall lag jetzt sehr viel mehr Nachdruck als noch vor ein paar Sekunden.

»Mir geht es gut, keine Sorge.« Meine Stimme klang nicht nach mir. Sie war kratzig und dünn und hörte sich so an, als hätte ich seit einer Ewigkeit nichts mehr gesagt. Vielleicht stimmte das sogar, denn ich hatte keine Ahnung, wie viel Zeit vergangen war.

Trotzdem ließ ich zu, dass Leo mich am Arm nach oben zog.

»Ja, wirklich?« Er sah mich an, als würde er in mir eine Prophezeiung für den Weltuntergang erblicken. »Du sprichst nämlich, als hätte man dir Tequila direkt in die

Venen gespritzt, und schwankst auch genauso.«

Er glaubte, ich hätte getrunken? Mit einem Ruck riss ich meinen Arm los, nur um gleich darauf wieder zu taumeln.

»Nein, Camille, ich glaube nicht, dass du schon vormittags trinkst.« Er griff wieder nach meinem Ellenbogen, während ich mich noch fragte, ob ich die Frage laut ausgesprochen hatte.

»Du hattest eine leichte Panikattacke.« Er sagte das so, als wäre es das Normalste auf der Welt, dabei war es absurd. Ich hatte noch nie eine Panikattacke.

»Mir geht es gut.« Dieses Mal schaffte ich es, zumindest halbwegs so zu klingen, als würde das ansatzweise stimmen.

»Tut es nicht. Und wenn du nicht nach Hause willst, dann kommst du jetzt mit zu uns.« Leo wurde lauter, und obwohl mir bewusst war, dass er mich hier nicht allein lassen würde, schüttelte ich den Kopf.

»Das war kein Vorschlag, Camille.« Er seufzte und hakte sich bei mir unter. Wahrscheinlich damit es für andere nicht so aussah, als würde er mich gegen meinen Willen mitziehen. Was er nicht tat. Denn wenn ich meine Alternativen betrachtete, war die Einzige, mit der ich mich anfreunden konnte, bei Leo zu bleiben.

»Ich will dir keine Umstände machen.« Es waren die ersten Worte, die ich zu ihm sagte. Den Weg in sein Wohnheim hatten wir schweigend hinter uns gebracht. Es war näher als gedacht, was meinen Zusammenbruch noch peinlicher wirken ließ, weil ich es nicht einmal auf den Kreislauf oder niedrigen Blutzucker nach einer langen Joggingrunde schieben konnte.

Leo zog mich durch seine kleine Wohnung direkt in sein Schlafzimmer und ich wehrte mich nicht einmal, als er mich sanft aufs Bett drückte. Alles hier roch nach ihm und es fühlte sich viel zu intim an, in seinem ungemachten Bett zu sitzen, während er im Schrank wühlte. Trotzdem bewegte ich mich keinen Millimeter, sondern kraulte Mayas Kopf, die nicht mehr von meiner Seite wich.

»Du machst keine Umstände. Maya freut sich über extra Streicheleinheiten.« Er lächelte schwach und hielt mir einen Stapel Klamotten hin.

»Du musst aus den verschwitzten Sachen raus. Am besten nimmst du kurz eine heiße Dusche.«

Als ich nicht antwortete, weil ich mir weder vorstellen konnte, seine Dusche zu benutzen, noch seine Kleidung zu tragen, ging er mit den Sachen ins Bad, das dem Schlafzimmer angeschlossen war. Es dauerte nur ein paar Sekunden, bis er zurückkam, um mich – zum mindestens vierten Mal an diesem Tag – am Ellenbogen nach oben zu ziehen. Und wie schon die Male zuvor ließ ich es widerstandslos geschehen. Wahrscheinlich, weil ich nur noch eine Hülle war. Oder weil ich keine andere Wahl hatte. Oder weil ich mich bei Leo so fühlte, als wäre die Realität weit weg.

6

Leo

Wie war das mit dem Universum, das mich verarschen wollte? Es hat seine Absichten gerade noch einmal bestätigt. Und zwar in Form von Camille, über die ich vor zwanzig Minuten regelrecht gestolpert war. Die Camille, die gerade unter meiner Dusche stand. *Witzig, Universum, wirklich wahnsinnig witzig.*

Nach dem Campusfest am Abend zuvor wusste ich zwei Dinge: Erstens: Das, was ich von Sekunde eins an zwischen Camille und mir gespürt hatte, war echt. Sie ging mir viel zu sehr unter die Haut, als dass ich diese Tatsache ignorieren könnte.

Zweitens: Sie war eindeutig an einem chaotischen Punkt in ihrem Leben und konnte jemanden, der selbst nichts als Chaos zurückgelassen hatte, jetzt auf keinen Fall brauchen. Verzwickte Situation.

Trotzdem war sie hier. In meiner Wohnung. In meinem Schlafzimmer. Und obwohl es sich falsch anfühlen sollte, tat es das nicht. Weil das Universum sich nicht dafür interessierte, was mir klar geworden war, und noch weniger dafür, dass ich mir vorgenommen hatte, Camille nicht näherzukommen.

Wie sie da stand, so komplett verloren, mit ausgetrockneten Lippen und so blass, als würde sie jeden Moment umkippen, war mir sofort klar, dass sie am Rande einer Panikattacke stand. Ich wusste nicht, warum mich das so überraschte. Schon vor zwei Wochen hatte sie so zerbrechlich gewirkt und so tief in ihre eigenen Gedanken verstrickt, dass es kein Wunder war, wenn ihr früher oder später alles über den Kopf wachsen würde.

Damals, als ich an diesem Punkt angekommen war, konnte ich nicht verstehen, dass niemand merkte, wie ich mich immer weiter von mir selbst entfernte, obwohl es für mich so offensichtlich war.

Die Vibration meines Handys hielt mich davon ab, einen tieferen, gedanklichen Ausflug in meine Vergangenheit zu machen. Fast war ich dankbar dafür, denn angesichts Camilles Anwesenheit in meiner Wohnung und des Kampfes, der deswegen in mir tobte, konnte ich nicht ausgerechnet jetzt anfangen, das letzte Jahr aufzuarbeiten.

Deshalb tippte ich hektisch auf mein Display, in der Hoffnung, dass mir Blake geschrieben hatte, der mich zum Gitarre spielen einladen wollte. Oder meine Großmutter, die ein verwackeltes Bild von ihrem Mittagessen schickte, weil sie glaubte, die Aussicht auf meine kolumbianischen Lieblingsgerichte könnten mich nach Hause locken.

Worauf ich nicht vorbereitet war, war die Tatsache, dass ich offensichtlich nur mit dem bloßen Gedanken an sie den Geist der Vergangenheit höchstpersönlich heraufbeschworen hatte.

Eine neue Nachricht von: Lucy

Lucy. Allein die vier Buchstaben ihres Namens schafften es, mir einen Schauer über den Rücken zu schicken, von dem ich wusste, dass er nicht so schnell wieder verschwinden würde. Ich stieß mein Telefon so ruckartig von mir weg, dass es fast über die Kante des Tisches gerutscht wäre. Selbst wenn das Display in tausend Teile zersprungen wäre – ich hätte es dankbar in Kauf genommen, wenn ich so die Erinnerungen an sie und alles, was sie getan hatte, gleich mit zerstören konnte. Aber das würde nicht passieren. Ich könnte alles und jeden um mich herum in Flammen setzen, den Schmerz und die Erinnerung an alles, was ich verloren hatte, würde ich nicht niederbrennen können. Ich konnte nicht einmal davor weglaufen oder mich verstecken. Sie waren immer da und alles, was ich versuchen konnte, war, damit zu leben.

Erst jetzt merkte ich, wie mein Atem schneller ging. Ruckartiger. Ich kannte dieses Gefühl, obwohl es schon eine Weile her war, als sich das letzte Mal alles in mir so sehr zusammenzog, dass sogar meine Lungen ihren Dienst zu verweigern schienen. *Ausatmen, Leo. Dein Körper verarscht dich.*

Ich rief mir die Anweisungen in Erinnerung, die ich vor nicht einmal einer halben Stunde Camille gegeben hatte. Dann senkte ich die Lider und versuchte Lucys braune Augen, die eigentlich viel zu groß für ihr feines Gesicht waren, zu verdrängen. Ruhig atmen. Ich musste mich auf etwas anderes konzentrieren, sonst würde mich ein Sog in die Tiefe reißen und verdammt, Lucy sollte diese Macht nicht mehr über mich haben. Maya drückte ihren Kopf gegen mein Bein, aber sie war es nicht, die Lucys Gesicht aus meinem Geist vertrieb. Weil ich mich auf mich und meine Atmung zu konzentrieren versuchte, drang das Rauschen des Wassers aus meinem Badezimmer viel zu deutlich an meine Ohren. *Camille.* Ihre dunkelblauen Iriden, die die Farbe anhand ihrer Stimmung zu wechseln schienen, verdrängten Lucys braune endgültig aus meinem Gehirn. Ich dachte daran, wie tief ihre Atemzüge waren, als sie sich endlich auf Maya und mich konzentriert hatte, und versuchte diesen Rhythmus jetzt auf mich zu übertragen. *Ausatmen. Einatmen.* Ganz gleichmäßig, bis es von selbst wieder funktionierte. Es dauerte nicht einmal eine Minute, bis ich mich wieder beruhigte, aber mein Herz wollte nicht aufhören viel zu schnell zu schlagen. Camille füllte meinen Kopf noch immer aus und meine Gedanken wanderten automatisch zurück zu dem Moment, als ich die Arme um sie schlang, damit sie nicht auf den Boden knallte. Es mochte daran liegen, dass ich gerade eine Panikattacke abgewehrt hatte oder dass mich der Name meiner Ex-Freundin immer noch mühelos in eine Abwärtsspirale schicken konnte und mein Gehirn deshalb nicht auf Hochtouren arbeitete. Plötzlich wurde mir eine dritte Tatsache klar. Und zwar so heftig, dass ich keine Chance hatte, sie davon abzuhalten, sich in meinem Kopf festzusetzen: Ich durfte nicht zulassen, dass Camille sich so sehr selbst verlieren würde, wie ich es getan hatte, und danach die übriggebliebenen Teile wieder allein zusammensetzen musste. Ich würde mein eigenes Chaos beiseiteschieben, meine schrillenden Alarmglocken ignorieren und für sie da sein. Egal wie gefährlich das für mein eigenes Herz sein würde. Egal wie verrückt es klingen mochte. Und da ich besser darin war, Tatsachen zu verdrängen, statt meinen Prinzipien treu zu bleiben, duschte Camille gerade in meinem Bad und ich stand vor der Schlafzimmertür. Alles, was ich tun konnte, war, zum Kuchen meiner Großmutter zu beten, dass ich nicht gerade auf dem direkten Weg war, mich vollkommen ins Verderben zu stürzen.

Ich schloss die Augen, lehnte mich gegen die Wand und

fragte mich, was zum Teufel mein Plan war. Camille, die kraftlos und wie ein Häufchen Elend im Gras hockte, zu retten und in meine Wohnung zu schleppen wie ein Ritter aus einem mittelmäßigen Fantasyroman, hatte ich schon mal geschafft. Sie schien sich an der Unordnung und dem ungemachten Bett nicht zu stören, also konnte ich das auch von meiner gedanklichen Liste, auf der alle Sorgen standen, die ich mir machte, streichen.

Weil ich nicht wie ein Idiot vor der Schlafzimmertür herumlungern und darauf warten wollte, bis sie aus dem Bad kam, lief ich in dem Raum, der gleichzeitig Küche, Wohn- und Esszimmer war, auf und ab, bis sogar Maya von mir genervt war und sich vor die Schlafzimmertür legte. Ganz im Gegensatz zu mir war es bei ihr nicht peinlich, dass sie offensichtlich nur darauf wartete, bis Camille wieder herauskam.

Ich wäre gerne in eine der WGs gezogen, aus denen dieses Wohnheim hauptsächlich bestand, aber dann hätte ich Maya nicht mitbringen können. Deshalb hatte ich hier mein eigenes, wenn auch sehr kleines Reich bekommen und heute war ein Tag, an dem ich Gott, oder demjenigen, der die Wohnheimregeln machte, dafür dankte.

Als ich bei meiner Runde wieder in der Küche ankam und den Kühlschrank zum dritten Mal öffnete, in der Hoffnung, etwas Neues darin zu finden, fiel mein Blick auf das kleine Gefrierfach. Vielleicht lag es daran, dass Slushies mich an meine erste Begegnung mit Camille erinnerten. Oder daran, dass sie so zerbrechlich wirkte. Oder vielleicht war mein Verstand einfach nur vernebelt, weil seit mehr als einem Jahr wieder ein Mädchen in meiner Nähe war. Aber plötzlich erschien es mir als das einzig Sinnvolle, für sie einen Slushie zu mixen. So wie meine Großmutter das schon früher immer für mich gemacht hatte. Egal ob ich einen besonders schlechten oder einen besonders guten Tag hatte: Sie war der Meinung, damit konnte man jede noch so große Träne trocknen und jeden noch so kleinen Erfolg gebührend feiern. Lächelnd öffnete ich das Gefrierfach, das vollgestopft mit selbstgebackenen Teigtaschen von meiner Großmutter war. Sie hatte mir vor der Abfahrt nach *Elbury Park* einen ganzen Korb voll in die Hand gedrückt. Schon als ich zehn Jahre alt war, hatte sie mir beigebracht, wie man meine kolumbianischen Lieblingsgerichte machte. Weil ich sie aber niemals so gut hinbekommen würde wie sie, bestand der Inhalt meines Gefrierfachs zum größten Teil aus Eis, gefrorenen Früchten, Arepas und Empanadas. Ohne nachzudenken, nahm ich einen Beutel Eis und ein paar Melonenwürfel heraus.

Als ich Zitronen auspresste, um sie mit Zucker zu Sirup zu verarbeiten, verspürte ich zum ersten Mal, seit ich hier war, so etwas wie Heimweh.

Seit über zwei Wochen setzte ich alles daran, die *Elbury University* zu meinem neuen Zuhause zu machen, mein altes hatte ich, so gut es ging, verdrängt. Mit meinen Eltern hielt ich kaum Kontakt, weil ich nicht daran erinnert werden wollte, wie sehr unser Verhältnis im letzten Jahr gelitten hatte. Ich dachte an meine Großmutter, mit der auch der Geruch der kolumbianischen Küche in unser Haus eingezogen war. Sogar einem Telefonat mit ihr war ich in den letzten Wochen aus dem Weg gegangen, weil ich Angst hatte, dass zu viele Gefühle über mich hereinbrechen würden. Ich konnte mich noch genau an ihren Blick erinnern, als sie erfahren hatte, was passiert war. In jenem Moment zerbrach etwas in ihren dunklen Augen. Sie hatte zwar immer beteuert, kein Wort auf das Gerede der Leute zu geben, trotzdem wusste ich, dass auch ihr Herz ein stückweit gebrochen war.

»Leo?« Camilles leise Stimme riss mich aus meinen Gedanken an meine Familie.

Ich hatte keine Ahnung, wie lange sie schon in dem kleinen Türrahmen stand, der die Küche optisch vom Rest des Raumes trennen sollte. Als ich ruckartig den Kopf zu ihr drehte, rutschte mir die Zitrone aus der Hand und fiel auf den Boden. Vor lauter Schreck ließ ich auch noch das Messer los, das mit einem lauten Knall daneben landete. *Bravo, sehr souverän, Leo.*

»Was machst du da?« Camille zog eine Braue nach oben und reckte den Hals, bewegte sich aber keinen Schritt auf mich zu. Mit einer Hand kraulte sie Maya, die neben ihr saß, so als würde sie sie schon ewig kennen, mit der anderen strich sie ihre Haare hinters Ohr.

Ich verschränkte die Arme vor der Brust und versuchte so zu tun, als hätte ich mich nicht gerade vor lauter Nervosität blamiert.

Sie stand etwas von mir entfernt, trotzdem roch ich mein zitroniges Duschgel auf ihrer Haut. Ihre Augen waren immer noch von dunklen Schatten unterlaufen, aber durch das warme Wasser wirkten ihre Wangen nicht mehr ganz so blass.

Es war allerdings die Tatsache, dass sie über ihrer Leggins mein viel zu großes, graues Sweatshirt trug, die meinen Magen ungefragt kribbeln ließ. Wie ein verdammtes Serienklischee. Der bloße Gedanke daran, dass sie mein Sweatshirt auf ihrer nackten Haut trug, ließ meinen Körper vibrieren. Ich beeilte mich, die Zitrone und das Messer vom Boden aufzusammeln, und bemühte mich krampfhaft, meine Gefühle unter Kontrolle zu halten.

So wie sie dastand – ungeschminkt, mit leicht zerzausten Haaren und in meinen Pulli gehüllt –, als wäre sie gerade aus meinem Bett gekrochen, löste sie den dringenden Wunsch in mir aus, dass genau dieses Szenario wahr werden würde.

»Ich dachte mir, ich beweise dir, dass du damals wirklich die falsche Wahl getroffen hast.« Ich versuchte mich möglichst lässig gegen die kleine Küchenzeile zu lehnen und zeigte auf den Mixer, in den ich bereits Eiswürfel und Melonenstücke geworfen hatte. Der Lässigkeitsfaktor wurde allerdings signifikant verringert, als ich ein Glas in die Spüle stieß.

»Du musst das nicht für mich tun. Ich kann jetzt auch nach Hause gehen.« Sie schlang die Arme um ihren Körper und sah ganz und gar nicht so aus, als könnte man sie getrost allein lassen.

»Ich mache das auch nicht für dich, ich mache das für uns. Nach der Nacht, die du hattest, brauchst du dringend etwas Überzuckertes und ich … na ja, ich mag Slushies einfach.« Weil ich dringend aufhören musste, sie anzustarren und darüber nachzugrübeln, wie ihre seidigen langen Haare sich wohl zwischen meinen Fingern anfühlen würden, ging ich zurück in die kleine Küchenzeile, um die passenden Gläser zu suchen.

»Du glaubst, mir geht es nicht gut, weil ich nicht genug Zucker esse? Hast du dich heimlich mit meinem Bruder unterhalten?« Sie verschränkte die Arme vor der Brust und kniff die Augen zusammen.

»Nein, ich glaube nur, dass ich nach einer Nacht, wie du sie gestern hattest, nicht einmal eine halbe Meile laufen könnte, ohne etwas Zucker- oder Fetthaltiges gegessen zu haben. Das ist alles.« Ich hätte ihr gerne noch viel mehr gesagt oder sie gezwungen, mir zu erzählen, was in ihr vorging, auch wenn mich das eigentlich gar nichts anging.

Camilles Reaktionen waren immer noch etwas verzögert. Nach einer gefühlten Ewigkeit schüttelte sie schwach den Kopf. »Du warst also gestern und heute dabei, wie ich mich vollkommen lächerlich gemacht habe.« Es war keine Frage, eher eine resignierende Feststellung. Als sie mir ins Gesicht sah, tobte erneut dieser unruhige Sturm in ihren Iriden, den ich so gerne vertreiben würde.

»Ich glaube, ich sollte jetzt besser nach Hause gehen.« Eigentlich hätte ich erwartet, dass sie an mir vorbei aus der Küche stürmen würde, bevor sie den Satz beendet hatte, stattdessen blieb sie regungslos stehen und starrte ins Leere. Als hätte sie gar nicht bemerkt, dass sie die Worte laut ausgesprochen hatte.

»Camila.« Ihre Augen leuchten auf, nachdem ich ihren Namen sagte. Es war kurz und fast nicht zu sehen, dafür konnte ich es umso stärker spüren.

»Jeder Mensch stolpert und fällt mal. Aber wir sind nicht wie Schneeflocken. Oder Herbstblätter. Bei uns sieht es nicht schön aus, wenn wir zu Boden sinken.« Ich wusste nicht, ob ich mich damit endgültig zum Freak beförderte oder ob ich endlich zu ihr durchdringen könnte, aber ich wusste – noch dazu aus erster Hand –, dass ich recht hatte.

»Wenn das ein aufbauender Spruch sein soll, muss ich deine Illusionen leider zerstören. Ist er nämlich nicht.« Sie ließ ihre Arme fallen. »Und ich weiß, dass ich furchtbar aussehe.«

Obwohl ich das dumpfe Gefühl hatte, der Linie, die nett und hilfsbereit von gruselig und unangenehm trennte, gefährlich nahezukommen, ignorierte ich sie und hielt Camilles Blick fest. »Du siehst nicht furchtbar aus! So habe ich das nicht gemeint, und das weißt du auch.«

Sie presste ihre Lippen zusammen und atmete ein paar Mal ruckartig ein und aus. Als hätte Maya es gespürt, tapste sie ganz leise wieder an Camilles Seite und drückte sich an ihren Oberschenkel. Wie schon zuvor entspannte sich ihr Körper sichtlich, sobald sie ihre Hände in Mayas schwarz-weißem Fell vergrub. Ich fragte mich, ob Maya sich daran erinnern konnte, wie oft sie es auf die gleiche Art bei mir geschafft hatte, mich aus meinen dunklen Gedanken zu befreien, die mich im letzten Jahr immer wieder gelähmt hatten.

Genau wie bei mir wurde auch Camilles Atmung langsamer, je länger sie über Mayas Kopf streichelte. Diese Situation kam mir schmerzhaft vertraut vor und war trotz allem so rührend, dass sich eine Gänsehaut von meinen Armen über meinen Hals und Rücken ausbreitete.

»Hör zu, ich verstehe, wenn du nicht darüber reden willst. Ich will nur, dass du weißt, dass es nichts Schlimmes ist, wenn es dir nicht gut geht, okay?« Immer noch lag mein Blick auf ihrem Gesicht, aber sie sah unverwandt zu Maya.

»Nein, du verstehst das nicht, Leo. Es ist vielleicht okay, wenn es mir nicht gut geht, aber es ist nicht okay, wenn ich dabei andere verletze, nur weil ich mein Leben nicht auf die Reihe bekomme.« Sie streichelte weiterhin über Mayas Fell, die jetzt alarmiert die Ohren spitzte. Es wirkte, als wäre meine Hündin der einzige Grund dafür, dass Camille nicht aus der Wohnung gestürmt war. »O Gott, gestern war echt der schlimmste Tag meines Lebens.« Wie auf Kommando wurden ihre Wangen rot und sie zog sich die Kapuze meines viel zu großen Sweatshirts über das Gesicht.

»Hey …« Ich ging noch einen Schritt auf sie zu und streckte die Hand nach ihr aus, obwohl ein beträchtlicher

Teil meines Gehirns lautstark dagegen protestierte. »Das war der schlimmste Tag deines Lebens bis jetzt, wer weiß, was noch kommt.«

7

Leo

Ich zupfte leicht an Camilles Kapuze, um wieder in ihre Augen sehen zu können, und versuchte zu ignorieren, wie nah ich ihr gekommen war. Sie starrte mich für den Bruchteil einer Sekunde an, bis sie begriff, was ich gerade gesagt hatte. Dann schnaubte sie und zog sich meinen Hoodie wieder ins Gesicht, als würde das irgendetwas ändern. Trotzdem entging mir nicht, wie angestrengt sie versuchte, mein Grinsen nicht zu erwidern.

»Camila.« Sie hielt in ihrer Bewegung inne, als ich ihren Namen sagte. »Damit meinte ich, dass auch die besten Dinge noch vor dir liegen.« Ich wusste nicht, wie ich den Mut dazu aufbrachte, meine Hand erneut zu heben und ihr die Kapuze komplett vom Kopf zu streichen. Meine Fingerspitzen kribbelten, als ich ihre Haare und ihren Hals berührte. Ich hatte das Gefühl, sie würde die Luft anhalten, bis ich meine Hände zurückzog.

»Das hast du aber nicht gesagt.« Zu meiner Überraschung wich sie nicht zurück. Sie hatte einen Schmollmund gezogen und für ein paar Sekunden konnte ich nur daran denken, wie sich ihre Lippen auf meinen anfühlen würden.

»Sorry, du weißt doch, Immigrantenkind und so. Da kann es schon mal vorkommen, dass ich mich falsch ausdrückte.« Meine Stimme klang viel lockerer, als ich erwartet hatte, aber es schien zu funktionieren. Camille kicherte, ohne den Blick von mir abzuwenden, wie sie es vorher die ganze Zeit getan hatte, wenn ich ihr direkt in die Augen gesehen hatte.

»Klar, diese Karte funktioniert bestimmt jedes Mal.« Sie rollte spielerisch mit den Augen.

»Es ist doch ein schöner Gedanke, dass die besten und aufregendsten Tage unseres Lebens noch vor uns liegen, oder nicht?« Ich machte einen Schritt zurück, um nicht noch einmal in Versuchung zu kommen, meine Hand an ihre Wangen zu legen. Das hier war definitiv nicht der Zeitpunkt für Annäherungsversuche, von denen ich mir nicht einmal sicher war, ob ich sie überhaupt einleiten wollte. Camille machte es mir aber verdammt schwer. Wie sie dastand, mit ihren leicht geöffneten Lippen, den zerzausten Haaren und ihrem nachdenklichen Blick auf mir.

»Ich weiß irgendwie gar nichts mehr. Das ganze Bild von meiner Zukunft, all die Pläne. Alles, was so sicher war, ist auf einmal so unsicher. Ich habe nie darüber nachgedacht, was noch auf mich warten könnte. Ob es etwas Besseres ist.« Camille zuckte mit den Schultern und sah mich unsicher an, als würde sie sich fragen, ob sie schon zu viel gesagt hatte. Ich wollte sie anlächeln, sie ermuntern weiterzusprechen, gleichzeitig spürte ich diesen verdammten Kloß im Hals, diese Schwere in meinem Körper, weil ihre Worte genauso wahr wären, wären sie aus meinem Mund gekommen.

»Ich hatte dieses klare Bild vor mir, wie mein Leben aussehen würde.« Camilles leise Stimme brachte mich dazu, sie wieder anzusehen. »Alles war so definiert und unumstößlich. Und jetzt sind die Farben auf einmal verblasst. Alles ist verschwommen und es macht mir Angst, nicht zu wissen, ob noch schlimmere Tage auf mich warten als der gestern. Oder bessere als die, die ich bis jetzt für die glücklichsten gehalten habe.«

In diesem Augenblick hörte sie sich an wie die Camille, mit der ich stundenlang über das Leben sprechen konnte. Die ihre Gedanken flüsterte, sodass ich sie kaum über den Wind und das Rauschen des Meeres hören konnte. Die, die mir mit jedem ihrer Worte zeigte, wie sehr sie das Innerste meiner Seele verstand, ohne es überhaupt im Ansatz zu ahnen.

»Vielleicht müssen wir uns manchmal einfach von diesem Bild verabschieden, egal wie klar man es vor Augen hatte. Damit man die Geschichten, die man gerade erlebt und die das Universum noch für uns bereithält, genießen kann.«

Plötzlich war mir viel zu heiß, aber ich wagte es nicht, mich zu bewegen. Dieser Moment wirkte genauso zerbrechlich wie Camille vor mir, die jetzt langsam nickte.

Ich wusste genau, wie schnell einem solch zerbrechliche Momente um die Ohren fliegen konnten. Ich wusste auch, wie schwer es war, hinterher die Scherben wieder aufzufegen. Trotzdem sperrte ich dieses Wissen zusammen mit der Stimme der Vernunft irgendwo in den Tiefen meines Gehirns ein und ließ dafür die zarten Gefühle, die Camille in mir auslöste, ein wenig weiter hinter meiner Schutzmauer hervordringen.

»Weißt du, ich glaube, du musst dir ein bisschen Zeit geben. Dann wird es dir irgendwann besser gehen.« Wieder fuhr ich mir vollkommen sinnentleert durch die Haare, nur um meinen Händen etwas zu tun zu geben.

Camille legte den Kopf schief, so als wollte sie sagen: *Hast du nicht gehört, was ich gerade gesagt habe? Mir geht es gut?*

Erst mit ein paar Sekunden Verzögerung schienen meine Worte bei ihr anzukommen. Und sie nickte langsam. »Ich habe keine Ahnung, wie ich überhaupt an diesen Punkt gekommen bin.«

»Tja, das Leben macht, was es will. Es gibt dir einen Plan, nur um ihn dir dann wieder aus der Hand zu reißen und darauf herumzutrampeln. Alles, was wir tun können, ist, das Beste aus den Resten zu machen.« Ich zuckte mit den Schultern und fragte mich, wann sie mich als den heuchlerischen Idioten enttarnen würde, der ich war. Nicht, dass ich die Weisheiten, die ich von mir gab, nicht glauben würde, ich glaubte sie sogar so sehr, dass ich mich selbst daran halten wollte. Nur leider scheiterte ich viel kläglicher als sie. Ich hatte mich dem Chaos in meinem Herzen und meinem Kopf nicht gestellt, sondern war wie ein Feigling weggelaufen. Alles, was ich seitdem tat, war reine Schadensbegrenzung.

»Lass mich für dich da sein, Camille.« Ohne einen Umweg über mein Gehirn zu machen, verließen die Worte meinen Mund und ich meinte jedes einzelne davon ernst.

»Du musst mir nicht helfen, Leo.« Sie seufzte, als würde sie es hassen, das zu sagen. »Ich brauche keinen Retter.«

Ich machte noch einen Schritt auf sie zu. »Dann lass mich wenigstens bei dir sein, während du dir selbst hilfst.«

Jetzt hatte ich ihre ungeteilte Aufmerksamkeit. Ich verlor mich fast im dunklen Blau ihrer Iriden, sodass ich sekundenlang beinahe vergaß, worüber wir sprachen.

»Lass mich einfach ein bisschen in dein Leben. Egal wie groß der Platz ist, den du mir darin einräumst.« Mein Blick brannte sich in ihren, als könnte ich dadurch Spuren hinterlassen, die sie daran erinnerten, wie ernst ich es meinte.

»Leo …« Sie senkte ihre Lider, nur um mich dann wieder anzusehen. »Warum ist dir das so wichtig? Wir kennen uns doch gar nicht richtig.« Sie schlang ihre Arme um ihren Körper und machte einen Schritt zurück.

»Das ist doch Bullshit, Camille. Natürlich kennen wir uns.« Es kostete mich einiges an Überwindung, den Abstand zwischen uns nicht wieder zu verringern. Am liebsten hätte ich sie an den Schultern gepackt und gezwungen, mir die Wahrheit zu sagen. Darüber, ob sie diese Verbindung zwischen uns spürte und was es bedeutete. Darüber, warum sie mich in einem Moment so ansah, als würde sie sich wünschen, dass ich ihr näherkam, sie festhielt, und im nächsten so, als könnte sie nicht schnell genug von mir wegkommen. Stattdessen blieb ich regungslos stehen.

»Nur weil wir zufällig beide am gleichen Ort sind, heißt das doch nicht, dass wir auf einmal Freunde sind.« Sie atmete tief durch, als müsste sie sich sammeln, bevor sie weitersprechen konnte. »Du hättest mich doch schon längst vergessen, wenn ich woanders studiert hätte. Ich weiß nicht, warum dir das hier …« Sie zeigte mit dem Finger zwischen uns hin und her. »So wichtig sein sollte. Es hat nichts zu bedeuten, dass wir uns hier wiederbegegnet sind.« Ihre blonden Haare fielen ihr in die Stirn. Obwohl ich immer noch den Eindruck hatte, dass das, was sie sagte, nicht mit ihren Gefühlen übereinstimmte, hatte ich das Bedürfnis, mich zu verteidigen.

»Camille, dass ich dich vor zwei Wochen nicht nach deiner Nummer gefragt habe ...« *Ich rede mich um Kopf und Kragen.* »Es hatte nichts mit dir zu tun.« Das war nicht die ganze Wahrheit. Es hatte etwas mit ihr zu tun, aber bestimmt nicht damit, dass ich sie nicht wiedersehen wollte. Eher im Gegenteil. Ich wollte sie viel zu sehr wiedersehen und das machte mir wahnsinnige Angst.

»Es ist egal, Leo.« Ihre Stimme war nur noch ein Flüstern. »Es ist egal, warum oder wie wir uns kennengelernt haben oder dass wir jetzt beide hier sind. Es ist egal.«

»Wenn du es noch mal wiederholst, glaube ich dir vielleicht.« Ich seufzte, weil wir beide wussten, dass sie log. »Obwohl du recht hast. Es ist mir, egal warum oder wie wir uns kennengelernt haben. Ich bin froh, dass es so ist.«

Im gleichen Moment, in dem ein Ruck durch Camilles Körper ging, ging auch einer durch meinen. Sie war wahrscheinlich vollkommen überrumpelt von meiner Aussage und ich konnte nicht glauben, dass ich das gerade wirklich ausgesprochen hatte.

»Es tut mir leid, Leo. Ich muss gehen. Danke, für alles.« Camilles Stimme klang gequält, aber ich spürte, dass ich nichts tun konnte, um sie aufzuhalten. Sie schenkte mir ein schwaches Lächeln und streichelte einmal über Mayas Fell, bevor sie viel zu überstürzt aus der Tür rannte. Und ich ließ sie gehen. Wieder einmal.

»Das war irgendwie peinlich, oder?« Ich seufzte und ging in die Hocke, als Maya auf mich zugetrottet kam, und kuschelte mich an sie. Sie legte den Kopf schief und sah mich aus ihren braunen Augen so eindringlich an, dass ich mir sicher war, sie würde mit »Ja« antworten, wenn sie sprechen könnte.

Statt Camille irgendwelche Gefühle vor die Füße zu werfen, sollte ich zuerst darüber nachdenken, was zum Teufel ich hier überhaupt tat. Oder was ich wollte. Permanent schwankte ich auf einer Welle zwischen, *ich will alles dafür tun, dass Camille sich in meiner Nähe wohlfühlt, und ich sollte zuerst mein eigenes Herz schützen, bevor ich versuche, in ihres zu gelangen.* Ich hatte keine Ahnung, ob es einen Mittelweg gab. Camilles Nähe fühlte sich so intensiv und überwältigend an, dass ich das Gefühl hatte, sie konnte für mich entweder alles oder nichts sein. Aber niemals etwas dazwischen.

8

Camille

»O mein Gott, Camille, zum Glück. Du lebst.« Ich hatte die Eingangstür unserer Wohnung noch nicht ganz aufgedrückt, als Rylan sie von innen aufriss und mich in eine stürmische Umarmung zog.

»Wo zum Teufel warst du? Wir haben uns Sorgen gemacht.« Hinter ihr tauchte jetzt auch Addie auf, in deren Blick ein Hauch von Vorwurf lag. Sofort überkam mich das schlechte Gewissen und ich ließ mich mit dem Rücken gegen die Tür fallen.

»Mädels, es tut mir so leid. Es tut mir alles so schrecklich leid.« Sobald ich unsere Wohnung betreten hatte, war plötzlich nichts anderes mehr wichtig. Weder Bryson, der auf meinem Herz herumgetrampelt war, noch Leo, der aus irgendeinem Grund in meinem Leben sein wollte, obwohl es überhaupt keinen Sinn machte. Ich spürte, wie sich schon wieder die Tränen einen Weg bahnen wollten. Wie oft konnte man eigentlich innerhalb von vierundzwanzig Stunden weinen?

Gerade als sie wirklich zu laufen begannen, zog Rylan mich in eine weitere Umarmung. Ich wollte einfach nur diesen verdammten Streit aus der Welt schaffen. Sobald

Rylan mich wieder losließ, suchte ich nach Anzeichen in ihren Augen, die mir sagten, wie sauer sie war, aber alles, was ich fand, war Sorge mit einer Prise Mitleid. War das ein gutes Zeichen?

»Jetzt komm erst mal rein. Wir haben Kaffee gemacht und Addie hat frische Zimtschnecken mitgebracht. Lass mich raten: Du hast heute noch nichts gegessen, bist einmal um ganz *Elbury Park* gerannt und siehst deshalb aus, als hätte dich der Tod ausgespuckt?« Rylan plapperte unbeirrt weiter, während sie mich am Handgelenk hinter sich in die Küche zog. Mir war klar, dass ich nicht unbedingt wie das blühende Leben aussah, aber Rylans Kommentar traf mich trotzdem. Nicht weil ich beleidigt gewesen wäre, sondern weil ich in diesem Aufzug die letzten Stunden mit Leo verbracht hatte.

»Rylan, ich …«, setzte ich erneut an. Dieses Mal war es Addie, die mich unterbrach.

»Erst der Kaffee, dann die Welt. Du kennst doch die Regeln.« Sie zwinkerte mir zu und stellte mir eine dampfende Tasse zusammen mit der größten Zimtschnecke, die ich je gesehen hatte, vor die Nase. Dann hielt sie in der Bewegung inne.

»Was hast du da an?« Sie zog eine Braue hoch und starrte auf mein Sweatshirt. Leos Sweatshirt. Meine Wangen brannten.

»Erst der Kaffee, dann die Welt, oder wie war das?« Ich versuchte ihr ein Lächeln zu schenken, aber wusste selbst, wie verdammt schwach es aussehen musste. Ich verheimlichte nicht sehr oft etwas vor meinen Freundinnen, und selbst wenn ich es täte, würde es keine zwei Tage dauern, bis sie mich durchschaut hätten. Aber jetzt musste sich die Geschichte um Leo hinten anstellen.

»Es tut mir alles so unfassbar leid!«, platzte es zum dritten Mal aus mir heraus. Ich würde nicht einen Bissen hinunterbekommen, bevor ich mich nicht für mein Verhalten von gestern entschuldigt hatte.

»Schon gut, Süße. Du warst betrunken und verletzt und ganz ehrlich, ich kann es dir nicht übelnehmen, dass du nach der Begegnung mit Bryson einen Mini-Nervenzusammenbruch erlitten hast.« Rylan zuckte mit den Schultern und biss herzhaft in ihr Gebäck, als wäre es keine große Sache. Als hätte ich gestern nicht den schlimmsten Tag meiner noch jungen College-Karriere erlebt.

Ich schlug mir die Hände vors Gesicht, weil die Bilder von letzter Nacht mir die Schamesröte ins Gesicht trieben. »Nein, es ist nicht gut.« Ich verschränkte die Arme vor der Brust. »Ich habe mich furchtbar verhalten. Rylan, das, was ich gesagt habe …«, ich stockte mitten im Satz, weil keine Worte der Welt erklären konnten, was ich mir dabei gedacht hatte. Ich konnte es mir ja selbst kaum erklären. »Ich habe das nicht so gemeint, das musst du mir glauben.« Auch wenn betrunkenen Menschen nachgesagt wurde, sie würden die Wahrheit sprechen – das gestern war nicht ich. Höchstens eine verletzte Version von mir.

»Ich weiß, dass du mir nur helfen wolltest«, fügte ich hinzu, bevor ich dem Geruch, der sich von der dampfenden Tasse in meine Nase schlich, nicht mehr widerstehen konnte und einen großen Schluck nahm.

»Ja, verdammt. Ich wollte dir nur helfen. Und ich wollte Bryson endlich die Meinung sagen. Ich meine auch immer noch, was ich gesagt habe. Du hast etwas so viel Besseres verdient und er ist ein Arschloch, das die Chance auf eine Beziehung mit dir vertan hat.« Ihr Mund verzog sich zu einem typischen frechen Rylan-Grinsen und ich konnte nicht glauben, dass sie nicht sauer auf mich war.

»Es ist okay, wirklich Camille. Du musst uns nur versprechen, dass gestern Abend nicht umsonst war.« Addie lächelte zwar auch, aber ihre Stimme war eine Spur ernster. Sie musste mir nicht erklären, was genau sie meinte. Ich wusste, dass sie Angst hatte, ich würde Bryson trotz allem eine weitere Chance geben. Diese Annahme war nicht einmal aus der Luft gegriffen, denn ich hatte längst aufgehört zu zählen, wie viele Chancen Bryson sich schon von mir genommen hatte, ohne dass ich ihn daran gehindert hatte.

»Ernsthaft, Mädels: Danke. Ich habe keine Ahnung, was ich ohne euch machen würde.« Ich sah zwischen den beiden hin und her und wurde ganz sentimental. Eine Eigenschaft, die ich mir früher selbst nie zugeschrieben hätte, aber Addie und Rylan färbten wohl auf mich ab. Wie auf Kommando zog Rylan mich in eine Umarmung, Addie kam um unsere kleine Küchentheke herum, um die Arme um uns beide zu legen.

»Du hast doch nicht ernsthaft gedacht, wir wären sauer auf dich, oder?« Addie drückte sich noch ein bisschen fester an uns, bevor sie einen Schritt zurückmachte und mich abwartend musterte. Genauso abwartend wie Rylan, die sich langsam aus meiner Umarmung löste. Als ich zögerlich nickte, verschränkte sie die Arme vor der Brust. »So einfach wirst du uns nicht los, Süße.«

»Auch wenn es aus Rylans Mund wie eine Drohung klingt, ich glaube, wir sind sowas wie Für-Immer-Freunde.«

»Für-Immer-Freunde?« Der Ausdruck kam mir nur zögerlich über die Lippen, obwohl Addie heftig nickte.

»Ja, Für-Immer-Freunde. Die Art von Freundschaft, bei der alles passieren kann, ohne dass sich irgendetwas zwischen uns ändern wird. Für immer eben.«

Bevor ich etwas erwidern konnte, zog uns Rylan mit einem lauten »Awww« in eine weitere Umarmung.

»Womit habe ich euch beide eigentlich verdient?« Ich vergrub mein Gesicht in Addies langen braunen Haaren, in der Hoffnung, dass ich unbemerkt die Tränen der Rührung wegblinzeln konnte, bevor die beiden sie bemerkten. Ja, Sentimentalität war ganz eindeutig ansteckend.

»Bestimmt warst du in einem früheren Leben eine Heilige oder so.« Addie ließ sich wieder gegenüber von uns auf ihren Hocker fallen.

»Du bist auch in diesem Leben eine Heilige, niemand sonst würde es so lange mit Bryson aushalten«, sagte Rylan beiläufig und konzentrierte sich wieder auf ihre Zimtschnecke, bevor Addie ihr einen Tritt unterm Tisch verpasste. »Zu früh, Ry.«

Bevor sie etwas erwidern konnte, mischte ich mich wieder ein. »Können wir uns vielleicht erst morgen wieder um mein verkorkstes Liebesleben kümmern?« *Oder nie,* fügte ich in Gedanken hinzu, obwohl ich genau wusste, dass das keine Option war.

»Du musst uns nur versprechen, dass du dir von uns helfen lässt.« Addie sah mich aus ihren grauen Augen eindringlich an. Schon wieder jemand, der mir helfen wollte. Wobei es bei Addie und Rylan eindeutig mehr Sinn machte als bei Leo. Leo war einfach zur falschen Zeit am falschen Ort gewesen. Mehrmals. Das hieß nicht, dass es etwas zu bedeuten hatte. Genauso wenig, wie es etwas bedeutete, dass er immer die richtigen Worte zu finden schien.

»Als ich Bryson gestern gesehen habe … Ich dachte wirklich, ich wäre wochenlang am Boden zerstört. Aber ich habe keine Ahnung, was ich fühlen soll.« Ich war selbst von mir überrascht und auch meine Freundinnen musterten mich skeptisch. Wir alle wussten, dass ich kein Mensch war, der seine Gefühle freien Lauf ließ, so wie Addie und Rylan das taten. Ich stellte meine Gefühle eher fest, statt sie wirklich zu fühlen. Doch in diesem Moment konnte ich nicht einmal das. Ob es daran lag, dass mir der Streit mit meinen Freundinnen so sehr zu schaffen gemacht hatte oder dass ich mich mit Leo in meiner Nähe sowieso ganz anders fühlte, wusste ich nicht.

»Ich bin verletzt, ja, aber irgendwie dachte ich, Liebeskummer sähe anders aus.« Schulterzuckend blickte ich zu Addie. Bevor sie endlich mit Kian zusammengekommen war, hatte sie mir gezeigt, wie Liebeskummer aussah. Sie hatte geweint, bis keine Tränen mehr kamen. Sie hatte erst überhaupt nichts und dann alles gegessen, was ihr in den Weg gekommen war. Sie war tagelang nicht sie selbst und der einzige Gedanke in ihrem Kopf war der an Kian gewesen. Irgendwie hätte ich erwartet, dass es mir genauso gehen würde.

»Keine Ahnung, was das bedeutet«, murmelte ich.

»Das bedeutet, dass dein Gehirn schon wusste, was passieren wird, aber dein Herz noch nicht bereit dafür war, es zuzulassen, Camille.« Addie umklammerte ihre Tasse mit beiden Händen.

»Es tut trotzdem weh.« Gedankenverloren zupfte ich die Zimtschnecke auseinander, bis meine Finger klebrig waren.

»Natürlich tut es weh, Süße. Ihr wart so lange zusammen und er hat dich auf die übelste Art hintergangen und war nicht einmal Manns genug, um dafür geradezustehen. Aber wenn Liebe verblassen kann, dann kann es auch der Schmerz.« Rylan lächelte mich aufmunternd an.

»Das ist irgendwie deprimierend.« Ich trank einen Schluck aus meiner Tasse und genoss die Wärme, die sich daraufhin in mir ausbreitete. »Dass Liebe verblassen kann, meine ich.«

»Nicht jede Liebe, Süße. Die wahre Liebe bleibt.« Obwohl ich sie nicht ansah, spürte ich Addies Glück in ihrer Stimme. Ich wusste, dass sie keine Zweifel daran hatte, dass ihre Liebe zu Kian niemals verblassen würde.

»Nur weil du dich umgezogen hast, heißt das nicht, dass wir vergessen haben, dass du hier in einem Sweatshirt aufgekreuzt bist, das definitiv nicht deines war.« Rylan bewegte sich in ihrem großen Sitzsack, sodass sie mich genau im Blick hatte.

Wir lümmelten in unserem gemütlichen Wohnzimmer und warteten auf Pit, der jeden Sonntagabend mit Pizza vorbeikam. Ich hatte gehofft, dass wir zumindest für heute mit mir und meinem Leben durch waren. Aber meine Freundinnen hatten andere Pläne.

Zugegebenermaßen widerwillig hatte ich Leos Hoodie gegen mein eigenes Sweatshirt getauscht und ganz hinten in meinem Schrank verstaut. In der Hoffnung, dass Rylan und Addie nicht nachfragen würden, wollte ich dasselbe mit meinen Gedanken an ihn machen. Die aufmerksamen Blicke meiner Mitbewohnerinnen gaben mir aber deutlich zu verstehen, dass sie mir keine Sekunde glauben würden, wenn ich ihnen erklärte, es sei eines von Pit, der seine Sachen grundsätzlich bei uns in der Wohnung verteilte.

»Denn Bryson würde eher verhungern, als in einem Kleidungsstück ohne Label gesehen zu werden«, fuhr Addie fort und sah mich abwartend an.

»Also?« Sie richtete sich auf und verschränkte, wie Rylan, die Arme vor der Brust.

Für einen Moment schloss ich die Augen und ging meine Möglichkeiten durch. Ich war eine miserable Lügnerin. Selbst wenn mir eine Ausrede eingefallen wäre, hätte Rylan sie sofort durchschaut. Sie hatte einen sechsten Sinn für zwischenmenschliche Beziehungen und es war nur eine Frage der Zeit, bis sie bemerken würde, was los war. Die Auskunft zu verweigern, war genauso sinnlos, weil meine Freundinnen garantiert einen Weg finden würden, die Infos aus mir herauszubekommen. Ich machte Dinge gerne mit mir allein aus und bis jetzt war das kein Problem, weil mein Leben immer einem Plan gefolgt war. Aber das war vorbei. Mein Plan hatte sich mit der Beziehung zu Bryson in Luft aufgelöst und ich war viel zu überwältigt von meinen Gefühlen, als dass ich sie genau verstehen könnte. Deshalb atmete ich einmal tief durch und sagte die Wahrheit. »Ich bin Leo begegnet.« Mein Seufzen wurde von einer quiekenden Rylan und einer nach Luft schnappenden Addie unterbrochen.

»Leo, dem heißen Löwen?«, stieß Letztere ungläubig aus. »Schon ein bisschen viel der Zufälle, oder?«

Sie hatte nicht unrecht. Es waren verdammt viele Zufälle. Und selbst wenn ich nicht an das Schicksal glauben wollte, konnte ich nicht aufhören, mich zu fragen, was das alles zu bedeuten hatte. Es wäre mir am liebsten, wenn ich diese Frage mit *Nichts hat es zu bedeuten, absolut gar nichts*, beantworten könnte. Doch das konnte ich nicht. Auch wenn ich Leo vor ungefähr zwei Stunden genau das glaubhaft versichern wollte.

Ich bin froh, dass wir uns kennengelernt haben, hatte er mir geantwortet. Am liebsten hätte ich ihn gefragt, warum er sich da so sicher war. Und warum zum Teufel er mich dann nicht aufgehalten hatte, als ich mich am Strand von ihm verabschiedet hatte und wir beide geglaubt hatten, dass wir uns nie wiedersehen würden. Stattdessen war ich regelrecht aus seiner Wohnung geflüchtet.

»Ich bin ihm beim Laufen begegnet. Er hat mir seinen Hoodie geliehen. Ende der Geschichte.« Fast hätte ich mich selbst für meine dreiste Lüge ausgelacht. Gut, es war keine komplette Lüge, aber definitiv war es auch nicht das Ende der Geschichte. Addie und Rylan sahen erst mich an, tauschten dann einen skeptischen Blick und sahen wieder zurück zu mir. Als hätten sie in den paar Sekunden eine stumme Übereinkunft getroffen, mich nicht weiter auszufragen, und ich war ihnen dankbar dafür. Sobald ich dafür bereit war, würde ich ihnen von meinem kleinen Aussetzer berichten. Oder sobald ich ihn selbst verstanden hatte.

9

Camille

Keine halbe Stunde später war alles wie immer. Pit war wie jeden Sonntag vorbeigekommen und wir saßen in unserem Wohnzimmer, aßen Pizza und bekamen vor lauter Quatschen nichts von dem Film mit, nach dem wir zuvor eine gefühlte Stunde lang gesucht hatten. Dennoch konnte ich den Abend nicht vollends genießen. Bryson und ich, das war Geschichte, und ohne ihn würde sich mein ganzes Leben ändern. Seufzend ließ ich mich in die weichen Kissen fallen und fragte mich zum wiederholten Mal, warum ich nicht vollkommen in Tränen aufgelöst meiner ersten richtigen Beziehung hinterhertrauerte. Aber wenn ich darüber nachdachte, war da nicht dieses überwältigende Gefühl von Liebeskummer und Herzschmerz. Es fühlte sich nicht so an, als hätte Bryson mein Herz gebrochen, obwohl er – objektiv betrachtet – genau das getan hatte. Viel eher fühlte es sich an, als hätte er mich zurückgelassen. Als wäre er gegangen und hätte einen riesigen Teil von mir mitgenommen. Einen Teil, den ich nicht wieder zurückholen konnte. Vielleicht war das der Punkt, der am meisten schmerzte: Ich hatte nicht nur meine Beziehung verloren, sondern damit auch einen Teil meiner selbst. Und das tat mindestens genauso weh. Wenn auch auf eine andere Art.

Hatte Leo recht damit, dass die besten und schönsten Tage noch vor mir lagen? Bis jetzt war ich der festen Überzeugung, dass keine Erinnerung die toppen konnte, als Bryson mich gefragt hatte, ob ich sein Prom-Date sein möchte, und mich auf der Tanzfläche vor der ganzen Schule geküsst hätte. Aber seit dem gestrigen Tag hatten all diese Erinnerungen einen faden Beigeschmack.

Leos warme dunkle Augen, die mich so ganz anders ansahen als Brysons, blitzten in meinen Gedanken auf und versetzten mich zurück zu dem Nachmittag, an dem sich seine Nähe viel zu intim angefühlt hatte. Wenn er bei mir war, fühlte sich alles anders an. Fremd, aber gleichzeitig vertraut und ich hatte keine Ahnung, wie ich damit umgehen sollte. Wie konnte ich meine Gefühle sortieren, wenn so viel Neues auf mich einprasselten?

»Ich meine, wenn der heiße Löwe einmal zwischen ihren Schenkeln …« Addie stupste mich an. Ich hatte gar nicht mitbekommen, dass sich das Gespräch schon wieder um mich drehte, aber Addies letzten Satz hatte ich gehört. Und der sagte mir alles, was ich wissen musste.

»Addie! Ich freue mich ja, dass ihr euch so um meine Schenkel sorgt, aber bitte …« Weiter kam ich nicht, weil Pit ein unwilliges Brummen ausstieß.

»Warum müssen wir uns schon wieder *darüber* unterhalten?« Er fuhr sich durch seine beneidenswert dicken Locken.

Pit, der von uns allen am wenigsten Probleme hatte, über Schenkel oder alles, was dazwischen war, zu sprechen, versuchte es zu vermeiden, uns als Menschen, die Sex hatten, zu sehen. Er hatte für uns alle eine Art Großer-Bruder-Beschützerinstinkt entwickelt und schien es am liebsten ignorieren zu wollen, dass auch wir ein Sexleben hatten. Dafür hing er allerdings viel zu oft mit uns herum.

Während Rylan ihn auf den neuesten Stand brachte, überlegte ich, ob Flucht eine angebrachte Reaktion war.

»Also du und Leo, ja?« Pits Augen lagen aufmerksam auf mir, bevor ich den Gedanken weiterverfolgen konnte.

»Es gibt kein *Leo und ich*«, fiel ich ihm ins Wort und verschränkte die Arme vor der Brust.

Pit ignorierte meinen Einwand und plapperte einfach weiter. »Deshalb war er so desinteressiert, als Blake und ich ihm ein paar Mädels aus Laneys Verbindung vorgestellt haben.«

Ich brauchte viel zu lange, um mein Gesicht wieder unter Kontrolle zu bringen, denn Pit hatte den Ruck, der durch meinen Körper ging, genau bemerkt.

»Erstens, ja, ich habe das heiße Cheerleader-Mäuschen geknackt, und zweitens, wie gesagt, er hat sich nicht mal für Alba interessiert, die ihm in ihrem heißesten Spanisch etwas ins Ohr gesäuselt hatte.« Selbstgefällig lehnte er sich zurück und sah abwartend in die Runde.

»Nur weil sie beide lateinamerikanische Wurzeln haben, heißt das noch lange nicht, dass er Alba automatisch heiß findet. Sie sieht nicht mal so besonders gut aus.« Rylan warf Pit einen vernichtenden Blick zu und ich wollte den beiden gerade sagen, dass Leo flirten konnte, mit wem er wollte, aber ich kam nicht zu Wort.

»Ich finde, wir fokussieren uns viel zu wenig auf den Fakt, dass ich mit Laney geschlafen habe. Und über sie könnt ihr wirklich nicht sagen, dass sie nicht heiß ist.« Hilfesuchend sah er zu Addie, die ihm bestätigend zunickte.

»Ja, okay, wenn man auf blonde Cheerleader steht, vielleicht. Aber das ist doch gar nicht der Punkt.«

»Ich finde, es sollte zumindest ein wichtiger Punkt auf unserer Tagesordnung sein.«

»Der Punkt ist, dass Camille sich mit Leo ablenken sollte …«, sagte Addie, während sie eine bequeme Position auf dem Sofa suchte.

»Ich will mich nicht mit Leo ablenken. Außerdem kennen wir ihn doch gar nicht richtig: Was, wenn er ein Serienmörder ist?« Ich merkte selbst, wie aufgeregt meine Stimme klang, obwohl ich nicht genau wusste, warum. War es, weil Alba anscheinend mit ihm geflirtet hatte? Nein, das konnte nicht sein. Leo konnte schließlich flirten, mit wem er wollte. Solange er es nicht mit mir tat.

»Tja, dann ist er auf jeden Fall kein besonders guter, wir leben schließlich alle noch.« Rylan grinste. »Und wenn er ein Serienmörder wäre, hätte er bestimmt schon bei Blake angefangen.«

»Außerdem hast du gesagt, er hat einen süßen Hund und diese riesigen braunen Augen.« Addie seufzte verträumt und lehnte sich auf unserem Sofa zurück.

»Ja, und wenn man einen süßen Hund und braune Augen hat, kann man bekanntlich kein Serienmörder sein.« Ich stöhnte auf. »Mörder hin oder her, ich werde mich garantiert nicht mit Leo ablenken. Ich will mich mit überhaupt niemandem ablenken. Ich will einfach nur meine Ruhe.« Inständig hoffte ich, dass meine Freunde nicht merkten, wie sich Leos braune Augen in meinen Kopf schoben und einfach nicht mehr verschwinden wollten. Es stimmte, ich wollte mich nicht mit ihm ablenken, dafür war die Verbindung, die ich zu ihm spürte, viel zu stark. Ich wollte dem aber auch nicht auf den Grund gehen, denn das Loch, das Bryson in meinem Leben hinterlassen hatte, war nicht einmal annähernd bereit, geschlossen zu werden.

Ich war erleichtert, als meine Freunde endlich beschlossen hatten, dass es für heute schon genug um mich und mein verkorkstes Leben gegangen war und wir uns anderen Dingen widmen konnten. Nicht dem Film natürlich. Netflix war für uns immer nur eine Geräuschkulisse. Meistens liefen dort alte Folgen von *Modern Family* oder irgendeiner anderen Sitcom, die wir schon auswendig konnten, während uns Pit von seinem Abenteuer mit Laney und Rylan uns von einem Date erzählte, zu dem ihre große Schwester sie gezwungen hatte. Bevor sie alle in mein Leben getreten waren, hatte ich nie so viel Spaß daran, sonntagabends einfach im Wohnzimmer herumzusitzen und über alles und nichts zu sprechen. Seit ich hier wohnte, liebte ich diese Abende. Genauso sehr wie ich es liebte, wenn Kian und Blake hier waren. Und dass, obwohl ich mich nie so richtig wohl in einer größeren Gruppe gefühlt hatte. Jedenfalls bevor ich die richtigen Menschen um mich hatte. Es hatte ein paar Wochen gedauert, bis ich nach meinem Einzug gemerkt hatte, dass ich nicht so introvertiert war, wie es jeder – mich eingeschlossen – annahm. Ich war einfach mit den falschen Menschen zusammen gewesen. Menschen, denen es nicht wichtig war, ob ich mich am Gespräch beteiligte oder nicht. Deshalb hielt ich früher immer meine Klappe. Es gab kaum ein erniedrigenderes Gefühl, als wenn man in einer Gruppe anfing, etwas zu erzählen, und dann immer leiser wurde, weil man merkte, dass einem niemand zuhörte, bis man irgendwann einfach still war. So ging es mir mit meinen Freunden hier nie. Obwohl alle außer Kian ein sehr ausgeprägtes Mitteilungsbedürfnis hatten, kam jeder zu Wort. Außer es ging um Football. Da war es Kian, der nicht zu reden aufhören konnte. Dann wollte allerdings auch niemand anderes zu Wort kommen, weil sich außer ihm niemand so richtig für die neuesten College Drafts interessierte.

Ich ließ mich in die Kissen sinken und schloss für einen kurzen Moment meine Augen. In den letzten vierundzwanzig Stunden war so viel passiert. So vieles hatte sich auf einmal verändert, obwohl äußerlich betrachtet alles wie immer war. Nur in mir drin wusste ich, dass nichts mehr so war wie vorher, und leider konnte ich noch nicht mit Überzeugung sagen, dass es jetzt besser war.

10

Camille

Eingehender Anruf …

Was zum Teufel?

Es war Dienstagnachmittag und weil meine Gedanken sich zu Hause nur im Kreis drehten, saß ich in der Hoffnung auf Ablenkung im *Elbury's Mug Café* und sah Addie beim Arbeiten zu. Es half nichts. Jedes Mal, wenn die Tür aufging, drehte ich meinen Kopf so ruckartig, als wäre ich auf der Flucht. Was gewissermaßen auch stimmte. Ich war auf der Flucht vor meinen eigenen Gefühlen. Seit zwei Tagen überlegte ich, ob ich Bryson eine Nachricht schreiben sollte. Ich schwankte zwischen dem Wunsch, mit ihm zu sprechen, und der utopischen Vorstellung, dass er sich bei mir melden oder sogar bei mir auftauchen würde.

»Keine Nachricht ist auch eine Nachricht, Camille. Eine ziemlich laute sogar«, hatte Addie gesagt, nachdem ich zum tausendsten Mal in der letzten Stunde mein Handy umklammerte, wenn es einen Pieps von sich gab. Und dass, obwohl ich nicht einmal wusste, was ich von ihm hören wollte, geschweige denn was ich ihm sagen wollte. Tatsache war: Ich konnte ohne Bryson leben, aber damit, wie unsicher mein Leben und meine Zukunft ohne ihn waren, damit konnte ich mich nur schwer abfinden. Genauso wenig wie mit der Tatsache, dass ich so leicht ausgetauscht worden war, obwohl ich in den letzten vier Jahren alles getan hatte, um gut genug für Bryson zu sein. Es war verdammt paradox und ich verstand mich selbst nicht mehr.

Obwohl ich auch jetzt davon überzeugt war, dass es nur eine Nachricht aus unserer Gruppe war, griff ich hoffnungsvoll nach meinem Telefon.

So schnell wie die Hoffnung gekommen war, verschwand sie wieder, als ich den Namen meiner Mutter groß und unheilvoll auf meinem Display las.

Dass sie sich ausgerechnet an diesem Tag meldete, sollte mich nicht überraschen. Meine Mutter hatte ein Händchen dafür, immer dann anzurufen, wenn ich mein schlechtestes mögliches Selbst war. Um dann noch einen draufzusetzen. Das mit dem Salz in die Wunde streuen, hatte sie perfektioniert.

Ich dachte kurz darüber nach, sie einfach zu ignorieren, obwohl das ein lächerlicher Gedanke war. Clarice Dannerbrink ignorierte man nicht. Schon gar nicht, wenn man etwas vor ihr verheimlichen wollte. Also rutschte ich von meinem Hocker, wich Addies fragendem Blick aus und ging in den hinteren Teil des Cafés mit den großen Erkerfenstern, an denen nur wenige Tische besetzt waren. Den Kopf in den Nacken gelegt, atmete ich zwei Mal tief durch, bevor ich den kleinen grünen Telefonhörer nach rechts wischte und meine Mutter in der neutralsten Stimmlage, die ich zustande bringen konnte, begrüßte.

»Nein, Mom. Wir haben uns nicht getrennt.«

Das war der erste Satz, den ich zu meiner Mutter sagte, nachdem sie mir zwischen »Hallo« und »Mom« ins Wort gefallen war, um mir ihre *Sorgen* bezüglich meiner Beziehung mitzuteilen. Ich konnte mir lebhaft vorstellen, wie sie im Wintergarten saß, mit den Augen rollte und mit ihren manikürten Fingernägeln ungeduldig auf die Tischplatte trommelte. Viel zu viele Gespräche, in denen sie mir gesagt hatte, wie enttäuscht sie von mir war, hatte ich dort schon mit meiner Mutter geführt. Sie fragte nicht, wie es mir ging oder was ich gerade machte, sondern kam gleich zum Punkt: Was ist mit Bryson?

Etwas, das ich nicht beantworten konnte. Die Begegnung am Wochenende war seit geschlagenen vier Wochen die einzige Interaktion mit ihm gewesen und ich würde mir lieber einen Finger abhacken, als meiner Mutter davon zu erzählen. Ich vermutete, dass es Bryson nicht sonderlich zu beunruhigen schien, wie der gestrige Abend gelaufen war, sonst hätte er sich schon längst bei mir gemeldet. Oder aber, wir hatten eine völlig gegensätzliche Auffassung, was den Stand unserer Beziehung betraf.

»Warum hat mir Brysons Mutter dann erzählt, dass bei euch Funkstille herrscht und du kein Lebenszeichen mehr von dir gibst?« Die vorwurfsvolle Stimme meiner Mutter riss mich aus meinen Gedanken. Jetzt war ich diejenige, die mit den Augen rollte. Bevor ich überhaupt etwas erwidern konnte, sprach sie weiter.

»Camille, ich weiß, das College bietet viele Ablenkungen, aber du und Bryson …« Sie machte eine theatralische Pause und ich war mir sicher, dass sie ihre Hand genau in diesem Moment auf ihre Brust legte. »Ihr gehört zusammen. Das weißt du doch, oder?«

Würde ich meine Mutter weniger gut kennen, hätte ich fast geglaubt, dass sie wirklich der Meinung war, Bryson und ich gehörten zusammen – allein deswegen, weil wir uns liebten. Leider wusste ich viel zu gut, was sie tatsächlich meinte. Brysons und meine Familie waren befreundet, seit ich denken konnte. Manchmal hatte ich das Gefühl, dass es das oberste Ziel meiner Eltern war, durch meine Beziehung zu Bryson eine unerschütterliche Verbindung zu seiner Familie zu schaffen. Und zwar seit sie herausgefunden hatten, dass sie ein Mädchen erwarteten.

»Mom, ich bin nicht abgelenkt. Bryson ist …«

»Bryson ist ein junger, attraktiver Mann, Camille.« Wieder unterbrach sie mich in einem Ton, der keine Widerrede zuließ. »Er hat eine glorreiche Zukunft vor sich, genau wie die Frau an seiner Seite. Natürlich gibt es haufenweise junger Frauen, die sich diesen Platz wünschen. Weißt du eigentlich, wie glücklich du dich schätzen kannst?«

Ich fing an, zwischen den kleinen Tischen auf und ab zu gehen, um die Schwere, die sich in mir ausbreitete, abzuschütteln. Plötzlich rückten meine Kopfschmerzen in den Hintergrund. Wie oft hatte mir meine Mutter schon gesagt, wie glücklich ich mich schätzen sollte, dass Bryson mich auserwählt hatte. Dass ich nicht das geringste Recht hätte, mich zu beschweren, weil Bryson eine abgesicherte Zukunft für mich bedeutete. Sie liebte ihn wie einen eigenen Sohn. Wenn nicht sogar mehr als ihren biologischen Sohn.

Sie hatte mir gesagt, wie glücklich ich mich schätzen solle, als ich mich beschwert hatte, dass ich nicht mit meinen Freundinnen in der Leichtathletik-Mannschaft bleiben konnte. Und als ich lieber mit Klassenkameraden auf eine Party gegangen wäre, statt mit Bryson zu einem

Geschäftsessen seiner Eltern. Immer wenn ich es gewagt hatte, eigene Wünsche zu äußern, trichterte meine Mutter mir den gleichen Satz wieder und wieder ein. *Schätze dich glücklich, Camille.* Nie hieß es: *Sei glücklich, Camille.* Oder: *Bist du glücklich, Camille?*

»Ja, Mom. Ich weiß, wie glücklich ich mich schätzen kann.« Jeder andere hätte mir angehört, wie traurig es mich machte, allein diesen Satz auszusprechen, nicht aber Clarice Dannerbrink. Sie interessierte sich nicht dafür, wie meine Worte oder meine Stimme klangen, sondern nur dafür, dass ich sagte, was sie hören wollte.

»Dann kann ich also davon ausgehen, dass ihr gemeinsam zu dem *Edgewood Political Lunch* erscheinen werdet.« Die Stimme meiner Mutter klang jetzt so, als würde sie mit einem ihrer Assistenten sprechen. Kalt und distanziert. Mit dieser Stimme hatte sie es schon immer geschafft, meine Brust zu erdrücken. Das war also der Grund, aus dem sie mich anrief. Sie befürchtete, ich würde dem perfekten Bild unserer Familien einen Kratzer verpassen. Ich presste mir eine Hand auf den Mund, um keinen verzweifelten Laut auszustoßen, den meine Mutter nur mit einer weiteren Rede darüber, wie ich mich zu benehmen hatte, kommentiert hätte.

»Ich weiß noch nicht, ob …«

»Das war keine Frage, Camille. Diese Veranstaltung ist sehr wichtig für deinen Vater und mich und ich erwarte von dir, dass du deine kindischen Stimmungsschwankungen in den Griff bekommst, ohne unsere oder Brysons Familie damit zu belasten.« Meine Mutter war fertig. Für sie war alles gesagt und sie würde keine Widerrede dulden. Obwohl sie mich nicht sehen konnte, nickte ich, denn sie und ich wussten beide, dass ich nicht mit ihr darüber diskutieren würde.

Nach ein paar höflichen und viel zu hölzernen Verabschiedungsfloskeln, die sich so gar nicht nach einem Gespräch zwischen Mutter und Tochter anhörten, war ich endlich erlöst und vollkommen fertig. So ausgelaugt hatte ich mich zuletzt nach meiner Klausur in Rechtswissenschaften gefühlt, für die ich mich wochenlang in mein Zimmer eingesperrt hatte. Allerdings war es das damals wert gewesen, weil ich mit der Bestnote belohnt wurde, wohingegen ich von meiner Mutter höchstens ein Kompliment für meine Haare erwarten konnte. Und das auch nur, weil sie die gleiche Farbe hatten wie ihre eigenen. Ich ließ mich auf einen freien Stuhl fallen und versuchte die Unruhe, die sich in mir ausbreitete, zu kontrollieren. Diesen verdammten Lunch hatte ich komplett verdrängt, obwohl mir jedes Jahr gepredigt wurde, dass es eines der wichtigsten Events der Wahlkampfperiode war, denn dort fand meine Mutter die meisten Sponsoren für ihre Kampagnen. Es war an Schein und Oberflächlichkeit nicht zu überbieten und ich hasste es jedes Jahr aufs Neue. Ganz im Gegensatz zu Bryson, der diese Gelegenheit nutzte, um schon einmal Kontakte für die Zeit nach dem College zu knüpfen. Dieser Tag war auch der Tag, an dem er den Arm öfter um meine Schulter legte als das gesamte restliche Jahr über. Die konservativen Freunde unserer Eltern legten großen Wert auf ein perfektes Image und dazu gehörte eben auch eine Vorzeigebeziehung, die ihnen Bryson nur allzu gerne präsentierte.

Ich wusste nicht, wie er sich das nach seiner Aktion am letzten Wochenende vorgestellt hatte. Es bestand eine Fünfzig-fünfzig-Chance, dass er entweder der festen Überzeugung war, bis dahin wäre zwischen uns alles wieder gut, oder dass er mich ersetzt hatte. Das Gefühl, nicht zu wissen, welche der beiden Optionen mir lieber wäre, ergriff Besitz von meinen Gedanken und ließ sich nicht so einfach abschütteln. Selbst wenn ich mit Bryson abschließen könnte, würden meine Eltern das niemals so einfach akzeptieren.

»Camila.«

Na toll. Schon wieder saß ich hier wie ein Häufchen Elend und schon wieder drang Leos Stimme an mein Ohr. Langsam konnte das doch kein Zufall mehr sein.

»Was machst du hier?« Ich stöhnte, obwohl er meine schlechte Laune am wenigsten verdient hatte. Ich konnte mich nicht auch noch mit ihm auseinandersetzen.

»Blake hat von *den besten Sandwiches in ganz Washington State* erzählt, und da konnte ich ja wohl schlecht *Nein* sagen.«

Er setzte sich auf den Stuhl gegenüber und sah nicht so aus, als würde er demnächst verschwinden. Als ich ihm nicht antwortete, strich er sich einmal durch die Haare, bevor er sich mit den Ellenbogen auf dem Tisch abstützte und sich näher zu mir lehnte. »Alles okay? Du siehst aus, als hättest du einen Disneybösewicht am Telefon gehabt.« Er hob eine dunkle Braue und verzog seinen Mund zu einem schiefen Grinsen, was dazu führte, dass er gleichzeitig skeptisch, schüchtern und unglaublich nett aussah. Trotzdem verschränkte ich die Arme vor der Brust und bemühte mich, ihn nicht anzulächeln.

»Leo, du musst nicht …«

Er hob abwehrend die Hände. »Ja, ja, ich weiß. Du glaubst, wir sind keine Freunde. Aber Blake und der Rest *unserer* Freunde sehen das etwas anders, also wirst du eventuell deine Meinung zu unserer Freundschaft noch mal überdenken müssen.« Er zwinkerte mir zu und es nervte mich unglaublich, dass er dabei so attraktiv wirkte. Wieso hatte er eigentlich so eine perfekte gebräunte Haut und perfekt dazu passende Augen mit so schwarzen und dicken Wimpern, für die jedes Mädchen getötet hätte? Aber ich war keine Person, die sich vom Äußeren beeindrucken ließ. *Normalerweise*. Andererseits brauchte Leo sein Äußeres überhaupt nicht, um mich zu beeindrucken, was bedeutete, dass ich in der Zwickmühle war. Ich musste hier weg.

»Ach bitte, fast alle *meine* Freunde«, ich betonte *meine* so sehr, wie er eben *unsere*, »könnten sich auch mit einem Eichhörnchen anfreunden, wenn sie wollten. Alle außer Kian. Wenn du den geknackt hast, überleg ich es mir.« Ich wusste, dass das überhaupt keinen Sinn ergab und ich mich für ihn freuen sollte, dass er hier so schnell Anschluss gefunden hatte. Aber mussten es ausgerechnet meine Freunde sein? Ein sehr großer Teil von mir schrie ganz laut *ja*, doch der andere hatte Angst. Nicht vor Leo, der mich voller Wärme anlächelte, sondern vor mir selbst und dem, was passieren würde, wenn ich mehr Gefühle zuließ.

»Challenge accepted, Camila.« Sein Grinsen wurde jetzt breiter und ich konnte mich nur noch auf seinen rechten Mundwinkel konzentrieren, der wie immer höher lag als der linke. Mein Blick wanderte über seine Nase, die sich kräuselte, wenn er lächelte, bis er an seinen Augen ankam, die so dunkel waren wie Kaffee. Nicht wie der, den Addie am liebsten machte, mit viel zu viel Sahne und Sirup. Sondern richtig guter, schwarzer Kaffee. Verdammt, mir sollte so etwas nicht auffallen. Nicht einmal in Brysons Gesicht konnte ich so viele kleine Merkmale aufzählen und sein Gesicht sollte mit eigentlich am vertrautesten sein.

»Das war keine Herausforderung, Leo.« Ich stand auf,

bevor er noch einmal meinen Namen mit seinem verdammt weichen spanischen Akzent sagen konnte, den er nur dann hatte. Mittlerweile hatte ich ihn schon so oft gehört, aber jedes Mal schlug mein Herz ein bisschen schneller und jedes Mal brauchte es ein bisschen länger, um sich wieder zu beruhigen. »Außerdem muss ich jetzt los.« Das war eine Lüge. Ich musste nirgendwo hin, außer dorthin, wo Leo nicht war.

Ich gab ihm keine Möglichkeit, mir noch einmal zu antworten, sondern drehte mich um. Nicht nur Addie hatte uns beobachtet, sondern auch Kian, der seine Schicht begonnen und Blake im Schlepptau hatte. Sie alle starrten mich neugierig an und machten sich nicht einmal die Mühe, so zu tun, als fühlten sie sich ertappt.

»Camille, hey …« Blake hob die Hand, um mich zu begrüßen, aber ich hatte keinen Nerv, mich neben ihn zu setzen, und schon gar keinen dafür, mit Addie zu sprechen.

»Hey, sorry, ich muss los«, murmelte ich, bevor ich mir meine Tasche vom Stuhl schnappte und aus dem Café stürzte, ohne mich umzudrehen. Jetzt fühlte ich mich wirklich, als wäre ich auf der Flucht. Vor meinen Gefühlen und meinen Problemen und vor Kaffee-Augen, die alles nur noch komplizierter machten.

11

Leo

»Was hast du denn zu Camille gesagt, das sie so schnell vertrieben hat?« Blake grinste mich an, als ich mich endlich wieder zurück zu ihm an den Tresen setzte. »Äh … Ich wollte sie nicht vertreiben, ich …« Keine Ahnung, was ich wollte. Mit ihr reden. Bei ihr sein. Mich vergewissern, dass es ihr gut ging. Ihr klarmachen, dass ich in ihrem Leben sein wollte. *Mir* klarmachen, dass ich in ihrem Leben sein wollte.

»Keine Sorge, sie ist am Anfang etwas distanziert.« Blake zuckte mit den Schultern.

»Sie ist nicht distanziert, sie stürzt sich nur nicht so auf neue Leute wie du.« Kian stellte Blake seinen Kaffee hin und sah dann zu seiner Freundin. »Oder du.«

Addie warf ihm einen Luftkuss zu. »Du warst doch insgeheim immer froh, dass ich mich auf dich gestürzt habe. Sonst wären wir jetzt alle nicht hier.« Sie schlang die Arme um seinen Bauch und Kian drückte sie sofort an sich. Zumindest so lange, bis Blake Würgegeräusche von sich gab.

»Nur kein Neid«, sagte Addie in seine Richtung und wandte sich dann wieder an mich. »Camille ist einfach vorsichtig.«

»Was vollkommen normal ist!«, rief Kian dazwischen, bevor er durch eine kleine Tür in den hinteren Bereich des Cafés verschwand.

»Na ja, manchmal ist sie zu vorsichtig und steht sich selbst im Weg. Aber sie hat gerade eine ziemlich kompliziert Beziehung hinter sich.« Sie machte eine Pause, als würde sie überlegen, wie viel sie mir verraten sollte. Ich wusste schon von Blake, dass dieser Bryson Camille auf übelste Weise abserviert hatte und dass wohl keiner von ihren Freunden die Beziehung zu ihm so richtig verstanden hatte. Es versetzte mir einen unangenehmen Stich, zu wissen, dass er Camille nicht gut behandelt hatte.

»Sie hat erzählt, dass ihr euch auf *Bainbridge Island* kennengelernt habt. Ich habe keine Ahnung, was das bedeutet, weil sie nicht mit der Sprache herausrückt, aber wehe, du bist ein Arschloch.« Sie kniff die Augen zusammen und legte den Kopf schief.

»Hör auf, ihm zu drohen, Addie«, mischte sich Blake wieder ein. »Ich will nicht den einzigen Freund verlieren, der Rhythmusgefühl besitzt.«

Ich hätte Blake für diese Aussage auf der Stelle umarmen können. Er wusste nicht, dass ich mich im *Freunde-finden-Ressort* bis jetzt unterirdisch schlecht angestellt hatte und wie viel es mir bedeutete, dass er mir die Möglichkeit gab, das zu ändern. Auch wenn ich Camille aus der Reserve locken wollte, als ich *unsere* Freunde gesagt hatte, war ich mir doch nicht so sicher, dass sie wirklich auch meine Freunde waren. Deshalb gab mir Blakes Kommentar, über den er wahrscheinlich nicht ansatzweise so lange nachgedacht hatte, wie ich es jetzt tat, den Selbstvertrauens-Boost, den ich brauchte, wann immer ich mit den anderen zusammen war.

Ich war nie fester Bestandteil einer Freundesgruppe gewesen. Im letzten Jahr war ich nicht einmal mehr ein loser Bestandteil irgendeiner Gruppe, aber jetzt gerade wurde mir schmerzlich bewusst, wie sehr ich dazugehören wollte. Nicht nur als Leo, der Musiker, Leo, der Quoten-Immigrant, der den Leuten sonderbarerweise ein Gefühl von Diversität gab, oder Leo, der Anwaltssohn. Einfach nur als Leo – ohne Zusatztitel.

»Ich drohe ihm nicht, oder Leo? Fühlst du dich von mir bedroht?« Addie hatte immer noch den Kopf schiefgelegt, ihre grauen Augen funkelten nun belustigt statt argwöhnisch. Sie sah nicht bedrohlich aus, aber ich hatte das Gefühl, sie könnte mir das Leben hier ganz schön schnell schwerer machen als notwendig, wenn ich einem ihrer Freunde etwas Böses wollte.

»Nein, ich fühle mich nicht bedroht. Ja, wir haben uns auf *Bainbridge Island* kennengelernt und nein, ich bin kein Arschloch.« Ich erwiderte ihr Grinsen, und obwohl ich nicht genau benennen konnte, woher dieses Gefühl kam, glaubte ich, den Addie-Test bestanden zu haben. Ein weiterer Selbstbewusstseins-Boost, den ich für etwas brauchte, das ich als Nächstes angreifen wollte.

Was zur Hölle tat ich hier?

Ich lief über den Campus der *Elbury University* und hatte Maya dabei. So weit, so normal. Ich war auf dem Weg zu Camilles Wohnung. Schon etwas sonderbarer, wenn man bedachte, dass sie vor einer Stunde im Café nicht unbedingt den Eindruck gemacht hatte, Zeit mit mir verbringen zu wollen. Außerdem hatte ich zwei selbstgemachte Zitronen-Melonen-Slushies im Gepäck, von denen einer mit Post-its beklebt war. Bedenklich hoch tausend, denn er war für Camille, die auch nicht den Eindruck machte, ein Fan von zuckerhaltigen Kaltgetränken zu sein. Oder davon, sie mit mir zu trinken. Trotzdem hielt ich an meinem Plan fest, auch wenn mein Magen mit jedem Schritt, den ich Camilles Wohnheim näherkam, stärker rebellierte. Ich hatte heute im Café gehört, wie sie mit ihrer Mutter, zu der sie wohl ein schwieriges Verhältnis hatte, telefonierte, und nein, ich hatte sie nicht belauscht. Danach sah sie so traurig aus, dass ich sie am liebsten in den Arm genommen hätte. Auch dann noch, als sie mich einfach stehen gelassen hatte. Das unruhige Meer in ihren Augen log nicht: Sie war aufgewühlt, und auch wenn ich immer noch nicht verstand, warum, wollte ich ihr unbedingt beweisen, dass ich für sie da sein konnte. Um nicht in Dauerschleife jedes mögliche Szenario, das eintreten könnte, nachdem ich an Camilles Tür geklingelt hatte, in meinem Kopf durchzugehen, konzentrierte ich mich auf die alten Backsteingebäude, an denen ich vorbeikam.

Ich mochte die *Elbury University* und war fest entschlossen, sie zu meinem neuen Zuhause zu machen. Der Weg über den Campus mit den alten roten Gemäuern, die in Kombination mit den Grünflächen und Parks ein schier endloses Labyrinth bildeten, war allein schon ein Erlebnis. Es machte sogar wett, dass *Elbury Park* eine Stunde vom Meer entfernt war. Die Atmosphäre, die der Campus ausstrahlte, konnte man nicht mit dem gesichtslosen Betonblock vergleichen, in dem sich das *Bainbridge Community College* eingemietet hatte. Deshalb herrschte dort wahrscheinlich auch so eine furchtbare Stimmung. Jeder wollte so schnell wie möglich wieder weg. Hier war es anders. Auch wenn der Lernaufwand um ein Vielfaches größer war, wurde er von dem ganzen Drumherum ausgeglichen. Die Studierenden waren hier nicht nur, um zu lernen. Sie waren hier, um zu leben. Und den meisten merkte man an, dass sie Spaß daran hatten. Auch wenn ich erst zaghafte Kontakte mit meinen Kommilitonen geknüpft hatte, fühlte ich mich, als würde mein Status als Eindringling von Tag zu Tag ein stückweit verblassen.

Mittlerweile fand ich den Weg von der Bibliothek zu meiner Lieblingsmensa ohne Google Maps und ich war diese Woche nicht ein Mal im falschen Hörsaal gelandet.

Hier war ich nicht der einzige Student mit lateinamerikanischen Wurzeln, von dem die Hälfte der Uni glaubte, er hätte sich auf der Suche nach dem Geräteschuppen in der Tür geirrt. Hier hatte ich die Chance, endlich wieder dazuzugehören.

Vor allem hatte ich die Chance, Camille wiederzusehen, und auch wenn die Dinge zwischen uns weder gut noch schlecht, sondern einfach nur seltsam waren, meinte ich, was ich ihr am Tag zuvor zu überstürzt gestanden hatte: Ich war froh, sie kennengelernt zu haben. Auch wenn ich die Frage nach dem Warum nicht beantworten konnte.

»Was machst du hier?« Camille umklammerte den Türgriff mit der einen und einen Besen mit der anderen Hand und platzte sofort mit ihrer Standardbegrüßung für mich heraus, statt mein *Hallo* zu erwidern. Sie hatte ihre Jeans von vorhin gegen kurze Sportshorts getauscht und darüber ein graues Sweatshirt gezogen. Ihre Haare waren zu einem Zopf zusammengebunden, aus dem sich einzelne Strähne lösten. Sie hatte rote Wangen, als hätte sie gerade im Eiltempo die ganze Wohnung gefegt und geputzt.

»Du musst wirklich aufhören, ständig zu hinterfragen, warum ich irgendwo bin.« Ich versuchte, jegliches bisschen Selbstbewusstsein aufzubringen, das ich besaß, und hielt ihr den mit den Post-its beklebten Becher hin.

»Was ist das?« Camille bewegte sich keinen Millimeter und starrte auf meine Hand, als befände sich darin eine tote Maus.

»Ich dachte, du könntest etwas Aufmunterung gebrauchen und dem Rezept meiner Großmutter eine Chance geben.« Ich bewegte meine Hand, sodass das Eis klirrte. Sofort spitzte Maya die Ohren und machte einen Schritt nach vorne, weil die Box mit ihren Leckerlis genau dasselbe Geräusch machte.

Camilles Blick wurde weicher, als sie Maya ansah und die Hand nach ihr ausstreckte. »Hey, Maya.«

Natürlich. Maya bekam ein freundliches »*Hey*«, während ich mich mit einem argwöhnischen »*Was machst du hier?*« zufriedengeben musste. Aber Babysteps.

»Würde es helfen, wenn ich dir sage, dass Maya es war, die dir einen Slushie bringen wollte?« Ich war Maya einmal mehr dankbar, dass sie es schaffte, zu Camille durchzuringen. Aber Hunde hatten nun mal Superkräfte.

Camille betrachtete Maya noch ein paar Sekunden, ehe sie sich wieder aufrichtete. »Ein bisschen.« Sie zögerte und zupfte nervös an ihrem Zopf. »Äh … wollt ihr reinkommen?«

»Nein, wir wollen dich zu einem Spaziergang abholen.

Frische Luft und das hier«, wieder schüttelte ich den Becher in ihre Richtung, »wirken Wunder. Also, was sagst du? Gibst du uns eine Chance?«

»Wenn deine Großmutter kein Zauberrezept benutzt hat, glaube ich kaum, dass es mir bei irgendetwas hilft.« Sie lehnte sich gegen die Wand und zupfte an den grünen Post-its, die ich aus dem *Mug Café* mitgenommen hatte. »Was hast du da draufgeklebt?«

Als Addie und Kian mir erklärt hatten, dass sie wegen der vielen Studierenden, die zum Lernen ins Café kamen, auf jedem der Tische ein paar Notizblöcke, Stifte und Post-its verteilten, war mir ein spontaner Einfall durch den Kopf geschossen. Einer, der zu gleichen Teilen das Potenzial hatte, unglaublich charmant und unglaublich unangenehm zu sein.

»Damit du nicht mehr sagen kannst *Wir kennen uns überhaupt nicht, Leo.*« Als sie nach dem Becher in meiner Hand griff, musste ich mich anstrengen, nicht zu zittern. Mit ausdrucksloser Miene nahm sie den ersten Aufkleber ab.

Mein richtiger Name ist Leonardo Felipe Tibón.

Sie blickte zwischen dem kleinen Zettel in ihrer Hand und mir hin und her und ich versuchte mein Bestes, um nicht von einem Fuß auf den anderen zu treten.

»Ja, ich weiß. Meine Eltern dachten wohl für den Fall, dass man mir meine lateinamerikanischen Wurzeln nicht sofort ansieht, geben wir ihm lieber den Klischee-Namen eines alternden Latino-Popstars. Meine Großmutter nennt mich übrigens immer so.«

»Weil sie ein Fan von alternden Latino-Popstars ist?« Camilles Mundwinkel zuckten und bei mir stellte sich die leise Hoffnung ein, dass sie mich zumindest ein kleines bisschen charmant fand. »Oder weil sie dich an deine Wurzeln erinnern will?«

»Ich werde an meine Wurzeln erinnert, sobald ich in den Spiegel schaue.« Ich fuhr mir durch meine dichten schwarzen Haare. »Aber ja, wahrscheinlich. Sie spricht auch konsequent Spanisch mit mir, obwohl sie im Laufe der Jahre sehr gut Englisch gelernt hat.« Ich lächelte automatisch bei dem Gedanken an meine Großmutter, die immer noch so tat, als würde sie mich nicht verstehen, wenn ich auf Englisch etwas zu ihr sagte. Gedanklich machte ich mir eine Notiz, sie unbedingt anzurufen.

»Ich finde das toll. Ich kann gar keine Fremdsprache.« Camille zuckte mit den Schultern.

»Ich dachte, du hattest Französisch in der Schule?«

»Das hast du dir gemerkt?« Sie riss ihre dunkelblauen Augen auf, als hätte ich ihr gerade gestanden, dass ich das genaue Sternbild vom Tag ihrer Geburt kannte.

»Natürlich, Camila. Siehst du, wir kennen uns nämlich doch schon ganz gut.« Ich zwinkerte ihr zu, als sie ein Lächeln nicht mehr unterdrücken konnte.

»Also, was ist, kommst du mit? Es ist auch ein Post-it zu Maya dabei.« Ich versuchte all meine Überzeugungskraft in diesen Satz zu legen, obwohl es für sie wahrscheinlich ziemlich komisch wirkte, dass ich so vehement darauf bestand, für sie da zu sein. Für eine Weile passierte nichts. Es war wie in einem dieser Filme, die zwanghaft tiefgründig sein wollten, dadurch aber wahnsinnig langweilig waren, weil jede Handlung viel zu lange dauerte.

In Wirklichkeit vergingen wahrscheinlich nur ein paar Sekunden, in denen ich die Luft anhielt, bis sie ganz langsam nickte und es sich anfühlte, als hätte jemand wieder auf

Play gedrückt. Ich hätte Maya knutschen können, die genau in diesem Moment aufstand und Camille über die Hand leckte, als wollte sie ihr sagen, dass sie sich endlich bewegen sollte.

12

Leo

»Oh. Wow.« Camilles Augen wurden größer, als sie den ersten Schluck durch den Strohhalm nahm. Nachdem wir ihr Wohnheim hinter uns gelassen hatten und auf den Rand des Campus zuliefen, entspannten sich endlich meine Schultern. Die Wahrscheinlichkeit, dass sie einfach umdrehen und mich stehen lassen würde, wurde geringer.

»Siehst du, es ist doch ein Zauberrezept. Du siehst schon viel besser aus.« Ich berührte sie, ohne nachzudenken, mit meiner Hand an der Schulter und war überrascht, dass sie nicht zusammenzuckte. Stattdessen blickte sie ungläubig auf den Becher in ihrer Hand.

»Ich hätte irgendwie erwartet, auf der Stelle Karies zu bekommen, wenn ich das trinke.« Camille zuckte mit den Schultern und sah fast entschuldigend in meine Richtung.

»Keine Sorge, ich werde es meiner Großmutter nicht verraten.« Ich senkte meine Stimme. »Das wäre nämlich schon fast Majestätsbeleidigung.« Ich hatte gar nicht gemerkt, dass ich automatisch den Abstand zwischen uns verringerte und meine Schulter fast wie zufällig ihre streifte.

Zu gerne hätte ich gewusst, was für ein Bild wir abgaben, während wir spätnachmittags über den Campus gingen.

Camille schien es nicht eilig zu haben und schlenderte mehr oder weniger entspannt neben mir und Maya her. Ich hatte das Gefühl, jeder, dem wir begegneten, müsste die aufgeladene Stimmung zwischen uns spüren. Es war, als hätten wir kopfüber angefangen. Von Anfang an hatten wir uns nicht mit Smalltalk aufgehalten, sondern führten Gespräche, die tief in unser Innerstes blicken ließen. Und jetzt? Jetzt liefen wir nebeneinanderher, vorbei an riesigen Laubbäumen, die die warme Frühlingssonne aussperrten, und unterhielten uns doch tatsächlich über ein Getränk und meine Großmutter. Es war nicht unangenehm, eher unwirklich. Ich hatte das Gefühl, so viel mehr über Camille zu wissen, dass es sich banal anfühlte, sich jetzt mit ihr darüber zu unterhalten. Banal, aber trotzdem richtig.

»Siehst du deine Großmutter oft?« Wie aus dem nichts drang Camilles Stimme wieder an mein Ohr. Sie klang vorsichtig, als hätte sie Angst, etwas Falsches zu sagen, aber als sich ein Lächeln auf meinem Gesicht ausbreitete, schien sie sich zu entspannen.

»Ich war acht oder neun Jahre alt, als sie zu mir und meinen Eltern zog. Mein Vater ist ihr einziger Sohn und sie hat sonst kaum Familie in Kolumbien.«

Ich konnte mich noch genau daran erinnern, wie ich mich gefühlt hatte, als meine *abuela* zu uns kam. Einerseits war da diese unglaubliche Freude, sie jeden Tag um mich zu haben, andererseits fing ich gerade an zu verstehen, warum ich ein bisschen anders war als meine Klassenkameraden.

Ich wollte nicht mehr von meinen Eltern abgeholt werden, weil meine Mitschüler große Augen bekamen, wenn sie hörten, dass sie mit mir nicht auf Englisch sprachen. Ich wollte genauso sein wie meine Freunde, deren

Familien schon seit Generationen auf *Bainbridge Island* lebten. Die nicht ständig gefragt wurden, wo sie geboren waren, und dann ungläubig angestarrt wurden, wenn sie erzählten, dass sie schon ihr ganzes Leben lang hier wohnten. Ich hasste es, erklären zu müssen, dass meine Eltern nicht nach Amerika geflüchtet waren, damit ich als amerikanischer Staatsbürger geboren werden konnte, sondern weil sie hier ihr Leben verbringen wollten. Schon damals hatte ich das Gefühl, für mein Recht, hier zu leben, kämpfen zu müssen, während es meinen Freunden in die Wiege gelegt worden war.

»Sie hat es sich zur Aufgabe gemacht, dass ich meine kolumbianischen Wurzeln annehme. Und die erste Lektion war Kochen und natürlich Slushies mixen. Anders hätte sie mich wahrscheinlich auch nicht in die Küche bekommen.« Ich drehte meinen Kopf wieder zu Camille und versuchte, etwas in ihren Blick zu erkennen. Sie schien jedes einzelne Wort zu analysieren.

»Was hattest du gegen deine kolumbianischen Wurzeln?« Sie sah ehrlich interessiert aus. Nicht bewertend. Nicht abwertend.

»Du warst schon ein paar Mal auf *Bainbridge Island*, oder? Wie viele Leute, die dunkler als ein Ire mit gebräunter Haut waren, hast du gesehen?« Ich merkte erst, wie bitter ich klingen musste, als Camilles Augen größer wurden.

»So habe ich das nicht gemeint. Hör auf mich so anzusehen, Camille. Ich kann die *White Guilt* in deinem Gesicht erkennen. *Bainbridge Island* ist nun mal eine Gegend, die vorwiegend von weißen Amerikanern bewohnt ist. Daran ist nichts schlimm.«

Ihre Mundwinkel zuckten. Ich wusste nicht, ob sie lächeln oder etwas sagen wollte, deshalb kam ich ihr zuvor.

»Ich bin Amerikaner und fühle mich auch so. Gleichzeitig bin ich aber auch Kolumbianer, obwohl ich dort nie gelebt habe. Es hat einfach ein bisschen gedauert, bis ich verstanden habe, warum ich etwas anders aussah als meine Klassenkameraden. Warum ich der Einzige war, dem manchmal Wörter in einer anderen Sprache herausrutschten, wenn er nervös war.«

»Ich würde ja sagen, dass ich dich verstehe, aber na ja ...« Camille schaute an sich hinunter und zog an ihrem blonden Zopf. »Offensichtlich kann ich das nicht verstehen.«

»Macht ja nichts. Es hat Vor- und Nachteile. Ein Vorteil ist zum Beispiel das Essen. Und natürlich die Getränke.«

Ich wandte mich wieder zu ihr und schüttelte meinen Becher in ihre Richtung. Maya drehte sich in freudiger Erwartung um, weil sie das rasselnde Geräusch des Eises im Becher wieder mit Leckerlis verwechselte. Als sie ihren Irrtum bemerkte, gab sie einen enttäuschten Laut von sich, der wie eine Mischung aus Bellen und Niesen klang, und brachte Camille zum Lachen. Ich war froh, dass sie sich mit jeder Minute wohler zu fühlen schien und dass unsere Gespräche wieder so natürlich waren wie vor ein paar Wochen am Strand. Für die Handvoll Studierender, die uns an diesem Nachmittag entgegenkamen, wirkten wir wahrscheinlich wie gute Freunde, die von einem Spaziergang oder einem Mittagessen zurückkamen. Aber das waren wir nicht. Wir waren viel mehr und irgendwie doch gar nichts.

Ich studiere Soziologie und Politikwissenschaften.

Camille riss den nächsten Zettel von ihrem Becher und las ihn vor. »Warum?« Ihre Schritte wurden langsamer und ich spürte ihren Blick auf mir.

»Weil ich später an die *Law School* will, um Anwalt zu werden.«

Vor meinem geistigen Auge sah ich die versteinerten Gesichter meiner ehemaligen Lehrer, wenn ich ihnen erklärte, dass ich – wie meine Eltern – Anwalt werden wollte. Lange Zeit dachte ich, sie würden mich einfach in eine Schublade stecken, aber spätestens, seit ich an der *Elbury University* war, musste ich einsehen, dass ich wohl genauso viele Vorurteile hatte wie jeder andere und mich genauso dahinter verstecken wollte. Es lag nicht an meiner olivfarbenen Haut oder meinen Eltern, dass mir dieser Berufsweg nicht zugetraut wurde. Es lag an mir und meinem unterirdischen Lerneifer. Der war auch der Grund dafür, dass ich nach dem High-School-Abschluss nur die Wahl zwischen dem lokalen *Community College* und einer kaum akkreditierten Partyuni in den Südstaaten hatte.

»Bist du im ersten Studienjahr?« Camille klang nachdenklich, während sie mir wie selbstverständlich zu dem kleinen Weg in den Wald folgte, den ich mit Maya fast täglich joggte.

»Ja, aber ich konnte direkt ins zweite Semester einsteigen.« Ich versuchte, so zu klingen, als wäre es keine große Sache, dabei wusste jeder, dass ein Wechsel mitten im Jahr eigentlich eine Ausnahme war. »Die Credits, die ich am Community College gesammelt habe, haben gereicht. Eigentlich wollte ich erst später wechseln, aber na ja … es hat sich so ergeben«, fügte ich hinzu, obwohl das eine ziemliche Untertreibung war. Ich war nicht annähernd gut genug vorbereitet, um an der *Elbury University* zu bestehen, egal wie sehr sie das in ihren bunten Flyern angepriesen hatten. Die erste Woche dachte ich, ich bräuchte nur Zeit, mich an das Lernpensum zu gewöhnen, mittlerweile musste ich einsehen, dass ich einfach eine Menge aufzuholen hatte. Trotzdem war ich froh, hier zu sein.

»Was ist mit dir?« Ich wollte das Thema wechseln, sodass sie meine Antwort nicht hinterfragte, auch wenn ich spürte, dass sie es innerlich tat.

»Ich dachte, wir sind hier, damit ich mehr über dich erfahre.« Sie musterte mich und für einen Moment konnte ich nicht anders, als nur ihr Gesicht zu betrachten.

Das kleine Waldstück bestand fast ausschließlich aus großen Nadelbäumen, die nicht allzu viel von der Nachmittagssonne durchließen, trotzdem ließen einzelne Strahlen Camilles Haare glänzen und tauchten ihr Gesicht in goldenes Licht. Erst als sie den Kopf schieflegte, merkte ich, dass ich ins Starren verfallen war. Es war ein Wunder, dass ich über keine Wurzel gestolpert war. »So funktioniert ein Gespräch aber nicht.«

Sie kicherte leise, riss den nächsten Aufkleber vom Becher und hielt ihn mir vor die Nase. »So aber auch nicht.«

»Sag, was du willst, es klappt, oder nicht?« Der kleine See, der direkt hinter dem Waldstück lag, das den Campus umgab, rückte in unser Sichtfeld, und als hätten wir es abgesprochen, steuerten wir auf eine kleine Felsformation am Ufer zu.

»Das entscheide ich später.« Camille zwinkerte mir zu, und obwohl sie bestimmt nicht mit mir flirten wollte, spürte ich, wie die Schmetterlinge in meinem Magen zu flattern begannen. Wenn auch nur deswegen, weil Camille so viel entspannter aussah als noch im Café. Ganz sicher war es nur deswegen.

Bevor ich länger darüber nachdenken konnte, was passieren würde, wenn ich sie einfach in den Arm nähme, ging ich wieder in die Richtung meines eigentlichen Ziels am See.

Maya und ich gehen täglich joggen und machen Yoga.

Camille las ungläubig das dritte und letzte Post-it vor. »Das ist der versprochene Fakt über Maya? Ziemlich mager.«

Ohne zu antworten, ging ich ein paar Schritte auf die Felsen zu, die den See umsäumten. Ich hörte Camille über die kleineren Steine zu dem großen Felsen laufen, der durch eine kleine Erhöhung im Boden so wirkte, als würde er übers Wasser ragen. Als ich mich umdrehte, stockte mir der Atem. Sie stand nur Zentimeter von mir entfernt. So nah, dass ich die Wärme, die von ihr ausging, mit jeder Faser meines Körpers spüren konnte. Als ich ihren Blick suchte, las ich so viele Emotionen darin, dass mir fast schwindlig wurde.

»Hier kommst du her, um Yoga zu machen?« Ihre Stimme war leise, aber sie klang überrascht, und ich konnte nicht genau sagen, ob es an dem Ort oder der Aktivität lag.

»Hier komme ich nach dem Joggen auch immer her.« Sie drehte sich in Richtung des Wassers. »Es hat irgendwie etwas Beruhigendes.«

»Sehe ich genauso. Das hier ist mein Lieblingsort.« Weil ich nicht wusste, wohin mit mir, je länger Camille so nah bei mir stand, machte ich ein paar Schritte nach vorne und setzte mich an den Rand des Felsens, ohne sie aus den Augen zu lassen. Es dauerte endlos lange Sekunden, bis sie ihren Kopf wieder zu mir drehte. Wie von selbst klopfte ich mit der flachen Hand neben mich und sie verstand den Hinweis. Insgeheim hatte ich erwartet, dass sie Abstand halten würde, stattdessen setzte sie sich so nah zu mir, dass sich unsere Schultern fast berührten. Für ein paar Momente hingen wir beide unseren Gedanken nach, während Maya ans Ufer tapste, um die Fische zu erschrecken.

»Siehst du, jetzt haben wir schon eine zweite Gemeinsamkeit.« Ich stupste Camille an, um ihre Aufmerksamkeit wieder auf mich zu lenken.

»Eine zweite Gemeinsamkeit? Was ist denn die erste?« Sie blinzelte ein paar Mal, als hätte ich sie gerade aus einem Tagtraum gerissen.

»Slushies natürlich.« Grinsend zeigte ich auf ihren Becher. Camille sah ertappt aus, als sie merkte, dass er fast leer war.

»Du kannst ruhig zugeben, dass es doch ein Zauberrezept ist.« Wieder berührte ich wie von selbst ganz leicht ihre Schulter, obwohl ich jedes Mal eine Gänsehaut davon bekam, die minutenlang nicht mehr verschwand.

»Vielleicht hat es nicht geschadet.« Ich wusste, dass das vorerst alles an Komplimenten war, was ich von ihr bekommen würde. Trotzdem war ich zufrieden. Sie wirkte gelöster und hatte in der letzten halben Stunde wieder so viel gelächelt wie an dem Tag, an dem ich sie kennengelernt hatte.

»Yoga also, ja?« Camille ließ ihren Blick einmal über meinen Körper schweifen und die Schmetterlinge in meinem Bauch flippten förmlich aus. Vielleicht waren es auch Ameisen, denn alles fing an zu kribbeln. Was genau hatte ich mir dabei gedacht, mit ihr allein spazieren zu gehen, wenn ich mich in ihrer Nähe immer so völlig unsicher fühlte?

»Deshalb ist deine Hose enger als meine.« Sie kicherte wieder und meine Frage wurde beantwortet. Um genau diese Momente aus ihr herauszulocken. Es ging mir nicht einmal um mich und meine Reaktion auf sie – ob dieser Nebeneffekt angenehm oder bedenklich war, darum würde ich mich später kümmern –, es ging nur darum, dass sie sich besser fühlte.

»Also wirklich, Camila.« Ich zupfte an meiner schwarzen Jeans. »Du sexualisiert mich. Außerdem machen auch Männer Yoga.«

Ihre Augen funkelten immer noch vor Belustigung.

»Freut mich, dass dich das amüsiert.« Ich versuchte, einen Schmollmund zu ziehen. »Und ich sehe dabei überhaupt nicht lustig aus, sondern männlich und seriös.« Ich hob meine Hände über die Seiten nach oben und faltete sie dann vor der Brust, obwohl Yoga-Posen mit meinen 1,90 m und den langen Armen und Beinen wirklich etwas komisch wirkten.

»Du solltest es ausprobieren, das würde dir auch mit deiner Atmung helfen.«

»Was meinst du mit … oh.« Es dauerte nur ein paar Sekunden, bis sie verstand, dass ich auf den Tag nach der Party anspielte. »Das war nichts. Nur eine Ausnahme. Ich trainiere jeden Tag, meine Atmung ist kein Problem.« Sie umklammerte den Becher fester.

»Weißt du, du kannst deinen Körper trainieren, so viel du willst, und penibel auf deine Ernährung achten. Das wird dir nicht helfen.« Meine Stimme wurde wieder fester, weil ich ganz genau wusste, wovon ich sprach. »Wenn du dich nicht mit dem, was in deinem Gehirn und in deinem Herzen falsch läuft, auseinandersetzt, wirst du trotzdem nicht vollkommen gesund sein.«

Camille presste die Lippen aufeinander und plötzlich hatte ich Angst, die Verbindung, die ich in den letzten Stunden zu ihr aufgebaut hatte, zu verlieren.

»Ich weiß, was du tust, Camila.«

Vorsichtig strich ich mit meinen Fingern über ihren Unterarm, und obwohl sie ein dickes Sweatshirt trug, spürte ich die Wärme, die von ihr ausging. Auch als sie den Kopf schüttelte, zog ich meine Hand nicht zurück.

»Doch ich weiß es, weil ich das Gleiche auch getan habe. Jeder hat diese eine Sache, die man nutzt, um sich vor der Realität und der Welt zu verstecken. Manche nehmen Drogen oder trinken Alkohol und wir«, ich machte eine kurze Pause, aber Camille starrte immer noch auf ihre Hände. »Wir laufen wortwörtlich vor unseren Gefühlen davon.« Meine Fingerspitzen malten langsam kleine Muster auf ihren Unterarm und mit jeder Sekunde wurde der Drang stärker, ihre Hand zu nehmen.

»Sagst du das nur, weil du mir beweisen willst, dass wir noch eine dritte Gemeinsamkeit haben?« Endlich sah Camille mir wieder in die Augen. Das Blau darin hatte fast die gleiche Farbe wie das Wasser vor uns.

»Schön, dass dir das aufgefallen ist, aber nein. Ich sage das deswegen, weil ich will, dass du aufhörst so zu tun, als wäre alles gut, wenn es das nicht ist. Es ist okay, nicht okay zu sein.« Ich sagte all diese Dinge, von denen ich mir gewünscht hätte, dass sie mir jemand gesagt hätte, als ich nicht mehr weiterwusste. Als ich dachte, das Leben würde für immer so grau weitergehen.

»Mir geht es objektiv betrachtet doch gar nicht schlecht.« Sie zuckte mit den Schultern.

»Nur weil es dir von außen betrachtet nicht schlecht geht, heißt das nicht, dass du dich nicht schlecht fühlen darfst. Deine Gefühle sind doch nicht weniger wert, nur weil es anderen vielleicht schlechter geht.« Ich zog meine Hand zurück und setzte mich aufrechter hin, so als würde das meine Worte deutlicher machen.

Sofort bereute ich es, denn sie schüttelte den Kopf und machte mich wütend. Nicht auf sie, sondern auf mich selbst und auf alle, die mir vor fast einem Jahr genau dieses Gefühl gegeben hatten: Meine Gefühle waren weniger wert als andere.

»Hast du einmal daran gedacht, wie sich Lucy fühlt?«

»Du tust so, als wärst du das Opfer.«

»Was glaubst du, was Lucy gerade durchmacht, während du dich selbst bemitleidest?«

Mit jedem dieser Sätze wollte ich meine Gefühle und somit auch meine Erinnerungen von mir wegschieben. So weit, bis ich mir selbst nicht mehr geglaubt hatte.

»Egal wie du dich fühlst, deine Gefühle sind wichtig und sie sind okay.« Ich atmete tief durch und versuchte die alten Gedanken, die ich eigentlich nicht mit in mein neues Leben nehmen wollte, zu verdrängen. Ein paar Minuten lang passierte gar nichts. Wir saßen einfach nur nebeneinander, sahen der Sonne zu, wie sie langsam tiefer sank, und lauschten den Geräuschen des Waldes.

»Danke?!« Camille durchbrach die Stille als Erste. Ich wusste nicht genau, ob es eine Frage oder eine Aussage war, oder wofür sie mir dankte, aber als ich ihren Blick auffing, lächelte sie.

»Bedank dich nicht zu früh, noch hast du nicht mit mir Yoga gemacht.« Ich wollte die Stimmung auflockern. Mich selbst davon ablenken, dass ich mich viel zu weit in die Vergangenheit begeben hatte. Camille hatte nicht nachgefragt und trotzdem hatte ich das Gefühl, dass sie verstand.

Sie verstand, wovon ich sprach, und sie wusste, dass es nichts war, was ich auf irgendeinem Kalender gelesen hatte.

13

Camille

»Kinder, ihr müsst was essen, sonst könnt ihr euch das Lernen gleich sparen. Das Gehirn verbraucht die meiste Energie.« Mrs Fanning, Addies Chefin und Besitzerin des *Elbury's Mug Café* schaffte es, uns aus der Lerntrance, in der wir seit zwei Stunden steckten, zu holen, indem sie geräuschvoll einen Teller, beladen mit Cupcakes, auf den Tisch stellte.

»Nein, Mrs Fanning, Sie wissen doch. Die Kerze.« Rylan zeigte mit ihrem Bleistift auf das kleine Teelicht im Glas, das in der Mitte stand.

Um Addie, die die Aufmerksamkeitsspanne einer Fruchtfliege hatte, gleichzeitig aber keine absolute Stille ertragen konnte, beim Lernen zu helfen, hatten wir dieses Semester ein neues Freitagsritual eingeführt. Das hieß, Rylan, Kian und ich hatten es eingeführt und Addie keine andere Wahl gelassen. Da wir freitagnachmittags keine Vorlesungen mehr hatten, hatte Kian sich dazu bereit erklärt, diese Schicht im Café zu übernehmen, aber Addie nicht anzusprechen. So konnten wir ohne Ablenkung, dafür umgeben von Menschen, der leisen Gitarrenmusik, die so typisch für das *Mug Café* war, und dem Duft von Kaffee und Schokolade, lernen.

Weil wir zwar für Addie die perfekte Lernumgebung geschaffen hatten, sich für sie zehn Minuten jedoch wie eine halbe Stunde anfühlten, hatte Rylan die glorreiche Kerzenidee: Auf unserem Tisch stand ein Teelicht, das exakt drei Stunden Brenndauer hatte. Erst dann hatten wir uns eine Pause und einen Cupcake verdient.

»So, jetzt ist die Kerze aus und ihr macht eine Pause. Keine Widerrede. Außerdem habt ihr heute viel früher angefangen.« Viola Fanning machte kurzen Prozess, pustete die Kerze, ohne zu zögern, aus und zwinkerte Addie zu, die sie dankbar anstrahlte. Mich kniff sie in die Schulter, wahrscheinlich ein Zeichen, mein Buch wegzulegen, und verschwand wieder hinter dem Tresen.

»Ihr habt es gehört. Anweisung von oben.« Addie zuckte mit den Schultern und griff nach einem der Cupcakes. »Wenn ich heute noch einen lateinischen Begriff lesen muss, erschießt mich bitte.« Sie fing an, den Cupcake in zwei Hälften zu teilen und die Creme dazwischen zu streichen. Ihrer Meinung nach die einzig richtige Art, Cupcakes zu essen. »Ich verstehe sowieso nicht, dass ich jeden verdammten Knochen in zwei Sprachen benennen muss. Das macht überhaupt keinen Sinn. Wenn er vor mir liegt, weiß ich doch, was ich tun muss, ohne zu wissen, wie er genau heißt.«

»Wow, erinnere mich bitte daran, mir nicht das Bein zu brechen, wenn du Dienst hast.« Rylan griff nach einem weiteren Stück Gebäck und war sichtlich genauso erleichtert über die Unterbrechung, während ich noch zögerte, mein Buch zuzuklappen.

»Die Kerze ist aus, Camille, und du hast gesagt, das bedeutet Pause.« Addie hielt mir einen dunklen Cupcake mit rosa Buttercreme hin. Statt sie schon wieder über das Prinzip der Kerze aufzuklären, gab ich mich heute geschlagen, ließ mein Buch auf den Tisch fallen und lehnte mich in die Kissen zurück. Normalerweise pochte ich darauf, die drei Stunden ohne Pause durchzuhalten, aber heute war ich für die Unterbrechung dankbar.

»Ihh, Ökonomie.« Addie schielte auf mein Buch und bewegte ihre Hand vor meinem Gesicht.

»Ihh, Knochen und Blut.« Ich setzte mich wieder auf und nahm ihr den Cupcake ab.

»Ihr könnt beide mit eurer Fächerauswahl nur um den zweiten Platz spielen.« Rylan zeigte auf ihren Skizzenblock. »Während ihr euch irgendwelche trockenen Begriffe einprügeln müsst, darf ich mir mein eigenes Malbuch erstellen.«

Addie gab einen herzzerreißenden Seufzer von sich und warf ihren Stift nach Rylan.

»Augen auf bei der Berufswahl, kann ich da nur sagen.«

Obwohl weder Addie noch ich besonders kreativ waren und niemals imstande gewesen wären, ein Kleidungsstück oder einen Menschen zu zeichnen, beneideten wir Rylan darum, dass sie sich kreativen und praktischen Projekten widmen konnte, während wir endlose Hausarbeiten schreiben und uns auf theoretische Prüfungen vorbereiten mussten. Trotzdem konnte ich mir keine anderen Fächer für uns vorstellen.

Addie würde trotz ihrer nicht vorhandenen Disziplin mal eine gute Ärztin werden. Spätestens wenn sie auf der Med-School endlich praktisch arbeiten durfte, würde sie alle anderen überholen.

Rylan war die personifizierte Kreativität und machte mit allem, was sie anfasste, das Leben ein bisschen bunter.

Auch gerade trug sie wieder eines ihrer selbstgemachten Kleider, mit langen Ärmeln und kurzem Rock. Es war rot mit weißen Punkten und hatte am V-Ausschnitt sowie am Rocksaum so viele Rüschen, dass es den Gesetzen der Mode nach eigentlich lächerlich aussehen müsste. Nicht aber bei Rylans Designs. Sie sah jedes Mal absolut umwerfend aus. Wenn sie es in der Modewelt nicht ganz nach oben schaffte, würde es niemand aus ihren Kursen schaffen.

Was mich anging, war ich mir manchmal nicht mehr sicher, wofür ich mich eigentlich so sehr anstrengte. Nicht, dass ich Wirtschaftswissenschaften nichts abgewinnen konnte. Ich mochte die Fächer und sogar die politischen Kurse machten mir Spaß, obwohl ich es immer gehasst hatte, dass meine Mutter politisch so engagiert war. Ich liebte es, die komplexen Zusammenhänge zwischen Wirtschaft, Politik und dem sozialen Aspekt zu lernen, und es machte mir nichts aus, einen vollgepackten Stundenplan zu haben, um die nötigen Credits zu erreichen. Das eigentliche Problem war, dass ich nicht mehr wusste, wofür ich mich überhaupt so reinhängen sollte, wenn ich später nicht für *Whitewater Real Estate*, der Immobilienfirma von Brysons Familie, arbeiten würde. Meine und Brysons Eltern waren damals der Überzeugung, dass ich diesen Studiengang wählen sollte, um Bryson später so gut wie möglich zu unterstützen. Nur bis wir endlich heirateten und eine eigene Familie gründeten selbstverständlich.

Nichts davon war mein Traum gewesen, doch in Ermangelung eigener Träume hatte ich zugestimmt und getan, was von mir erwartet wurde. So wie ich das schon immer gemacht hatte.

Das ganze erste Halbjahr hatte ich unermüdlich gearbeitet, um im Sommer schon mit meinem Pflichtpraktikum in der Firma anfangen zu können, statt erst wie alle anderen zu Semesterbeginn. Aber jetzt hatte ich keine Ahnung mehr, ob sich das nicht genauso wie der Rest von mir und meiner Beziehung in Luft aufgelöst hatte. Das hieß, ich wusste es schon. Ich wollte es mir nur nicht eingestehen.

Als wir hier angefangen hatten, war ich die Einzige mit einem konkreten Plan für die Zukunft – auch wenn es nicht mein eigener war –, und Rylan und Addie waren diejenigen, die sich erst ausprobieren mussten. Irgendwann in den letzten Wochen hatten wir die Rollen getauscht, und es gefiel mir ganz und gar nicht.

Als sich mein Magen, meine Lunge und alles in mir so anfühlte, als würden sie wieder von diesem eisernen Griff umfasst, wanderten meine Gedanken zurück zum letzten Wochenende. Zum ersten Mal war ich an einem Punkt angekommen, an dem es nicht einmal mehr geholfen hatte, mir die Seele aus dem Leib zu laufen. Unaufhaltsam schob sich Leos dunkler und intensiver Blick vor mein geistiges Auge, was in den letzten Tagen häufiger vorgekommen war, wann immer ich über mich und meine verkorkste Situation nachdachte.

So paradox es war – weil ich keinen Zweifel daran hatte, dass meine Freunde alles dafür getan hätten, um für mich da zu sein –, irgendwie war er der Einzige, der zu verstehen schien, wie es wirklich in mir aussah. Und er musste mich noch nicht einmal explizit danach fragen. Ihm konnte ich mich problemlos öffnen und wann immer ich es tat, hatte ich das Gefühl, verstanden zu werden. Er war auch der Einzige, der von meiner kleinen Panikattacke wusste. Er hatte so ruhig und überlegt gehandelt, während ich unfähig war, überhaupt zu reagieren. Nicht eine Sekunde hatte er gezögert, mich mit zu ihm zu nehmen. Vermutlich wäre ich durchgedreht, wenn er nicht gewesen wäre und mich so angesehen hätte, als wüsste er genau, was in mir vorging. Vielleicht war er es auch, der mich vor einem weiteren Zusammenbruch bewahrte. Keiner meiner Freunde hatte einen blassen Schimmer davon, dass Leo und ich diese Woche jeden Tag zusammen laufen waren. Wir hatten uns nicht einmal bewusst dazu verabredet, obwohl ich seit ein paar Tagen täglich eine Nachricht mit einem Foto eines Post-its, auf dem ein weiterer Fakt über ihn stand, auf meinem Handy hatte. Genauso wie ich mich viel zu schnell daran gewöhnt hatte, mit ihm zu schreiben, wurden unsere abendlichen Laufrunden zu einem Ritual, auf das ich mich freute.

»Camille?« Rylans Stimme riss mich aus meinen Gedanken und so entgeistert, wie meine Freundinnen mich anstarrten, sagten sie meinen Namen nicht zum ersten Mal.

»Bitte sag uns nicht, dass du deswegen gerade so verträumt aus dem Fenster gestarrt hast.« Rylan zog eine Augenbraue nach oben und ich stutzte. Sie konnte unmöglich wissen, woran, oder besser gesagt, an wen ich gedacht hatte. Und selbst wenn, warum war ihre Stimme dann so vorwurfsvoll? Sie war doch diejenige, die Feuer und Flamme für Leo als *Abwechslung* plädiert hatte.

»Camille, warum hast du uns nicht erzählt, dass ihr wieder Kontakt habt?« Rylans Stimme wurde lauter und endlich folgte mein Blick ihren rot lackierten Fingernägeln.

Eine neue Nachricht von: *Bryson.*

Bryson hatte mir geschrieben. Sofort verkrampfte sich mein Griff um den Cupcake und ich schickte ein stummes »Danke« an wen auch immer, dafür, dass ich die Funktion, mit der man Nachrichten direkt am Startbildschirm lesen konnte, ausgeschaltet hatte. Ich hatte keine Ahnung, warum er mir schrieb, und war mir nicht mal sicher, ob ich es wissen wollte. Während unserer ganzen Beziehung war er kein großer Freund von Textnachrichten gewesen, deshalb rechnete ich auch jetzt wahlweise mit Vorwürfen oder Forderungen.

»Rylan, sie muss uns nicht jedes Detail aus ihrem Leben erzählen«, warf Addie jetzt in ihre Richtung und wandte sich dann sofort wieder mir zu. »Ernsthaft, warum hast du mit ihm immer noch Kontakt?« Sie klang nicht so vorwurfsvoll wie Rylan, aber dennoch alarmiert.

»Mädels!« Ich sah zwischen den beiden hin und her. »Ich habe keinen Kontakt zu ihm. Ihr wart doch letzte Woche dabei. Machen wir den Eindruck, als würden wir uns täglich einen guten Morgen wünschen?« Ich versuchte beiläufig zu klingen, den Blicken nach zu urteilen, die meine Freundinnen tauschten, war es jedoch nicht beiläufig genug. Sie konnten mir genau ansehen, dass alles in mir in Aufruhr war.

»Ich habe keine …«, setzte ich an, als mein Handy erneut vibrierte.

»O mein Gott.« Wieder quiekte Rylan laut auf, dieses Mal klang sie wesentlich weniger vorwurfsvoll und fast schon euphorisch. »Ich wusste es.«

Als ich einen verwirrten Blick zu Addie warf, hielt Rylan ihr mein Handy vors Gesicht.

»Das ist derjenige, der dir Nachrichten schreiben sollte.« Sie wirkte zufrieden und auch Rylan nickte heftig.

Eine neue Nachricht von: *Leo.*

Ich riss ihr mein Telefon aus der Hand, bevor die beiden auf die Idee kommen konnten, die Nachrichten zu lesen. Sie kannten meinen Entsperrcode und würden nicht davor zurückschrecken, ihn auch zu benutzen.

Mein Daumen schwebte über den beiden Benachrichtigungen; hätte ich mich bis vor ein paar Tagen, ohne zu zögern, auf Brysons Nachricht konzentriert, verschwamm sein Name in diesem Moment fast vor meinen Augen. Bryson war so ein großer Teil von mir – wahrscheinlich sogar der größte. Alles an mir hing mit ihm zusammen, und auch wenn diese Tatsache mir mittlerweile mehr Angst machte, als dass sie mir Sicherheit bot, konnte ich diesen Teil nicht loslassen. Mindestens genauso sehr machten mir Leo und die Gefühle, die er auslöste, Angst. Bei ihm wusste ich nie genau, woran ich war. In einer Sekunde sah er mich so intensiv an, als wollte er alles von mir haben, und in der anderen wich er vor mir zurück und wirkte fast erleichtert, wenn er von mir wegkam. Ich wurde nicht schlau aus ihm, aber was wesentlich schlimmer war: Ich wurde auch nicht schlau aus mir selbst. Und zwar, weil es mir genauso ging. Einerseits freute ich mich, ihn zu sehen. In seiner Nähe fühlte ich mich so wohl, dass ich ihm sogar bereitwillig von meinen Ängsten und Gefühlen erzählt hatte, andererseits machte mir genau diese Tatsache Angst.

Manchmal schienen wir beide regelrecht erleichtert, wenn sich unsere Wege wieder trennten. Zwar hatte ich Leo noch nicht danach gefragt, aber ich war davon überzeugt, dass er nicht wegen der Uni oder der besseren Ausbildung nach *Elbury Park* gekommen war. Zumindest nicht nur. Und wie mir Brysons Name auf meinem Handydisplay deutlich zeigte, schleppte ich viel zu viele Beziehungsaltlasten mit mir herum, als dass ich mich auf irgendetwas, geschweige denn irgendjemand Neues konzentrieren konnte. Ganz egal, wie dunkel und warm seine Augen waren, und ganz egal, wie er mir mit einem Blick half, mein

Gedankenchaos zu sortieren.

»Du weißt, dass wir hier nicht aufstehen, bevor du wenigstens eine Nachricht davon geöffnet hast, oder?« Addie war ein Stück näher zu mir gerückt und schaute mir neugierig über die Schulter.

»Ich dachte, ich muss euch nicht alles erzählen?« Ich ließ mein Telefon sinken, obwohl ich es fast nicht mehr schaffte, ruhig sitzen zu bleiben. In mir machte sich eine Mischung aus Anspannung, Nervosität und vielleicht auch ein kleines bisschen Vorfreude breit.

Bryson oder Leo. Wieso hatte ich das Gefühl, als legten meine Freundinnen viel zu viel Bedeutung in die Nachricht, die ich als Erstes öffnen würde?

Leo war nur ein Bekannter und egal, wie vertraut er mir vorkam, Bryson war es, dem mein Herz in den letzten vier Jahren gehört hatte. Ihm sollte ich mich verbundener fühlen als jedem anderen. Ich holte einmal tief Luft und schloss für einen winzigen Moment die Augen, bevor ich auf die Benachrichtigung klickte.

14

Camille

»Hey, ich hoffe es geht dir gut? :-)«

Ich hatte kaum auf *›öffnen‹* geklickt, da stöhnten meine Freundinnen auf. Offensichtlich waren sie mit meiner Wahl nicht zufrieden.

Und ich? Ich hatte keine Ahnung. Obwohl sich in meiner Magengegend ein wohliges Kribbeln ausgebreitet hatte, als ich Leos Namen gelesen hatte, war es Bryson, der in meinem Leben immer noch die größere Rolle spielte.

»Es ist nur höflich«, sagte ich mehr zu mir selbst, merkte aber im gleichen Moment, dass ich in den Augen meiner Freundinnen das Falsche gesagt hatte. Rylan holte tief Luft, als wollte sie zu einer Schimpftirade ansetzten, doch Addie kam ihr – zu meinem Glück – zuvor.

»Er braucht nicht mehr höflich zu sein, Süße. Er braucht auch nicht zu fragen, ob alles in Ordnung ist. Findest du nicht, dieses Recht hat er sich verspielt? Vergiss nicht, dass er dir diese ›Beziehungspause‹«, sie malte imaginäre Anführungszeichen in die Luft, »aufgedrängt hat, nur um dich zu betrügen.« Sie legte den Kopf schief, so als würde sie darauf warten, dass meine Worte bei mir ankamen.

»Wir waren über vier Jahre zusammen, Addie. Da bricht

man nicht einfach den Kontakt komplett ab.«

»Nach über vier Jahren zieht man aber auch nicht so eine Scheiße ab.« Rylan kniff die Augen zusammen und riss wütend ihren armen Cupcake in Stücke.

»Ich verstehe ja, was du meinst. Er hat sich richtig dämlich angestellt. Vielleicht ist das seine Art, es ein bisschen wiedergutzumachen.« Ich versuchte, so beiläufig wie möglich zu klingen, obwohl ich mich fühlte, als würde mein Herz demnächst meine Brust verlassen. Nicht, weil ich mich so sehr über Brysons Nachricht freute. Ich konnte einfach nicht glauben, dass er eine normale Nachricht schickte, in der er sogar ein Emoji benutzt hatte. Bryson hatte mir in unserer kompletten Beziehung nur Nachrichten geschickt, wenn er etwas wollte oder wenn ihm etwas an mir nicht passte, deshalb hatte ich jetzt mit etwas Ähnlichem gerechnet. Vielleicht war das sein verquerer Versuch, die Wogen zwischen uns zu glätten.

»Nein, Camille, Kian war dämlich, als er Addie fast verloren hätte, weil er seinen eigenen Scheiß nicht auf die Reihe bekommen hat. Bryson ist einfach ein ausgewachsenes Arschloch.« Rylan zog meine Aufmerksamkeit wieder auf sich und mein erster Impuls war, ihn zu verteidigen. Etwas, was mir in Fleisch und Blut übergegangen war, so wie zu blinzeln. Jahrelang hatte ich Brysons Aktionen gerechtfertigt. Erst gegenüber meinen wenigen High-School-Freunden, bevor sie sich von mir abgewendet hatten, dann Rylan und Addie gegenüber, die zum Glück dagegen resistent waren. Wenn ich an Bryson dachte, fühlte sich mein Herz zwar immer noch an, als hätte er es zerquetscht und dann liegen gelassen, trotzdem fand ich es auf eine seltsame Art beruhigend, in Kontakt mit ihm zu stehen. Vielleicht war es die Macht der Gewohnheit, vielleicht war es auch ein kleines bisschen Hoffnung, an das ich mich klammerte, obwohl mein geschundenes Herz laut aufkeuchte, wenn meine Gedanken zu ihm wanderten.

»Hey, ich dachte, du wolltest über ihn hinwegkommen? Ich weiß, dass du deine eigenen Entscheidungen treffen kannst, aber glaubst du nicht, dass es leichter wäre, wenn ihr erst mal keinen Kontakt habt?« Addies Gesichtsausdruck war nicht so verkniffen wie Rylans, trotzdem konnte ich ihr ansehen, wie besorgniserregend sie die ganze Situation fand.

»Ich … ich … Ach, keine Ahnung.« Ich hatte Mühe, die richtigen Worte zu finden. »Wir haben uns doch noch gar nicht richtig ausgesprochen. Vielleicht will er das jetzt nachholen.«

»Camille, er hatte wochenlang Zeit, mit dir zu reden. Mein Gott, er hätte auch schon vor dieser bescheuerten Beziehungspause mit dir sprechen können.« Rylan schüttelte energisch den Kopf und trotz der warnenden Blicke, die Addie in ihre Richtung schickte, sprach sie weiter. »Weißt du, warum er dir gerade jetzt schreibt?«

Sie machte eine kleine Pause, aber ich zuckte nur resigniert mit den Schultern.

»Weil er Angst hat, du könntest ohne ihn weitermachen. Bryson ist zwar ein Idiot, aber er ist nicht dumm oder blind. Er weiß, dass du früher oder später über ihn hinwegkommen würdest, und auch, dass du kein Problem haben wirst, jemanden zu finden, der dir dabei hilft.« Sie deutete auf das Handy in meiner Hand. »Indem er dir jetzt wieder schreibt, wirft er dich wieder zurück. Er will die Kontrolle über dich nicht verlieren.« In Rylans braunen Augen konnte ich die Wut sehen, die sich aufgestaut hatte, und die Verzweiflung darüber, dass sie nicht wirklich etwas ausrichten konnte. Sie tauschte einen Blick mit Addie, die die Lippen aufeinandergepresst hatte und mit den Schultern zuckte.

Ich wollte Bryson verteidigen und ihnen erklären, dass es alles gar nicht so war, wie es aussah, aber zum ersten Mal, seit ich ihn kannte, zögerte ich. Es gab keinen Grund mehr, ihn zu verteidigen. Er hatte mir wehgetan und nicht umgekehrt. Auch wenn meine rationale Gehirnhälfte das verstanden hatte, war mir nicht klar, wie ich jetzt handeln sollte.

»Mädels, ich weiß einfach nicht, was ich jetzt tun soll.« Ich ließ die Schultern hängen und stellte meinen Cupcake unberührt wieder zurück.

»Lass nicht zu, dass er dir noch mal wehtut. Wir sehen doch, wie sehr du dich quälst. Und Leo …«

»Leo hat damit überhaupt nichts zu tun. Wir kennen uns erst seit ein paar Wochen.« Ich unterbrach Addie viel zu harsch, aber ich wollte Leo und Bryson auf keinen Fall vermischen. Ansonsten würden sich meine Gedanken so sehr verknoten, dass ich sie nie wieder ordnen konnte.

»Eine Person kann dich in ein paar Wochen mehr fühlen lassen als eine andere in Jahren, Camille. Die Zeit hat damit gar nichts zu tun.« Addie lehnte sich zu mir und ihre Stimme wurde eindringlicher. »Manchmal gibt es zwischen zwei Personen eine Verbindung, die wir nicht erklären können.« Ihr Blick ruhte jetzt nicht mehr auf mir, sondern ging zum Tresen, hinter dem Kian gerade ein paar Sandwiches belegte. Ich wusste, dass sie jedes ihrer Worte so meinte. Ihre Beziehung war der lebende Beweis dafür, dass sie zumindest ein bisschen recht haben könnte.

»Lass einfach nicht zu, dass eure Vergangenheit und deine Gefühle für Bryson es rechtfertigen, dass er dich immer wieder verletzt, ok? Wenn ich dir diesen spitzen Bleistift in den Arm rammen würde, dann würdest du doch auch nicht zulassen, dass ich es noch ein zweites und drittes Mal machen könnte, nur weil du mich magst, oder? Genauso ist es mit Bryson.« Rylan lehnte sich nach vorne und klopfte mit ihrem Bleistift auf den Tisch. »Versprich uns einfach, dass du genau darüber nachdenkst, was du jetzt tust, okay?«

15

Camille

Ich dachte nicht nach. Zumindest nicht besonders viel oder besonders lange. Das lag nicht daran, dass ich es nicht wollte, sondern dass ich Schritte hinter mir hörte, bevor ich in den Weg, der durch den Wald zum See führte, eingebogen war. Genau an dieser Stelle hatte ich mich jeden Tag dieser Woche mit Leo getroffen, und obwohl wir uns nicht verabredet hatten, wusste ich, wer da hinter mir lief, noch ehe er mich rief.

»Camila! Warte!« Als ich meinen Namen hörte, so wie nur er ihn aussprach, musste ich unwillkürlich lächeln und verlangsamte mein Lauftempo, damit Leo zu mir aufschließen konnte. Maya raste schwanzwedelnd an mir vorbei und offensichtlich war Leo sich sicher, dass sie nicht weglaufen würde, denn er sah seelenruhig dabei zu, wie sie aus unserem Sichtfeld verschwand.

»Läufst du vor mir weg?« Er lief locker neben mir her und nahm gerade seine Kopfhörer ab, als ich mich zu ihm drehte.

»Läufst du mir hinterher?« Ich hatte Mühe, meinen Blick nicht über seinen Körper gleiten zu lassen. Er hatte wieder sein schwarzes Cap auf, das seine Haare aus der Stirn hielt, und trug ein schlichtes weißes T-Shirt. Es saß eng genug, dass sich seine Muskeln darunter abzeichneten, aber locker genug, dass es nicht so aussah, als würde er damit angeben wollen. Durch die helle Farbe wirkte seine Haut noch gebräunter und augenblicklich kam ich mir viel blasser vor. Als sich seine Mundwinkel zu einem Grinsen verzogen, wandte ich den Kopf schnell wieder nach vorne. Hatte er gemerkt, wie ich ihn angestarrt hatte?

»Da wir beide genau wissen, wo wir immer langlaufen, stimmt wohl beides.« Er zuckte mit den Schultern und rief nach Maya, die kurz darauf durch die Büsche lugte.

Eine Weile joggten wir schweigend nebeneinander durch den leisen Wald, bis etwas anderes an mein Ohr drang.

»Du hörst Justin Bieber?« Ich wusste nicht, warum mich die Tatsache überraschte, dass aus seinen Kopfhörern, die jetzt um seine Schultern hingen, das Lied *›Baby‹* so laut spielte, dass ich es sehr gut hören konnte. Wir waren die ganze Woche miteinander laufen gewesen, doch bis jetzt hatte ich mich nie gefragt, was er sich anhörte. Weil er seine Kopfhörer immer sofort abnahm, sobald er mich sah.

»Das ist meine Happy-Run-Playlist.«

»Und da ist Justin Bieber drauf?«

»Natürlich. Justin Bieber hat die besten Motivationslieder.« Er sagte das, als wäre es eine Tatsache.

»Hörst du nie Musik beim Laufen, oder nur nicht, wenn ich dabei bin?« Ich spürte seinen Blick auf mir, aber hielt die Augen nach vorne gerichtet und schüttelte den Kopf.

»Bei mir läuft irgendwie immer Musik, egal was ich tue.« Ich konnte in seinen Worten förmlich hören, wie er lächelte. »Das hätte ich auf ein Post-it schreiben sollen«, murmelte er, wie zu sich selbst.

Meine Gedanken wanderten zu den kleinen grünen Zetteln, die ich nie wieder benutzen könnte, ohne dabei an Leo zu denken. Ich verband nach so kurzer Zeit schon so vieles mit ihm, dass ich mir an manchen Tagen sogar kaum vorstellen konnte, wie es ohne ihn in Elbury Park wäre. Er war nach wie vor zurückhaltend, wenn er mit Blake und unseren Freunden unterwegs war, aber die anderen behandelten ihn so, als gehörte er schon immer dazu. Sogar die Fannings hatten nach ein paar Tagen gewusst, dass er seinen Kaffee am liebsten schwarz mit viel zu viel Zucker trank.

»Singst du eigentlich nicht? Also so wie Blake?« Wieder machte es mir nichts aus, mich beim Laufen mit ihm zu unterhalten, obwohl ich normalerweise am liebsten allein Sport machte.

»Doch. Aber nicht so wie Blake.« Er klang belustigt und ich konnte es ihm nicht verübeln.

»Ich singe eher für mich allein, oder für meine Familie«, fügte er eine Spur ernster hinzu. »Vor Publikum konzentriere ich mich ganz auf die Gitarre.«

»Das klingt nach einer Ausrede.« Ich drehte meinen Kopf wieder zu ihm und sah, wie seine Augen nachdenklich auf mir lagen. Nach ein paar Sekunden verringerte er das Tempo, bis wir nur noch so schnell waren wie Addie und Rylan, wenn sie zwei Mal im Jahr auf die Idee kamen, mich zu begleiten.

Für ein paar Sekunden starrten wir uns einfach an. Es war ein Wunder, dass keiner von uns über eine Wurzel stolperte, bis seine Augen aufblitzten und er grinste. Bevor ich verstand, was passierte, fing er an, die erste Strophe von Justin Biebers erstem Nummer-eins-Hit zu singen, und obwohl wir joggten und uns im Wald befanden, der bestimmt eine zweifelhafte Akustik hatte, haute mich seine warme Stimme um. Er blickte wieder nach vorne, trotzdem fühlte es sich so an, als würde er nur für mich singen. Er sang nicht laut, nicht einmal besonders kräftig, soweit ich das mit meinem eingeschränkten Musikverständnis beurteilen konnte, und trotzdem berührte mich seine Stimme mehr, als Justin Biebers es je gekonnt hätte. Er klang unglaublich sanft und so beruhigend, dass ich das Gefühl hatte, die Welt drehte sich für einen kurzen Moment langsamer. Ich wurde es auf jeden Fall, bis ich schließlich komplett stehen blieb. Leo brauchte ein paar Sekunden, bis er bemerkte, dass ich nicht mehr neben ihm lief. Dann drehte er sich um und ging seelenruhig auf mich zu, während er den Refrain Zentimeter von mir entfernt beendete. Viel zu nah und trotzdem nicht nah genug.

»Darf ich davon ausgehen, dass du deine Aussage von gerade eben zurücknehmen willst?« Er legte den Kopf schief und seine dunklen Augen funkelten belustigt.

»Ich nehme das als stilles Einverständnis«, fuhr er fort, als ich nur ein schwaches Nicken zustande brachte.

»Äh … du bist echt gut.« Ich wusste nicht, warum ich stotterte, als wäre ich ein Fangirl, das vor dem echten Justin Bieber stand – seine Stimme hatte meine Gedanken zum Stehen gebracht.

»Danke, Camila. Ich bin nicht der größte Sänger unter dieser Sonne, aber ich mache es gerne.« Er wartete, bis ich zu ihm aufschloss, und gab ein gemächliches Lauftempo vor. Mir fiel auf, dass er meinen Namen jetzt viel öfter so sagte und dass sich mein Magen jedes Mal mit einem verräterischen Kribbeln meldete.

Bis wir den See erreicht hatten, der in der tiefstehenden Nachmittagssonne glitzerte, hingen wir beide unseren Gedanken nach. Zumindest tat ich das. Leo war schon wieder bei mir und schaffte es, dass ich mich leichter fühlte.

Er tat so, als wären wir die besten Freunde, obwohl ich immer noch das Gefühl hatte, dass er einen beträchtlichen Teil von sich unter Verschluss hielt. Leo wurde langsamer und schlug den Weg zum Felsen ein. Noch so etwas, das ich bis auf alle Ewigkeit mit ihm verbinden würde. Während Maya ins Wasser lief, folgte ich Leo ganz selbstverständlich, als wäre das hier wirklich *unser* Felsen. Er machte ein paar Dehnübungen für seine Beine, so als wäre ich gar nicht da, was mir die Gelegenheit gab, meinen Blick über seinen Körper schweifen zu lassen. Es war ziemlich warm für Anfang Mai, weshalb er keine enge Hose unter seinen Shorts trug und ich freie Sicht auf seine gebräunten, muskulösen Beine hatte. Er rannte offensichtlich sehr regelmäßig, und das bestimmt nicht nur im flachen Gelände. Als er sich vorne überbeugte, um mit den Händen seine Schuhspitzen zu berühren, wanderte mein Blick unaufhaltsam nach oben und blieb an seinem Po hängen. Obwohl es völlig unangebracht war, konnte ich meine Augen nicht abwenden, und das Kribbeln, das sich gerade noch anständig in meiner Magengegend aufhielt, schoss mit einem Mal in meinen Bauch und von dort noch ein bisschen tiefer. Instinktiv trat ich einen Schritt zurück, weil ich so eine Reaktion meines Körpers nicht gewohnt war.

»Dehnen, Camila. Sonst hast du morgen einen Muskelkater.« Leo stand immer noch in der gleichen Haltung vor mir und schob seinen Kopf neben seine Beine, um mich anzusehen. Hatte er mich schon die ganze Zeit beim Starren beobachtet? Ich spürte, wie mir die Röte in die Wangen schoss und die Hitze sich munter in meinem Körper ausbreitete. Am liebsten wäre ich auf der Stelle zu Maya in den See gelaufen, um meinen Verstand mit kaltem Wasser klar zu waschen. Bevor ich etwas erwidern konnte, setzte er sich in den Schneidersitz und klopfte mit der flachen Hand neben sich. Ohne einen Gedanken zu verschwenden, ließ ich mich neben ihm nieder.

»Da du jetzt zu dem elitären Kreis gehörst, für den ich singe, hast du keine Ausrede mehr, um nicht mit mir ein paar Yogaübungen zu machen.« Er stieß mich mit seiner Schulter an und sofort machte mein Magen einen Salto, sodass ich wieder nur ein Nicken zustande brachte.

Leo atmete ein paar Mal tief durch und schien sich auf nichts anderes zu konzentrieren. Es dauerte nicht lange, bis meine Atmung seinen Rhythmus fand. Ich machte mit Leo Yoga. Wer hätte das gedacht?

»Okay, ich helfe dir. Dreh dich zu mir und breite deine Arme aus.« Seine Stimme war sanft und ruhig, wie gerade eben, als er gesungen hatte, und ich dachte nicht eine Sekunde nach, bevor ich seiner Aufforderung folgte. Als ich mich ihm zuwandte, lächelte er. Nicht sein schiefes Grinsen, sondern ein warmes, entspanntes Lächeln.

»Jetzt lege die linke Hand hinter dir ab und die rechte auf deinen linken Oberschenkel.« Er hätte in diesem Moment auch von mir verlangen können, mich mit Klamotten in den See zu werfen, und ich hätte nicht einmal mit der Wimper gezuckt.

»Darf ich?« Er streckte seine Arme nach mir aus, wartete aber, bis ich nickte, bevor er mich an der Schulter berührte und sanft nach hinten drückte, um die Dehnung in meiner Wirbelsäule zu verstärken.

»Atmen nicht vergessen«, sagte er, als ich ungewollt aufstöhnte. Die Dehnung in meinem Rücken war ungewohnt stark und schmerzhaft, gleichzeitig war es ein positiver Schmerz, der angenehmer wurde, je länger ich in dieser Position verharrte.

»Schließ die Augen.« Wieder kam ich seiner Aufforderung nach, ohne meine Taten oder seine Absichten zu hinterfragen. Etwas, das ich sonst nie tat.

»Atme ganz gleichmäßig, okay?« Er legte seine andere Hand an meinen Oberschenkel und verstärkte gleichzeitig den Druck mit beiden Händen, sodass sich die Dehnung in meinem Oberkörper vertiefte. Ich wollte nicken, stattdessen kam ein weiteres Stöhnen aus meinem Mund. Leo lachte leise und mir wurde bewusst, wie nah er mir wirklich war, als sein warmer Atem meine Haut streifte. Es sollte mich nervös machen oder mich wenigstens dazu veranlassen, die Augen zu öffnen, doch ich blieb ruhig und versuchte, mich auf meine Atmung zu konzentrieren.

»O Gott!« Es fühlte sich an, als würde er meine Wirbelsäule einmal um sich selbst wickeln, obwohl Leo den Druck nur minimal verstärkte. Ich hatte ja keine Ahnung, wie unbeweglich ich war.

»In den Schmerz atmen, Camila.« Er war mir plötzlich noch näher als zuvor. »Du musst ihn zulassen, erst dann kann es besser werden.« Seine Stimme klang noch genauso sanft und tief wie vorher und doch viel ernster. Als würde er nicht nur vom körperlichen Schmerz sprechen. Vielleicht bildete ich es mir ein, aber es fühlte sich an, als würde er mit seinem Daumen ganz leicht über meine Schulter streichen. Der Gänsehaut nach zu urteilen, die sich über meine nackten Arme bis in die Fingerspitzen ausbreitete, war es aber ziemlich real.

»Das hört sich nicht richtig an. Sollte man Schmerz nicht lieber vermeiden?«

»Nein, Camila. Manchmal muss man den Schmerz erst zulassen, um heilen zu können.« Spätestens bei diesen Worten war mir bewusst, dass es nicht mehr nur um das

Ziehen in meinem unteren Rücken ging. »Auch wenn es manchmal so verdammt wehtut, dass es sich nicht richtig anfühlt.«

Wieder veränderte er die Position seiner Hände, dieses Mal verringerte er den Druck und das leise Stöhnen, das sich jetzt in meiner Kehle bildete, kam nicht von der ungewohnten Dehnung meines Rückens. Es kam ganz eindeutig von Leos Fingern auf meinen nackten Schultern. Ich war mir nicht sicher, ob ich es bereute, heute nur ein dünnes Trägertop angezogen zu haben, oder ob ich mir dafür auf die unbedeckte Schulter klopfen wollte. Bevor der Laut meinen Mund verlassen konnte, nahm Leo ruckartig beide Hände von meinem Körper und hinterließ ein deutlich spürbares Kribbeln. Ich blinzelte, ehe ich meine Augen öffnete und mich sein intensiver Blick völlig unvorbereitet traf.

»Ich hasse es, zu sehen, wie du leidest.« Er lehnte sich näher zu mir.

»Du hast doch darauf bestanden, mit mir Yoga zu machen?«, erwiderte ich.

»Du weißt genau, was ich meine, Camila.« Er stieß ein Schnauben aus und drehte sein Cap um, um danach den Abstand zwischen uns noch einmal zu verringern. »Du tust so, als wäre alles okay für dich, aber ich sehe, dass es das nicht ist. Jedes verdammte Mal, wenn ich in deine Augen blicke, sehe ich den Sturm, der über den Ozean tost. Unaufhaltsam und bereit, alles mitzureißen, was sich ihm in den Weg stellt. Nur dass der in deinen Augen dich allein mit in die Tiefe zieht.« Sein Atem ging schneller, als hätte es ihn unglaublich angestrengt, diese Worte zu sagen. »Lass mich dir helfen. Bitte.«

»Warum ist das so wichtig für dich? Wir kennen uns doch

kaum.« Meine Stimme war nur noch ein Flüstern. Weil das, was ich sagte, nicht stimmte. Wir kannten uns. Auch wenn es keinen Sinn ergab. Am liebsten hätte ich einfach *Ja* gesagt und zugelassen, dass Leo mich auffängt. An der Stelle, an der Bryson mich fallen gelassen hatte, aber ich konnte nicht. Irgendwann musste ich lernen, auf meinen eigenen Beinen zu stehen.

»Das ist Bullshit, und das weißt du auch.« Leo wich kein bisschen zurück und sah mich mit einer Entschlossenheit an, wie ich sie noch nie bei ihm gesehen hatte. »Ich kenne dich, Camila. Ich weiß, wie sehr du mit dir kämpfst. Ich weiß, wie unsicher dein kleines Herz ist und wie verdammt dringend du die Kontrolle darüber haben willst. So dringend, dass du vergisst, auf dich aufzupassen.« Er hielt meinen Blick gefangen, und selbst wenn ich gewollt hätte, hätte ich ihn nicht abwenden können.

»Lass mich für dich da sein. Bitte.« Obwohl er es wie eine Bitte formulierte, klang er fest entschlossen, ganz egal, was ich dazu zu sagen hatte. Als hätte ich nur die Wahl, es als Drohung oder als Versprechen zu sehen. Aus irgendeinem Grund zweifelte ich nicht daran, dass er es ernst meinte. Weil das hier Leo war. Der Leo, der mir das Gefühl gab, auch den hintersten Winkel meiner Seele zu verstehen.

Aber mein Herz war von jemand anderem gebrochen worden. War es nicht verrückt, von Leo zu erwarten, dass er ein Herz heilte, welches er nicht gebrochen hatte? Oder war es verrückt von Leo, das überhaupt zu wollen?

16

Leo

»Bryson … mein Freund … Ex-Freund findet, ich sei viel zu dramatisch.« Camilles Stimme war jetzt leiser. Den Namen ihres Exfreundes aus ihrem Mund zu hören, versetzte mir einen schmerzhaften Stich genau zwischen die Rippen.

»Camila …«, fing ich an, doch sie unterbrach mich.

»Manchmal glaube ich, Liebe muss wehtun. Damit wir wissen, dass sie real ist.« Sie streckte ihre Beine aus. »Er hat mich betrogen und findet es nicht einmal schlimm. Aber die Tatsache, dass es mir so wehtut, zeigt doch, dass die Liebe echt ist.« Sie zuckte mit den Schultern und ich war froh, dass sie mich immer noch nicht ansah, denn ansonsten hätte sie bemerkt, dass ich sie mit offenem Mund anstarrte. Dieses Mal nicht, weil sie auch mit zerzausten Haaren und verschwitztem Gesicht immer noch schöner aussah als all die anderen Mädchen, sondern weil ich nicht glauben konnte, was dieses Arschloch ihr eingeredet hatte.

»Das hört sich für mich nicht nach Liebe an. Sondern eher nach Manipulation. Wir können nicht automatisch von Liebe erwarten, dass sie uns wehtun muss. Das ist vollkommen verquer.« Ich hatte keine Ahnung, wie ich ihr das klarmachen konnte, denn sie schüttelte den Kopf.

»Vielleicht ist es einfach eine Tatsache.«

Ich wollte ihr sagen, dass wahre Liebe nicht wehtat, sondern sich so leicht anfühlen sollte wie ein warmer Sommertag am Strand. Aber ich konnte nicht. Weil ich nicht aus eigenen Erfahrungen sprechen konnte. Bis jetzt hatte ich auch nur diese schmerzhafte Liebe erfahren. Mit dem Unterschied, dass ich wusste, dass es nicht die wahre Liebe war. Die hätte mir nämlich nicht mein Leben nicht ruiniert.

»Camille, egal was Bryson sagt, es ist falsch. Gott, es ist sowas von falsch. Betrug fällt nicht unter das normale Auf und Ab einer Beziehung. Betrug ist das Ende einer Beziehung, und selbst wenn es aus irgendeinem Grund nicht das Ende ist, wird es nie wieder so sein wie vorher.« Ich hätte nicht gedacht, dass sich Brysons Name aus meinem eigenen Mund noch schlimmer anfühlen würde. Als würde jemand das Messer, mit dem mir der erste Stich versetzt wurde, zwischen meinen Rippen drehen. Ich merkte erst, dass ich mit jedem Wort ein bisschen lauter wurde, als Camille ihren Kopf wieder hob und ihre Augen größer wurden.

»Sorry«, schob ich deshalb hinterher, »das hast du nicht verdient.«

Als sie nur mit den Schultern zuckte, hätte ich sie am liebsten geschüttelt. Glaubte sie ernsthaft, es wäre okay, was ihr bescheuerter Ex mit ihr machte? Ich hatte kein Recht, so sauer zu werden, aber Camille berührte etwas in mir. Auch wenn sie noch so oft behauptete, dass sie es nicht auch spürte, würde ich es ihr nicht glauben. Nicht, solange sie mich so ansah. Als würde sie meine Worte nicht nur hören, sondern in ihrem Herzen fühlen.

»Niemand, dem du wirklich wichtig bist, würde sich in … würde sich in diese Situation bringen.« Ich bewegte meine Hände vor ihr auf und ab, wie immer, wenn ich aufgebracht war. Eine Eigenschaft, die ich von meiner Mutter geerbt hatte. »In diese Situation, in der er dich verlieren könnte.«

Wieder schüttelte sie nur den Kopf. »Ich glaube nicht, dass er es so sieht.«

»Irgendwann wird der Tag kommen, an dem er versteht, wie dumm er war.« Ich sah in ihre Augen, aus denen mir der Schmerz entgegenblickte und in denen ich gleichzeitig versinken wollte, ohne wieder aufzutauchen. Ich war sowas von geliefert.

»Ich fühle mich einfach so verloren.« Camilles Stimme war ein Flüstern und klang, als würde sie mit sich selbst sprechen.

»Verloren ist ein guter Ort, um sich selbst wieder zu finden.« Ich hörte mich langsam wirklich an wie meine eigene Großmutter. Sie war voller solcher Weisheiten, aber auch wenn sie sich abgedroschen anhörten, war jede von ihnen wahr.

»Ich wünschte, ich könnte das glauben.« Sie richtete sich wieder auf.

»Wer warst du denn, bevor Bryson in dein Leben kam?« Ich nahm mir in diesem Moment vor, seinen Namen zum letzten Mal auszusprechen. Schließlich war ich kein Masochist.

»Er ist schon ziemlich lange in meinem Leben. Mein Beziehungsstatus wurde irgendwann zu dem größten Teil meiner Persönlichkeit. Ich habe einfach angefangen, alles zu tun, damit es funktioniert. Damit ich funktionierte. Ich wollte perfekt sein für die Menschen, die nicht weniger als das von mir erwarteten.« Ihre Worte wurden lauter. Verzweifelter.

»Camila, du musst nicht perfekt sein. Und auf keinen Fall musst du dich so anstrengen, um gut genug zu sein. Für die richtigen Menschen wirst du immer gut genug sein. Immer.«

»Komm mit.« Immer noch wusste ich nicht genau, was mein Plan war. Wir saßen schon ein paar Minuten schweigend nebeneinander und genossen die Ruhe, die der See und die ganze Umgebung ausstrahlte. Vielleicht war es auch die Ruhe, die einen umgab, wenn man mit einer bestimmten Person zusammen war. Obwohl ich die Stimmung zwischen uns nicht unangenehm fand, wurde ich zunehmend unruhiger. Camille war hier bei mir und ich wollte meine Chance nutzen, um ihr zu zeigen, dass sie so viel mehr war als nur ihre gescheiterte Beziehung.

»Wohin?« Sie blinzelte mich an und schlang die Arme um ihre Beine.

»Wir sind allein an einem See im Wald. Es ist angenehm warm, wir sind vom Laufen aufgeheizt und du scheinst nicht unbedingt auf Yoga zu stehen, was glaubst du, was der nächste logische Schritt ist?« Ich versuchte mit meinem Lächeln die düsteren Gedanken, die zwischen uns hingen, zu vertreiben, und stand entschlossen auf, obwohl sie entgeistert den Kopf schüttelte.

»Komm schon, ich warte seit Wochen darauf, dass es warm genug ist, um zu schwimmen.« Ich hielt ihr meine Hand hin.

Camille verzog das Gesicht und schüttelte sich. »Nur weil es warm genug ist, heißt das nicht, dass der See nicht eine eiskalte Hölle ist. Der ist sogar im Sommer kalt.«

»Du meinst wohl erfrischend. Los jetzt, du kannst mir später danken.« Bevor sie sich wieder sträuben konnte, ergriff ich ihre Hand, verschränkte meine Finger mit ihren und zog sie hinter mir her Richtung See, wo Maya schon freudig auf uns wartete. Am Ufer angekommen, ließ ich Camilles Hand los, um mir mein Shirt über den Kopf zu streifen und die Schuhe auszuziehen. Meine Sachen legte ich achtlos am Ufer ab und machte ein paar Schritte ins Wasser. Es war kalt. Verdammt kalt. Keine Ahnung, was ich erwartet hatte, schließlich hatten wir Mai und befanden uns in Washington. Auch wenn im Moment sommerliche Temperaturen herrschten, reichten sie längst nicht aus, um einen See aufzuwärmen, der noch dazu von hohen Nadelbäumen umgeben war.

Ich war froh, dass ich mit dem Rücken zu Camille stand, denn sonst hätte sie den Schock in meinem Gesicht sicherlich gesehen. Zögerlich ging ich noch ein paar Schritte ins Wasser und zog scharf die Luft ein. Nein, ich würde bestimmt keinen Rückzieher machen. Weder davor, schwimmen zu gehen, noch davor, mit Camille Zeit zu verbringen. Niemand hatte mich zu diesen Dingen gezwungen und vor ein paar Minuten war ich der festen Überzeugung, das Richtige zu tun.

Als ich einen Blick über meine Schulter warf, stand Camille immer noch am Ufer und sah mich nachdenklich an. Genauso wie ich schien sie sich zu fragen, was wir hier eigentlich taten. Ich zwang mich dazu, mich umzudrehen, sie anzulächeln und den selbstbewussten Leo wieder hervorzukramen, der ihr mitten im Wald einen Justin-Bieber-Song vorgesungen hatte.

Ich hatte ihr einen Justin-Bieber-Song vorgesungen. Und ich hatte mich keine Sekunde lang dabei unwohl gefühlt. Ich wusste, dass ich ein passabler Sänger war, und schämte mich nicht für meine Vorliebe für Teenie-Pop-Songs, aber seit ich hier war, hatte ich nicht einmal mit Blake zusammen gesungen. Ich hatte nie das Bedürfnis dazu verspürt. Bis Camille kam.

»Bereust du es schon? Ich kann deine Lippe von hier aus zittern sehen.« Sie hatte noch nicht einmal ihre Schuhe ausgezogen und sah nicht so aus, als würde sie es ernsthaft in Erwägung ziehen, mit mir in diesem See zu baden.

»Meine Lippe zittert höchstens vor Vorfreude«, rief ich ihr zu und machte wieder ein paar Schritte in ihre Richtung. »Worauf wartest du?«

»Darauf, dass es August wird.« Sie lächelte und sofort fühlte sich das Wasser ein paar Grad wärmer an.

»Wie gut, dass wir nicht so lange warten müssen. Jetzt mach schon, sonst wird es dunkel.« Ich stand jetzt wieder so nah vor ihr, dass ich den Kopf senken musste, um ihr in die Augen zu schauen, doch sie sah gar nicht auf. Stattdessen hätte ich schwören können, dass ihr Blick langsam über meinen Oberkörper wanderte. Zum ersten Mal seit Jahren hatte ich Angst, jemandem könnte nicht gefallen, was er sah. Ich war zufrieden mit meinem Körper, auch wenn ich nicht mehr so muskulös war wie zu der Zeit, als ich regelmäßig Krafttraining machte. Seit ich nur noch Lauftraining mit Yoga und ein paar Bodyweight-Übungen mischte, waren meine Muskeln zwar noch vorhanden, aber lange nicht so massiv wie bei Kian oder Pit, die aussahen, als bestünden sie aus anderen Körperteilen als wir Normalsterblichen. Ich widerstand dem Drang, meine Arme schützend um meinen Körper zu schlingen, weil ich Camille nicht zeigen wollte, wie nervös sie mich machte.

»Tu es für das Abenteuer.« Sie murmelte die Worte, die

eindeutig nur an sie selbst gerichtet waren, gerade als ich das Schweigen zwischen uns brechen wollte. Ich beobachtete sie dabei, wie sie einen Schritt zurücktrat, tief durchatmete und den Satz wiederholte, als wäre er ihr persönliches Mantra. Dann zog sie sich das dünne, weiße Trägertop über den Kopf und ich drehte mich um. Nicht weil ich den Ausblick nicht genossen hätte, sondern weil ich kein Arschloch war. Erst als ich sie mit einem zischenden Laut ins Wasser tapsen hörte, wagte ich es, sie wieder anzusehen. Sie hatte ihre Laufshorts angelassen und stand jetzt bis zu den Knöcheln neben mir im Wasser. Weil ich ein gutes Beispiel abgeben und vielleicht weil ich sie ein kleines bisschen beeindrucken wollte, ging ich ein paar Schritte weiter, bevor ich mich wieder zu ihr umdrehte. Okay, vielleicht auch, weil ich sie so besser ansehen konnte. Sogar aus dieser Entfernung konnte ich sehen, wie sich eine Gänsehaut über ihre Haut zog. Alles an ihr wirkte zart, obwohl man an ihrer Muskulatur und ihrer Haltung erkennen konnte, wie viel Sport sie trieb. Aber ihre Arme und ihre Beine waren zu lang, als dass sie wirklich muskulös wirken konnte. Sie hatte einen dieser Sport-BHs an, die fast bis zur Taille gingen, und trotzdem fühlte es sich wahnsinnig intim an, sie so zu sehen. Intim und auf eine seltsame Art vertraut. Meine Haut wurde heißer, je länger ich Camille betrachtete, und plötzlich kam mir das kalte Wasser gar nicht mehr so schlecht vor.

»So wird das nichts, Camila. Ich gehe jetzt mal mit gutem Beispiel voran.« Um mich selbst davon abzuhalten, sie noch länger anzustarren, und meinen Körper daran zu hindern, heftigere Reaktionen zu zeigen, machte ich kurzerhand ein paar Schritte zurück und ließ mich dann rückwärts ins Wasser fallen.

Es war scheiße kalt. Wahrscheinlich war es nur auszuhalten, weil ich in Camilles Nähe immer zu glühen schien. Mein Herz raste. Wenigstens konnte ich mit ziemlicher Sicherheit davon ausgehen, dass mein Körper in naher Zukunft keinerlei *eindeutige Reaktionen* auf Camilles Anblick zeigen würde. Als ich wieder auftauchte, natürlich mit einem absolut männlichen, nicht frierenden und zähneklappernden Gesichtsausdruck, stand sie immer noch reglos an der gleichen Stelle.

»Sag ich doch: Erfrischend.« Ich ging wieder auf sie zu und bemühte mich, ihr nur in die Augen zu sehen, in denen ich ein belustigtes Funkeln entdecken konnte. Keinen Sturm. Keine Traurigkeit. Automatisch verzog sich auch mein Mund zu einem Lächeln, obwohl sie einen Schritt zurückwich.

»Zwing mich nicht, dich zu deinem Glück zu zwingen.« Ich versuchte bedrohlich zu klingen, aber von ihr kam nur ein helles Lachen.

»Vergiss es, deine Lippen werden jetzt schon blau.« Ich spürte, wie ihr Blick kurz über meinen Körper huschte und dann an meinem Mund hängen blieb. Auch wenn es vielleicht Wunschdenken war, ihre blauen Iriden schienen eine Nuance dunkler zu werden.

»Was hast du gerade gesagt? Tu es fürs Abenteuer?« Ich ging noch einen Schritt auf sie zu und wischte mir mit der Hand das Wasser aus den Haaren. Inständig hoffte ich, mehr Ähnlichkeit mit Leonardo Di Caprio in *The Beach* zu haben als mit Nessi dem Seemonster.

»Das ist Addies Lebensmotto«, erklärte Camille und lächelte noch breiter. »Sie sagt es uns bei jeder erdenklichen Gelegenheit.«

»Dann würde sie das hier ganz bestimmt gutheißen.«

Bevor Camille die Frage, die ihr ins Gesicht geschrieben stand, aussprechen und ich darüber nachdenken konnte, was ich hier tat, machte ich einen Schritt auf sie zu, schlang meine Arme um ihre Taille und zog sie mit mir, bis wir taillentief im Wasser waren. Hätte ich darüber nachgedacht, wäre mir eventuell aufgefallen, dass ich mich damit endgültig von Leonardo Di Caprio in das Seemonster verwandelte, das seine Beute in die Tiefe zog. Diese Gedanken verschwanden genauso lautlos, wie sie gekommen waren, als ich samt Camille nach vorne kippte und sie sich mit Armen und Beinen an mich klammerte. Ihren Körper so dicht an meinem zu spüren, löste so viel mehr aus als die Hitze, die mich durchströmte. Sanft legte ich meine Hände auf ihren Rücken und zog sie fast unmerklich an mich. Ich mochte vielleicht nicht wissen, woher dieser überwältigende Drang kam, sie zu stützen und ihr zu helfen, über diesen Arsch, der ihr das Herz gebrochen hatte, hinwegzukommen. Vor allem, weil ich selbst genügend emotionale Baustellen hatte, aber ich wusste, dass ich es herausfinden wollte.

Eigentlich war das nicht der richtige Zeitpunkt, darüber nachzudenken, wie verdammt attraktiv ich sie in diesem Moment fand, doch meine Hormone funktionierten hervorragend und hatten nach dem letzten Jahr keine Lust mehr, unterdrückt zu werden. Wie von selbst scannten meine Augen ihr Gesicht und wanderten über ihren Oberkörper und wieder zurück zu ihren Lippen.

Stopp! Stopp! Stopp!

17

Leo

Die Alarmglocken in meinem Kopf schrillten, aber ich war nicht stark genug, um Abstand zwischen uns zu bringen. Ich hatte das Gefühl, sie entspannte sich ein wenig in meinen Armen und ich genoss jede Sekunde davon. Über ihr Gesicht liefen Wassertropfen und die tiefstehende Abendsonne ließ ihre Haut strahlen. Sie sah so schön aus, dass ich für einen Moment fast vergaß, worüber wir gerade gesprochen hatten.

»Leo …« Sie löste ihre Arme und legte ihre Hände auf meinen Schultern ab. Für ein paar Sekunden schien die Zeit still zu stehen. Ihr Blick wurde weicher, dennoch las ich darin, wie sie mit sich rang.

»Lass mich für dich da sein, Camille.« Genau das hatte ich vor nicht einmal einer Woche zu ihr gesagt und wieder gab ich ihr die Möglichkeit, mich hier und jetzt aus ihrem Leben zu scheuchen. Aber sie bewegte sich nicht. Auch nicht, als meine Hand langsam ihren Rücken nach oben glitt, bis sie in ihrem Nacken lag. Ich hatte sogar das Gefühl, sie würde sich ganz leicht dagegen lehnen. Als würde sie sich ein kleines bisschen fallen lassen.

»Leo …« Wieder presste sie meinen Namen hervor und

dieses Mal schloss sie dabei die Augen. Auch wenn es immer noch nicht die richtige Situation für *solche* Gefühle war – das kalte Wasser würde die Reaktionen, die sie meinem Körper entlockte, nicht mehr lange verstecken können.

»Wir haben doch schon darüber gesprochen.« Ihre Pupillen waren jetzt nur noch halb von ihren Lidern verdeckt.

»Ich weiß.« Mein Daumen strich ganz sanft über ihren Hals und brachte sie zum Erschaudern. »Und ich werde es dir immer und immer wieder sagen.«

»Warum? Das macht keinen Sinn.« Sie bewegte sich in meinen Armen und ich war sicher, dass sie mich von sich stoßen würde. Stattdessen drückte sie sich noch ein wenig fester an mich und mein Körper reagierte mit Flehen und Betteln. Flehen, dass ich mich endlich selbst erlöste und ihr mit einem Kuss all das erklärte, was ich mit Worten nicht ausdrücken konnte. Und Betteln, es nicht zu tun. Weil es zu gefährlich war. Zu gefährlich für mein neues, wackeliges Leben.

»Ich weiß, Camila. Es fühlt sich trotzdem richtig an.«

Ich würde es ihr gerne besser erklären. Ich würde es mir selbst gerne besser erklären. Aber sie hatte recht: Es machte keinen Sinn. Ihr Gesicht war jetzt so nah vor meinem, dass ich all die Emotionen, die ich selbst fühlte, in ihren Augen lesen konnte. Zuneigung, Verwirrung, Angst, Verlangen. Nichts davon passte zusammen und doch fühlten wir beide das Gleiche. Genauso wie wir beide versuchten, Ordnung in unsere Emotionen zu bringen.

Ich hatte vollkommen das Zeitgefühl verloren. Die Sonne, die hinter den Wäldern von *Elbury Park* unterging, färbte das Wasser dunkel und Camilles Haar golden. Der Sonnenuntergang war spektakulär, dennoch konnte mich nichts in diesem Moment dazu bewegen, den Blick von Camille abzuwenden. Wir waren schon viel zu lange im kalten Wasser, aber ich spürte die Kälte nicht einmal ein bisschen. Alles, was ich spürte, war sie. Ihr Gesicht war nur ein paar Zentimeter von meinem entfernt und wäre das letzte Jahr nicht passiert, hätte ich keine Sekunde gezögert, meine Lippen auf ihre zu pressen. Aber die Vergangenheit ließ sich nicht auslöschen. Die Tatsache, dass ich sogar in diesem Moment daran dachte, war Beweis genug.

Camille ist nicht Lucy.

Das hier ist eine ganz andere Situation.

Ich versuchte, meinen schneller werdenden Herzschlag zu beruhigen, aber vor meinem inneren Auge flackerte automatisch Lucys Gesicht auf. Die Erinnerung an meinen letzten Kuss, der alles ins Verderben gestürzt hatte, überrollte mich in der Sekunde, in der Camille die letzten Zentimeter zwischen uns überwand.

»Leo …« Ich fühlte meinen Namen, den sie mit ihrem Mund formte, auf meinem und wäre ich ein funktionierender Teil der Gesellschaft, hätte ich meine Lippen geöffnet, statt sie aufeinanderzupressen. Ich war zu einer Salzsäule erstarrt. Mein Körper rebellierte, flehte und bettelte, aber ich konnte mich nicht bewegen. Nicht nur einmal hatte ich mir solche Situationen seit unserem Kennenlernen ausgemalt und jetzt, jetzt bekam ich Panik. Nicht die Art von überwältigender Panik, in der ich sie mit einem Aufschrei von mir wegdrücken und ins Wasser fallen lassen würde. Eher eine langsame, aber erdrückende Art von Panik, die von den Erinnerungen herrührte, die mich mit einem Schlag wieder unter sich begruben.

Camille ist nicht Lucy.

Sie will mir nicht wehtun.

Diese Gedanken liefen in Dauerschleife in meinem Kopf auf und ab, trotzdem konnten sie mich nicht überzeugen. Ich spürte Camilles Lippen immer noch auf meinen, und auch wenn ich mir sicher war, diesen Kuss sofort unterbrechen zu müssen, fühlte ich mich gefangen. Gefangen zwischen meiner Angst, meine Gefühle zuzulassen, und dem Wunsch, Camille noch näher bei mir zu spüren.

So sehr ich das Gefühl, das Camilles Berührungen, ihr Kuss auslösten, genoss, so groß war die Angst vor dem, was das bedeutete. Während ich verzweifelt versuchte, mich aus meiner Schockstarre zu lösen und wenigstens irgendetwas zu tun, kam von einer Sekunde auf die andere Bewegung in Camille. Sie wich vor mir zurück und hatte ihre Augen aufgerissen, als könnte sie selbst nicht glauben, was hier gerade passierte. Ich lockerte meinen Griff nur minimal, aber Camille verspannte sich sofort in meinen Armen.

»Ich … Es tut mir leid. Das wollte ich nicht.« Sie rückte ein Stück von mir ab. Auch wenn ich derjenige war, der den Moment zerstört hatte, war ich nicht bereit dazu, sie loszulassen. »Du, du hast all diese Dinge gesagt …« Wieder brach sie mitten im Satz ab.

»Und ich habe jedes Wort so gemeint, Camila.« Meine Stimme klang gequält, weil mein Körper meinen Verstand regelrecht anschrie, wie er diese Chance so leichtfertig hatte verspielen können. Am liebsten hätte ich wirklich geschrien. Ich wollte die verdammte Welt anschreien, warum sie mir alles so schwer machen musste. Warum ich mir selbst das Leben so schwer machen musste. Warum ich Camille nicht einfach in Ruhe gelassen hatte. Dann würde sich jetzt nicht alles in mir verkrampfen, als sie langsam Abstand zwischen uns brachte. Dann müsste ich diesen

Kampf zwischen meinem Kopf und meinem Herzen nicht austragen.

Ihre blauen Augen lagen immer noch fest auf mir, aber ihre Lider zuckten und ihre Unterlippe bebte, während sich ihre Wangen rosa färbten.

»Ich bin so eine Idiotin«, murmelte sie mehr zu sich selbst. »Es tut mir leid, Leo. Das hätte nicht passieren dürfen.«

Während ich krampfhaft nach Worten suchte, mit denen ich Camille auch nur annähernd beschreiben konnte, was gerade in mir vorging, drehte sie sich um, schwamm zum Ufer und stieg aus dem Wasser, nur um dann unschlüssig stehen zu bleiben. Sofort war Maya an ihrer Seite und lief unruhig hin und her. Meine Hündin schien zu spüren, wie aufgeladen die Stimmung war.

Als ich langsam auf Camille zuging, merkte ich, dass sie auf ihr Handy starrte, das auf ihrem Oberteil im Gras lag. Obwohl es mit Sicherheit eine Verletzung ihrer Privatsphäre darstellte, konnte ich nicht anders, als ihrem Blick zu folgen.

Eingehender Anruf: Bryson

Natürlich. Der Ruck, der durch meinen Körper ging, war genauso schmerzvoll, wie seinen Namen aus ihrem Mund zu hören. Ich wusste nicht genau, warum ich so überrascht davon war, dass sie noch Kontakt hatten. Sie waren zu lange zusammen gewesen, als dass man sich sofort und unwiederbringlich voneinander lösen könnte. Noch so eine Gemeinsamkeit, die wir teilten.

»Du kannst ruhig rangehen.« Meine Stimme klang seltsam distanziert, ein krasser Gegensatz zu der Vertrautheit, die gerade eben zwischen uns geherrscht hatte.

Camille schüttelte nur den Kopf und zog ihr Shirt unter

dem Handy hervor. Als würde sie sich nicht trauen, es anzufassen, solange Brysons Name auf dem Bildschirm leuchtete.

Auch gut, ich glaubte sowieso nicht, dass mein rasendes Herz ein Gespräch zwischen Camille und ihrem Ex-Freund besonders gut wegstecken würde. Ich trat neben sie und zog mir mein Shirt wieder über, das sofort an meiner Haut klebte. Camille sah mich nachdenklich an und schon wieder fragte ich mich, was sie wohl sah, wenn sie mich so anblickte.

»Wir sollten nach Hause gehen, bevor es ganz dunkel wird.« Ich klang viel zu vernünftig für jemanden, der sie am liebsten an sich gezogen hätte, um das zu Ende zu bringen, was ich gerade nicht geschafft hatte. Ich führte mich auf wie ein Steinzeitmensch. Das Wissen, wie präsent Bryson noch in ihrem Leben war, brachte mich dazu, mein Revier markieren zu wollen. Als wären wir in einem anderen Jahrtausend. Als könnte man Menschen für sich beanspruchen. Genau wegen dieser Denkweise war Bryson ein Arschloch und ich war derjenige, der es besser wissen sollte.

»Ja. Wahrscheinlich.« Camille brauchte nicht einmal den Bruchteil einer Sekunde, um sich ihr Oberteil überzustreifen.

»Es tut mir leid.« Wir sprachen diese Worte fast gleichzeitig aus. Ich hatte keine Ahnung, was sie dachte. Was sie fühlte. Und ich hatte nicht den Mut, sie danach zu fragen. Oder ihr zu sagen, dass es nichts gab, was ihr leidtun musste.

»Ich sollte nach Hause.« Sie schenkte mir ein schwaches Lächeln, das ihre Augen nicht einmal annähernd erreichte, und drehte sich um.

»Warte.« Ich streckte einen Arm nach ihr aus, bevor ich

sie berühren konnte, blieb sie abrupt stehen. Als hätte sie darauf gehofft, dass ich sie aufhalten würde. Sie drehte sich zögerlich um; dennoch hatte ich kaum Zeit, darüber nachzudenken, was ich ihr eigentlich sagen wollte. *Geh nicht?* Dann hätte ich ihr eine Erklärung liefern müssen. *Lass uns reden?* Worüber genau? *Diesen Kuss zu unterbrechen war schwieriger als alle meine Vorlesungen zusammen?* Warum hatte ich es dann getan?

Aber bevor mir auch nur irgendein Laut über die Lippen kam, kam Camille mir zuvor. »Ich …« Sie brach ab und ich war mir nicht einmal sicher, ob ich hören wollte, was sie zu sagen hatte.

»Sorry, Leo, das hätten wir nicht tun sollen.« Sie sprach langsam, fast unwillig. Dann schlang sie die Arme um ihren Körper und ich hatte das dumpfe Gefühl, dass es nicht die Lufttemperaturen waren, die sie zittern ließen. »Ich bin einfach nur ein bisschen durch den Wind.« Wieder zögerte sie. »So etwas mache ich normalerweise nicht.« Sie trat einen Schritt zurück und fast glaubte ich, sie würde sich auf der Stelle umdrehen, stattdessen schien sie mit sich zu kämpfen. »Ich bin gerade ein Chaos.«

»Ich auch, Camila.« Die Worte kamen nicht aus meinem Kopf, sie kamen schmerzhaft und direkt aus meinem Herzen. Ich sah, wie Camilles Unterlippe zitterte.

»Ich weiß.« Auch wenn sie all meine Gründe dafür unmöglich wissen konnte, hatte ich keinen Zweifel daran, dass sie mich dennoch verstand.

»Bye, Leo.« Sie schenkte mir ein letztes schwaches Lächeln, bevor sie viel zu schnell von mir weg joggte.

Obwohl wir den gleichen Weg zurücklaufen würden, rannte ich ihr nicht hinterher. Ich war ein Feigling. Ein verdammter Feigling, der das Gefühl hatte, einen riesigen

Fehler gemacht zu haben.

18

Leo

Es dauerte drei Tage, bis ich mich wieder unter Leute traute. Besser gesagt, es dauerte drei Tage, bis Blake mich dazu zwang, wieder ein Sozialleben zu pflegen. Er hatte mich nach meinem Spaziergang mit Maya abgefangen und wollte mich mit ins *Elbury's Mug Café* nehmen, das für die ganze Clique so etwas wie ein zweites Wohnzimmer war. Das bedeutete, dass Camille – die der Grund für mein Untertauchen war – dort früher oder später aufschlagen würde.

Trotzdem saß ich mit ihm, Pit und Maya im *University Park*, direkt vor dem *Elbury's Mug Café* im Gras und versuchte mich damit abzufinden, dass ich irgendwann auf Camille treffen würde, wenn ich mit unseren Freunden abhing. Ihren Freunden. Keine Ahnung, so genau konnte ich das nicht benennen.

Blake war derjenige, der beschlossen hatte, dass wir uns nicht *ins*, sondern *vors* Café setzen würden, damit meine Ausrede, Maya nicht mitnehmen zu können, nicht mehr zählte. Wir saßen unter einem der großen Kirschbäume, die man auf jeder Grünfläche des Campus finden konnte und die Anfang März bestimmt atemberaubende Blüten hatten, und steckten die Nasen in unsere Bücher. Blake war es auch, der im Alleingang entschieden hatte, mich zum Gruppenchat hinzuzufügen, was ich als gutes Zeichen wertete, weil das in unserer Generation einem Ritterschlag der Freundschaft gleichkam. Er behandelte mich so selbstverständlich wie einen Kumpel, den er schon ewig kannte, dass ich ihn manchmal gerne nach dem *Warum* gefragt hätte. Genauso wie den Rest der Clique. An manchen Tagen verstand ich nicht, warum sie ausgerechnet mit mir befreundet sein wollten, obwohl sie doch schon einander hatten. Ich war ein Niemand. Nicht mal einer dieser mysteriösen Typen, die niemand so richtig durchschaute und deshalb eine wahnsinnige, unerklärliche Anziehungskraft auf alle um sie herum ausübten. Einfach ein normaler Niemand, der allerhöchstens am Rand stand, aber nie wichtig genug war, um mittendrin zu sein. Deshalb traute ich mich auch kaum, auf die Flut von Selfies, Memes und Nachrichten zu antworten, die mich seitdem täglich erreichten. War ich vor ein paar Wochen noch überzeugt, dass ich es schaffen konnte, mich zu integrieren und dazuzugehören, war es nun, als wäre mein komplettes Selbstbewusstsein vor vier Tagen zusammen mit Camille vor mir davongerannt. Egal wie wenig Sinn das ergab.

»Was macht ihr denn hier draußen? Und wieso sieht es hier aus, als hättet ihr euren eigenen Nerd-Club gegründet?« Rylans laute Stimme, gefolgt von ihrem typischen Kichern, riss mich aus meinen Gedanken. Als ich aufsah, wuschelte sie gerade Blake durchs Haar, der zwar mit den Augen rollte, das Lächeln, das sich auf seinem Gesicht ausbreitete, als er sie ansah, aber nicht unterdrücken konnte.

»Nur weil wir schlauer sind als du, sind wir keine Nerds.« Pit wendete seinen Blick nicht ein einziges Mal von seinem

Buch ab, während er seine Tasche zur Seite schob, sodass Rylan sich zwischen ihn und Blake setzen konnte.

Auch als die beiden anfingen, über irgendwelche Kommilitonen, von denen ich nie etwas gehört hatte, zu sprechen, wirkte er so, als würde er nichts um sich herum wahrnehmen. Beneidenswert. Ich konnte mich nicht einmal in absoluter Stille so gut konzentrieren. Deshalb war Pit wahrscheinlich tatsächlich schlauer als wir alle. Obwohl ich wusste, dass es aussichtslos war, blätterte ich ein paar Mal lustlos durch mein Buch. Ich war mir sicher, dass ich an die *Law School* wollte. Ich war mir nur nicht sicher, wie ich es schaffen sollte. Ich war mir nicht einmal sicher, wie ich es überhaupt hierhergeschafft hatte. Bestimmt war ich nicht dumm und hatte den Willen, weil ich etwas zu beweisen hatte. Mir selbst, meinen Eltern und der ganzen Welt. Aber deshalb fiel es mir noch lange nicht leichter, mir den absolut trockenen Stoff zu merken. Zum mindestens zehnten Mal in der letzten Stunde zog ich mein Handy aus der Hosentasche und swipte einmal über das Display, wo mich die gleiche Benachrichtigung erwartete wie die Male zuvor.

Fünf verpasste Anrufe von Lucy

Okay, streng genommen hatte ich die Anrufe nicht verpasst. Fast jedes Mal, wenn einer davon eingetrudelt war, hatte ich auf mein Handy gestarrt und gewartet, bis es zu vibrieren aufgehört hatte, um es danach weiter zu benutzen, als wäre nichts gewesen. Die Benachrichtigungen aus der Vergangenheit starrten mir spöttisch entgegen, trotzdem brachte ich es übers Herz, auf das grüne Anruf-Icon zu klicken, sodass die kleine rote Fünf verschwinden würde. Als würde ihre Existenz sonst noch realer werden. Ihre

Nummer komplett zu blockieren, brachte ich nicht zustande. Wahrscheinlich, weil unsere Geschichte für mich – so sehr ich es auch zu verdrängen versuchte – immer noch nicht abgeschlossen war.

Es war fast ein Jahr vergangen, seit mir Lucy das Leben zur Hölle gemacht hatte. Eigentlich fing es schon viel früher an, aber da Lucy mich für einen meiner ältesten Freunde abserviert hatte, hätte ich verkraftet. Ich hätte ein paar Wochen meine Wunden geleckt, mein Körpergewicht in selbstgebackenem Kuchen von meiner Großmutter gegessen und mir mit Maya die Seele aus dem Leib gerannt, bis der Schmerz weniger geworden wäre. Rückblickend war es gar nicht so sehr mein Herz, das schmerzte. Viel eher war es mein Stolz, der verletzt war, als Lucy mir nach ein paar Monaten Beziehung eröffnete, dass sie von da an lieber mit Caleb ins Bett steigen wollte. Hätte sie es dabei belassen, wäre alles anders gekommen. Dann würde ich vielleicht nicht jeden Tag dafür kämpfen müssen, mein altes selbst zu sein, weil ich verdammte Angst hatte, dass das wackelige Konstrukt eines Soziallebens, das ich mir hier in der kurzen Zeit aufgebaut hatte, jede Sekunde zusammenbrechen könnte.

Diese Anrufe aus meiner Vergangenheit erinnerten mich laut und klar daran, dass ich auf der Hut sein musste. Ich durfte nicht noch einen dummen Fehler begehen, der alles veränderte. Tief in mir regte sich eine neugierige Stimme, die gerne gewusst hätte, was sie zu sagen hatte, doch ich hatte zu große Angst. Ich konnte nicht noch einmal die Scherben aufsammeln, die einst ein Plan für mein Leben gewesen waren, und sie neu zusammensetzen. Noch einmal würde ich garantiert nicht die Chance dazu bekommen, einen Neustart zu wagen, der sich richtig anfühlen würde.

Vielleicht drehte ich deshalb meinen Kopf jedes Mal ruckartig zur Seite, wenn jemand in unsere Nähe kam, so als wäre ich auf der Flucht. Auf der Flucht vor der Angst, meine Vergangenheit könnte meine Gegenwart und meine Zukunft zerstören. Auch wenn ich streng genommen gar nichts dafür konnte. Ich hatte mich lediglich ein einziges Mal wie ein Großteil der anderen Zwanzigjährigen auf *Bainbridge Island* verhalten, auf einer Party zwei bis fünf Cocktails zu viel zu getrunken und ein Mädchen geküsst, das mir einmal alles bedeutet hatte.

Diese Nacht und dieser Kuss waren auch schuld daran, dass ich mich genauso auf der Flucht vor Camille befand und dem, was sie in mir auslöste. Permanent schwankte ich zwischen *Ich muss mit ihr reden* und *Es macht keinen Sinn, mit ihr zu reden.*

Ich konnte mir einfach nicht vorstellen, ihr alles von mir und meinem letzten Jahr zu erzählen. Selbst wenn sie mir zuhören würde. Ich konnte kein kleines Fenster in meine Vergangenheit öffnen. Weil die Welle, die ich mit aller Macht auszusperren versuchte, sich sonst durchzwängen und diesen ganzen zaghaften Neuanfang unter sich begraben würde.

Mein Herz schlug trotzdem jedes Mal schneller, wenn Camilles Name auf meinem Display aufpoppte, und tat jedes Mal ein bisschen weh, weil es nicht unserer privater, sondern *nur* der Gruppenchat war. Jedes einzelne Mal schwebte mein Daumen über ihrem Namen und ich rang mit mir. Besser gesagt rang mein Gehirn mit dem Teil meines Herzens, der Camille vermisste.

Frustriert stieß ich einen Seufzer aus, griff wieder nach meinem Soziologiebuch, um das gleiche Kapitel erneut zu lesen, weil ich mich nicht konzentrieren konnte und immer noch keine Ahnung hatte, was auf den Seiten stand.

»Camille!« Es dauerte keine drei Minuten, bis ihr Name ertönte und meine restliche Konzentration endgültig ins Nirvana beförderte. Wahrscheinlich hätte ich sie auch bemerkt, wenn Rylan ihren Namen nicht einmal quer durch den Park gerufen hätte, in dem sich wegen der warmen Frühlingssonne so einige Studierende tummelten. Ich spürte Camilles Präsenz sofort am ganzen Körper, weil sie auf mich so wirkte wie Maya auf kleine Kinder. Ich sollte nicht so stark auf sie reagieren. Nicht nach so kurzer Zeit und eigentlich überhaupt nie. Dennoch konnte ich es nicht abstellen.

Eine, die genauso stark auf sie reagierte wie ich, es aber nicht zu verstecken brauchte, weil es bei ihr süß und nicht bedenklich war, war Maya. Sobald sie Camille sah, stand sie auf und wedelte mit dem Schwanz. Fast wäre ich eifersüchtig gewesen, weil sie sich normalerweise nur so sehr freute, wenn ich nach Hause kam, doch dann erinnerte ich mich daran, dass mein Herz bestimmt genauso schnell schlug, nur weil Camille in meiner Nähe war.

Am Campus der *Elbury University* waren zwar draußen Hunde erlaubt, allerdings herrschte eine strikte Leinenpflicht. Deshalb konnte sich Maya lediglich einen Meter von mir wegbewegen, was im Umkehrschluss bedeutete, dass Camille viel zu nah vor mir stehen blieb, um Maya hinter den Ohren zu kraulen. Ihre langen Beine steckten in einer engen Laufhose und das weiße, lockere Oberteil, das sie trug, erinnerte mich schmerzlich an den Nachmittag am See, der alles viel komplizierter gemacht hatte. Die Tatsache, dass sie nun wieder ohne mich ihre Laufrunden drehte, legte sich schwer in meinen Magen und ich schloss die Augen, als könnte ich meine Gefühle dann besser unter

Kontrolle halten.

Als ich sie wieder öffnete, war das Erste in meinem Sichtfeld Camilles Gesichtsausdruck, der irgendwo zwischen unsicher, traurig und angespannt lag. Trotzdem waren ihre dunkelblauen Augen auf mich gerichtet, als sie mit Maya an ihrer Seite auf uns zukam.

»Hey«, sagte sie und ihre sanfte Stimme war fast zu viel für mich. Obwohl Rylan sofort anfing, ihr irgendeine Geschichte über einen ihrer Professoren zu erzählen, lag Camilles Aufmerksamkeit für ein paar lange Sekunden auf mir.

»Hey«, erwiderte ich, und statt ihrem Blick standzuhalten, wendete ich meinen ab und beobachtete Maya, die sich zufrieden neben mir im Gras niederließ. Im nächsten Moment bereute ich es. Als ich aufsah, hatte sich Camille zu Rylan gesetzt und beachtete mich nicht einmal mehr aus dem Augenwinkel. Ich war ein Idiot. Erst mit Verzögerung wurde mir bewusst, dass Camille mir gerade eine Chance gegeben hatte, die komische Stimmung zwischen uns aus dem Weg zu räumen. Und ich hatte nichts Besseres zu tun, als es mit meiner Feigheit noch schlimmer zu machen. Nicht nur für mich oder für sie. Ich war mir sicher, dass alle Anwesenden es genauso spüren mussten wie ich. Es würde mich nicht einmal wundern, wenn über unseren Köpfen Denkblasen aufpoppen würden. In meiner würde so etwas wie *»Ich war dumm genug, das einzige Mädchen, das es nach über einem Jahr geschafft hatte, mir unter die Haut zu gehen, von mir zu stoßen, und noch dazu dumm genug, es nicht wieder hinzubiegen.«*

Was über Camilles Kopf schwebte, hätte ich nur zu gerne gewusst, aber sie weigerte sich, mich anzusehen, obwohl ich mir fast sicher war, dass sie meinen Blick spüren musste.

»Ich hole für Maya schnell Wasser von drinnen.« Ich war so hibbelig, dass ich es nicht einmal eine halbe Minute in Camilles Anwesenheit aushielt, und benutzte die erstbeste Ausrede, die mir in den Sinn kann. Es war eine denkbar schlechte, aber die anderen wussten zum Glück nicht, dass ich in meinem Rucksack immer Wasser für Maya mit mir herumschleppte. Pit streckte nur den Daumen nach oben, als ich ihm die Leine in die Hand drückte. Blake hingegen kniff die Augen zusammen und zog eine Braue nach hoch. Ich tat, als würde ich es nicht merken, und lief ohne ein weiteres Wort auf das Café zu.

Drinnen war es viel ruhiger als draußen, weil sich meine Kommilitonen an sonnigen Tagen lieber Kaffee zum Mitnehmen bestellten, als sich an einen der Tische zu setzen. Kian schien trotzdem genug zu tun zu haben. Was vor allem daran lag, dass Addie die Kunden konsequent ignorierte und stattdessen mit einer jungen Frau plauderte, die ein kleines Mädchen auf dem Schoß hatte und an einem der gemütlichen Fenstertische saß.

»Hey, alles okay?« Kian lenkte meine Aufmerksamkeit auf sich, während ich schon wieder darüber nachdachte, wie ich möglichst schnell unauffällig verschwinden könnte.

»Du siehst aus, als wärst du auf der Flucht.« Er legte den Kopf schief und zog einen Mundwinkel nach oben.

Bevor ich mir eine Ausrede überlegen musste, stand plötzlich Addie mit dem kleinen Mädchen neben mir. »Hey, Leo, meinst du, Elodie hier kann Maya kurz streicheln?«

»Äh ja, klar.« Ich brauchte ein bisschen, bis ich reagierte, denn es kam nicht so häufig vor, dass mitten auf dem Campus Kinder auftauchten. Schon gar nicht auf Addies Arm.

»Süße, willst du Leo vielleicht nicht erst mal bestellen

lassen?« Kian beugte sich über den Tresen und bedachte die beiden mit diesem Lächeln, das speziell für Addie reserviert war. Und für die kleine Elodie, wie es aussah.

»Schon gut, ich wollte nur Wasser für Maya holen.« Ich trat von einem Fuß auf den anderen und wusste nicht einmal, warum ich immer noch so eine Grundnervosität mit mir herumtrug.

Addie warf Kian einen triumphierenden Blick zu, der einen großen Pappbecher nahm und mit Leitungswasser befüllte.

»Kannst du für Camille noch eine Flasche Wasser mitnehmen?« Addie wies mit dem Kinn auf den kleinen Kühlschrank neben dem Tresen, während sie mit ihrer freien Hand versuchte, das kleine Mädchen davon abzuhalten, ihr durch die Haare zu wuscheln. »Sie trinkt immer viel zu wenig, dafür, dass sie jeden Tag ihre Gewalttouren absolviert.« Addie zuckte mit den Schultern, so als könnte sie nicht im Geringsten verstehen, warum jemand freiwillig Sport trieb. Ich lächelte bei dem Gedanken daran, wie fürsorglich sie mit ihrer Freundin umging. Vielleicht aber auch, weil ich mich an die Joggingrunden erinnerte, die ich mit Camille gelaufen war.

»Wusstest du, dass Leo einen riesigen Hund hat, Elodie?« Kian wandte sich an das Mädchen, nachdem er mir den Becher mit Wasser in die Hand gedrückt hatte. Die Kleine antwortete nicht, sondern schüttelte nur den Kopf, sodass ihre Locken, die zu zwei Zöpfen gebunden waren, hin und her flogen.

»Willst du sie kennenlernen? Sie heißt Maya.« Ich machte lächelnd einen Schritt auf sie und Addie zu. Elodie betrachtete erst Kian und dann etwas skeptisch mich. Der durchdringende Blick aus ihren dunklen Augen erinnerte mich fast ein bisschen an Kians. Es war fast erschreckend, wie ähnlich sie ihm war, stellte ich fest, als ich noch einmal zu Kian blickte.

»Sie sieht ihm unglaublich ähnlich, oder?«, mischte sich jetzt Addie wieder ein und deutete zuerst auf Elodie und dann auf ihren Freund.

»Äh … ja, schon …« Ich war maximal verwirrt. Bisher hatte niemand angedeutet, dass Kian … Ich konnte den Gedanken nicht zu Ende führen, als Addie kicherte und Kian mit den Augen rollte.

»Das ist meine Nichte. Elodie. Addie findet es unglaublich witzig, Menschen, die das nicht wissen, zu verarschen.« Er warf seiner Freundin einen tadelnden Blick zu, die ihn nur breit angrinste.

»Du hättest ihr Gesicht sehen müssen, als sie uns zum ersten Mal zusammen gesehen hat.« Er senkte die Stimme. »Als hätte man ihr gerade den ultimativen Beweis dafür geliefert, dass die Erde eine Scheibe ist.«

»Hey, das war ganz was anderes.« Addie schob die untere Lippe über die obere, was Kian dazu veranlasste, erst ihr und dann Elodie liebevoll über die Wange zu streichen.

»Stimmt, du warst damals schließlich schon unsterblich in mich verliebt.« Er zwinkerte mir zu und von dem unnahbaren, abweisenden Kian war auf einmal so gut wie gar nichts mehr übrig. Während ich mich noch fragte, ob ich traurig sein sollte, weil ich so wenig über ihr Leben wusste, oder froh darüber, dass sie mich trotzdem so bereitwillig daran teilhaben ließen, ging Addie mit Elodie Richtung Tür und bedeutete mir, mitzukommen. Ich verabschiedete mich von Kian, nahm den Becher für Maya, klemmte mir Camilles Wasserflasche unter den Arm und öffnete mit der freien Hand die Tür für die beiden.

Als Elodie Maya sah, strahlte sie übers ganze Gesicht und zappelte unruhig auf Addies Arm. Obwohl die anderen sie fröhlich begrüßten, machte sie keine Anstalten, ihnen eine Antwort zu geben, sondern blickte sich nur scheu lächelnd um.

»Elodie spricht fast gar nicht«, sagte Addie leise an mich gewandt. Meine Lippen formten ein »O«, aber sie fuhr bereits fort. »Lange Geschichte. Keine Sorge es geht ihr gut. Sie macht riesige Fortschritte, seit sie mit Avery – ihrer Mutter – in Therapie ist.«

Ich nickte und beließ es dabei. Es kam mir nicht richtig vor, darüber in Elodies Anwesenheit zu sprechen, obwohl sie höchstens drei oder vier Jahre alt sein konnte. Allerdings schien sie sich nicht besonders für das, was Addie mir erzählte, zu interessieren, sondern quiekte fröhlich auf, als Maya aufstand und in unsere Richtung kam.

»Siehst du. Sowas hätte man bis vor einem halben Jahr noch nicht aus ihrem Mund gehört.« Addie grinste stolz und man konnte ihr ansehen, wie sehr sie Kians Nichte liebte.

»Willst du Maya das Wasser geben, Elodie?« Ich wandte mich wieder an die Kleine, die mich nicht mehr ganz so skeptisch ansah und nach ein paar Sekunden zaghaft nickte. Addie setzte sie im Gras ab und sie tapste sofort ein paar Schritte auf meine Hündin zu. Obwohl Maya nicht an Kinder gewöhnt war, war ich mir sicher, dass sie instinktiv sanfter mit ihr umgehen und sich nicht auf sie stürzen würde, so wie sie das bei Blake machte, wann immer er durch die Tür kam.

Ich ging in die Hocke und hielt Elodie den Pappbecher hin. Sie legte ihre kleinen Hände auf meine und streckte sie zu Maya, die sofort anfing zu schlabbern. Natürlich spritzte das Wasser über den Rand des Bechers direkt auf Elodies Arme und ihr T-Shirt, dabei kicherte sie fröhlich vor sich hin und es war so ansteckend, dass ich mich zum ersten Mal, seit Blake mich hierhergeschleppt hatte, entspannen konnte. Ich war sogar so entspannt, dass ich meinen Blick hob und geradewegs in Camilles dunkelblaue Augen sah, die nicht angestrengt in die andere Richtung blickten, sondern ruhig auf mir lagen. Ihre vollen, rosa Lippen umspielte ein Lächeln und für einen Moment hoffte ich, dass es mir und nicht Elodie oder Maya galt.

Nachdem Addie mit Kians Nichte wieder im Café verschwunden war, um ihr ein trockenes T-Shirt anzuziehen, starrte ich ein paar Sekunden auf die Wasserflasche neben mir.

»Ähm … die hier ist für dich.« Ich machte einen Schritt auf Camille zu und hielt sie ihr hin. Sie wirkte überrascht, lächelte mich aber an. »Danke, Leo.«

Verdammt, ich war nicht auf die Wirkung vorbereitet, die mein Name aus ihrem Mund auf mich hatte. Sofort fing mein Magen wie wild zu kribbeln an und ich hatte Mühe, mich daran zu erinnern, warum das eine völlig unangebrachte Reaktion war. Als ihre Finger meine streiften, war es, als surrte die Luft um mich herum. Und weil ich keine Ahnung hatte, wie ich damit umgehen sollte, fiel mir nichts Besseres ein als »Die ist von Addie« zu sagen. Als wäre es so furchtbar, wenn sie glaubte, ich hätte ihr eine Flasche Wasser mitgebracht.

»Oh«, stieß Camille aus, nahm die Flasche an sich und senkte den Blick, als wäre ihr das alles hier furchtbar peinlich. Ich konnte es ihr nicht verübeln. Schließlich benahm ich mich auch peinlich.

»Ich … ähm … Wir müssen dann auch mal los.« Ich pfiff

Maya zu mir, die sich etwas widerwillig von der Gruppe wegbewegte, als würde sie merken, dass ich eigentlich bleiben wollte.

»Wir sind doch erst seit einer Stunde hier. Wo willst du denn hin?« Blake dachte gar nicht daran, mich so einfach gehen zu lassen, und sogar Pit schaute kurz von seinen Unterlagen auf.

»Sorry, ich muss noch was erledigen. Wir sehen uns, Leute.« Ich wartete nicht mehr ab, ob die anderen etwas zu meinem Abgang sagten, der im Übrigen überhaupt nicht zu dem sozialkompetenten Studenten, der ich gerne wäre, passte, sondern griff nach meinem Rucksack und Mayas Leine. Am besten hätte ich mich nicht noch einmal umgedreht, dann hätte ich nicht in Camilles meerblaue Augen gesehen, die mich anfunkelten. Mit einer undefinierbaren Mischung aus so vielen Gefühlen, von denen mir fast schwindelig wurde. War es Enttäuschung? Ablehnung? Sehnsucht? Egal, was es war, ich wusste nicht, wie ich mit irgendeiner von Camilles Emotionen umgehen sollte, solange ich meine eigenen nicht sortiert hatte.

19

Camille

Was zum Teufel ist aus meinem geregelten und ruhigen Leben geworden?

Ich saß seit zwei Stunden am See, nachdem Leo mir deutlich gezeigt hatte, wie unangenehm ihm meine bloße Anwesenheit war, und fragte mich, ob ich je wieder auf diesem Felsen sitzen konnte, ohne seine Gegenwart förmlich zu spüren. Dieser Ort war schon in meinem ersten Monat an der *Elbury University* zu meiner persönlichen Zuflucht geworden. Bis er *unser* Platz wurde. Und jetzt? Jetzt war er nicht mehr der Ort, an dem ich in Ruhe meine Gedanken wandern lassen, sie manchmal sogar sortieren konnte. Er war zu einem Ort geworden, den ich mit Leo verband. Mit seinem Lachen und seinen Worten, die immer das aussagten, was ich fühlte. Mit seiner Nähe, die in den kurzen zwei Wochen so vertraut wurde und die ich seit dem Moment, in dem wir eine Grenze überschritten hatten, vermisste. Ich hatte nicht einmal gemerkt, wie sehr ich Leos Anwesenheit in meinem Leben genossen hatte, bis sie plötzlich nicht mehr da war. So etwas passte eigentlich gar nicht zu mir. Ich ließ nicht einfach wahllos Menschen in mein Leben, und schon gar nicht ließ ich sie so wichtig werden.

Aber bei Leo war es anders. Er war einfach da. In meinem Leben und sogar in meinem Herzen, bevor ich *Nein* sagen konnte.

Hätte ich das denn gewollt? Nein sagen? Ich ließ den Blick über den See und die tief am Himmel stehende Nachmittagssonne wandern. Vielleicht würde ich auch dieses Licht für immer mit Leo verbinden. Es war wie gemacht für seine fast schwarzen Haare und Augen. Für seine gebräunte Haut, die darin noch makelloser wirkte. Seine vollen, dunkelrosa Lippen, die sich zu einem schiefen Lächeln verzogen, wenn er mich ansah. Ich schüttelte den Kopf, als könnte ich sein Gesicht, das sich vor mein geistiges Auge schob, damit aus meinen Gedanken vertreiben. Wie hatte ich nur zulassen können, dass mich sogar ein Sonnenuntergang an ihn erinnerte? Ich konnte nicht für immer einmal am Tag an ihn denken, während er offensichtlich damit einverstanden war, gar keinen Gedanken mehr an mich zu verschwenden.

Vielleicht hatte ich einfach den Verstand verloren. Irgendwo zwischen dem Punkt, an dem Bryson mich in diese Beziehungspause gedrängt und Leo mir einen verdammten Justin-Bieber-Song vorgesungen hatte, von dem ich in der gleichen Sekunde ein Fan geworden war, musste ich meinen Verstand liegen gelassen haben. Eine andere Erklärung für mein Verhalten gab es nicht. Es war nicht einmal so, dass ich es bereute, Leo geküsst zu haben – viel eher war es eine Feststellung meines Gehirns, dass es ein Fehler war. Dass Bryson mich genau in dem Moment, in dem ich aus dem Wasser gestiegen war, anrufen musste, erinnerte mich viel zu schmerzhaft daran, dass ich immer noch in einer viel zu verkorksten Beziehung steckte. Oder zumindest in deren Nachwehen. Sein Name auf meinem Display erinnerte mich auch daran, dass die Nachricht von Bryson überhaupt erst der Grund war, dass ich meine Freundinnen im Café sitzen gelassen hatte, um mir den Verstand klar zu laufen.

Und dann war da auf einmal Leo. Der mein Herz mit jedem seiner Worte so viel schneller schlagen ließ und es sogar schaffte, dass Bryson in den Hintergrund rückte. Und zwar so weit, dass ich mich fast anstrengen musste, wieder an ihn zu denken. Ich hatte keine Ahnung mehr, was all diese Gefühle bedeuten sollten, und noch weniger, wie ich damit umgehen sollte, doch eines war sicher: Ich konnte nicht in der einen Sekunde vor meinem Ex und den Gefühlen, die er immer noch in mir auslöste, weglaufen und in der nächsten darüber philosophieren, ob Leos Mund nach Zitrone schmecken würde. Und es dann gegen seinen Willen einfach ausprobieren. Die Erkenntnis erwischte mich so kalt, dass es mich plötzlich mehr fror als im eisigen Wasser des Sees: Ich hatte Leo geküsst und es hatte mir gefallen. Ich hatte Leo geküsst, obwohl ich selbst nicht im Geringsten bereit dafür war. Und die schlimmste Erkenntnis von allen: Ich hatte Leo geküsst, aber er wollte mich nicht. Er stand einfach wie versteinert da.

Hatte ich verlernt, wie man Signale richtig deutete? Hatte ich es überhaupt je gelernt? Es hatte immer nur Bryson für mich gegeben und der sendete keine Signale oder sagte Dinge, wie Leo es tat. Er nahm sich einfach, was er wollte, und ich hatte mich nie dagegen gesträubt. Aber Leo, Leo hatte mir all diese Dinge gesagt, mit seiner sanften Stimme und seinen dunklen Augen, die mich ansahen, als verstünde er all mein Chaos viel besser als ich selbst. Er schaffte es, durch seine bloße Anwesenheit eine Blase um uns zu legen, in der ich mich fühlte, als wäre die Realität ganz weit weg. Und ich war dumm genug, sie mit einer unüberlegten Aktion zum Platzen zu bringen. Obwohl ich wusste, dass das Kribbeln, das er in mir auslöste, gefährlich war. Vielleicht nicht körperlich, aber bestimmt für mein Herz. Mein Herz, das ihn geradezu angebettelt hatte, es zu heilen, obwohl meinem Verstand klar war, dass es so niemals funktionieren könnte. Obwohl ich mir doch so sicher war, dass da nur Platz für Bryson war.

Mein Körper wurde unglaublich schwer, weil es sich anfühlte, als wären alle Beziehungen in meinem Leben, die mir wichtig waren, überschattet.

Die zu meinen Freunden von der Uneinigkeit, die herrschte, wenn es um Bryson ging. Und davon, dass ich das, was zwischen Leo und mir war – gewesen war –, mit keinem Wort erwähnt hatte.

Die zu meinen Eltern, für die meine Beziehung zu Bryson den wichtigsten Teil meiner Persönlichkeit auszumachen schien.

Die zu Bryson; die hatte zwar er zerstört, aber es fühlte sich trotzdem so an, als hätte ich nicht genug dafür getan, sie zu reparieren.

Und die zu Leo, die es gar nicht hätte geben sollen, deren Ende mich dennoch so schmerzhaft traf, dass mir fast schwindelig wurde.

Weil ich nur einen Ausweg aus zu vielen Gefühlen wusste, sprang ich auf, als hätte mich einer der übergroßen Moskitos gestochen, und lief los – weg – ohne mich umzudrehen.

»Camille!« Ich war schon fast wieder am Wohnheim angelangt, als sich mir plötzlich jemand in den Weg stellte. Weil ich die letzte halbe Meile gesprintet war, konnte ich nicht mehr rechtzeitig stoppen und knallte geradewegs gegen eine harte Brust.

»Woah, ich hätte nicht damit gerechnet, dass du dich gleich so auf mich stürzt.«

Bryson. Er legte seine Hände an meine Taille und lachte. Ich war vollkommen außer Atem und Brysons Anwesenheit vor meiner Haustür half nicht gerade dabei, meinen Puls zu verlangsamen. Meine Atemzüge gingen hektisch, während ich mir in fahrigen Bewegungen den Schweiß aus der Stirn wischte und meinen Zopf festzog, der wahrscheinlich eher einem Vogelnest glich.

»Können wir reden?« Bryson schien nicht zu merken, wie sehr mich seine Nähe, seine bloße Anwesenheit aus dem Konzept brachte, und ignorierte meine beschleunigte Atmung einfach. Mehr noch, er verstärkte sogar den Griff an meinen Hüften, obwohl ich Abstand gebraucht hätte. Abstand, um atmen zu können. Es vergingen ein paar Sekunden, bis ich überhaupt in der Lage war, ihm zu antworten, und ich merkte sofort, wie Bryson langsam ungeduldig wurde.

»Ja … Ich meine, worüber?« Ich lehnte mich nach hinten, aber Bryson verstand nichts von meiner Körpersprache und ließ mir keinen Freiraum. Er machte sogar einen Schritt auf mich zu.

»Warum ignorierst du meine Nachrichten?« Erst jetzt ließ er mich ruckartig los. »Camille, hast du mich verstanden?« Er rüttelte leicht an meiner Schulter, sodass ich ihn ansehen musste.

»Bryson, muss ich dich wirklich daran erinnern, dass *du*

mich betrogen hast?« Meine Stimme klang dünn. »Was willst du denn von mir hören?«

»Ich habe dir das doch erklärt, Camille: Ich brauche eine Pause. Das heißt nicht, dass du mich einfach ignorieren kannst. Haben deine Freunde dir das eingeredet?« Er beugte sich vor und kniff seine grünen Augen zusammen.

»Nein, ich …« Ich war jämmerlich. Statt mit dünner Stimme herumzustottern, sollte ich ihn mit seinem unmöglichen Verhalten konfrontieren.

»Camille, wir lieben uns doch. Ich habe dir doch gesagt, dass alles andere nichts mit unserer Beziehung zu tun hat.« Bei jedem seiner Worte sank ich ein Stückchen weiter in mich zusammen. Ich wollte ihm sagen, wie sehr er mich verletzt hatte. Immer und immer wieder. Stattdessen presste ich meine Lippen fester zusammen.

Hatte er recht? War unsere Liebe am Schluss das Einzige, was zählte? Was, wenn all der Schmerz einfach ein Teil davon war? Leo schob sich in meine Gedanken, mit seinem eindringlichen, entsetzten Blick, als er mir klarmachen wollte, dass Liebe nicht wehtun musste. Aber das war jetzt nicht mehr wichtig, oder? Ich hatte all seine Signale falsch gedeutet, warum sollte ausgerechnet dieser Satz die Wahrheit sein?

»Camille? Kannst du mir bitte zuhören, wenn ich mit dir spreche?« Bryson schnipste vor meinem Gesicht mit den Fingern. Er klang ungehalten und ich hatte keine Ahnung, wie lange ich in meine Gedanken abgeschweift war.

»Was? Sorry. Worüber hast du gesprochen?« Ich ließ die Schultern sinken und fühlte mich plötzlich unglaublich erschöpft.

»Darüber, dass wir zusammengehören natürlich, Camille.« Er spannte die Schultern an und stellte sich aufrechter hin.

»Du kannst das nicht einfach wegwerfen.«

Instinktiv trat ich einen Schritt zurück und schüttelte den Kopf, weil ich nicht glauben konnte, was er da gerade gesagt hatte. »Ich habe nichts weggeworfen, Bryson.« Meine Stimme klang nicht so fest, wie ich das gerne gehabt hätte, aber Brysons eindringlicher Blick ließ den kleinen Funken der Wut, der sich in mir bildete, sofort zu Asche zerfallen.

»Wenn du gehst, wirfst du unsere ganze Zukunft weg.« Er schloss den Abstand, den ich zwischen uns gebracht hatte, indem er einen Schritt auf mich zu machte, und sofort wurde meine Atmung wieder schneller. Dieses Mal lag es nicht mehr an meinem Lauftempo.

»Ich bin nicht gegangen, Bryson. Du wolltest mich nicht mehr.« Ich spürte, wie sich der Kloß in meinem Hals festsetzte und mich zu einem jämmerlichen Flüstern zwang. Fast war ich mir sicher, dass er hören konnte, wie meine Stimme vor Verletztheit nur so zitterte.

»Lass uns das einfach alles vergessen, ja?« Bryson ignorierte meine Worte und strich mit seinem Finger meinen Arm entlang. Obwohl er mich schon unzählige Male berührt hatte, fühlte es sich jetzt so an, als brannte er sich direkt in meine Haut.

»Du bist meine Nummer eins, Süße. All die anderen, die werden nie eine Bedeutung haben.« Bryson kam noch näher und legte seine Stirn an meine. Das Bedürfnis, mich einfach fallen zu lassen und weiterzumachen wie bisher, wurde übermächtig stark. Ich könnte mein Leben wieder zurückhaben. Meine Zukunft. Sie stand hier vor mir und wollte mich wieder zurück. Alles würde wieder in geregelten Bahnen verlaufen. Mein Studium würde wieder einen Sinn haben und die Missbilligung meiner Mutter würde sich in Luft auflösen. Ich müsste mich nicht mehr fragen, was ich als Nächstes tun sollte oder wer mir welche Signale sendete.

»Ich … Können wir es einfach langsam angehen lassen? Ich glaube, ich brauche ein bisschen Zeit.« Irgendetwas in mir fühlte sich an, als würde ich mich gerade mitten in einem Kampf befinden und einfach aufgeben. Statt dass mein Herz Luftsprünge machte vor Freude, weil Bryson eine Zukunft mit mir wollte, schlug es schwer in meiner Brust.

»Wir sind seit vier Jahren zusammen, Camille, was willst du denn langsam angehen lassen?« Bryson fuhr sich durch seine glänzenden, braunen Haare und trat unwillig von einem Fuß auf den anderen. »Du hast einfach ein bisschen überreagiert, das ist alles. Und jetzt haben wir das geklärt, oder Süße?« Er verringerte den Abstand zwischen uns und starrte mich so intensiv an, dass ich all meine Proteste, Zweifel und Gefühle hinunterschluckte.

»Ich will ja auch, dass alles wieder so wird wie früher. Gib mir einfach ein bisschen Zeit, okay?« Mehr brachte ich nicht zustande, obwohl es sich nicht richtig anfühlte.

Im nächsten Moment machte Bryson ruckartig einen Schritt zurück und kniff seine Augen zusammen. »Wenn du unbedingt meinst, Camille.« Er versuchte nicht einmal seine Wut zu verbergen und ich fragte mich, wie es sein konnte, dass *er mir* das Gefühl gab, einen Fehler gemacht zu haben.

»Können wir bitte einfach in Ruhe darüber reden?«, begann ich erneut, aber Bryson schüttelte den Kopf.

»Wir reden gerade darüber, Camille. Wenn du meinst, du brauchst Zeit und musst ein bisschen dramatisch sein, von mir aus. Ich muss sowieso los.«

Ich konnte seinen Ton nicht mehr deuten und im nächsten Moment machte er einen großen Schritt auf mich zu, legte eine Hand in meinen Nacken, als wollte er mich am Zurückweichen hindern, und drückte mir einen Kuss auf den Mundwinkel. Seine Lippen verharrten für ein paar Sekunden dort und ich war so überrumpelt, dass ich vergaß, überhaupt irgendetwas zu fühlen. Als er mich wieder losließ, musterte er mich zufrieden, zwinkerte mir noch einmal zu, bevor er sich umdrehte und in die andere Richtung verschwand.

Was zum Teufel? War das das klärende Gespräch gewesen, das ich mir seit Wochen wünschte? Wieso fühlte es sich dann so unklar an? Es war, als hätten wir einen Part in unserem Gespräch übersprungen. Den Teil, in dem wir über das sprachen, was ich fühlte. Was ich wollte. Trotzdem hielt ich ihn nicht auf. Ich blieb einfach stehen, starrte auf das Gebäude, hinter dem er verschwunden war, und versuchte verzweifelt, meine Gefühle zu sortieren. Es gelang mir nicht.

20

Camille

»Ist alles okay, Camille?« Addie lenkte meine Aufmerksamkeit auf sich und runzelte die Stirn. Ich brauchte ein paar Sekunden, um zu verstehen, was sie meinte. Ich hatte mein Bier in Rekordzeit geleert und meine Freundin wusste, dass ich normalerweise nicht der Typ war, der sich grundlos betrank.

»Natürlich ist alles okay. Warum sollte es das nicht sein? Ihr habt doch gesagt, ich muss mich locker machen.« Ich spürte, wie mir der Alkohol langsam zu Kopf stieg und die Falte, die sich zwischen Addies Brauen bildete, zeigte mir, dass meine Freundin es auch merkte. Trotzdem ließ sie es unkommentiert. Ich umklammerte den Becher fester, als hätte ich Angst, sie könnte ihn mir in der nächsten Sekunde aus der Hand reißen.

Wir saßen auf einer riesigen Decke mit unnötig vielen Kissen, die Addie unbedingt hatte mitnehmen wollen. Es war der erste Freitag der Sommersaison, an dem das Hockeyteam eine seiner Partys am See ausrichtete. Sie begannen immer schon am späten Nachmittag und endeten erst in den frühen Morgenstunden. Es gab ein Lagerfeuer, viel zu viel Bier und Musik – wie in einem Teenie-Film und jedes Mal aufs Neue war es legendär. Trotzdem fühlte ich mich, als wäre ich nur körperlich anwesend. So wie schon die ganze vorherige Woche. Die letzten Tage hatten mich emotional ausgelaugt. *Bryson. Leo.* Ich wusste nicht einmal, welches Gefühl mich mehr beschäftigte, zumal ich von beiden nichts mehr gehört hatte. Es kam mir vor, als wäre ich schon ewig in diesem Zustand gefangen. Dabei war es erst drei Tage her, seitdem Leo mich so behandelt hatte, als hielte er meine bloße Anwesenheit für die Strafe Gottes. *»Du wolltest es doch so!«*, mahnte mich meine innere Stimme, aber sie schaffte es nicht, dass ich mich besser fühlte. Es war auch genauso lange her, dass Bryson mir erklärt hatte, dass er mich wieder zurückwollte. Oder so etwas Ähnliches. Genau wusste ich immer noch nicht, was zum Teufel das alles zu bedeuten hatte.

Es waren auch drei Tage, in denen ich mich von meinen Freunden abgekapselt hatte. Drei Tage, in denen ich zu lernen vorgab, obwohl meine Gedanken überall waren, nur nicht bei meinen Büchern. Sie waren bei Bryson und unserem Gespräch. Sie waren bei Leo und allem, was zwischen uns passiert war. Es machte mich fertig, mich mit meinen Gefühlen auseinandersetzen zu wollen, aber es nicht zu können. Weder Addie noch Rylan hatte ich etwas von all dem, was passiert war, erzählt und ich konnte nicht einmal sagen, wieso. Beide hielten nicht viel von Bryson, dennoch hätten sie sich für mich gefreut, wenn ich glücklich wäre. Trotzdem erwähnte ich ihn und unser Gespräch mit keinem Wort. Als ich mir einen weiteren Becher Bier einschenkte, um diesen Gedanken zu verdrängen, brachte mir das einen skeptischen Blick von meinen Freundinnen ein. Weil aber eine sehr gute Chance bestand, dass Blake und Kian, die früher oder später hier auftauchen würden, auch

Leo mitbrachten, ignorierte ich sie. Ich war nicht so naiv, zu glauben, sie würden nicht merken, dass etwas nicht stimmte. Vor allem Rylans Radar für Zwischenmenschliches hatte wahrscheinlich schon an dem Tag im *University Park* angeschlagen. Weil ich schwer verbergen konnte, wie aufgewühlt ich war, piepte es in ihrem Kopf bestimmt schon so laut, dass ihr die Ohren klingelten. Ich liebte sie dafür, dass sie mir trotzdem Zeit und Freiraum gab, um mich ihnen von selbst zu öffnen.

»Gute Freunde kommen mit Plan B und Wodka im Gepäck«, riss mich Pits laute Stimme aus meinen Gedanken. Er ließ sich mit einem Tablett roter Becher, die schon alleine aus Umweltschutzgründen verboten gehörten, neben mich fallen und zwinkerte mir zu. Großartig, offensichtlich war auch ihm meine furchtbare Stimmung aufgefallen.

Er hielt mir einen Becher vor die Nase und schenkte mir ein so charmantes Lächeln, dass ich fast verstehen konnte, wieso seine Eroberungen bei diesem Blick dahinschmolzen wie Eis am Stiel an einem heißen Sommertag.

»Nein, danke.« Ich schob seine Hand aus meinem Gesichtsfeld. »Niemand braucht einen Plan B von irgendetwas.« Mir fiel selbst auf, wie lahm ich mich anhörte.

Ich wich seinem Blick aus und stierte auf das Lagerfeuer hinter ihm – auf die Grüppchen und Pärchen, die es sich drumherum gemütlich gemacht hatten. Kurz durchfuhr mich ein schmerzhafter, wohlbekannter Stich, als ich an Bryson dachte und daran, dass wir so etwas nie zusammen gemacht hatten. Entweder wir waren mit ihm und seinen Verbindungsbrüdern unterwegs oder ich war bei meinen und er bei seinen Freunden. Manchmal hatte ich das

Gefühl, es wäre ihm viel zu langweilig, eine Party nur mit mir allein zu besuchen.

»Also mein Plan A taucht jeden Moment hier auf.« Addie beugte sich vor und griff nach einem Becher.

»Na toll, jeder, der sich mit Addie unterhalten will, sollte das jetzt tun, bevor sie den Rest des Abends nur noch damit verbringt, Kian anzuschmachten.« Pit rollte spielerisch die Augen und fing den Luftkuss auf, den Addie ihm zuwarf. »Nur kein Neid, Süßer.«

Sie nahm einen Schluck aus dem Becher und verzog angewidert das Gesicht. »Igitt, was hast du da zusammengemischt? Willst du uns vergiften?«

»Das sagt ausgerechnet diejenige, die uns regelmäßig mit ihren billigen Weincocktails waterboardet.« Pit griff nach einem weiteren Becher und drückte ihn mir in die Hand. »Hier. Egal welcher Plan, Hauptsache Bryson ist nicht dein Plan A.« Er sagte es scherzhaft und doch konnte ich einen ganz leichten, warnenden Unterton in seiner Stimme hören, der mich sofort in meinem Innersten traf.

Für ein paar Sekunden starrten mich drei Augenpaare abwartend an und mir wurde schlagartig viel zu warm in meinem beigen Wollpulli.

»Das habe ich nicht gesagt«, presste ich hervor. *Das habe ich aber auch nicht nicht gesagt*, dachte ich, und obwohl es streng genommen keine Lüge war, fühlte ich mich miserabel. Gegenüber meinen Freunden, weil ich ihnen so viel verheimlichte. Und gegenüber Bryson, weil ich das Gefühl hatte, ihn – *uns* – verheimlichen zu müssen. Doch ich fühlte mich mindestens genauso schlecht, weil ich es nicht schaffte, ihnen davon zu erzählen. Irgendwo in den Tiefen meines Gehirns hatte sich ein Funke verirrt, der sich so anfühlte, als müsste er sich nur entzünden, damit ich mich selbst besser verstehen könnte. Aber er tat es nicht. Schon seit Tagen war jede Anstrengung umsonst; statt der Erleuchtung einen Schritt näherzukommen, fühlte ich mich mit jedem Mal, dass ich darüber nachdachte, ein Stückchen mieser. Seufzend setzte ich den Becher an und trank in einem Zug die Hälfte aus. Der Inhalt schmeckte süß und nach Kindergeburtstag, aber das waren die gefährlichsten Getränke. Sie gaukelten dir vor, du würdest nur einen Fruchtsaft trinken, und eine Stunde später wusstest du nicht einmal mehr deinen Namen. Obwohl ich mit Alkohol normalerweise eher vorsichtig umging – ich mochte es nicht, die Kontrolle über mein Handeln zu verlieren –, trank ich im nächsten Moment auch noch den Rest aus und genoss das warme Gefühl, als sich der Wodka in meinem Körper ausbreitete.

Alkohol war ein Teufelszeug. Zumindest für jemanden wie mich. Okay, für jemanden, der traurig war und keine Ahnung hatte, warum genau und was er mit dieser ganzen Traurigkeit anfangen sollte. Statt dass die Getränke mir halfen, mich besser zu fühlen, bewirkten sie nur ein wenig Watte im Kopf, hinter der ich mich genauso mies fühlte. Nur dass sich das Bedürfnis, in Tränen auszubrechen, mit jedem Schluck ein bisschen verstärkte. Aber ich riss mich zusammen. Auch als die Sonne unterging und das Licht des Lagerfeuers diese besondere Stimmung verbreitete. Diese Stimmung, die einen in eine Parallelwelt versetzte, in der man stundenlang über Wahrheiten und Gedanken reden konnte, die man sonst niemals laut ausgesprochen hätte.

Diese Stimmung, die ich hatte, wenn ich mit Leo zusammen war. Dann brauchte ich nicht einmal ein Lagerfeuer dafür. Frustriert darüber, dass meine Gedanken schon wieder zu ihm gewandert waren, schenkte ich mir nach und ließ meinen Blick über die Party schweifen. Besser gesagt, ließ ich ihn für eine Sekunde schweifen, bis er an etwas hängen blieb. An jemandem. Jemandem, der viel zu nah an zwei Mädchen neben dem Lagerfeuer stand und mich erst mit ein paar Sekunden Verzögerung bemerkte. Bryson starrte mich für den Bruchteil einer Sekunde in Grund und Boden, bevor sich ein viel zu falsches Lächeln auf seinem Gesicht breitmachte. Es bescherte mir eine Gänsehaut, aber keine von der guten Sorte. Trotzdem fokussierte ich mich ganz auf ihn. Ich wühlte in den Aktenordnern in meinem Kopf, die meine jämmerliche Gefühlswelt beinhalteten, und versuchte den Funken der Erleuchtung anzuzünden oder ihn wenigstens zu finden. Ich fand ihn nicht. Dennoch machte mein Herz wenigstens einen kleinen Satz, als Bryson mir mit einer Handbewegung bedeutete, zu ihm zu kommen. Das war doch schon mal ein guter Anfang, oder? Mein Herz sollte doch schneller schlagen, wenn ich in Brysons Nähe war.

»Ich bin gleich wieder da.« Meine Zunge war schwerer, als ich vermutet hatte. Ohne die Antwort meiner Freunde abzuwarten, rappelte mich auf.

»Warte!« Pit griff nach meinem Arm, wohl halb, um mich aufzuhalten, halb um mich zu stützen. »Wo willst du denn jetzt hin?« Er stellte sich vor mich, und obwohl er mir eine Frage gestellt hatte, gab er sich in der nächsten Sekunde selbst die Antwort. »Was willst du bei Bryson?«

Verdammt, von außen mochte Pit manchmal selbstbezogen wirken, aber er hatte eine exzellente Beobachtungsgabe und konnte Menschen fast so gut lesen wie Rylan.

»Wer sagt denn, dass ich zu Bryson will?« Ich war eine miserable Lügnerin. Noch so etwas, was durch Alkohol nicht anders wurde.

»Deine schrille Stimme und Bryson, der gerade versucht, mich mit seinem Blick zu erwürgen«, erwiderte er trocken, weil er genau wusste, dass er recht hatte.

Ich rollte als Antwort nur mit den Augen, weil ich jämmerlich und in etwa so schlagfertig wie eine Feder war.

»Camille, wo willst du denn hin?« Rylan, die bis gerade eben in eine Diskussion über irgendwelche Klamottenmarken mit Addie vertieft war, richtete ihre Aufmerksamkeit nun skeptisch auf uns. Genau wie Addie schien sie abzuwägen, ob sie aufspringen und mich eigenhändig festhalten sollte oder ob das eventuell übertrieben wäre.

»Sie will zu Bryson«, antwortete Pit an meiner Stelle und seine Schultern zuckten, als wollte er mich am liebsten durchschütteln.

»Warum solltest du das tun? Ich dachte, die Geschichte wäre endlich beendet?« Addies Stimme war ruhig, aber nicht weniger eindringlich.

»Wir waren immer ein großer Teil im Leben des anderen.« Meine Aussage war lahm, ausweichend und sinnlos – ich brachte es nicht über mich, meinen Freunden zu sagen, wie der wirkliche Stand meiner *Beziehung* war. Es fühlte sich genauso falsch an, ihnen nichts davon zu sagen, wie es sich falsch anfühlte, was im Moment zwischen Bryson und mir war. Aber ich hatte keine Kraft. Weder dafür, mit meinen Freunden zu sprechen, noch dafür, herauszufinden, was das zwischen Bryson und mir bedeutete.

»Ach Süße, du und Bryson, wie soll das jemals noch mal was werden? Glaubst du nicht, es ist zu viel passiert?« Rylan streckte ihren Rücken durch und funkelte mich an, als ich nur mit den Schultern zuckte. »Selbst wenn er aufrichtig ist, dann liebt er dich höchstens so halb. Das wird niemals genug sein.«

»Du weißt, dass du es niemandem schuldig bist, bei ihm zu bleiben, oder? Am wenigsten ihm. Du musst dir selbst erlauben, dich komplett von ihm zu lösen.« Pit kam noch einen Schritt auf mich zu und sah mich so ernst und eindringlich an, wie ich es nie bei ihm erlebt hatte. Für einen kurzen Moment fühlte es sich an, als wüsste er, wovon er sprach. Ich verwarf den Gedanken so schnell, wie er gekommen war, und versuchte seine Worte zu ignorieren, bevor sie sich in meinem Kopf festsetzten. Es war schon zu spät. Meine Gedanken rasten durch die Alkohol-Watte in meinem Gehirn hindurch und verknoteten sich nur noch heftiger. Plötzlich kam es mir unmöglich vor, eine Sekunde in der Nähe von irgendjemandem zu verbringen. Nicht bei meinen Freunden, aber auch nicht bei Bryson. Inmitten von so vielen Menschen fühlte ich mich auf einen Schlag so einsam, dass ich ihre Gesellschaft nicht mehr ertragen konnte.

»Ich muss kurz auf die Toilette«, murmelte ich so leise, dass nur Pit es hören konnte. Er wollte mich aufhalten, verstummte jedoch, als er merkte, dass ich tatsächlich nicht in Brysons Richtung, sondern auf den See zuging. Ich spürte die Blicke meiner Freunde im Rücken, aber sie kannten mich gut genug, um mich allein zu lassen.

»Camille! Wo willst du hin?« Bryson packte mich am Arm, nachdem ich mich schon ein Stück von der Party entfernt hatte.

Ich drehte mich nur langsam zu ihm um, weil ich wusste, welcher Gesichtsausdruck mich erwarten würde. Und ich hatte recht. Seine grünen Augen lagen ungehalten auf mir. So, von oben herab, sah er mich jedes Mal an, wenn ich etwas tat, was ihm nicht in den Kram passte. »Du kannst mich nicht einfach vor meiner gesamten Verbindung stehen lassen. Was glaubst du, wie das aussieht?« Er verstärkte seinen Griff.

»Sorry, ich wollte dich nicht stehen lassen. Ich brauche einfach ein wenig Zeit allein.« Ich zuckte mit den Schultern und musste mich davon abhalten, nicht erleichtert auszuatmen, als Bryson losließ.

»So dramatisch wie immer.« Er stöhnte auf, als kostete ihn das Gespräch mit mir viel zu viel Anstrengung. »Weißt du was? Wir sollten morgen nach *Edgewood* fahren.«

»Warum willst du nach Hause fahren?« Was passierte hier gerade? Ich trat von einem Fuß auf den anderen und fühlte mich zunehmend unwohl.

»Der *Political Lunch*, Dummerchen.« Der Mann, dem seit mehr als vier Jahren mein Herz gehört hatte, straffte seine Schultern und legte den Kopf schief. Ich wusste, dass das ein sicheres Zeichen dafür war, dass er ungeduldig wurde. »Hast du das etwa vergessen?« Seine Stimme klang jetzt distanzierter.

»Nein, ich …« Ich brach mitten im Satz ab. Natürlich hatte ich es nicht vergessen, seit meine Mutter sich dazu berufen gefühlt hatte, mich extra telefonisch daran zu erinnern.

»Gut, dann hätten wir das ja geklärt. Wir können das Wochenende über dortbleiben, es ist bestimmt hilfreich, wenn ich mich mal wieder in der Firma blicken lasse.« Bryson trat einen Schritt zurück und sein Tonfall veränderte sich. Er hörte sich fast geschäftlich an.

»Wir können doch jetzt nicht einfach … Nach all dem,

was passiert ist ...« Ich schaffte es nicht, einen geraden Satz zu formulieren, und ich hasste mich dafür.

»Es ist doch nichts passiert, Kleine.« Bryson fuhr sich durch seine Haare, die in der Dämmerung viel dunkler aussahen. »Du warst verwirrt, das ist alles. Du wirst sehen, wir werden so viel Spaß haben, dass du das alles vergisst.«

»Sollten wir das nicht erst allein klären, bevor wir irgendwo zusammen hinfahren?« Ein Teil von mir wollte einwilligen. Ja sagen zu Bryson und mit ihm zu einer Veranstaltung unserer Familien gehen, wie wir es schon hunderte Male getan hatten. Trotzdem kam es mir nicht über die Lippen.

»Ich habe doch schon gesagt, dass es nichts zu klären gibt. Du warst einfach durcheinander.« Bryson machte einen Schritt auf mich zu und ich ließ die Schultern sinken. Vielleicht hatte er recht. Vielleicht dachte ich mir alles schlimmer, als es war. Vielleicht war ich drauf und dran, all das Gute zwischen uns wegzuwerfen, weil ich nicht mehr zwischen der Realität und dem Drama in meinem Kopf unterscheiden konnte.

Ich öffnete gerade den Mund, um einzuwilligen, da schallte Brysons Name lautstark zu uns herüber. Ich sah an ihm vorbei und erkannte einen seiner Verbindungsbrüder, der einen Stapel roter Becher in der einen und einen Tischtennisball in der anderen Hand hielt und Brysons Namen noch einmal über all die anderen Geräusche rief. Bryson drehte sich um und reckte den Daumen in die Höhe.

»Hör zu, ich muss zurück. Schreib mir später, okay?«

Er strich mir einmal über die Haare und drehte sich dann so schnell um, dass ich keine Zeit hatte, etwas zu erwidern. Er schien vollkommen vergessen zu haben, dass ich gar nicht eingewilligt hatte, mit ihm nach Hause zu fahren, oder es war ihm einfach nicht so wichtig, wie Bier Pong mit seiner Studentenverbindung zu spielen. Ich starrte auf seinen Rücken, als er sich von mir entfernte, ohne sich noch einmal umzudrehen. Und schon wieder war ich nach unserem Gespräch viel verwirrter als zuvor. Bryson schaffte es nicht, mir die Sicherheit zu geben, bei ihm richtig zu sein. Vielleicht wollte er das auch gar nicht und ich fragte mich in diesem Moment zum ersten Mal, wie oft ich ihm überhaupt noch die Chance dazu geben sollte.

21

Leo

Ich kann auf der gleichen Party wie Camille sein, ohne die ganze Zeit von ihrer bloßen Anwesenheit abgelenkt zu sein.

Es ist okay. Elbury Park ist groß genug für uns beide.

Diese Sätze ratterte ich im Geiste während der gesamten Autofahrt zur Party des Eishockeyteams herunter. Es war fast wie ein Mantra und ich merkte erst, dass wir schon angekommen waren, als Kian den Motor abstellte.

»Leo?« Blakes Stimme vom Beifahrersitz drang an mein Ohr und riss mich aus meinen Gedanken. »Bist du so weit?« Er hatte seine Brauen hochgezogen und musterte mich. Konnte er mir ansehen, dass alles in mir in Aufruhr war?

»Ja klar«, antwortete ich betont locker und war froh, dass er nicht weiter nachbohrte.

»Und wieso genau mussten wir jetzt unsere Gitarren mitnehmen?« Ich zog meine schwarze Tasche vom Rücksitz und wandte mich wieder Blake zu, der mich ansah, als hätte ich ihn gefragt, warum ich eigentlich eine Hose hatte anziehen müssen.

»Weil es eine Party am See ist, natürlich brauchen wir da Gitarrenmusik.« Er klang, als wäre es das Normalste auf der

Welt.

»Bevor du fragst, ja, es ist wie in einem Teenie-Film. Wir sitzen am See und irgendjemand spielt Gitarre. Und Blake teilt wohl seit Neuestem gerne das Rampenlicht mit dir.«

Kian sperrte den Wagen zu und ging zielstrebig in Richtung des Stimmengewirrs. Es war der gleiche See, zu dem ich schon so oft mit Camille gelaufen war, und obwohl wir uns hier auf der anderen Seite befanden, spürte ich das vertraute Kribbeln, das sich jedes Mal einstellte, wenn ich an irgendetwas dachte, das mit Camille zu tun hatte.

»Außerdem waren wir super beim Campusfest, die Leute wollen mehr.« Blake schlug mir spielerisch auf die Schulter.

»Haben die Leute das gesagt?« Ich zog meine Brauen zusammen.

»Haben sie nicht.« Kian klimperte ungeduldig mit seinem Autoschlüssel in unsere Richtung.

»Als wüsstest du, was die Leute reden. Dazu müsste man ja auch unter Leute gehen. Und damit meine ich solche, die nicht Addie oder unsere Freunde sind.« Blake schlug Kian einmal auf die Schultern.

»Siehst du, was ich meine?« Kian drehte sich zu mir um, ignorierte Blake und machte eine ausladende Bewegung, als wir die Party fast erreicht hatten. Sie fand auf einer Liegewiese mit einem kleinen Sandabschnitt statt – sogar diese Location setzte einen Haken auf seiner imaginären Teenie-Film-Checkliste. Nicht nur, dass in der Nähe des Sees schon ein Lagerfeuer brannte und daneben ein paar Bierfässer aufgestellt waren, um die sich mindestens hundert Studierende drängten. Die Sonne ging gerade unter und ihre letzten Strahlen gaben der ganzen Party diese besondere Atmosphäre, bei der man sich plötzlich fühlte, als wäre in dieser einen Nacht alles möglich. Als würde nichts anderes zählen als das Hier und Jetzt.

Den Höhepunkt der Teenie-Film-Klischee-Checkliste erreichten wir, als Kian zielstrebig auf Addie, Rylan und Pit zusteuerte, die auf einer riesigen runden Decke mit unzähligen Kissen saßen. Als hätte hier jemand einen dieser inspirierenden Tumblr-Posts nachgestellt, die vor ein paar Jahren so modern waren. Alles war Ton in Ton in Pastellfarben gehalten und könnte mit dem See im Hintergrund und dem Licht des Lagerfeuers genauso aus einem Filmset gefallen sein.

»Wow. Wofür ist das denn alles? Das ist eine Party am Lagerfeuer und keine Weinprobe.« Blake ging um die Decke herum und ließ sich neben Rylan fallen.

»Du kannst dich gerne ins nasse Gras setzen, wenn dir das nicht gefällt.« Rylan boxte ihm spielerisch gegen die Schulter und drückte ihm einen Becher in die Hand.

Auch Kian ließ sich neben Addie auf einem komisch geformten rosa Kissen nieder. Für einen Moment wirkten sie wie Hauptdarsteller in einem Werbevideo, das High-School-Absolventen von einer College-Laufbahn überzeugen sollte. Ein paar Sekunden stand ich da, als gehörte ich nicht dazu.

»Du kannst dich ruhig setzen, Mann.« Pit drehte sich zu mir um. »Addie hat zwar ein ausgeklügeltes Kissensystem, aber sie wird es dir verzeihen, wenn du dir ein wenig Platz schaffst.« Pit schob demonstrativ ein paar Kissen zur Seite und sah mich erst auffordernd und dann skeptisch an.

Als ich mich setzte, wurde sein Blick weicher, bis sein Gesicht wieder diesen frechen Ausdruck annahm, der so typisch für ihn war.

»Mann, bin ich froh, dass du da bist, sonst wäre ich hier ganz allein mit so viel Harmonie.« Er zeigte auf Addie, die sich demonstrativ enger an Kian schmiegte, und dann auf Blake, der fast ertappt aussah, bis Rylan ihm den Ellenbogen in die Seite stieß.

»Wo ist eigentlich Camille?« Bevor ich weiter über die beiden nachdenken konnte, sprach Kian die Frage aus, die mir, seit wir hier aufgetaucht waren, im Kopf herumschwirrte. Ich musste mich anstrengen, um nicht zu erleichtert auszusehen, weil sie endlich jemand gestellt hatte.

»Bryson.« Pit knurrte den Namen ihres Ex-Freundes regelrecht und ich hatte das Gefühl, dass die Begegnung nicht gerade freundlich verlaufen war. Ich biss mir auf die Lippe, um mich davon abzuhalten, weiter nachzubohren.

»Sie ist bei Bryson?« Blake rief die Worte ungefähr in der gleichen Lautstärke aus, in der sie durch meinen Kopf hallten.

Rylan seufzte und zuckte mit den Schultern. »Wir hoffen nicht.«

»Du hast mich ja davon abgehalten, sie zurückzuholen.« Pit richtete sich vorwurfsvoll an Rylan.

»Weil du es nur noch schlimmer gemacht hättest. Du kennst sie doch. Sie muss das allein machen. Wir können nur für sie da sein.« Rylan zuckte resigniert mit den Schultern und Pit stieß ein unwilliges Brummen aus, bevor er sich zwischen zwei mit Fransen und Bommeln bestückten Kissen fallen ließ.

Die lockere Stimmung wirkte auf einmal erdrückend und die Gewissheit, dass Camille wahlweise allein oder bei Bryson war, schmerzte mich viel mehr, als sie sollte. Gut, zugegeben, die Vorstellung von Camille allein mit Bryson tat besonders weh.

»Sieh mich nicht so an, ihr passiert doch hier nichts.« Rylans Blick hatte fast etwas Flehendes.

»Ich hab doch gar nichts gesagt. Natürlich passiert ihr nichts.« Blakes Stimme war sanft, als er Rylan beruhigend die Hand auf den Arm legte und sie ein paar Sekunden zu lange dort liegen ließ.

»Außer Bryson.« Pit war immer noch deutlich angepisst. »Wisst ihr noch, wie er ihr immer die Hand in den Nacken gelegt hat, als wäre er sowas wie ihr Besitzer, der sie steuern kann?«

Addie nickte so heftig, dass ihr die langen Haare ins Gesicht fielen. »Oder wie er immer für sie mitredet, als hätte sie keine eigene Meinung. Er bestellt sogar für sie und weiß nach so vielen Jahren immer noch nicht, wie sie ihren Kaffee am liebsten trinkt.« Addie klang eher traurig als verärgert und für ein paar Sekunden sagte niemand etwas, doch die Anspannung, die jetzt in der Luft lag, war für alle greifbar.

Währenddessen wurde es in meinem Kopf umso lauter; das dringende, irrationale Bedürfnis, nach Camille zu sehen, ließ sich kaum unterdrücken. Ich hatte keine Ahnung, ob sie ihren Freunden von ihrer Panikattacke erzählt hatte, aber ich fühlte mich für sie verantwortlich, wenn ich der Einzige war, der wusste, wie heftig ihr Körper reagieren konnte. Es war mir egal, dass die Dinge zwischen uns den Status ›Es ist kompliziert‹ hatten.

Ich würde nur nach ihr sehen. Wenn sie bei Bryson war, würde ich wieder zurückgehen und so tun, als wäre ich auf der Toilette gewesen. Schließlich hatte ich weder einen Schlachtplan noch einen guten Grund und schon gar nicht das Recht, Bryson zu konfrontieren.

Obwohl ich mich schon längst entschlossen hatte, wollte ich nicht einfach aufstehen und verkünden, dass mich mit Camille ein unsichtbares und unerklärliches Band verband und ich sofort wissen musste, ob es ihr gut ging. Ich war schon der Neue in der Gruppe, ich musste nicht auch noch der Komische sein. Zum Glück war das Schicksal dieses Mal auf meiner Seite, denn während ich fieberhaft überlegte, wie ich mich auf möglichst nicht stalkerhafte Weise auf die Suche nach Camille machen könnte, klingelte mein Handy. Zwar war es nur eine Nachricht, trotzdem nutzte ich die Gelegenheit und sprang auf.

»Sorry, ich muss da kurz rangehen«, murmelte ich in die Runde und entfernte mich ein paar Schritte. Nicht besonders charmant, aber wenigstens nicht offensichtlich stalkermäßig.

Ich war mir ziemlich sicher, dass ich jeden Quadratzentimeter der Wiese nach ihren blonden Haaren abgesucht hatte, als ich am Rande der Party stand und mir plötzlich unglaublich bescheuert vorkam. Dass es in *Elbury Park* so gut für mich lief und ich nach kurzer Zeit schon auf einer Feier mit einer Gruppe Menschen war, die mich zu mögen schienen und mir sogar gerne beim Gitarrespielen zusahen, war der Jackpot, den zu knacken ich nie erwartet hatte. Statt den Abend mit genau den Menschen zu genießen, die mir das Gefühl gaben, hier richtig zu sein, ließ ich sie ohne Erklärung sitzen und rannte wie ein Bekloppter in der Dunkelheit herum. Ich wusste nicht einmal genau, wofür. Für ein vages Bauchgefühl? Auf das ich mich nicht mehr verlassen konnte? Das war eine der schlechteren Ideen, die ich in den letzten Wochen hatte. Ich sollte wieder zurück zu den anderen zu gehen und versuchen den Abend zu genießen. Wenn alle der Meinung waren, Camille sollte die Sache mit Bryson allein klären, hatten sie wahrscheinlich recht. Ich war bestimmt nicht derjenige, der sie und ihre Geschichte am besten kannte. Egal wie sehr es sich danach anfühlte.

Bevor ich mich umdrehte, zog ich mein Handy aus der Tasche und die Nachricht, die ich als Ausrede benutzt hatte, leuchtete mir entgegen.

Mom: Leonardo, estás bien, hijo?

Ich hatte ganz vergessen, dass ich meiner Mutter auf ihre letzte Nachricht nicht mehr geantwortet hatte. Sie war zwischen denen von Lucy eingetrudelt und ich hatte sie genauso ignoriert. Obwohl sie bestimmt nicht in besonders guter Stimmung war, wenn sie meinen vollen Namen benutzte, breitete sich ein Lächeln auf meinem Gesicht aus. Egal wie sehr das letzte Jahr unser Verhältnis belastet hatte, sie war immer noch meine Mutter. Auch wenn ich volljährig war, bestand sie darauf, dass ich mich regelmäßig bei ihr meldete, damit sie nachts ruhig schlafen konnte. Es gab mir ein Gefühl von Geborgenheit, dass sie sich trotz allem genauso viele Sorgen um mein Wohlbefinden machte. Sie war immer noch meine Mutter, die sichergehen wollte, dass ich lebte, genügend schlief und regelmäßig aß.

Leo: Sí, alles gut. Bis bald.

Es war die gleiche Antwort, die ich ihr seit drei Wochen ständig schrieb. Ich wusste, dass sie sich damit zufriedengab, trotzdem fühlte es sich falsch an, ihr nichts von meinem Leben zu erzählen. Ob sie sich wohl gefreut hätte, dass ich wieder vor Menschen Gitarre spielte? Oder wäre es ihr unangenehm, zu wissen, dass aller Augen auf mich gerichtet waren, obwohl die Leute es hier aus einem ganz anderen Grund taten als zu Hause?

Ohne es richtig zu merken, hatte ich mich immer weiter von der Party entfernt und war am See entlanggegangen, bis mir die Umgebung viel vertrauter vorkam.

Es war nur eine vage Vermutung. Vielleicht sogar Wunschdenken, aber aus irgendeinem Grund hatte ich das Gefühl, dass sie dort sein könnte. Am Felsen. An *unserem* Felsen. Für uns beide bedeutete dieser Ort Ruhe und wäre ich gerade auf Lucy getroffen, würde mein erster Weg wohl auch dorthin führen.

22

Leo

Ich hatte den Felsen, der vom Mondlicht erhellt wurde, fast erreicht, als ich Camille sah, die ihre Beine über den Rand baumeln ließ. Mein Herz schlug sofort fester und ich klopfte mir innerlich auf die Schulter. Die Tatsache, dass sie hier war, beflügelte mich so sehr, dass ich beinahe zu rennen anfing. Gerade als ich ihren Namen sagen wollte, drehte sie ihren Kopf in meine Richtung und stieß einen spitzen Schrei aus, blieb aber regungslos sitzen. Ihr *Fight-or-Flight-Instinkt* schien nicht besonders gut zu funktionieren.

»Hey, keine Angst, ich bin's nur.« Ich sprach so ruhig wie möglich, während ich mich selbst dafür ohrfeigen wollte, sie so erschreckt zu haben.

»Was machst du hier?« Die Worte kamen ihr unerwartet scharf über die Lippen; ihre Gesichtszüge wirkten weniger wachsam und ihre Augen glasig.

»Alles okay bei dir?« Ich wurde das Gefühl nicht los, dass irgendetwas mit ihr ganz und gar nicht okay war, und ignorierte meine innere Stimme, die mich schon wieder fragte, was ich hier überhaupt tat.

Seit Tagen versuchte ich angestrengt, Camille zu ignorieren, weil ich ihre Nähe und ihre Anziehungskraft, die mich so sehr aufwühlte, kaum ertragen konnte. Verdammt, vor drei Tagen hatte ich noch die Flucht ergriffen, nur weil sie mich angelächelt hatte, und jetzt wollte ich plötzlich wissen, ob sie *okay* war?

Für ein paar Sekunden sah sie mich ausdruckslos an, dann zuckte sie mit den Schultern und richtete ihren Blick wieder auf den See.

»So okay, wie man sein kann, wenn man gedanklich gerade Opfer eines Serienmörders geworden ist. Du hast mich erschreckt.« Wieder hatte sie Mühe, ihre Zunge zu bewegen, und als sie träge blinzelte, durchfuhren mich ihre glänzenden Pupillen wie ein Blitz.

Eres un bobo, würde mich meine Großmutter schimpfen, *du bist ein kleiner Dummkopf.* Bestimmt war ich sogar ein großer Dummkopf, aber das käme meiner *abuela* nie über die Lippen, selbst wenn es die Wahrheit wäre.

»Warum fragt mich das heute jeder? Natürlich ist alles okay mit mir«, murmelte Camille wie zu sich selbst und nahm dann einen großen Schluck aus ihrem Becher. Wie blöd konnte ich eigentlich sein? Sie trank bestimmt nicht nur Orangensaft. Deshalb war sie so anders.

Sie war betrunken.

Sofort wurde ich nervös. Ich wusste, dass ich mein gestörtes Verhältnis zu Alkohol nicht auf andere übertragen sollte. Und dass es mich absolut nichts anging, wenn Camille hier allein mit einem Becher und einer Flasche Wein saß – auch wenn sie streng genommen noch nicht in dem Alter war, ab dem man legal trinken durfte.

Camille ist nicht Lucy, schoss es mir durch den Kopf.

Das hier ist eine ganz andere Situation.

Das hier hat rein gar nichts mit mir zu tun.

»Leo?« Camilles Stimme drang laut an meine Ohren und ich atmete langsam aus. Lucys Augen verschwanden, als ich in Camilles ozeanblaue sah, die mich jetzt eindringlich von unten musterten. Ich konnte ihren Gesichtsausdruck schwer deuten, weil die Schatten des Mondlichts darauf zu tanzen schienen.

»Sorry, was hast du gesagt?«

»Ich habe gefragt, was du hier machst und warum du mich anstarrst wie ein echter Serienmörder.« Sie kicherte, aber anders als sonst wurde mir dabei nicht warm ums Herz.

Ich stand immer noch wie ein Idiot neben ihr und sah auf sie herab. Wahrscheinlich hatte sie recht, ich starrte sie an, als wollte ich auf der Stelle jemanden erwürgen. Auch wenn es nur meine eigenen Erinnerungen waren.

»Wäre ich ein Serienmörder, hätte ich doch nicht so lange auf eine Gelegenheit für mein erstes Opfer gewartet, oder?« Ich setzte mich neben sie, an die gleiche Stelle, an der wir schon so oft gesessen hatten.

»Hat Addie auch gesagt und ist zu dem Schluss gekommen, dass von dir keine Gefahr ausgeht.« Sie zuckte mit den Schultern.

»Nett von ihr.« Ich drehte meinen Kopf in Camilles Richtung, aber sie starrte aufs Wasser. »Außerdem hätte ich dich dann schon längst aus dem Weg geschafft. Es wäre viel einfacher, es wie einen Sportunfall aussehen zu lassen, ohne dass jemand Verdacht schöpft. Bei Partys ist es um einiges schwieriger. Die Leute würden Fragen stellen.«

»Wow.« Endlich sah sie mir fest in die Augen. »Wenn sie das gehört hätte, würde Addie dich bestimmt nicht mehr als harmlos einstufen.« Für den Bruchteil einer Sekunde hielt mich ihr Blick so gefangen, dass ich ihm kaum standhalten konnte.

Als ihr Atem meinen Hals streifte, merkte ich erst, wie nah wir uns eigentlich waren. Viel zu nah für meinen Verstand. Nicht nah genug für meinen Körper.

Der nussige Duft ihrer Haare stieg mir in die Nase, als sie sich bewegte, und ihr Geruch nach Mandeln und Blüten passte zu der sanften Ausstrahlung, die sie umgab. Doch ihre meerblauen Augen hatten sich verdunkelt, als würde ein Herbststurm über den Ozean ziehen und alles in Aufruhr versetzen. Die vollen Lippen, deren untere sie normalerweise immer ein bisschen über die obere schob, waren leicht geöffnet, als wollten die Worte nur so darüber purzeln. Aber sie sagte nichts. Stattdessen starrte sie auf ihren Becher.

»Hey, Camila.« Als sie ihren Namen hörte, hob sie langsam den Kopf und drehte ihn wieder in meine Richtung.

Ein Teil von mir wollte erleichtert sein, dass es nicht nur meine Anwesenheit war, die sie so veränderte, doch ein viel größerer Teil von mir war in Aufruhr. Sie sollte sich nicht betrinken. Vor allem nicht, wenn sie dabei aussah, als hätte sie nicht besonders viel Spaß. Alkohol und Traurigkeit waren eine verdammt gefährliche Kombination und in mir wuchs der Wunsch, ihr den Becher einfach aus der Hand zu reißen.

Ich versuchte meinen schneller werdenden Herzschlag zu beruhigen, als vor meinem inneren Auge automatisch Lucys hellbraune Iriden aufflackerten.

Camille ist nicht Lucy.

Das hier ist eine ganz andere Situation.

Schon zum zweiten Mal driftete meine Erinnerung zu dem letzten Abend ab, den ich mit Lucy verbracht hatte. Es war irrational, die Situationen zu vergleichen, und trotzdem tat ich es. Weil ich nicht anders konnte. Camille hatte es nicht darauf angelegt, sich mit mir zu betrinken, weil sie sich selbst etwas beweisen wollte. Sie wollte mich nicht verletzten. Vielmehr war sie selbst verletzt. Denn auch wenn ich dem Alkohol abgeschworen hatte, wusste ich: Niemand betrank sich allein, weil er gerade glücklich war.

»Leo?«

Wie durch einen dichten Nebel drang Camilles Stimme an mein Ohr. Hatte ich sie angestarrt? Hatte sie etwas gesagt?

»Willst du auch etwas trinken?« Sie sprach weiter, bevor ich ihr antworten konnte. Ich hörte jetzt ganz deutlich, wie verzerrt sie ihre Worte aussprach. Wäre sie nüchtern gewesen, hätte sie mir bestimmt nichts zu trinken angeboten, sondern mir ihr Getränk allerhöchstens über den Kopf gekippt. Sie saß jetzt aufrechter und hielt mir ihren Becher vor die Nase.

Ich wusste, dass es mich nicht so aufregen sollte. Sie konnte tun und lassen, was sie wollte, aber ich konnte nicht verhindern, dass ich wütend auf sie wurde. Wütend und ängstlich, weil sie sich in Gefahr bringen könnte. Am liebsten hätte ich ihr den Drink abgenommen, sie nach Hause verfrachtet und so lange gewartet, bis sie wieder nüchtern wäre. Da ich jedoch noch nicht komplett verrückt geworden war, kramte ich den normalen Leo hervor und zwang ihn zu einem Lächeln. »Nein danke, Camila.« Es war eine irrationale Hoffnung, mit dem spanischen Klang ihres Namens zu ihr durchdringen zu können, doch für wenige Sekunden schienen ihre Augen ein bisschen klarer zu werden.

»Es ist bestimmt genauso süß wie deine Slushies.« Sie

kicherte und in mir zog sich alles zusammen, obwohl es mich ein kleines bisschen glücklich machte, dass sie diese Erinnerung mit mir verband.

Weil die Hand, mit der sie den vollen Becher umklammerte, gefährlich wackelte, nahm ich ihn ihr geistesgegenwärtig ab und stellte ihn auf die andere Seite neben mich.

»Ich trinke keinen Alkohol.« Meine Stimme wurde lauter als beabsichtigt und ich war froh, dass wir hier allein, fern von den anderen waren. Ich wusste nicht, wie ich einer Gruppe feiernder Collegestudenten erklären sollte, warum ich mir geschworen hatte, nie wieder etwas zu trinken, oder warum in mir alle Alarmglocken schrillten, wenn mir jemand, der offensichtlich angetrunken war, zu nah kam. Sogar wenn dieser jemand Camille war. Ich hatte keine Ahnung, ob ich dieses Kapitel meines Lebens jemals wieder für irgendjemanden öffnen würde.

»Aber Addie hatte recht.« Wieder lagen Camilles blaue Augen, die genauso dunkel wirkten wie das Wasser des Sees im Mondlicht, so intensiv auf mir, dass mir sämtliche Gehirnzellen den Dienst verweigerten.

»Womit? Damit, dass ich harmlos bin?« Mein Blick schnellte über ihr Gesicht zu ihren Lippen.

»Damit, dass niemand, der solche Augen hat, ein Serienmörder sein kann.« Erst als sie ihren Mund bewegte, schaffte ich es, aufzusehen.

»Ach ja? Was habe ich denn für besondere Augen?« Ich lehnte mich fast unmerklich zu ihr, doch sie wich mir aus und griff nach der Weinflasche.

»Komm schon, Camila.« Ich merkte, wie sich meine Willensstärke, ihr die Flasche nicht aus der Hand zu nehmen, langsam, aber sicher verabschiedete, je länger sie so bei mir saß. »Du kannst nicht anfangen, mit mir zu flirten, und dann einen Rückzieher machen.« Sofort hätte ich mich für diese Aussage Ohrfeigen können. Das Kribbeln, das ich in ihrer Nähe spürte, machte mir zwar eindeutig klar, dass ich kein Problem damit gehabt hätte, mit ihr zu flirten, aber sie war angetrunken. Niemals würde ich diese Situation ausnutzen und mich zu dem Arschloch machen, von dem die halbe Welt glaubte, ich wäre es.

»Ich … ich flirte nicht mit dir.« Sie verschränkte die Arme vor der Brust. »Ich sitze schließlich hier, um von Männern wegzukommen.« Mit zusammengekniffenen Augen sah sie mich fast herausfordernd an.

Während mein Blick auf ihrer vorgeschobenen Unterlippe ruhte, setzte sie die Weinflasche wieder an. Dieses Mal konnte ich mich nicht zurückhalten.

»Camila, vielleicht ist das keine so gute Idee.« Ich lege meine Hand auf ihre und drückte sie sanft nach unten, bevor sie sich mir ruckartig entzog.

»Bryson ist hier.« Sie seufzte, als wäre das eine Erklärung. War es auch. Sie würde sich nicht allein betrinken, wenn er nicht hier wäre. Oder existieren würde. Trotzdem verstand ich nicht, warum sie das ausgerechnet mir erzählte.

»Dein Exfreund.« Ich merkte erst viel zu spät, wie sich ihr Ausdruck veränderte.

»Ich glaube, er ist nicht mehr mein Ex-Freund.« Ihre Stimme wurde leiser und sie hörte sich fast entschuldigend an. In mir kroch ein ungutes Gefühl hoch. Eines, von dem man weiß, dass es sich bewahrheiten wird, weshalb man jeden Moment auskostete, in dem man es noch leugnen konnte.

»Gibt es noch eine niedrigere Bezeichnung?« Ich setzte mich aufrechter hin und versuchte, ahnungslos zu klingen, obwohl ich ihre Antwort kannte.

»Nein, wir …« Sie schüttelte den Kopf und mein Herz bekam einen Knacks. Einen lauten Knacks, von dem ich dachte, dass sie ihn hören musste.

»Wir … Vielleicht habe ich alles in meinem Gehirn doch viel schlimmer gemacht, als es ist. Wir haben noch einmal miteinander gesprochen.« Wieder zuckte sie mit den Schultern und sah dabei so traurig aus, dass ich sie am liebsten in den Arm genommen hätte. Gleichzeitig war ich verdammt wütend auf sie. Wie konnte sie Manipulation nur so sehr mit Liebe verwechseln?

»Wieso bist du dann hier?« Ich merkte selbst, wie vorwurfsvoll meine Stimme klang, und bereute es sofort. »Du solltest dich nicht vor ihm verstecken müssen.« Ich legte ihr meine Hand auf den Unterarm, eine Geste, die ich schon so oft wiederholt hatte, dass es sich langsam, aber sicher ganz natürlich anfühlte.

»Ich verstecke mich nicht vor ihm, ich verstecke mich vor … vor allen.« Ihr Lachen klang bitter, doch ich registrierte, wie ihr Blick auf meiner Hand ruhte.

»Also wissen Addie und Rylan nicht Bescheid?« Auch das überraschte mich nicht. Sie schrie geradezu aus jeder Pore, wie unglücklich sie war. Nur sie selbst schien es nicht zu hören.

»Sie würden es nicht verstehen.« Wieder schüttelte sie den Kopf, bevor sie noch einen Schluck aus der Weinflasche nahm.

»Glaubst du nicht, dass es einen Grund hat, warum du dich lieber vor deinen besten Freunden versteckst, statt mit ihnen darüber zu sprechen?« Meine Hand ruhte immer noch auf ihrem Unterarm, als könnte ich dadurch die Verbindung zu ihr halten.

»Ja, der Grund ist, dass sie es nicht verstehen würden.«

Sie musterte mich ein paar Sekunden lang. »Und du offensichtlich auch nicht.«

»Nein, Camila, ich verstehe dich. Ich habe dich die ganze Zeit verstanden und das tue ich auch jetzt. Trotzdem finde ich es nicht gut, was du tust.« Ich fuhr mir mit den Händen durch die Haare und rückte ein Stück von ihr ab, als könnte ich so die Wut, die in mir aufstieg, besser kontrollieren. »Du hast doch selbst gesagt, wie weh er dir getan hat, und jetzt gibst du ihm freiwillig die Chance, es noch mal zu tun? Das ist keine Liebe, Camila. Das ist nur ziemlich heftige Manipulation.«

Camille schlang die Arme um ihre Beine und klammerte sich daran fest. »Jeder hat eine Meinung zu mir und Bryson. Jeder will mir ständig nur helfen. Aber niemand fragt mich, ob ich die Hilfe überhaupt will. Deshalb bin ich hier und verstecke mich vor dem ganzen verdammten Universum.« Ihre Stimme war jetzt leiser und sie sprach langsamer.

»Das will das Universum sicher nicht, Camila.« Ich verringerte den Abstand, den ich gerade noch zwischen uns gebracht hatte. »Und ich auch nicht. Tu dem Universum einen Gefallen und verstecke dich nicht.« Kurz dachte ich, sie würde einlenken, doch dann verhärtete sich ihr Ausdruck wieder.

»Nein. Hör auf so etwas zu sagen. Hör einfach auf.« Ihre Augen glänzten, als würden nur noch ein paar Worte ausreichen, bis die Tränen zu laufen beginnen würden, aber ich konnte sie jetzt nicht in Ruhe lassen. Nicht so.

»Ich werde niemals aufhören dir das zu sagen, Camila. Erst wenn du verstehst, wie viel mehr du verdient hast.«

Es dauerte eine kleine Ewigkeit, bis Camille den Kopf zu mir drehte. Sie lockerte den Griff um ihre Beine, und als sich unsere Blicke trafen, vergaß ich alles. Den Alkohol, den sie schon getrunken hatte. Die Gründe, die gegen ein *Leo und Camille* sprachen. Die Tatsache, dass sie mir gerade erzählt hatte, dass sie sich ihrem Ex-Freund wieder annäherte. All das rückte in den Hintergrund, als ich in ihre dunkelblauen Augen sah, aus denen sich eine Träne löste. Ich wusste, ich sollte mich nicht zu ihr lehnen. Ihr nicht die Hand an die Wange legen und die Träne mit meinem Daumen wegwischen. Aber das Mondlicht spiegelte die Traurigkeit in ihrem Gesicht und hielt mich davon ab, einen klaren Gedanken zu fassen. Ich beugte mich zu ihr, bis sich unsere Nasenspitzen fast berührten. »Du verdienst alles, Camila. Und kein bisschen weniger.« Ich sah all die Gefühle in ihr. Spürte ihren warmen Atem auf meiner Haut. Ihr unverkennbarer süßer und blumiger Duft stieg mir in die Nase und die Kombination aus alldem schien in mir eine Kurzschlussreaktion auszulösen. Eine *dumme* Kurzschlussreaktion. Es war zu spät, um sie zu verhindern, und im nächsten Moment presste ich meinen Mund auf ihren. Ich nahm ihr Gesicht in beide Hände und erlaubte mir für einen Moment, dieses Gefühl zu genießen. Camilles warme, weiche Lippen schafften es, meine Angst zu verdrängen. Sie zu küssen, fühlte sich gleichzeitig wie die schlechteste und die beste Idee an, die ich seit Langem hatte. Für den Bruchteil einer Sekunde öffnete ich meinen Mund, streifte mit meiner Zunge ihre Unterlippe und spürte alles. Die Verbindung, die ich mir nicht erklären konnte, die aber einfach da war. Ihre Verletzlichkeit. Meine Angst. Das hier mochte nicht mein erster Kuss sein, doch es war mit Sicherheit der erste, der es schaffte, mich so empfinden zu lassen. Als wäre ich so hoch in den Wolken, dass ich nicht wieder auf den Boden zurückzufinden könnte. Vielleicht hatte ich schon leidenschaftlicher oder fordernder geküsst, aber das hier war anders. Das hier war kein Kuss zwischen zwei Menschen, die sich einfach nur attraktiv fanden. Das hier war ein Kuss zwischen zwei Menschen, die es nicht mehr schafften, das, was sie fühlten, mit Worten auszudrücken. Ich vergrub eine Hand in ihren Haaren und gleichzeitig bewegte sie ihren Mund. Saugte an meiner Unterlippe und berührte sie mit ihrer Zunge, wie eine Einladung. Meine Alarmglocken klingelten, aber die Gefühle, die der Kuss in mir auslöste, waren stärker. Camille stellte die Flasche neben uns ab und schlang ihre Hände um meinen Nacken. Ihre Zunge fand den Weg in meinen Mund und auch wenn mein Verstand klare Signale sendete, warum das hier keine gute Idee war, schaffte ich es nicht, Abstand zwischen uns zu bringen.

Camille ist nicht Lucy.

Sie würde mir niemals so etwas antun.

Ich hasste mich dafür, dass Lucy sich in diesem Moment wieder in meinen Kopf schlich. Ich öffnete meine Lippen ein Stück weiter und ließ zu, dass der Kuss tiefer und leidenschaftlicher wurde. Als könnte ich mir so beweisen, dass Lucy keine Macht mehr über mich hatte.

Das hier fühlt sich anders an.

Das hier fühlt sich richtig an.

Aber war es auch richtig? Camille war eindeutig nicht nüchtern. Wäre sie es gewesen, wäre das hier wahrscheinlich so weit außerhalb ihrer Komfortzone, dass es genauso gut auf einem anderen Planeten passieren könnte. Sie küsste mich so stürmisch, als wolle sie sich selbst und vielleicht auch mir etwas beweisen. Wie in Trance zog ich sie enger an mich, wollte sie näher bei mir spüren, aber als ich meine Position änderte, stieß ich mit meinem Knie die Weinflasche um, die mit einem dumpfen Knall umfiel und gefährlich nah auf die Kante des Felsens zurollte. Camille zuckte zusammen und reflexartig löste ich einen Arm und griff nach der Flasche, bevor sie vom Felsen rollen und zersplittern konnte.

Ich atmete ein paar Mal tief durch, nicht weil mich die Flasche so aus dem Konzept gebracht hatte, sondern weil mein Gehirn endlich wieder anfing zu arbeiten, sobald ich mich von Camille gelöst hatte. Für ein paar Sekunden bewegte sich keiner von uns und nur langsam schaffte ich es, ihr wieder in die Augen zu sehen. Sie hatten das gleiche dunkle Blau, in dem ich jedes Mal zu versinken drohte, wenn ich einen Blick hineinwarf, trotzdem war der Ausdruck darin anders, weniger tief und nicht so wachsam wie sonst. Als hätte der Alkohol, den sie getrunken hatte, einen Schleier darübergelegt. Ich verlor jegliches Zeitgefühl, während ich überlegte, was zum Teufel hier gerade passierte, doch Camille deutete meinen Blick vollkommen falsch. Im Bruchteil einer Sekunde schloss sie ihre Lider und kam näher. Obwohl ich nichts lieber wollte, als ihre Lippen wieder auf meinen zu spüren, hatte ich mich dieses Mal besser unter Kontrolle. »Nicht, Camille.« Meine Worte klangen gequält. »Nicht so.«

Camille hatte ihre Hände auf meinen Schultern abgelegt, aber sie erstarrte, als sie meine Worte hörte. »Wieso stößt du mich weg?«

»Du bist betrunken, Camille. Und verletzt. Ich kann das so nicht«, erklärte ich, obwohl ich mir nicht sicher war, ob es für sie Sinn ergab. An ihren zusammengekniffenen Augen erkannte ich, dass sie ganz und gar nicht verstand, was ich ihr damit sagen wollte.

»Weißt du was? Ich glaube, du bist hier derjenige, der mich manipuliert!« Ihre Stimme klang viel zu laut in der

Stille des Waldes.

»Wie kommst du denn auf sowas? Ich manipuliere dich doch nicht.« Noch immer hatte ich einen Arm um sie geschlungen und brachte es nicht über mich, sie loszulassen.

»Du erzählst mir ständig all diese Dinge. Wie gut du mich verstehst. Wie sehr du für mich da sein möchtest.«

»Camila, das ist doch auch …« Weiter kam ich nicht. Sie nahm ihre Hände von meinen Schultern, als hätte sie gerade erst gemerkt, dass sie dort lagen.

»Und sobald du mich so weit hast, dass ich dir vertraue. Dir Dinge erzähle, die ich nicht einmal vor mir selbst zugeben würde, blockst du mich wieder ab.« Sie rückte ein Stück nach hinten. »Das *ist* Manipulation, Leo!«

Camille rappelte sich viel zu schnell auf, sodass sie taumelte, sobald sie stand. Ich zögerte keine Sekunde und packte sie an der Schulter, damit sie nicht nach hinten fiel. Sie schnaubte. Kaum hatte sie ihr Gleichgewicht wiedergefunden, schüttelte sie meine Berührung ab.

»Camila, das liegt doch nicht an dir.« Ich hörte selbst, wie lahm das klang. Wie wenig es ausdrückte, was ich wirklich fühlte.

»Dann erklär es mir, Leo. Bitte, erklär es mir einfach. Verdammt, ich habe keine Ahnung, wie du es geschafft hast, mir so nahezukommen, ohne dich mir gegenüber zu öffnen. Ich bin so bescheuert.« Camilles Unterlippe zitterte jetzt genauso wie mein ganzer Körper. Mir war bewusst, dass sie recht hatte, aber ich wusste auch, dass ich es ihr niemals erklären könnte.

»Camila …« Ich raufte mir die Haare, aber ich fand die richtigen Worte einfach nicht. »Te quiero tanto que si te dijera, te ayudaría a destruirme.« Ich hatte den Satz kaum ausgesprochen, da hielt ich inne. Es war schon lange her, dass mir Spanisch leichter über die Lippen kam, weil ich die Worte auf Englisch nicht finden wollte.

Sie sah mich ein paar Sekunden lang abwartend an. Als ich nichts mehr hinzufügte, verhärtete sich ihr Gesichtsausdruck wieder. »Schrei mich verdammt noch mal nicht in Sprachen an, die ich nicht verstehe.« Sie trat einen Schritt zurück und funkelte mich an, aber ich war wie erstarrt. Ich konnte selbst nicht glauben, dass ich das gesagt hatte, und ich konnte mir noch weniger vorstellen, es in einer Sprache zu wiederholen, die Camille verstand. Sie wartete ein paar weitere Sekunden. Dann schüttelte sie resigniert den Kopf.

Sie löste ihre Arme, die um ihren Körper geschlungen waren, und krallte sich in ihrem Pullover fest. In ihren Augen lag noch etwas anderes als Traurigkeit und Wut. Es war etwas Flehendes. Etwas Flehendes, dem ich nicht nachgeben konnte. Ich wusste nicht, wie lange wir uns so angestarrt hatten. Ein Blickduell, das niemand von uns gewinnen konnte. Camille war die Erste, die aufgab und sich umdrehte, um vom Felsen zu springen. Als sie zielstrebig den Weg zu dem Waldstück einschlug, durch das wir normalerweise zurück zum Campus liefen, kam endlich wieder Leben in mich.

»Wo willst du hin? Du läufst in die falsche Richtung!«

»Ich will einfach nach Hause.« Ihre Stimme klang erstickt, als müsste sie die Tränen zurückhalten.

Ich raufte mir die Haare und lief ihr hinterher. »Du kannst nicht allein im Dunkeln durch den Wald nach Hause laufen. Noch dazu betrunken.«

Camille wurde nicht langsamer, auch nicht, als ich so dicht hinter ihr lief, dass ich mir sicher war, sie könnte meine Anwesenheit spüren.

»Warum interessiert dich das überhaupt? Das ist kein Märchenwald, Leo. Hier warten weder Trolle noch Hexen auf mich.« Sie klang kalt und abweisend; jeden anderen hätte ich nach dieser Reaktion in Ruhe gelassen. Aber Camille war nicht wie alle anderen.

»Stimmt, in einem Märchenwald läuft die Prinzessin nämlich ziemlich selten betrunken herum.« Meine Stimme triefte jetzt vor Sarkasmus und anscheinend hatte ich damit einen Nerv bei Camille getroffen. Keinen guten wohlgemerkt, denn sie blieb ruckartig stehen und drehte sich zu mir um.

»Was ist dein verdammtes Problem mit Alkohol?« Ihre Schuhspitzen berührten jetzt meine, niemand von uns wollte zuerst zurückweichen.

»Ich habe kein Problem mit Alkohol. Ich habe ein Problem mit dir und Alkohol.« Ich verschränkte die Arme vor der Brust und starrte sie an. »Und ich habe ein Problem damit, dass du dich betrunken in Gefahr bringst. So werden Leben ruiniert.«

Als könnte sie das kleine Körnchen Angst in meiner Stimme ausmachen, nahmen ihre Augen für den Bruchteil einer Sekunde einen weicheren Ausdruck an, bevor sie wieder wütend funkelten.

»Ein bisschen Wein ruiniert mir bestimmt nicht mein Leben. Das ist eine *College-Party* und ich bin nicht einmal halb so betrunken wie die meisten hier. Also tu nicht so, als wärst du was Besseres als ich, und lass mich einfach.« Als sie sich wieder umdrehte, war ich mir sicher, dass sie dieses Mal nicht mehr stehen bleiben würde.

»Nein.« Ohne nachzudenken, griff ich nach ihrem Arm. Das letzte Mädchen, das betrunken vor mir weggelaufen war, hatte sich selbst und mich ins Verderben gestürzt – auch wenn ich das nie wieder rückgängig machen könnte, würde ich den gleichen Fehler kein zweites Mal machen. »Ich lasse dich ganz bestimmt nicht allein und betrunken durch den Wald laufen, Aschenputtel.« Als ich mir sicher war, dass sie stehen blieb, ließ ich sie los und zeigte auf ihre Schuhe. »Du hast recht, dass hier ist kein Märchen. Wenn du nämlich auf einer *College-Party* einen Schuh verlierst, bist du keine Prinzessin. Du bist betrunken.«

Für ein paar Sekunden musterte sich mich fragend, bevor sie ihren Blick auf ihre Schuhe richtete und feststellte, dass einer davon fehlte. Sie trug Sandalen, die nur aus Riemchen bestehen zu schienen und höchstens für einen Strandspaziergang gemacht wurden und sicher nicht dafür, im Wald über Felsen zu klettern. Sie hätte den Schuh auch verlieren können, wenn sie den ganzen Abend lang nur Wasser getrunken hätte, aber immerhin schaffte ich es so, ihre Aufmerksamkeit zu erlangen.

»Tu nicht schon wieder so, als würdest du dir ach so große Sorgen um mich machen, nur um mich dann wieder so schnell und einfach wegzustoßen, als hätte ich dir nie etwas bedeutet.« Sie ging an mir vorbei und griff nach ihrem Schuh, der einen halben Meter hinter ihr lag.

Ich krallte mich an den Ärmeln meines Hoodies fest und versuchte krampfhaft zu verstehen, wie ich mich in diese Situation bringen konnte. »Es ist nicht einfach, Camila. Nichts von alldem hier …« Ich zeigte zwischen ihr und mir hin und her. »Ist einfach für mich.«

Für den Bruchteil einer Sekunde hielt sie inne, bevor sie ihren Schuh umständlich wieder anzog und sich aufrichtete.

»Dann erzähl mir, warum, Leo.« Sie strich sich ihre blonden Haare aus dem Gesicht. »Die Wahrheit, die du nicht auf ein Post-it schreiben kannst.«

Wieder lag ein Flehen in ihrer Stimme, doch dieses Mal wusste ich, dass es endgültig war. Das hier war meine Chance. Meine Chance, die ich nicht ergreifen könnte.

Ich hatte recht: Camille war nicht wie Lucy. Aber ich war immer noch Leo. Der Leo, der den Geistern der Vergangenheit nicht auf magische Weise entkommen konnte, egal wie weit er rannte. Es war eine bittere Wahrheit, die ich in diesem Moment in Camilles Augen sah. Wir waren beide ein Sturm, der uns immer wieder in unser persönliches Chaos stürzte. Und solange diese Stürme in uns tobten, hätten wir niemals die Chance auf eine gemeinsame Zukunft, in der die Sonne schien.

23

Camille

»Camila, warte.« Leo war mir den ganzen restlichen Weg schweigend gefolgt und ich hatte seine stechenden Blicke, die ich förmlich in meinem Rücken spürte, so gut es ging, zu ignorieren versucht. Es war so lächerlich, dass es fast schon wieder komisch war. Ich hatte ihm klar gemacht, dass ich nicht mehr in seiner Nähe sein konnte, wenn er mir weiterhin solch verwirrende Signale sendete. Er hatte mir klar gemacht, dass ich nicht wichtig genug für ihn war, um sich mir zu öffnen. Trotzdem lief er – mit Sicherheitsabstand – hinter mir her.

Als wir das kleine Waldstück verließen, merkte ich, wie ich langsamer geworden war, sodass Leo nun neben, statt hinter mir ging. Ich wagte es, ihm einen kurzen Blick zuzuwerfen, nur um es gleich darauf zu bereuen. Er hatte seine vollen Lippen aufeinandergepresst und alles an ihm wirkte zum Zerreißen gespannt. Er starrte auf sein Telefon und fast könnte man meinen, er wollte jeden Moment losrennen und verschwinden. Wahrscheinlich hatte ich ihn zu lange angesehen, denn er drehte den Kopf zu mir. »Ich habe den anderen Bescheid gegeben, damit sie sich keine Sorgen machen.«

Wieso zum Teufel war er so verdammt fürsorglich? Und wieso war ich so unfähig? Auch wenn Rylan eine Glaskugel an der Stelle ihres Kleinhirns zu haben schien und sich vielleicht denken konnte, dass ich irgendwo mit Leo war, würden sie sich wahnsinnige Sorgen machen, wenn ich nicht zurückkam. Den Titel ›miserabelste Freundin des Jahres‹ hatte ich mir innerhalb der letzten Wochen wirklich endgültig gesichert. Er hingegen war so nett und einfühlsam, dass es mich überhaupt nicht wunderte, dass er innerhalb kürzester Zeit all meine Freunde für sich gewinnen konnte. Ohne sich besonders anstrengen zu müssen. Anders als ich, die einfach Glück mit der automatischen Zimmerverteilung hatte, hatte er es verdient.

»Du kannst ruhig ...« Als wir an die Abzweigung gelangten, an der sich unsere Wege nach dem Laufen normalerweise trennten, wurde ich langsamer.

»Nein, Camille.« Leo ließ mich nicht ausreden und steuerte automatisch den Weg zu meinem Wohnheim an. Als seine Schulter meine streifte, stieß ich einen theatralischen Seufzer aus, obwohl ich nicht einmal wusste, warum. Wegen der Gesamtsituation wahrscheinlich.

Ich war gleichermaßen erleichtert und traurig, als sich mein Wohngebäude in unser Sichtfeld schob. Erleichtert, weil ein weiterer peinlicher Abend, in dem Leo eine Rolle spielte, gleich vorbei sein würde, und traurig, weil es wahrscheinlich die letzte Rolle war, die Leo in meinem Leben spielen würde.

»Warte.« Ich wollte gerade auf die Eingangstür zugehen, als er mich zurückhielt. »Alles, was ich gesagt habe, meine ich auch so.« Er stieß einen gequälten Seufzer aus.

Erst als mir sein Duft, den ich seit unserer ersten Begegnung unweigerlich mit Leo verband, in die Nase stieg, merkte ich, dass er seine Hand nicht zurückgezogen hatte. Schon wieder war ich ihm verdammt nah. Er roch nach Zitrone und Sommer, aber gleichzeitig viel süßer, als man es von einem Männerduft erwarten würde. Sofort überkam mich wieder das irrationale Bedürfnis, herauszufinden, ob er auch genauso schmeckte. Meine Lernkurve war offensichtlich nicht besonders steil, wenn es nicht um wirtschaftliche Zusammenhänge, sondern um dunkelbraune Augen ging. Und warum sprach er überhaupt in Rätseln? Warum verhielt er sich in einer Sekunde so, als würde er am liebsten die Arme um mich schlingen und mich aus der Realität entführen, nur um im nächsten Moment sauer auf mich zu werden? Warum bestand er darauf, auch jetzt für mich da zu sein, obwohl er mich vor nicht einmal zehn Minuten mehr als deutlich abgewiesen hatte? Wäre Addie an meiner Stelle, hätte sie ihn einfach gefragt, was er dachte. So machte sie es immer, weil sie keine Angst vor der Wahrheit hatte. Ganz im Gegensatz zu mir. Ich hatte unglaubliche Angst vor der Wahrheit. Vielleicht sogar mehr vor meiner eigenen als vor Leos.

»Es liegt nicht an dir…« Er steckte die Hand in die Bauchtasche seines dunklen Hoodies und ließ seinen Kopf in den Nacken fallen.

»Schon gut. Ich verstehe.« Ich verstand überhaupt nichts, aber ich wollte uns beiden eine unangenehme Verabschiedung ersparen.

»Ich glaube nicht, dass du das tust, Camila.«

Für den Bruchteil einer Sekunde glaubte ich, er würde seine Arme um mich schlingen und es mir erklären. Ich sah die Emotionen in seinen Augen tanzen, aber er bewegte sich nicht. So schnell, wie das Kribbeln gekommen war, wich es wieder der unangenehmen Stimmung zwischen uns.

»Bitte vergiss einfach nicht, dass es nicht an dir liegt. Es liegt niemals an dir.« Bevor seine Worte ganz in meinem Gehirn angekommen waren, spürte ich seine Hand an meinem Gesicht. So zart, als würde er sich nicht trauen, mich zu berühren. Als sich meine Lippen öffnen wollten, strich sein Daumen sanft über meine Wange und erstickte jedes Wort im Keim. Es war eine unschuldige Geste. Eine, der man normalerweise keine Beachtung schenken würde. Aber dieser Moment hier war anders. Er war so sanft wie ein Versprechen und doch so endgültig wie eine Verabschiedung.

Ich saß auf meinem Bett und starrte auf mein Handy, als mich das schlechte Gewissen wie eine Welle überrollte. Es wurde noch schlimmer, als mein Handy klingelte und Bryson mich daran erinnerte, dass ich morgen pünktlich fertig sein sollte. Es verdrängte sogar meinen Ärger darüber, dass Bryson einfach wie selbstverständlich davon ausging, ich würde mit ihm nach *Edgewood* fahren, obwohl ich zwei Mal versucht hatte, ihm zu erklären, dass ich mich nicht bereit dafür fühlte. Aber ich hatte kein Recht darauf, sauer auf ihn zu sein. Schließlich war ich diejenige, der kurz nach unserem Gespräch nichts Besseres einfiel, als sich Leo an den Hals zu werfen. Mein Magen verkrampfte sich – und das lag ganz bestimmt nicht am Alkohol –, als ich daran dachte, wie verzweifelt ich gehofft hatte, Leo würde mir sein Verhalten erklären. Egal wie sehr ich versuchte, es vor mir selbst zu leugnen: Ich hätte ihn am liebsten nicht gehen lassen. Ich war drauf und dran, zu vergessen, dass er mich immer wieder abblockte, wenn er nur bei mir bliebe und mir dieses unbeschreibliche Gefühl gab, dass sich alles fügte. Dieses Gefühl, das ich nur in seiner Nähe spürte. Ich versuchte es zu verdrängen, weil ich wusste, dass ich mich furchtbar falsch verhielt. Ich wollte doch Bryson und unser Leben zurück. Warum musste ich jetzt diejenige sein, die das sabotierte?

Ich hatte jegliches Zeitgefühl verloren, weil meine Gedanken ziellos umherwanderten, aber ich bewegte mich keinen Millimeter.

Noch immer saß ich auf meinem Bett, als ich hörte, wie Addie und Rylan nach Hause kamen und sich leise vor meiner Zimmertür unterhielten. Und ich saß auch noch da, als die beiden leise an meine Tür klopften und sie dann langsam öffneten.

»Süße, ist alles in Ordnung? Leo hat ...«, fing Addie an, doch ich brachte sie mit einer Bewegung zum Schweigen.

»Alles in Ordnung, macht euch keine Sorgen.« Ich hatte nur das kleine Nachtlicht angelassen, trotzdem erkannte ich die skeptischen Gesichter meiner Freundinnen.

»Und Bryson? Hat er … Ich meine, habt ihr …?« Wieder brachte Addie keinen vollständigen Satz zustande, bevor ich sie unterbrach.

»Mit Bryson ist alles okay, wir haben uns ausgesprochen.« Dieses Mal war meine Stimme fester, obwohl es streng genommen eine Lüge war. Wieder musterten mich meine Freundinnen mit einer Mischung aus Besorgnis und Skepsis.

»Also hat er sich entschuldigt?« Rylan klang ungläubig, aber das war nicht der Grund, warum ich bei ihren Worten zusammenzuckte. Bryson hatte sich nicht entschuldigt.

Nicht einmal gerechtfertigt und ich hatte es nicht von ihm erwartet.

»Nein, er … Wir fahren morgen zusammen nach *Edgewood.* Damit wir die ganze Sache vergessen können.«

»Du willst verdammt noch mal was tun?« Wieder zuckte ich bei Rylans Worten zusammen. Dieses Mal, weil sie lauter wurde.

»Camille, hast du dir das gut überlegt?« Addie machte ein paar Schritte in mein dunkles Zimmer. »Du hast doch gesagt, er hat sich nicht einmal entschuldigt.«

»Er hat gesagt, dass wir das Ganze einfach hinter uns lassen sollten. Und das stimmt ja auch.« Ich wusste, dass meine Freundinnen mir nicht zustimmen würden.

»Das ist keine Entschuldigung, Camille. Das ist sogar weniger als das.« Addie blieb vor mir stehen und sah mich so intensiv an, dass ich den Blick abwenden musste.

»Eine Entschuldigung hätte sowieso niemals gereicht. Er behandelt dich wie eine Option und nicht wie eine Priorität und dann besitzt er auch noch die Dreistigkeit, dich zu *betrügen.* Camille, er hat dich *betrogen.* Mehrfach. Und er wird es wieder tun.« Rylan verschränkte die Arme vor der Brust. Ihre Wangen färbten sich rot vor Wut und sie kam einen Schritt auf mich zu.

»Vielleicht war alles gar nicht so schlimm, wie es aussieht.« Ich spürte, wie sehr sich meine Fingernägel in meine Handinnenflächen bohrten, aber das war nichts gegen den Schmerz, der sich in mir ausbreitete. »Außerdem habe ich genauso Fehler gemacht.«

Meine Gedanken wanderten zu Leo, dem See, dem Sonnenuntergang. Seinen Lippen auf meinen.

Leo. Fehler. Die beiden Gedanken wollten nicht so richtig zusammenpassen.

Aber das war es doch gewesen, oder? Ich hätte mich niemals auf ihn einlassen dürfen, schon gar nicht, solange es Bryson in meinem Leben gab.

»Süße, was redest du denn da? Du hast doch gar nichts falsch gemacht.« Addies sanfte Stimme klang jetzt viel näher. Ich hatte gar nicht gemerkt, dass sie sich neben mich aufs Bett gesetzt hatte.

Ich wusste nicht, ob es der Restalkohol war. Oder die Gefühle, die zu viel für mich wurden. Oder einfach der Wunsch, dass die beiden aufhörten, auf Bryson herumzuhacken. Es platzte einfach aus mir heraus: »Ich habe Leo geküsst. Das war der Fehler.«

Eine ganze Weile sagte niemand etwas. Sogar Rylan hatte es die Sprache verschlagen, weshalb ich die Chance nutzte und fortfuhr. »Vielleicht machen Menschen das einfach. Sie betrinken sich oder küssen die Falschen und tun so, als wäre alles okay. Hauptsache, das Herz ist abgelenkt. Davon, wie sehr es diesen einen jemand vermisst.«

»Du hast Leo geküsst?« Addie ignorierte alles andere und stürzte sich auf diese Information. »Als er dich nach Hause gebracht hat? Was?«

»Nein. Ja. Und als wir joggen waren … so ungefähr zumindest. Es war ein Fehler und das ist jetzt vorbei. Ich habe keine Ahnung, was in mich gefahren ist.« Ich seufzte und versuchte abzuwägen, ob es unglaublich dumm oder unglaublich schlau von mir war, meinen Freundinnen davon zu erzählen.

»Was zur Hölle, Camille? Führst du ein heimliches Doppelleben, während wir in Vorlesungen oder bei der Arbeit sind?« Addie schüttelte ungläubig den Kopf und in ihren grauen Augen konnte ich sogar in diesem Schummerlicht die Besorgnis erkennen. Plötzlich fühlte ich mich wahnsinnig schlecht, weil ich so viel vor ihnen geheim gehalten hatte. Aber ich konnte es mir ja nicht einmal selbst erklären. Wie sollte ich es dann in Worte fassen?

»Willst du uns die Geschichte vielleicht von vorne erzählen?« Rylan löste sich jetzt aus ihrer abwehrenden Position und setzte sich auf die andere Seite neben mich aufs Bett. Ich spürte die Fürsorge der beiden und trotzdem schüttelte ich den Kopf.

»Können wir bitte einfach schlafen gehen?« Mein Körper war schwer und träge. Ich wollte nicht mehr nachdenken. Ich wollte nur mein Leben zurück. Mein ruhiges, sorgfältig geplantes Leben.

»Süße, du hast in einem Punkt recht: Menschen küssen die Falschen, um das Herz von dem abzulenken, was es eigentlich will. Aber du hast da etwas verwechselt. Oder jemanden.« Rylans Stimme war ruhig, als sie mir über die Haare strich. Ich zog eine Braue nach oben und zuckte mit den Schultern, obwohl ich genau wusste, wovon sie sprach.

»Und du bist dir sicher, dass du fahren willst?« Addie legte mir eine Hand auf den Arm. »Wenn du mit ihm fahren willst, dann fahr. Aber bleib vorsichtig. Bryson ist ein Genie, wenn es darum geht, Menschen zu manipulieren. Lass das nicht mit dir machen, Camille.« In ihrer Stimme schwang Resignation mit, und obwohl ich so gerne etwas hinzugefügt hätte, konnte ich es nicht. Weil sich ein Teil von mir genauso fühlte. Ich hatte einfach aufgegeben zu versuchen, mein Leben allein auf die Reihe zu bekommen.

Nachdem die beiden verschwunden waren, saß ich wieder allein auf meinem Bett. Mein Blick schweifte durch mein Zimmer, das hauptsächlich von Addie eingerichtet worden war und deshalb so einiges an Deko beinhaltete. Er blieb an einem wiederverwendbaren Kaffeebecher aus dem

Mug Café hängen, auf dem immer noch das grüne Post-it von Leo klebte. Ich wollte nicht lächeln, trotzdem zuckten meine Mundwinkel nach oben, als ich an all die grünen Zettel dachte, die Leo mir im Laufe der Zeit mitgebracht oder geschickt hatte. Wie von selbst stand ich auf und riss ihn ab. Darauf stand in seiner krakeligen Handschrift:

Am liebsten trinke ich meinen Kaffee schwarz und mit Zucker.

Er hatte mich eines Morgens vor dem Gebäude der wissenschaftlichen Fakultät abgefangen und mir diesen Becher in die Hand gedrückt. Ich hatte gelacht und gesagt, schwarzer Kaffee mit Zucker schmecke furchtbar, doch das Einzige, woran ich denken konnte, war, dass es genau zu Leo passte. Schwarzer Kaffee mit Zucker, genau wie seine Augen.

Tief in mir drin wusste ich, dass das jetzt vorbei war. Er würde mich nicht mehr mit seinem schiefen Grinsen und irgendeinem Getränk begrüßen, auf dem ein kleiner grüner Zettel klebte. Das Gefühl, dass er eine Blase um mich bildete, die uns vor der Realität schützte, würde nicht mehr zurückkommen, und das war gut so. Es war nur ein kurzer Anflug der Verwirrung gewesen, bis ich das mit Bryson geklärt hatte. Vielleicht war es nicht einmal real. Vielleicht konnte ich deshalb das Gefühl, das ich hatte, wenn ich mit Leo zusammen war, nicht genau beschreiben. Es existierte nur in meinem Kopf.

24

Camille

»Ach Süße, das willst du anziehen?« Es war Samstagvormittag. Bryson stand in unserer Wohnung und sah aus, als wäre er am liebsten ganz weit weg. Seit ich hier wohnte, war er vielleicht zwei Mal hier gewesen und er strengte sich nicht an, seine Abneigung gegen unsere WG zu verstecken.

Rylan, die schon wach war und mit ihrem Skizzenblock an unserem Küchentresen saß, schnaubte bei Brysons Aussage. Ich trug einen Rock, den sie letztes Jahr für mich genäht hatte. Er ging mir bis zu den Knöcheln, war gelb, mit Gänseblümchen übersät und hatte auf einer Seite einen Schlitz bis zur Mitte meines Oberschenkels. Ich liebte ihn und hatte ihn heute mit einem schlichten weißen T-Shirt kombiniert.

»Was für eine Verschwendung eines heißen Outfits«, hatte Rylan meine Klamottenwahl kommentiert, aber ich konnte ihr ansehen, wie glücklich sie darüber war, dass ich eines von ihren Designs trug.

»Was ist denn mit dem lila Kleid, das ich dir geschenkt habe? Das passt doch viel besser zu dem Anlass.« Bryson kam auf mich zu und strich mir die Haare aus dem Gesicht. »Und deine Haare solltest du vielleicht auch schnell nach hinten stecken. Ich will doch dein hübsches Gesicht sehen.«

Er fuhr mit seinen Fingern über mein Kinn – es war eine typische Bryson-Geste. Obwohl ich sie schon kannte, war ich überrascht, wie wenig Sanftes darin lag. Automatisch blitzte Leo in meinen Erinnerungen auf. Wie er seine Hand an meine Wange gelegt hatte, so vorsichtig, als könnte ich unter seiner Berührung zerfließen. Im gleichen Augenblick fühlte ich mich schlecht, in dieser Situation an ihn zu denken und daran, wie verwirrt er mich zurückgelassen hatte. Ich konnte kaum ertragen, dass ich so sehr daran zu knabbern hatte. Leo war nur eine Bekanntschaft. Eine Bekanntschaft, die mir diese Chance hier nicht kaputtmachen durfte. Die Chance darauf, wieder zurückzukehren, zu diesem *Bryson und Ich*. Seine Hände blieben an meinem Hals liegen und er drückte mir einen Kuss auf die Lippen. Bevor ich darüber nachdenken konnte, was dieser Kuss von ihm in mir auslöste – oder *nicht* auslöste –, trat er einen Schritt zurück. Gleichzeitig hörte ich Rylan, wie sie ein Blatt ihres Blockes abriss und zusammenknüllte.

»Camille hasst Lila«, schnaubte sie in unsere Richtung.

»Ich glaube, ich weiß besser als du, was meine Freundin mag und was nicht.« Es war das Erste, was Bryson zu Rylan sagte, seit er durch die Tür gekommen war. Er strafte sie normalerweise mit Nichtachtung, ohne zu wissen, dass er ihr damit eigentlich einen Gefallen tat.

»Schon gut, ich kann auch das Kleid anziehen.« Ich hatte keine Lust auf Streit. Und vielleicht hatte Bryson ja recht und mein Outfit passte wirklich nicht zum *Edgewood Political Lunch*. Ohne mich noch einmal umzudrehen, huschte ich durch den kleinen Gang in mein Zimmer und kramte das Kleid aus dem Schrank. Rylan hatte recht. Ich mochte kein Lila. Und vor allem mochte ich keine ärmellosen, hochgeschlossenen Kleider mit Faltenrock. In dem Rock sah ich aus, als wäre ich direkt aus den fünfziger Jahren in unsere Zeit spaziert, und das Oberteil ließ meine Arme noch länger wirken, als sie sowieso schon waren. Aber ich hatte keine Kraft, über meine Outfitwahl zu diskutieren. Das kleine bisschen, das mir nach den letzten Wochen übriggeblieben war, brauchte ich, um eine einigermaßen vorzeigbare Miene aufzusetzen. Bevor ich zu viel darüber nachdenken konnte, zog ich mich um und stopfte mein ursprüngliches Outfit in meine kleine Reisetasche.

»Bye, Rylan.« Ich stand noch etwas unschlüssig in unserem Eingangsbereich, nachdem Bryson mein Outfit abgenickt hatte und unsere Taschen ins Auto brachte. Rylan hatte nur die Augen verdreht, sagte aber nichts mehr.

»Pass auf dich auf, Camille. Versprich mir das, okay?« Sie unterbrach unser Blickduell als Erste und kam auf mich zu. »Und wenn er sich wie ein Arschloch aufführt, ruf uns an. Wir sind in einer Stunde da und erledigen ihn.« Sie zog mich in ihre Arme und am liebsten hätte ich einfach losgeheult. Ich wusste, dass ich mich nicht so miserabel fühlen sollte, trotzdem tat ich es.

»Danke, Rylan«, murmelte ich und löste mich wieder von ihr.

»Und melde dich regelmäßig, ja?« Sie legte mir ihre Hände auf die Schultern und drückte mir einen Kuss auf die Wange. Es war kein Wunder, dass ich mich so ausgelaugt fühlte, wenn es mich sogar in diesem Moment Kraft kostete, die Tränen, von denen ich nicht einmal verstand, warum ich sie vergießen wollte, zurückzuhalten.

»Süße, du musst lächeln, die Leute fragen sich doch sonst, ob etwas nicht stimmt.« Bryson saß neben mir an einem der großen runden Tische, die im Garten des *Greenmoore House* aufgebaut waren, und legte mir einen Arm um die Schulter. Das Gebäude war ein altes Herrenhaus mit drei Stockwerken, eigenem parkähnlichem Garten und einem privaten See. Es war der Gipfel der Dekadenz und gerade gut genug für eine Veranstaltung meiner und Brysons Familie. Meine Mutter hoffte vermutlich, die Leute würden denken, dass das Anwesen unseres wäre, dabei wusste jeder aus *Edgewood* und Umgebung, dass es in Besitz der Stadt war.

Trotzdem liefen die Leute herum und gratulierten meiner Mutter zu den schönen Blumen, die jeden der rund fünfzehn Tische schmückten, und der schönen Gartenanlage. Als hätte sie die Blumen selbst gepflanzt. In Wahrheit hatte ich meine Mutter noch nie mit Dreck an den Händen gesehen. Obwohl sie absolut gar nichts mit dem Aufbau des Lunches zu tun hatte, gratulierte auch ich ihr brav, wie bezaubernd alles aussah, und holte mir eines ihrer aufgesetzten Lächeln dafür ab. Es war nicht gelogen. Es sah alles wunderschön aus. Die Tische waren so angeordnet, dass man von jedem auf den See sehen konnte, die Stühle waren mit zartrosa Hussen überzogen und dazwischen fand man überall Plakate mit den Gesichtern meiner Eltern oder Brysons Vaters. Es war jedes Jahr das reinste Schaulaufen, aber jeder tat so, als wäre es ein bahnbrechendes Ereignis. Mein Vater, der Partner in der Immobilienfirma von Brysons Familie war, förderte den Wahlkampf für den Platz im Stadtrat meiner Mutter, die ihre Erfüllung in der Lokalpolitik gefunden hatte. Na ja, vielleicht nicht unbedingt die Erfüllung, eher ein Hobby, das sie beschäftigte und ihr einen Platz in den Kreisen der *Upper-Middle-Class-Ladies* von

Edgewood sicherte. *Schaulaufen* war in diesem Fall übrigens wörtlich gemeint, denn jedem war klar, dass *Whitewater Real Estate* fast die ganze Stadt besaß und die Wiederwahl meiner Mutter nur eine reine Formsache war. Nichtsdestotrotz saß ich wie jedes Jahr auf dem gleichen Platz neben Bryson und tat so, als wäre ich gerne hier. Nur, dass es mir dieses Jahr nicht so richtig gelingen wollte.

»Camille, kannst du dich bitte zusammenreißen? Das macht keinen guten Eindruck.« Bryson drückte meine Schulter, um meine Aufmerksamkeit wieder auf ihn zu lenken.

»Sorry, ich war kurz abgelenkt.« Ich versuchte ihn anzulächeln, aber spürte selbst, dass es furchtbar falsch aussehen musste. Im nächsten Moment zog Bryson die Brauen zusammen und kam mit seinem Gesicht näher an mein Ohr.

»Du musst aufhören so auszusehen, als wärst du gegen deinen Willen hier.« Ich spürte seinen Atem auf meiner Haut, doch er schickte mir keinen wohligen Schauer über den Rücken. Stattdessen breitete sich eine Gänsehaut auf meinem ganzen Körper aus. Und zwar keine der guten Sorte. Für unsere Familien, die mit uns am Tisch saßen, sah es wahrscheinlich aus, als würde er mich zum Lachen bringen wollen. Oder vielleicht sogar so, als würde er mir etwas Süßes ins Ohr flüstern. Aber die konnten auch nicht hören, wie herrisch seine Stimme klang.

»Es ist nur …«, setzte ich an, doch Bryson schnitt mir das Wort ab. »Es ist mir egal, Camille. Hör endlich auf aus allem so ein Drama zu machen. Ich habe dir doch erklärt, dass es dafür keinen Grund gibt. Und jetzt reiß dich zusammen.« Er drückte meine Schulter noch fester und fast hätte ich das Gesicht verzogen, hätte ich nicht den Blick von einem der Anwälte der Immobilienfirma, die auch mit uns am Tisch saßen, aufgefangen. Er musterte uns mit hochgezogener Braue. Reflexartig biss ich mir auf die Innenseite meiner Wange, um all die anderen Gefühle mit dem Schmerz zu unterdrücken, und nickte. Der Anwalt, dessen Namen ich leider vergessen hatte, weil sie alle absolut gleich waren – Mitte fünfzig, weiß, akkurat gescheitelte, leicht ergraute Haare, nie ohne Anzug anzutreffen – starrte mir noch ein paar Sekunden ins Gesicht, bevor sein Blick fast unmerklich über meinen Körper glitt. Trotzdem verrutschte meine Miene nicht. *Höflich lächeln, aber Abstand halten.* Das hatte meine Mutter mir für den Umgang mit solchen Leuten eingetrichtert. Auf keinen Fall ungewollte Aufmerksamkeit erregen. Auf keinen Fall eine Szene machen.

»Also, Camille, du hast den *Spring Break* gar nicht hier verbracht, oder? Wolltest du nicht schon mal in die Wirtschaftsabteilung von *Whitewater Real Estate* reinschnuppern?« Der Anzugträger lehnte sich zurück und im gleichen Moment löste sich Bryson von mir. Ich klappte den Mund auf, doch meine Mutter kam mir zuvor.

»Camille besteht darauf, mindestens einmal im Jahr ihren Bruder zu besuchen. Sie hat es vorgezogen, zwei Wochen auf dieser prätentiösen Insel zu verbringen.« Sie schickte einen missbilligenden Augenaufschlag in meine Richtung und wandte sich dann mit einem theatralischen Seufzer wieder an den Fragesteller, der ihr einen mitleidigen Blick schenkte. Obwohl es für meine Eltern am wichtigsten war, den Schein nach außen zu wahren, hatten sie nie ein Geheimnis daraus gemacht, wie sehr sie von Vince enttäuscht waren. Dafür, dass er weder in Moms noch in Dads Fußstapfen treten wollte. Es hatte ziemlich lange gedauert, bis ich verstanden hatte, welche Strategie sie verfolgten: Die der bemitleidenswerten Eltern, die alles für ihre Kinder tun würden, aber keine Chance gegen einen rebellischen Teenager hatten. Dabei wusste jeder, der Vince kannte, dass er alles andere als rebellisch war. Er hatte andere Pläne für sein Leben als unsere Eltern – das war sein ganzes Verbrechen. Wie manche Menschen jemanden, der innerhalb von sechs Jahren seinen Master in *Youth Psychology* absolviert und danach sofort einen Job als Schulpsychologe gefunden hatte, als *rebellischen Teenager* bezeichnen konnten, hatte ich nie verstanden. Aber in den Kreisen meiner Eltern war jeder Beruf, in dem sich nicht alles um Geld drehte, eine Schande.

»Den Sommer über wirst du aber hier sein, oder?« Wieder richtete sich der Fragesteller an mich, wieder antwortete jemand anderes.

»Natürlich, Mr Benson. Wir werden beide den Sommer über hier sein.« Bryson drückte meinen Unterarm und mein Herz geriet ins Stolpern. Den ganzen Tag hatte ich es verdrängt. Hatte mir verboten, an Leo zu denken, doch diese Geste war in meinem Gehirn so eng mit ihm verknüpft, dass ich das Gefühl hatte, sein Lachen hören zu können. Immer wenn er sprach, sprach er mit seinem ganzen Körper. Nicht nur seine Mimik spiegelte seine Emotionen wider, sondern auch seine gesamte Körpersprache. Schon bei unserem ersten Treffen hatte er mir die Hand auf meinen Unterarm gelegt und es war das erste Mal gewesen, dass mir die Berührung eines Fremden nicht unangenehm gewesen war. Dafür hätte ich Brysons Hand am liebsten sofort abgeschüttelt. Vor allem, als er den Druck etwas verstärkte.

»Gut so, mein Junge.« Mr Benson nickte wohlwollend in

unsere Richtung. »Junge Frauen kommen auf dumme Ideen, wenn man sie zu lange allein lässt.« Er zwinkerte mir in dem Moment zu, in dem ich zusammenzuckte, weil Bryson meinen Arm fester drückte. Seine Art, mir zu zeigen, dass ich meinen Mund wieder zuklappen und bloß nicht geschockt einatmen solle. Ich blickte zu meinen Eltern, zu Brysons Mutter – niemand schien sich an dieser absolut respektlosen Aussage zu stören. Meine Mutter kicherte nur und nickte bestätigend, als hätte er nicht gerade ein ganzes Geschlecht beleidigt.

»Keine Sorge, Sir, bei uns kommt keiner auf dumme Ideen, wir wissen, wo wir hingehören. Nicht wahr, Camille?« Bryson ließ meinen Arm los, um mir eine Strähne hinters Ohr zu streifen. Auch so eine Geste, die er nur machte, wenn Publikum anwesend war. Wie mechanisch nickte ich und konnte nicht glauben, dass es niemanden zu interessieren schien, was hier gerade vorging.

Ich war nicht stark genug, ihm die Stirn zu bieten. Nicht Mr Benson und schon gar nicht Bryson. Nicht vor unseren Familien und wahrscheinlich wäre ich es in keiner Situation gewesen, aber das bedeutete nicht, dass es mich einfach kalt ließ.

»Entschuldigt mich bitte.« Ich war zu feige, um etwas zu erwidern, doch ich hatte das Gefühl, mich übergeben zu müssen, wenn ich länger sitzen bliebe. Wenn ich die Situation nicht ändern konnte, dann konnte ich mich wenigstens daraus entfernen.

»Schätzchen, wo willst du denn hin? Wir hatten doch noch nicht mal das Dessert.« Meine Mutter hatte sichtlich Mühe, ihre Stimme unter Kontrolle zu halten.

»Ich gehe mich nur schnell frisch machen. Ihr könnt ruhig schon anfangen.« Ich zwang mich zu einem Lächeln, woraufhin meine Mutter nickte.

»Wir sehen uns gleich, Süße.« Noch einmal drückte Bryson meine Hand und noch einmal zwang ich mich zu einem Lächeln, das erst erlosch, als ich außer Sichtweite war.

Nachdem ich ziellos durch das leere und viel zu große Haus geirrt und irgendwann auf einem kleinen Balkon im Nebengebäude angekommen war, von dem aus man den See überblicken konnte, erlaubte ich mir, mich kurz zu entspannen. Ich drehte mein Gesicht in die Sonne und atmete ein paar Mal tief durch.

Wusste ich, wo ich hingehörte? Ich dachte, das hier war es, was ich zurückwollte. Das hier war mein Leben. Mein sorgfältig geplantes Leben. Mit Bryson. Ich musste mich nicht einmal besonders anstrengen, es zu bekommen, sondern war einfach hineingeschlittert. Als ich glaubte, es verloren zu haben, dachte ich, es wäre das Ende. Das Ende von einem Leben, das ich unbedingt leben wollte. Doch jetzt, wo ich es zurückhatte, fühlte es sich nicht mehr danach an. Es war, als müsste ich mich zwingen, die Camille zu sein, die ich bisher immer gewesen war. Der Teil, den Bryson von mir mitgenommen hatte, als er mich einfach fallen ließ, war zwar wieder da, aber er wollte nicht mehr so richtig zu mir passen. Und ich hatte verdammt noch mal keine Ahnung, wieso.

25

Camille

»Nein, Mann, eine bessere Wahl als Camille gibt es nicht.« Ich vernahm Brysons Stimme, noch bevor ich ihn sah, und stutzte, als ich meinen Namen hörte. Mittlerweile stand ich am Eingang der Bar von *Greenmoore House* und überlegte, ob ich einfach auf ihn zugehen sollte. Das Haus war vor Jahren umgebaut worden, sodass es im Erdgeschoss neben einer Küche für das Catering einen großen Saal für Veranstaltungen, eine Bibliothek, die nur ästhetischen Zwecken diente, und eine Bar mit Anschluss an die Veranda gab. Ich war schon oft genug mit Bryson hier gewesen, um zu wissen, dass er sich nach dem Essen mit einen paar alten High-School-Freunden dorthin zurückziehen würde. Meist, um einen Whisky oder sonst etwas zu trinken, das ihm das Gefühl gab, reich und mächtig zu sein. Vielleicht merkten es die anderen nicht, aber ich wusste, dass er den Geschmack von purem, starkem Alkohol eigentlich gar nicht mochte und sich nach jedem Schluck zusammenreißen musste, um nicht das Gesicht zu verziehen. Natürlich würde er das nicht einmal unter Folter zugeben. Ganz kurz huschten meine Gedanken zu Leo. Er war so vehement gegen Alkohol, dass ich mir nicht vorstellen konnte, dass er ihn einfach nicht mochte. Ich schüttelte den Kopf über mich selbst, weil er sich schon wieder in meine Gedanken drängte, während ich über Bryson nachdachte, und machte ein paar Schritte auf die geöffnete Verandatür zu, von der Brysons Lachen zu mir nach drinnen klang. Er saß mit dem Rücken zum Innenraum auf einem der weißen Lounge-Chairs und hatte die Ellenbogen auf seiner hellen Stoffhose abgestützt. Trotz seiner lässigen Fassade merkte ich auch aus dieser Entfernung, wie angespannt sein Rücken unter dem hellblauen Hemd war. Bryson war nie entspannt. Genauso wenig wie sein Vater. Er war immer aufmerksam, immer zum Handeln bereit.

»Ich meine, ich verstehe dich, sie ist echt heiß, aber sie kam mir immer ein bisschen … na ja, langweilig vor.« *Colin.* Er war mit uns auf der High School gewesen und ein Riesenarschloch. Und Brysons bester Kumpel seit Kindheitstagen und deshalb auch schon immer in meinem Leben. Kein Wunder, dass ausgerechnet er mich langweilig fand. Er hatte nie mehr als zwei Sätze am Stück mit mir gesprochen, und dann auch nur, wenn es unbedingt nötig war. Colin lachte, und bevor ich durch die Tür treten konnte, hörte ich, wie Bryson mit einstimmte. Obwohl es streng genommen keine richtige Beleidigung war, spürte ich ihr Lachen tief in meiner Magengrube. Der unsichtbare Metallgriff kam zurück, aber ich konnte mich nicht umdrehen. Auch nicht, als Bryson weitersprach.

»War sie doch schon immer. Trotzdem ist sie die beste Wahl für mich. Sieh sie dir an. Auf konventionelle Art hübsch, einigermaßen intelligent und aus gutem Hause. Jackpot.« Er streckte die Faust in die Luft und gleichzeitig wurde der unsichtbare Griff stärker, obwohl er eigentlich gar nichts Schlimmes gesagt hatte.

»Das hört sich für mich bestenfalls nach Durchschnitt an.

Was ist denn mit dieser heißen Rothaarigen von deiner Uni?« Colin schüttelte den Kopf, als könnte er absolut nicht nachvollziehen, warum Bryson sich mit mir abgab.

»Alter, du verstehst echt gar nichts. Das ist doch das Gute. Sie ist die beste Wahl für meine Eltern und mein Image. Solange wir als glückliches Paar auftreten, sind die ganzen konservativen Kunden zufrieden und mein Vater auch. Der Schein wird gewahrt und hinter verschlossenen Türen kann ich tun und lassen, was ich will. Und mit wem ich es will.« Bryson lachte wieder. Dieses Mal lauter und ich klammerte mich an die Klinke der geöffneten Terrassentür, um nicht den Halt zu verlieren. Was zum Teufel sagte er da? Wir hatten keine Vorzeigebeziehung, die nur zum Schein existierte. Wir liebten uns doch.

»Und was sagt Camille dazu? Oder ihre Eltern? Eure Familien sind doch sowas wie abhängig voneinander, wenn die mitbekommen, was du mit der kleinen Prinzessin hinter ihrem Rücken machst, brennt doch eure Hütte?« Ich sah, wie Colin den Kopf schüttelte, aber ein anerkennendes Grinsen auf den Lippen hatte. Bryson nahm einen Schluck aus seinem Glas und seine Schultern spannten sich für einen kurzen Augenblick noch ein bisschen fester an. Er fing sich sofort wieder und lachte dann auf.

»Das ist das Beste an diesem Deal.« Er malte mit einer Hand Anführungszeichen in die Luft. »Die Dannerbrinks können es sich nicht leisten, noch ein Kind *non grata* zu haben. Sie haben Camille so naiv erzogen, dass sie alles dafür tun würde, um ihre Eltern zufriedenzustellen. Oder mich.« Wieder lachte er auf und Colin klopfte ihm auf die Schulter. Ich wollte einen Schritt nach vorne gehen und ihn zur Rede stellen. Ihn fragen, was zum Teufel er damit sagen wollte, aber ich war wie versteinert. Sogar meine Gesichtszüge fühlten sich an, als könnte ich sie auf absehbare Zeit nicht mehr bewegen.

»Ernsthaft, ihre Eltern sind so dankbar dafür, dass ich mit ihr zusammen bin, sie haben nicht einmal mit der Wimper gezuckt, als sie mich letzte Woche im Country Club mit Kara gesehen haben.« Immer noch saß Bryson mit dem Rücken zu mir, aber es fühlte sich an, als könnte ich sein dreckiges Lachen nicht nur hören, sondern ganz dicht vor mir sehen. So als würde er mir ins Gesicht lachen. *Kara. Meine Eltern. Country Club.* Meine Gedanken drehten sich und ich spürte, wie mein Körper langsam gegen den aufgespreizten Türflügel sank. Noch immer hatte ich nicht die Kraft, mich zu bewegen. War Kara das Mädchen, das ihm die Knutschflecken verpasst hatte? Und was zum Teufel hatten meine Eltern damit zu tun?

»Ich schwöre dir, Camille ist so passiv, sie hat sich nicht mal gewehrt, als ich ihr quasi ins Gesicht gesagt habe, dass ich mit anderen schlafe. Alles weitere erledigt ihr Kontrollfreak von Mutter für mich.«

»Okay, okay. Verstehe. Nur noch eine Frage.« Colin lehnte sich in seinem Sessel zurück und grinste dreckig. »Ist Camille im Bett genauso passiv oder tut sie da alles, was du ihr sagst?«

Im nächsten Moment passierten einige Dinge gleichzeitig: Bryson legte den Kopf zurück und lachte. Ein Lachen, das zwischen die Risse in meinem Herzen drang und es endgültig zerfetzte. Mein Freund lachte mich aus. Dafür, dass ich mit ihm zusammen war. Er lachte mich verdammt noch mal dafür aus, dass ich Gefühle für ihn hatte. Die Erkenntnis traf mich wie die Druckwelle einer Explosion und ließ mich ein paar Schritte zurücktaumeln. Ich lehnte mich gegen die nach innen geöffnete Tür, sodass man mich von der Terrasse aus nicht sehen konnte, und zog hektisch mein Handy aus meiner kleinen Tasche. Es kündigte in sekündlichen Abständen mit kurzen, schrillen Tönen mindestens zehn eingehende Nachrichten an. Die Mauern von *Greenmoore House* waren zu einer Zeit gebaut worden, in der sich niemand über W-Lan oder Mobilfunknetze Gedanken gemacht hatte, weshalb Telefone nur in bestimmten Bereichen ein paar Balken anzeigten. Offensichtlich befand ich mich gerade in so einem Bereich.

Never-Ending Nonsense_Pit: [Anhang] Hahaha, @Blake, @Leo so sieht die Welt euch.

Über seinen Worten erschien ein Bild. Dieses zeigte zwei Katzen, die mit ihren Pfoten über die Gitarrensaiten strichen, woraufhin Blake eine Reihe an Tränenemojis und Gitarrenemojis schickte.

Never-Ending Nonsense_Blake: Neidisch?

Das Bild, das Addie als Antwort geschickt hatte, vergrößerte ich nicht einmal, weil im gleichen Moment auch Rylan eine Reihe von lachenden Emojis schickte.

Never-Ending Nonsense_Kian: @Addie hör auf, auf dein Handy zu starren!

Normalerweise fand ich die Bilder und Gespräche in der Chatgruppe lustig, aber heute hatte ich keinen Nerv dafür. Stattdessen öffnete ich unseren Mädelschat, der auch mehr als fünf neue Nachrichten anzeigte.

Partners in Wine_Rylan: Camille, alles okay?

Partners in Wine_Rylan: Camille?

Partners in Wine_Rylan: ???

Partners in Wine_Rylan: Wenn du kein Lebenszeichen von dir gibst, rufe ich auf der Stelle bei der Polizei an und sage ihnen, dass jemand gegen seinen Willen auf einer langweiligen Veranstaltung festgehalten wird.

Partners in Wine_Rylan: Und das wäre nicht einmal eine Lüge.

Partners in Wine_Rylan: CAMILLE MARTHA DANNERBRINK!

Partners in Wine_Addie: Ich bin mit Kian und Elodie in Seattle unterwegs. Ruf mich an, wenn du was brauchst, wir können dich mit nach Hause nehmen, wenn du willst. <3

Partners in Wine_Addie: Alles okay?

Die meisten davon waren aus unserem Gruppenchat, wegen dem kein Tag verging, an dem ich nicht mindestens ein lustiges Bild oder Meme auf meinem Handy hatte. Als ich die Nachrichten von Addie und Rylan las, spürte ich ein Brennen hinter meinen Lidern. Die beiden waren wirklich meine Für-Immer-Freundinnen. Statt mich damit alleinzulassen, weil ich Entscheidungen traf, die sie in hundert Jahren nicht gutheißen würden, waren sie da, falls ich sie brauchte. Ihre Freundschaft war nicht an Verhaltensmuster oder Äußerlichkeiten geknüpft. Sie würden mich immer auffangen, egal wie oft ich mich wie ein Miststück verhielt oder zweifelhafte Entscheidungen traf. Meine Augen füllten sich unaufhaltsam mit Tränen und ich hasste mich dafür, dass ich ausgerechnet an diesem Tag meine Gefühle fühlen musste, statt sie nur festzustellen. Keine Ahnung, wann das passiert war, aber es bewirkte, dass ich meine Tränen nicht mehr unterdrücken konnte, egal wie sehr ich es versuchte.

Wie durch einen Schleier sah ich mein Display, als ich zuerst ein Herzemoji an Rylan schickte und dann eine Nachricht an Addie in die Gruppe schrieb:

Ich: Könnt ihr mich abholen? Ich kann nicht mehr hierbleiben.

Eine Weile schwebte mein Daumen über dem Bildschirm, bevor ich auf ›Senden‹ tippte. Ein Teil von mir fühlte sich schlecht, Addie darum zu bitten, auch wenn sie es selbst angeboten hatte. Kians Familie lebte nicht weit von *Edgewood*, am Rande von Seattle, und seit seine Schwester Avery mit ihrer kleinen Tochter wieder zu ihren Eltern gezogen war, verbrachten sie öfters den Tag dort. Addie, die in Heimen und Internaten groß geworden war, war ganz begeistert davon, eine richtige Familiendynamik zu erleben, und ich freute mich von Herzen für sie und Kian, dass endlich ein bisschen Ruhe in ihr Leben eingekehrt war. Diese Ruhe störte ich ungern, doch ein wesentlich größerer Teil von mir konnte sich nicht vorstellen, sich zurück unter die Gäste zu mischen und so zu tun, als wäre alles okay, denn das war es ganz und gar nicht. Meine Hände zitterten, wenn ich an Brysons Berührungen dachte. An seine Worte, die allesamt nur Lügen waren. Ich schloss die Augen und atmete einmal tief ein, bevor ich auf Senden klickte, und spürte im nächsten Moment, wie die Tür nachgab und mit einem unnötig lauten Knall gegen die Wand schlug. Zwar stolperte ich über meine eigenen Füße, aber dadurch gelangte das Adrenalin, das ich dringend brauchte, um nicht einfach umzufallen, zurück in meine Blutbahn. Ich wollte loslaufen, weg von Bryson und seinem Verrat, doch als ich den ersten Schritt machte, blieb mein Blick an ihm hängen.

»Was zum Teufel?«, flüsterte er. Er sah nicht ertappt aus. Nicht einmal zerknirscht. Bestenfalls skeptisch. Im schlechtesten Fall genervt, während er mich von oben bis unten musterte.

Ich suchte nach Worten, die ich ihm an den Kopf werfen konnte. Nach Beleidigungen oder Vorwürfen. Aber alles in mir fühlte sich unglaublich leer an.

Und Bryson? Bryson musste klar sein, dass ich gehört hatte, was er über mich gesagt hatte, und trotzdem stand er einfach nur da und starrte mich an, als ich zurückwich.

Statt ihm alles entgegenzuschleudern, was er zu hören verdient hatte, oder darauf zu warten, was er als Nächstes zu mir sagen würde, drehte ich mich um und stolperte zurück durch die Bar, Richtung Ausgang. Gerne hätte ich von mir behauptet, dass ich – wie die starke Heldin im Film – einfach weggerannt wäre und ihm nicht den Hauch einer Chance gegeben hätte, mich noch einmal aufzuhalten. Doch das wäre gelogen. Ich war keine starke Heldin. Falls irgendwo in mir eine schlummerte, hatte Bryson früh genug dafür gesorgt, dass sie nie an die Oberfläche kommen würde. Und obwohl ich mich dafür schämte, wollte ich ihm eine kleine Chance geben, mir doch noch nachzulaufen. Deshalb schlenderte ich mehr, als dass ich vor ihm wegrannte, obwohl ein Teil von mir wusste, dass er mir niemals nachlaufen würde. Niemals. Diese bittere Wahrheit traf mich etwas verzögert, als ich den Eingangsbereich schon fast verlassen hatte. Egal wie langsam ich mich von Bryson entfernen würde, er würde mir niemals nachgehen. Das tat man nur bei Menschen, die man wirklich liebte. Für die es sich zu kämpfen lohnte.

»Camille, wie siehst du denn aus? Die anderen fragen schon nach euch.« Meine Mutter baute sich vor mir auf, bevor ich den Ausgang erreichte. Sie verschränkte die Arme vor der Brust, und obwohl sie kleiner war als ich, stand sie vor mir wie ein unüberwindbares Hindernis.

»Hast du gewusst, dass ich für Bryson nur ein Deckblatt bin, hinter dem er sein *richtiges* Leben lebt? Hast du gewusst, dass er mich *betrügt?*« Ich wusste, dass ich viel zu laut sprach, aber wenn man den Schmerz endlich zuließ, verlor man offensichtlich auch jeglichen Anstand gegenüber seinen Eltern.

»Camille.« Der schneidende Ton meiner Mutter brachte mich zum Schweigen. »Hör auf eine Szene zu machen. Bryson betrügt dich doch nicht. Er ist doch mit dir zusammen, oder nicht?« Sie trat einen Schritt auf mich zu und jede andere Mutter hätte mich wohl in den Arm genommen, mir die Tränen von den Wangen gewischt und zugehört. Aber nicht Clarice Dannerbrink. Sie sah sich zuerst nach möglichen Zuhörern um, bevor sie ihre blauen Augen, die viel heller waren als meine eigenen, wieder auf mich richtete.

»Ich habe dir doch schon gesagt, dass Bryson ein begehrter junger Mann ist. Warum bist du nicht einfach glücklich darüber, dass er mit dir zusammen ist?« Sie warf die Arme in die Luft und seufzte. »Ich verstehe einfach nicht, was ich bei dir falsch gemacht habe. Ich habe so hart gearbeitet, damit du dieses Leben führen kannst.« Meine Mutter legte den Kopf schief und stemmte die Hände in die Hüfte.

»Dieses Leben? Mom, ich will doch kein Leben führen mit jemandem, der mich eigentlich gar nicht mag. Wie kannst du glauben, dass ich das will?« Ich konnte nicht fassen, was meine Mutter zu mir sagte. Als hätte ich sie um dieses Leben gebeten. Vor lauter Schock versiegten sogar meine Tränen.

»Du verbringst eindeutig zu viel Zeit mit deinem Bruder. Der hat auch einfach alles weggeworfen, was ich für ihn getan habe.« Seufzend strich sie sich eine blondierte Haarsträhne aus dem Gesicht. »Du kannst nicht alles haben, Camille. Gott teilt nicht mit beiden Händen aus. Du kannst nicht erwarten, einen erfolgreichen und gutaussehenden Mann an deiner Seite zu haben, der dann auch noch die Zeit hat, dir die Welt zu Füßen zu legen. So funktioniert das nicht, Schätzchen.«

»Aber … du und Dad.« Ich spürte, wie meine Wut, die noch gar nicht richtig da war, langsam wieder zurückgedrängt und von Enttäuschung ersetzt wurde.

»Dein Vater und ich haben ein gutes Leben. Wir ergänzen uns und mehr erwarten wir nicht voneinander. Mehr kannst du auch nicht von Bryson erwarten. Das hier ist kein rosaroter Liebesfilm, das hier ist das Leben. Also bitte hör endlich auf dich zu beklagen. Du könntest ruhig ein bisschen Dankbarkeit zeigen.« Meine Mutter taxierte mich mitleidig. »Und jetzt geh dich kurz frisch machen und komm zurück nach draußen.« Sie bedachte mich noch mit einem strengen Blick, bevor sie auf dem Absatz kehrtmachte.

»Mom. Ich habe dich nicht darum gebeten, mein Leben für mich zu planen.« Es war das erste Mal, dass ich auch nur einen Hauch von Widerstand gegen meine Mutter zeigte.

»Schätzchen, das musstest du auch nicht. Das ist es, was Eltern tun, und bis jetzt hattest du keine Beschwerden. Du magst doch die Sicherheit, versorgt zu sein. Das haben wir beide gemeinsam.« Sie drehte sich um und legte mir eine Hand auf die Schulter. Sie hatte nicht unrecht, ich hatte mich wirklich nie beschwert. Ich hatte aber auch noch nie darüber nachgedacht, was ich wollte.

»Du bist verwirrt, Camille. Warum fährst du nicht zu uns nach Hause und legst dich hin? Ich sage Bryson, dass er später nach dir sehen soll, okay?« Meine Mutter schnippte ungeduldig mit ihren manikürten Fingern.

»Nein, Mom …« Ich trat einen Schritt zurück und ließ die Schultern sinken, während meine Mutter ihren Zeigefinger hob, als würde sie mit einer Zehnjährigen sprechen. »Solange du so durch den Wind bist, machst du keinen guten Eindruck auf unsere Gäste.«

»Schatz, ist alles in Ordnung?« Bevor meine Mutter etwas sagen konnte, stand auf einmal Bryson zwischen uns und legte mir einen Arm um die Schultern. Sofort veränderte sich der Gesichtsausdruck meiner Mutter von genervt zu strahlend, als würde Brysons Anwesenheit allein den Raum erhellen.

»Sie fühlt sich nicht so gut, ich glaube, es ist besser, wenn sie nach Hause geht, damit sie sich ein bisschen hinlegen kann.« Meine Mutter legte Bryson eine manikürte Hand auf den Unterarm und warf erst mir und dann ihm einen mitleidigen Blick zu. Ich konnte es nicht fassen, dass sie über mich sprachen, als wäre ich nicht im Raum. Noch weniger allerdings konnte ich es fassen, dass ich schon wieder hier stand und mich von Bryson berühren ließ, ohne die Kraft aufzubringen, ihn ein für alle Mal wegzustoßen.

»Ja, du wirkst ein bisschen blass, Liebes. Ich bestelle dir ein *Uber.*« Als Bryson mich an sich drückte, kam endlich wieder Bewegung in mich.

»Ist das dein Ernst, Bryson?« Ich verschränkte die Arme vor der Brust, aber bevor ich weitersprechen konnte, mischte sich meine Mutter wieder ein.

»Camille, Bryson kann jetzt nicht so einfach gehen, nur weil du beschlossen hast, heute ein bisschen Drama zu veranstalten. Die ganze Führungsetage von *Whitewater Real Estate* ist da. Die Firma, deren Vorsitzender er eines Tages sein wird, das musst du doch mittlerweile verstehen.« Meine Mutter schnaubte.

»Keine Sorge, Clarice, sag meinem Vater, ich komme sofort nach.« Brysons Stimme klang, als würde er angestrengt versuchen, locker und fröhlich zu wirken. Wieder legte meine Mutter ihm eine Hand auf die Schulter und sah ihn erleichtert an. Mir hingegen warf sie im nächsten Moment einen prüfenden Blick zu, der so viel sagte wie: *Reiß dich bloß zusammen!* Bevor ich die Chance bekam, überhaupt meinen Mund zu öffnen, machte sie endgültig auf dem Absatz kehrt und trat mit schwingenden Hüften wieder in den Hof.

»Hör zu, wir können später reden, jetzt muss ich zurück zu den Gästen. Bitte, geh einfach nach Hause und beruhige dich.« Er löste sich von mir und brachte ein paar Schritte Abstand zwischen uns. Ich suchte sein Gesicht nach einer Regung ab. Nach Gefühlen. Aber ich fand nichts. Er trug eine undurchdringliche Maske, hinter der er sich versteckte.

Noch immer hätte ich gerne von mir behauptet, dass ich stark war. Dass ich ihn konfrontieren wollte – oder beleidigen –,stattdessen nickte ich einfach, als er sagte: »Fahr zu deinen Eltern, ich komme später nach.«

Ich war ein Feigling. Was Bryson und mein ganzes Leben betraf. Ständig fantasierte ich davon, endlich alles selbst in die Hand zu nehmen. Endlich stark zu sein. Doch wenn es darauf ankam, lief ich weg und wählte die Route mit dem geringsten Widerstand. Ich fühlte mich erbärmlich, als ich die *Uber-App* öffnete, und ich fühlte mich noch erbärmlicher, als ich so tat, als würde ich die Fahrt bestätigen. Ich ließ Bryson sogar meinen Arm drücken, bevor ich mich umdrehte und Richtung Tür ging.

Es war das zweite Mal innerhalb dieses Tages, dass er die Chance hatte, mich zurückzuhalten und mir wenigstens eine Erklärung zu liefern. Oder eine Entschuldigung. Oder zumindest irgendetwas, damit ich mich nicht komplett gedemütigt fühlte. Wieder gab ich ihm die Chance, etwas zu tun und mir zu beweisen, dass das, was wir hatten, echt war. Aber egal, wie langsam ich von ihm wegging, er würde mir nicht hinterherlaufen. Weil es nicht echt war. Leo hatte recht: Es war keine Liebe, es war einfach nur Manipulation.

26

Leo

Liebes Universum, jetzt wäre der richtige Zeitpunkt, um mir endlich einen verdammten Plan zu schicken. Ich verstehe, wenn ein Lebensplan zu viel verlangt ist, aber wie wäre es mit einem, der wenigstens für meine nächste Aktion gilt?

Nein, ich glaubte immer noch nicht an die Macht des Universums, doch ich glaubte fest daran, dass ich ohne die Hilfe von irgendetwas, das größer war als ich, grandios mit meinem Vorhaben scheitern würde.

»Sorry, Maya.« Ich hielt ihr den Becher mit Wasser hin, den mir der gelangweilte Teenager an der Tankstelle für sie mitgegeben hatte, und streichelte ihr über den Kopf. »Wir müssen wohl einen kleinen Umweg fahren. Du wirst verstehen, warum, wenn wir da sind.« Sie sah mich für einen Moment an und begann, das Wasser zu trinken und gleichzeitig die Hälfte davon auf dem Rücksitz zu verteilen. Maya fuhr zwar gerne Auto, dennoch war auch ihre Geduld nach ein paar Stunden am Ende, selbst wenn wir regelmäßige Stopps einlegten.

Aber das hier war ein Notfall. Oder ich übertrieb maßlos. Auf jeden Fall war es eine Chance. Eine, von der ich weder gewusst hatte, dass ich sie bekommen würde, noch, dass ich sie so dringend wollte. Diese beiden Dinge wurden mir erst am Morgen schlagartig klar, als ich Camille gesehen hatte, wie sie mit Bryson im Auto wegfuhr. Ja, ich war zu ihrem Wohnheim gelaufen. Ohne Plan und Ziel. Vielleicht hatte ich erwartet, dass sich alles fügen würde wie in einer romantischen Komödie. In der hätte ich mich vielleicht vor den Wagen geworfen und ihr dann eine absolut austauschbare Liebeserklärung gemacht, woraufhin es dann spontan weiße Blütenblätter vom Himmel geregnet und sie mich geküsst hätte. Dafür hätte ich allerdings irgendwann die ebenso spontane Erleuchtung meiner Gefühle für Camille haben müssen, die so einer romantischen Abschlussszene normalerweise vorausgeht. Daran scheiterte diese Wunschvorstellung leider. Und daran, dass ich nicht wusste, wo ich auf die Schnelle weiße Blütenblätter herbekommen sollte.

Ich hatte nicht einmal ein kleines Flimmern, das Licht ins dunkle Chaos in meinem Kopf hätte bringen können. Da war nur diese dumpfe Ahnung. Dass ich einen Fehler gemacht hatte. Oder gleich eine ganze Reihe an Fehlern. Dass mich meine Vergangenheit überrollt hatte, als ich es nicht mehr schaffte, meine Gefühle in Schach zu halten. Und genau wie beim ersten Mal, als diese unaufhaltsame Welle meine Familie mitriss, nahm sie Camille mit. Mit dem Unterschied, dass sie gar nicht wusste, was überhaupt los war. In ihren Augen war ich bloß ein Arschloch, das ihr nachgelaufen war, nur um sie in dem Moment wegzustoßen, in dem sie mich wirklich gebraucht hätte.

Und jetzt war da diese Chance. In Form einer kleinen Nachricht im Gruppenchat, der normalerweise voller Memes, Witzen und Selfies war. Ich war mir fast sicher, dass Camilles Nachricht aus Versehen dort gelandet und eigentlich an Addie oder Rylan privat gerichtet war, aber mit solchen kleinen Nebensächlichkeiten konnte ich mich wirklich nicht aufhalten. Addie war sofort damit einverstanden, als ich ihr anbot, Camille an ihrer Stelle nach Hause zu holen. Natürlich musste ich mir einen fünfminütigen Monolog darüber anhören, wie ich Camille zu behandeln hatte. Außerdem erhielt ich eine viel zu plastische Beschreibung dessen, was sie mit mir machen würden, wenn ich an der Aufgabe scheiterte. Wahrscheinlich würde ihr Geplapper immer noch durch die Freisprechanlage schallen, hätte ihr Kian nicht das Telefon aus der Hand genommen und mir eine Wegbeschreibung durchgegeben. Nun lag es an mir, diese unerwartete Chance, das mit Camille wieder hinzubiegen, zu nutzen. Mein Blick wanderte zu den grünen Zettelchen, die in der Mittelkonsole lagen, seit ich den ersten für sie geschrieben hatte. Ich mochte vielleicht nicht genau wissen, wie mein Plan war, aber ich war mir zu einhundert Prozent sicher, dass ich alles tun würde, damit er funktionierte.

»Camille.« Schon als ich noch viel zu weit entfernt war, um etwas zu erkennen, wusste ich, dass sie es war, die mit hängenden Schultern auf der Bank am Straßenrand saß. Eine Welle der Gefühle überrollte mich. Sehnsucht und Vertrauen. Mitleid. Schuld, weil ich sie von mir weggestoßen und im gleichen Zug direkt in Brysons Arme geschubst hatte.

Auch wenn ich deswegen wütend auf sie gewesen war, konnte ich sie verstehen. Ungeklärte Ex-Liebschaften zogen sanfte Seelen wie uns an wie diese riesigen Fische, die eine kleine Lampe an ihrem Kopf hatten und damit ihre arglose Beute anlockten. Und dann verschlangen sie sie, bis nur noch ein paar Reste übrig waren. Genauso sah Camille aus: Wie die Reste ihrer selbst. Sie reagierte nicht einmal, als ich ihren Namen erneut rief.

»Camila!« Ein ebenso freudiger wie unangebrachter Ruck durchzog mich, als sie den Kopf nach oben riss. Ich war mir sicher, dass ich der Einzige war, der ihren Namen so aussprach, und die Wirkung, die es auf sie hatte, ließ mich hoffen, dass sie nicht sofort aufspringen und vor mir weglaufen würde.

»Sorry, Maya, es geht gleich weiter.« Bevor ich ausstieg, öffnete ich die Box auf dem Rücksitz, in der sie längere Fahrten normalerweise verbrachte, sodass sie mich vom Auto aus sehen konnte. Ich stieg aus und streichelte sie durch das geöffnete Fenster. Sie wirkte aufgeregt, als sie Camille sah, und ich wusste, dass es mit ihrer Geduld nach ein paar Minuten allein im Wagen schneller vorbei war als bei einem Kind an der Supermarktkasse.

»Hey, alles okay?« Ich ging langsam auf Camille zu, weil ich keine Ahnung hatte, wie man sich in so einer Situation verhielt. Am liebsten hätte ich mich auf die Bank gesetzt und den Arm um sie gelegt, aber ich war mir ziemlich sicher, dass das zu viel des Guten wäre. Ihr Blick wanderte von mir zum Auto, aus dem Maya aufgeregt ihren Kopf herausstreckte.

»Was machst du hier?« Sie spuckte diese Frage aus und beinahe hätte ich laut aufgelacht, wenn die Situation nicht so angespannt gewesen wäre.

»Ich war gerade auf dem Weg …« Ich machte eine Pause und strich mir über den Nacken, »nach *Bainbridge Island.*« Tolle Erklärung, Leo. Jetzt wirkst du bestimmt komplett normal und gar nicht wie ein durchgedrehter Stalker. *Edgewood* lag zwar zwischen *Elbury Park* und Seattle, aber es lag nicht auf der direkten Strecke. Sie kniff die Augen zusammen und ich wartete auf ihre Reaktion, doch ihr kam kein Wort über die Lippen. Ich machte noch einen Schritt auf sie zu und für einen Moment dachte ich, sie würde aufstehen und mich umarmen, dann erinnerte ich mich daran, dass wir wieder Fremde waren.

»Und was machst du dann *hier*?« Ihre Stimme klang zwar kraftlos, aber sie verbarg nicht, wie wenig sie mich hierhaben wollte.

»Dich abholen.« Seufzend legte ich den Kopf schief. »Ich habe Addie doch gesagt, ich bin sowieso in der Nähe.«

»Wieso erzählt Addie dir, dass sie mich abholen will?« Camille klang ungehalten und ich runzelte die Stirn.

»Wir haben doch in der Gruppe geschrieben?« Ich machte einen weiteren Schritt auf sie zu, bis ich so dicht vor ihr stand, dass ich meinen Blick senken musste, um sie anzusehen.

»Welche Gruppe?«

»Die Chatgruppe. *Never-Ending Nonsense*?« Ich fuhr mir durch die Haare und merkte, wie ich zunehmend nervöser wurde.

»Hab ich nicht, ... Was?« Sie schüttelte den Kopf und zog ihr Handy aus ihrer kleinen Tasche. Als sie den Nachrichtendienst öffnete, wurden ihre Augen erst größer, bevor sie sich daran erinnerte, wer hier vor ihr stand, und sie wieder zusammenkniff.

»Das erklärt aber nicht, warum ausgerechnet du hier bist.« Sie verschränkte die Arme vor der Brust und reckte das Kinn nach vorne. Trotzdem sah sie eher erschöpft denn angriffslustig aus.

»Sorry, Camille, können wir das vielleicht im Auto klären? Ich kann Maya nicht so lange allein drin lassen.« Ich zeigte zum Auto und Camille sah mich an, als würde ein grüner Dinosaurier aus dem Fenster hecheln, statt einer ungeduldigen schwarzweißen Hündin.

»Du willst, dass ich mit dir mitfahre?« Sie sagte das so, als wäre es das Unlogischste der Welt.

»Im besten Falle, ja. Im schlechtesten muss ich dich zu Maya auf den Rücksitz sperren. Deine Freundinnen haben nämlich keinen Zweifel daran gelassen, was sie mit mir tun werden, wenn ich dich nicht in einem Stück und ohne Kratzer nach Hause bringe.« Ich versuchte mich an einem Lächeln, das wahrscheinlich so verkrampft wirkte, wie ich mich fühlte.

»Also ist das eher eine Kidnapping- als eine Freundschafts-Situation.« Camille verlagerte ihr Gewicht und löste ihre Arme. Ich wertete es als gutes Zeichen.

»Das kommt auf den Blickwinkel an. Du hast den Kidnapper«, ich malte mit den Fingern Anführungszeichen in die Luft, »schließlich selbst hierher bestellt.«

Camille legte langsam den Kopf schief und sah aus, als könnte sie sich nicht entscheiden, ob sie sich freuen oder doch lieber das Gesicht verziehen sollte. »Habe ich nicht. Ich habe Addie hierherbestellt.«

»Ich finde Addie angsteinflößender als mich.« Ich zuckte mit den Schultern und endlich, *endlich* stahl sich ein klitzekleines Schmunzeln auf ihre Lippen und sie nickte fast unmerklich.

»Hör zu Camille, ich …« Ich griff in meine Hosentasche und zog einen kleinen grünen Zettel heraus. »Ich weiß, du willst keine Dinge wissen, die auf Post-its stehen, aber …« Ich brach ab und überlegte, wie ich ihr erklären konnte, dass ich viel länger, als ich jemals zugeben würde, an der Tankstelle gestanden und überlegt hatte, was ich aufschreiben konnte, um sie davon abzuhalten, mich zum Teufel zu schicken.

»Leo …« Sie schüttelte den Kopf, trotzdem war ihr Blick auf den Zettel in meiner Hand geheftet.

»Lies es einfach, okay?« Ich wusste nicht, ob ich mich damit noch tiefer in mein eigenes Grab wühlte oder endlich zu ihr durchdringen konnte. Im Moment schien eher Ersteres der Fall zu sein, denn sie schüttelte wieder den Kopf.

»Nein, Leo. Ich habe keine Ahnung, warum du hier bist, und ich habe keinen Nerv dafür, es mir anzuhören. Ich kann das nicht. Ich hatte genug Gefühlschaos für …« Sie überlegte kurz. »Na ja … für immer eigentlich.«

»Camila, ich, es tut mir leid …«, setzte ich zu einer Erklärung an, ohne zu wissen, wie ich sie zu Ende bringen sollte.

»Du willst, dass ich mit dir mitkomme? Schön! Ich komme mit. Aber nur, weil du gerade meine einzige Wahl bist, Leo.« Sie sprang auf und zeigte mit den Fingern auf mich. »Nicht weil du meine erste Wahl bist.«

Mein Herz zog sich schmerzhaft zusammen, aber etwas bewahrte es davor, Risse zu bekommen. Es waren ihre Augen. Ich konnte den Schmerz darin sehen, als sie die Worte ausgesprochen hatte, und kurz hatte ich das Gefühl, dass Camille sie bereute. Dann hatte sie sich wieder unter Kontrolle und lief auf mein Auto zu, ohne mich eines weiteren Blickes zu würdigen.

»Er hat Glück, dass er dich hat, Süße.« Obwohl ich Camille nur von hinten sah, merkte ich, wie sich ihr Körper entspannte, als sie ihre Hände in Mayas Fell vergrub. Gerne hätte ich etwas dazu gesagt, einen Witz gemacht, dass wir beide ohne Maya nicht hier wären, aber ich hatte Angst.

Vor einer weiteren Abfuhr. Davor, dass ich alles, was wir hatten, aus Angst vor meinen eigenen Gefühlen zerstört hatte.

»Verdammt!«, entfuhr es Camille ungefähr in der gleichen Sekunde, in der ich den Motor startete. Blitzartig hielt sie sich die Hand vor den Mund, als könne sie nicht glauben, was gerade passierte.

»Es ist okay, Camille. Ich bringe dich nach Hause und schwöre dir, ich werde während der gesamten Fahrt kein Wort mit dir reden, wenn du das nicht willst.« Ich wollte sie beschwichtigen, aber sie schien mit ihren Gedanken ganz woanders zu sein.

»Nein. Ja. Ich habe meine Tasche vergessen. Sie ist immer noch in Brysons Wagen.« Camille blickte angestrengt aus ihrem Fenster, als wollte sie auf keinen Fall, dass ich ihren Gesichtsausdruck wahrnahm.

»Hey, wir können sie holen, oder? Wenn du willst, reiße ich Bryson eigenhändig den Autoschlüssel aus der Hand.« Ich sagte es halb im Spaß und halb im Ernst. Im Ernst, weil ich so einiges dafür tun würde, damit Camille lächelte. Im Spaß, weil ich nicht unbedingt ein Fan von Auseinandersetzungen war oder davon, eine verpasst zu bekommen.

Ihr Kopf wirbelte herum und sie stieß ein spitzes »Nein« aus, woraufhin Maya sich in ihrer Box bewegte.

»Auf keinen Fall.« Sie verschränkte die Arme vor der Brust und kaute auf ihrer Unterlippe. Mein Vorsatz, sie in Ruhe zu lassen und mich nicht mehr einzumischen, flog in dem Moment aus dem halb geöffneten Rückfenster, in dem sie anfing, nervös ihre Hände zu kneten.

»Hör zu, du bist mir keine Erklärung schuldig, aber wenn er dir irgendetwas getan hat …« Ich brach mitten im Satz ab, weil ich mir selbst nicht vorstellen wollte, was ich tun würde, wenn sie meine unausgesprochene Frage bejahte.

»Nein.« Erleichtert stieß ich die Luft aus, weil ich wusste, dass sie mich nicht anlügen würde.

»O Gott.« Sie seufzte und legte den Kopf in den Nacken. »Ich habe sogar noch seinen Schlüssel in der Tasche. Ich bin wirklich eine Niete im *Vor-meinen-Problemen-Weglaufen*.«

Sie hielt einen wertvoll aussehenden Schlüssel in der Hand und ich konnte ein Augenrollen gerade so unterdrücken. Natürlich fuhr Bryson einen teuren, deutschen Wagen. Diese Tatsache allein würde mich bei niemand anderem stören, es würde mir wahrscheinlich nicht einmal auffallen, weil ich von Autos ungefähr so wenig Ahnung hatte wie meine Großmutter von Instagram. In diesem Fall wäre es wahrscheinlich auch egal, welchen Wagen Bryson fahren würde, es würde mich immer nerven.

»Er hat deine Tasche, du hast seinen Schlüssel. Klingt fair.« Ich hätte am liebsten ihre Hand genommen, die unaufhörlich am Stoff ihres Kleides zupfte, während sie überlegte.

»Findest du das nicht ein bisschen kindisch?« Sie klang nicht vorwurfsvoll, sondern so, als traute sie sich nicht, die Tatsache zu genießen, dass es Bryson wenigstens ein bisschen ärgern würde, wenn er einen Ersatzschlüssel holen musste.

»Nein, kindisch wäre es, wenn wir den Schlüssel von dieser Brücke werfen würden.« Ich zeigte nach vorne, weil wir tatsächlich gerade einen der Seen überquerten, von denen es in Washington State so viele gab. »Wir sind einfach nur verantwortungsbewusst.«

Für ein paar Sekunden drehte sie den Schlüssel in ihrer Hand, bevor sie ihn wieder in ihrer Tasche verschwinden und ihren Körper in den Sitz zurückfallen ließ.

»Wo sind wir?« Camille zuckte zusammen, als ich den Wagen zum Stehen brachte.

Keine zehn Minuten, nachdem wir *Edgewood* verlassen hatten, hatte sie die Augen nicht mehr offenhalten können und ihren Kopf gegen die Fensterscheibe gelehnt. Wir hatten nicht mehr darüber geredet, was passiert war. Weder mit Bryson noch zwischen uns, trotzdem war es keine unangenehme Stille. Ich hatte die Musik so leise gestellt, dass ich Camilles gleichmäßige Atemzüge hören konnte, und schlug wie von selbst eine ganz bestimmte Richtung ein. Sie hatte zwar nicht den Eindruck gemacht, als würde sie mehr Zeit mit mir verbringen wollen als nötig – trotzdem war ich an einer Kreuzung anders abgebogen und hoffte seitdem, dass es das Richtige gewesen war.

»Das hier gibt mir eindeutig Kidnapper- *und* Serienmörder-Vibes.« Camille richtete sich im Sitz auf und sah erst mich und dann die Umgebung an.

»*Das* gibt dir Serienmörder-Vibes? Ein Sonnenuntergang am Strand?« Ich legte den Kopf schief und löste meinen Sicherheitsgurt.

»Ein Sonnenuntergang an einem verlassenen Strand mitten im Nirgendwo, von dem ich keine Ahnung habe, wie ich hierhergekommen bin.« Sie streckte sich.

»Hey, ich hab dich nicht betäubt. Du bist ganz von allein

eingeschlafen.« Ich zwinkerte ihr zu und beobachtete sie, wie sie ihren strengen Zopf löste und sich durch die Haare fuhr.

»Du hast wirklich Glück, dass du Kaffee-Augen hast.« Camille lächelte mich an und in diesem Moment wirkte es, als hätte sie vergessen, dass sie eigentlich gar nicht bei mir sein wollte.

»Ich habe was?«, fragte ich nach und konnte ein Grinsen nicht mehr unterdrücken.

»Kaffee-Augen. Deine Augen sind so dunkel und warm wie richtig guter Kaffee. Deshalb kannst du kein Serienmörder sein.«

»Wow … ähm … Danke?« Ich dachte kurz nach. »Das macht natürlich wahnsinnig viel Sinn«, fügte ich gespielt verschwörerisch hinzu, worauf ich mir einen kleinen Klaps einfing.

»Und Maya. Maya hilft auch, dich harmloser wirken zu lassen.«

Wie auf Kommando hob meine Hündin den Kopf, blieb aber ruhig sitzen, obwohl ich ihre Box wieder geöffnet hatte. Sie hatte sich ein paar Extra-Leckerlis verdient, schon allein dafür, dass sie immer noch so geduldig wartete und den kleinen Moment zwischen mir und Camille nicht zerstörte. Den kleinen Moment, der mein Herz einen unangebrachten Satz machen ließ, weil ich zum ersten Mal das Gefühl hatte, das, was zwischen Camille und mir war, nicht ganz zerstört zu haben.

27

Leo

»Es hat sich nichts geändert, Leo. Du kannst nicht schon wieder einfach in mein Leben spazieren und so tun, als wolltest du meine Welt retten, nur um mich dann wieder aus deiner zu stoßen, wenn ich dir zu nahe komme.«

Für ein paar Sekunden war es ruhig, bevor sie tief einatmete, als würde der nächste Satz alles bedeuten.

»Eine Wahrheit, Leo. Nur eine.« Ihre Augen lagen auf mir. Auch jetzt bei Tageslicht konnte ich erkennen, dass ihr Gesichtsausdruck der gleiche wie in der Nacht zuvor war. Flehend und ängstlich. Nur eine der Emotionen, die ich darin erkennen konnte, war anders. Während sie letztes Mal so wirkte, als würde sie nicht mit einer Antwort rechnen, sah sie dieses Mal hoffnungsvoll aus. Was nicht verwunderlich war, schließlich war ich derjenige, der sich ihr regelrecht aufgedrängt hatte. Deshalb entschied ich mich für die Wahrheit, die sie betraf. Denn ohne sie würde ich nicht einmal daran denken, eines der dunkelsten Kapitel in meinem Leben für sie zu öffnen.

»Ich … ich hätte das gestern Nacht nicht sagen sollen, das war nicht fair und auch nicht die Wahrheit.« Ich kratzte das letzte bisschen Mut, das übrig war, zusammen und setzte mich neben sie auf die Rückbank.

»Was hättest du nicht sagen sollen?« Sie schien verwirrt und es dauerte ein paar Sekunden, bis mir wieder einfiel, dass ich in meiner Aufregung in der Nacht zuvor mit ihr Spanisch gesprochen hatte.

»*Te quiero tanto que si te dijera, te ayudaría a destruirme.* Ich habe es nicht übersetzt.« Ich vergrub die Hände in den Bauchtaschen meines Hoodies, der mir den ganzen Tag eigentlich viel zu warm war, und starrte auf meine Schuhspitzen. »Was wahrscheinlich auch besser war«, fügte ich etwas leiser hinzu.

Camilles Lippen formten ein stummes »Oh«, bevor sie antwortete. »Also wenn du dich schon entschuldigst, solltest du mir wenigstens erklären, wofür.«

Ich kniff meine Augen zusammen und fragte mich, ob es Sinn ergeben würde, einfach die Aussage zu verweigern. Mein Vater hätte wahrscheinlich entschieden mit »Nein« geantwortet. Er hatte mir schon früh beigebracht, dass es niemals die Lösung sein konnte, einfach zu schweigen. Zwar verteidigte er keine Schwerverbrecher, sondern kümmerte sich fast ausschließlich um patentrechtliche Fälle, aber ich fand trotzdem immer, dass er recht hatte.

»Ich habe gesagt, dass ich dir alle Möglichkeiten geben würde, mich zu zerstören, wenn ich dir Sachen aus meiner Vergangenheit … aus dem letzten Jahr erzählen würde. Weil …« Ich brach ab, obwohl es noch nicht die komplette Übersetzung war.

»Erstens: Auf Spanisch klang das irgendwie viel harmloser.« Sie fuhr sich mit den Händen durchs Haar und wandte sich dann mir zu. »Und zweitens: Weil was?« Ein paar Sekunden vergingen und ich konzentrierte mich auf

Maya.

»Weil was, Leo?« Camilles Stimme klang jetzt drängender.

»Weil …« Weiter kam ich nicht. Mein Gehirn fand anscheinend, dass es nicht der richtige Zeitpunkt war, und wahrscheinlich hatte es recht. Zwischen uns gab es Millionen von unausgesprochenen Dingen. Millionen von Gefühlen, die sich weder verstehen noch in Worte fassen ließen. Aber mein Herz. Mein Herz schlug so fest und zeigte mir, dass es kämpfen wollte. Es mochte schon so manche Schlachten gegen mein Gehirn verloren haben, doch es war fest entschlossen, diesen Kampf zu gewinnen.

Camille hatte sich inzwischen mit ihrem ganzen Körper zu mir gedreht und sah mich abwartend an.

»Weil … weil ich dich mag, okay?« Wie von selbst ballten sich meine Hände zu Fäusten, weil ich plötzlich vergessen hatte, was man mit Händen tat, während man ein Gespräch führte. Und weil ich Angst davor hatte, was ich in Camilles Augen sehen würde, wenn ich den Mut aufbrächte, hineinzublicken.

»Ich … ich habe all diese Dinge gesagt, weil ich dich mag. Und ich habe dir viele Dinge nicht gesagt, weil ich dich mag. Das ergibt keinen Sinn, oder?« Immer noch war mein Blick auf Maya gerichtet, die nun den Kopf schieflegte. Sie stimmte mir zu. Es machte keinen Sinn.

»Also liegt es doch an mir.« Das herausfordernde Funkeln in Camilles Augen war verschwunden. Stattdessen war die Traurigkeit zurückgekehrt.

»Was? Nein. Camille! Nein!« Ich warf meine Hände viel zu theatralisch in die Luft. »Es liegt niemals an dir.«

»Wenn du jetzt sagst, *Es liegt nicht an dir, es liegt an mir …*«

Sie verstummte, als wäre ihr nichts eingefallen, womit sie mir drohen könnte.

»Es liegt auch nicht an mir. Manchmal liegt es einfach am …«

Ich zögerte, weil ich Angst hatte, so zu klingen, als wäre ich total verrückt geworden, doch Camille beendete den Satz für mich. »Am Universum.«

Ich wusste nicht, ob es eine Minute war oder fünf, aber für eine Weile saßen wir still im Auto an diesem Strand, in diesem verdammten Universum und hingen unseren Gedanken nach. Die Stimmung zwischen uns war nicht mehr so angespannt wie noch vor ein paar Minuten, trotzdem trennten uns viel zu viele unausgesprochene Fragen und Antworten. Fragen, die sie sich nicht zu stellen traute, und Antworten, die ich nicht zu geben bereit war.

»Ich weiß jetzt, dass du mich nicht zerstören würdest. Ich hatte nur Angst.«

»Vor mir?« Sie sah immer noch nachdenklich aus.

Ich lachte bitter auf. »Nein, nicht vor dir. Vor meinen Gefühlen.« Wieder schrie mein Gehirn *Halt die Klappe* und wieder dachte mein Herz gar nicht daran, darauf zu hören.

»Frag mich nicht, warum, aber irgendwie hilfst du mir dabei, meine Gefühle zu ordnen. Mit allem, was du sagst. Verdammt …« Ich raufte mir die Haare, weil es sich plötzlich viel wahrer anfühlte, wenn ich es aussprach. »Egal, was du zu mir sagst, egal, worüber wir sprechen, es ist alles so wahr, dass es fast wehtut.«

»Hmm, das geht mir genauso. Deshalb war ich wahrscheinlich so sauer auf dich. Weil ich es kein bisschen verstehe.« Sie wickelte sich eine ihrer blonden Haarsträhnen um den Finger und hielt ihre Augen auf mich gerichtet.

»Vielleicht müssen wir nicht immer alles verstehen.« Ich lehnte mich ein Stück näher zu ihr, doch ich hatte nicht den Mut, das letzte bisschen Abstand zwischen uns zu überwinden. Sekunden verstrichen, in denen wir einfach dasaßen und uns in die Augen sahen. Ihr Blick wurde mit jedem Blinzeln intensiver, ihr Blau immer dunkler und ich hatte keinen Zweifel, dass mit meinen Augen dasselbe passierte. Ich blendete alles um uns herum aus. Den Wind, das Meer, den Sonnenuntergang – sogar Maya. Es war, als würde sich die Blase, die sich um mich und Camille schloss, wenn wir zusammen waren, noch mal verkleinern. Die Luft roch auf einmal nicht mehr nach Meer und Wind, sondern nur noch nach Camille. Nach Sehnsucht, unter die sich still und heimlich ein Hauch Verlangen mischte, je länger wir uns so anstarrten. Ganz langsam bewegte sich meine Hand auf ihre zu und meine Fingerspitzen strichen über ihre Haut. So zart wie der Wind und trotzdem spürte ich sofort, wie sich eine Gänsehaut über ihren Arm zog. Ihre Lippen öffneten sich leicht und gerade, als meine Hand weiter wandern wollte, zuckte Camille zurück.

Zuerst dachte ich, ich hätte es mir eingebildet und wäre der Einzige, der die veränderte Stimmung zwischen uns gespürt hatte, dann wurde mir bewusst, was, oder besser gesagt, wer den Moment gestört hatte. Maya. Sie stupste mit ihrer nassen Nase erst Camille und jetzt auch mich an, als wollte sie uns fragen, was zum Teufel wir hier taten und warum sie nicht mitmachen durfte.

Camille verzog den Mund zu einem Lächeln, aber es wirkte viel zu gezwungen, um echt zu sein, während ich meine Hündin kraulte. Als wären wir beide richtige Gefühlslegastheniker.

»Ähm, … wir sollten Maya kurz rauslassen.« Mehr brachte ich nicht zustande. Oh. Mein. Gott.

Genauso enthusiastisch wie Maya mich hinter sich herzog, wollte ich mich eigentlich fühlen. Oder sollte ich mich fühlen. Camille und ich gemeinsam am Strand. Dieser Film war mehr als einmal in meinem Kopfkino gelaufen. In meiner ganz persönlichen, viel zu perfekten Vorstellung standen nicht so viele Dinge zwischen uns. Keine Ängste und unausgesprochenen Wahrheiten, keine Ex-Partner und Gefühle, die wir selbst nicht verstanden. Da gab es nur uns. Und Maya.

Als wir den Sand erreichten, ließ ich sie von der Leine, weil weit und breit keine Menschen unterwegs waren, die sich vor ihr erschrecken könnten, und verlangsamte mein Tempo, bis ich schließlich zum Stehen kam. Ich hatte das Meer vermisst. Die Ruhe, die es ausstrahlte, und die Sonnenuntergänge, die nur hier so eine einzigartige Farbe hatten. Genauso sehr hatte ich Camille vermisst in den Tagen, in denen ich mich vor ihr zurückgezogen hatte. Die Ruhe, die mich umgab, obwohl ich gleichzeitig so aufgeregt war, wenn wir zusammen waren. Fast fühlte es sich an, als wären wir zwei Teenager, die ihr erstes Date vor der Prom Night hatten. Meine Hände waren genauso schwitzig und ich war froh, dass wir wie automatisch Richtung Wasser schlenderten.

»Also …« Camille war die Erste, die die Stille zwischen uns durchbrach. »Warum sind wir hier?« In ihrer Stimme lag keine Skepsis. Sie hörte sich auch nicht mehr an, als wäre sie lieber ganz woanders. Sondern eher, als wollte sie mich verstehen. Oder als wollte sie mir zumindest eine Chance geben, mich ihr zu erklären. Seufzend zog ich den grünen Zettel, der mittlerweile komplett zerknittert war, aus meiner hinteren Hosentasche und hielt ihn ihr hin.

»Lies den Zettel.«

Camille atmete ein paar Mal tief durch, während sie

danach tastete, als hätte sie Angst davor, was ich darauf geschrieben hatte.

Ich bin ein Feigling.

Camille murmelte die Worte, die ich vor nicht einmal einer Stunde auf den Zettel geschrieben hatte und die letztendlich all die Gründe zusammenfassten, die dazu führten, dass wir uns genau hier an diesem Ort in genau dieser Situation befanden. Es dauerte eine gefühlte Ewigkeit, bis sie den Kopf wieder hob und ich ihre Augen sehen konnte. Die Gefühle darin waren so präsent, dass ich meinte, es wären meine eigenen. Am meisten überraschte mich, wie verständnisvoll sie aussah.

»Ich auch«, flüsterte sie, mehr zu der Welt als zu mir. »Ich bin schon wieder einfach weggelaufen und ich will schon wieder nicht nach Hause. Ich glaube, langsam werde ich zur Definition eines Feiglings.« Sie stieß ein bitteres Lachen aus, als wir das Wasser erreichten. »Gott, das ist schon das zweite Mal, dass ich zu dir sage *Ich will nicht nach Hause*. Ich bin so bescheuert.« Sie legte sich eine Hand übers Gesicht und dieses Mal konnte ich den Reflex, sie zu berühren, nicht mehr unterdrücken. Ich griff nach ihrer Hand und löste sie ganz sanft, nur um sie dann zögerlich wieder loszulassen. Meine Fingerspitzen kribbelten, dort, wo meine Haut ihre berührt hatte, aber ich wollte vorsichtig bleiben. »Ich will auch nicht nach Hause.«

»Du hast doch gesagt, du bist auf dem Weg nach *Bainbridge Islan*d?« Sie starrte auf die Hand, die ich gerade berührt hatte, und ich hätte so gerne gewusst, was in ihrem Kopf vorging.

Für ein paar Sekunden war es still, während ich nach der

richtigen Erklärung suchte.

»Erinnerst du dich daran, dass ich meinte, mein Zuhause ist nicht mehr der Ort, an dem ich zur Ruhe komme?« Wie von selbst kamen die gleichen Worte aus meinem Mund, die ich ihr vor ein paar Wochen bei unserer ersten Begegnung gesagt hatte. Camille nickte, ohne zu zögern, und ich wusste, dass unsere Gespräche von damals sich genauso in ihrem Geist vergegenwärtigten wie in meinem.

»Mein Zuhause war immer das Haus meiner Eltern«, fing sie an. »Aber ich bin diesem Haus … diesem Leben entwachsen, ohne es richtig gemerkt zu haben. Nicht mal der Wink mit dem Zaunpfahl hatte gereicht. Der Pfahl musste erst zwei Mal durch mein Herz, bis diese Erkenntnis in meinem Kopf angekommen war.« Sie zupfte mit den Fingern am Saum ihres Kleides, und als ich meinen Blick kurz auf sie richtete, bemerkte ich, wie sie argwöhnisch an sich herabsah.

»Mein Zuhause ist schon lange in *Elbury Park*. Ich wollte es nur nicht so richtig wahrhaben und ich weiß nicht mal, wieso ich mich so sehr an etwas geklammert habe, das mich unglücklich gemacht hat.« Ihre Stimme wurde leiser, bis es sich fast anhörte, als würde sie all diese Dinge zu sich selbst sagen.

»Du hattest recht«, sprach sie weiter. »Es war keine Liebe, zumindest nicht von seiner Seite. Es war nur Manipulation.« Sie schüttelte sich, als würde sie der bloße Gedanke daran krank machen. »Du hattest von Anfang an recht.«

»Camille, ich …«, meine Worte kamen zögerlich aus meinem Mund. »Ich wollte nicht recht haben, wirklich nicht.« War ich eigentlich dumm? Verließen mich meine restlichen Gehirnzellen, wenn Camille in der Nähe war?

Wer zum Teufel sagte sowas?

Am liebsten hätte ich mir mit der flachen Hand auf die Stirn geschlagen. Aber die Chancen standen gut, dass trotzdem nichts Brauchbares aus meinem Mund gekommen wäre.

»Manche Dinge brauchen Zeit, Camille. Du hast einfach kurz vergessen, was gut für dich ist. Das heißt nicht, dass du das jetzt nicht wieder geradebiegen kannst.« Ich drehte den Kopf in demselben Moment zu ihr, in dem sie nickte.

»Ich … Keine Ahnung. Ich weiß nicht, wie ich mich der Realität stellen soll.« Eine kurze Pause entstand. »Das klingt bescheuert, oder?«

»Nein, tut es nicht. Zumindest nicht für mich.« Ich zuckte mit den Schultern. »Deshalb sind wir hier.« Ich machte eine ausladende Bewegung mit meinem Arm und Camille richtete ihren Blick wieder nach vorne. Vor uns lagen das Meer, der Sand und die Wellen. Die Sonne stand schon so tief am Himmel, dass sie ihn in ein Rosa-orange tauchte, das kein Foto der Welt annähernd einfangen konnte. Es würde mindestens zwei Stunden dauern, bis die Sonne komplett hinter dem Horizont verschwunden war, aber in dieser Zeit wurden die Farben von Minute zu Minute spektakulärer.

»Also, was sagst du, willst du ein bisschen hierbleiben? Hier ist die Realität ganz weit weg.«

28

Leo

»Leo, ich …« Camilles Stimme, die durch den Wind und das Rauschen der Wellen an mein Ohr drang, brach. Wie von selbst verringerte ich den Abstand zwischen uns, bis unsere Schultern sich berührten.

»Ich habe den Schmerz zugelassen.« Sie wurde langsamer, je näher wir dem Wasser kamen. »Und es hat verdammt wehgetan.« Sie zuckte zusammen, als es über ihre nackten Füße schwappte.

»Es wird besser werden, Camila.« Ich machte einen Schritt auf sie zu, so nahe, dass sie den Kopf heben musste, um mich anzuschauen. Ein Sonnenuntergang am Meer tauchte nicht nur den Himmel und die ganze Welt in magische Farben, er tat das Gleiche auch mit Camilles Augen.

»Vielleicht ist es wie mit dem Wasser. Zuerst ist es verdammt kalt, aber je länger man drin ist, desto weniger spürt man es.« Sie fixierte ihre Zehen im seichten Wasser.

Erst als ich etwas sagte, blickte sie wieder auf.

»Im Prinzip ja, aber ich glaube, so funktioniert es nicht.«

»Willst du damit sagen, dass es nicht besser wird?« Camille versteifte sich und am liebsten hätte ich ihr gesagt, dass alles gut werden würde. Leider war es nicht so einfach.

»Ich will damit sagen, dass wir komplexer denken müssen. Wenn du zu lang im Wasser bist, dann merkst du vielleicht die Kälte nicht mehr und wie sie dich langsam umbringt. Also musst du ans Ufer gehen. Das ist wie mit dem Schmerz. Du musst die Situation verlassen, wenn sie dir zu sehr wehtut, statt dich einfach daran zu gewöhnen.« Die Worte sprudelten aus mir heraus und es war mir egal, ob sie außerhalb meines Gehirns Sinn ergaben. »Wenn du das Ufer dann endlich erreicht hast, dann ist es erst einmal so verdammt kalt, dass du glaubst, du könntest dich nie wieder davon erholen. Aber ab diesem Zeitpunkt geht es bergauf. Oder du hast zumindest die Chance darauf, dass es dir besser gehen wird.«

Nach meiner kleinen Rede presste ich meine Lippen aufeinander und erwartete fast, dass Camille unwillig den Kopf schütteln oder mich auslachen würde. Doch nichts davon passierte. Stattdessen machte sie ein paar Schritte vom Wasser weg.

»Wann?«, flüsterte sie, als ich wieder neben sie trat. Wir setzten uns in den warmen Sand. So wie vor ein paar Wochen auf *Bainbridge Island.* Nur dass sich unsere Hände jetzt sofort im Sand miteinander verschränkten. Ich wusste nicht, wie es passiert war. Ich hatte es auch nicht geplant, trotzdem fühlte es sich richtig an.

»Ich weiß es nicht.« Mein Daumen malte kleine Muster auf ihrem Handrücken statt in den Sand und automatisch erschauderte ich am ganzen Körper, obwohl es nur eine kleine und unschuldige Berührung war. »Aber du hast den wichtigsten Schritt schon gemacht. Du hast dich von Bryson gelöst. Allein.«

Für ein paar Sekunden – oder waren es Minuten? – erwiderte sie nichts, dann drehte sie sich langsam zu mir und das blassorange Licht färbte ihre blonden Haare golden. Ihre blauen Augen lagen zuerst dunkel auf mir, bevor sich ein Funkeln in ihnen abzeichnete, als würde die Sonne mich direkt daraus anstrahlen.

»Und du warst für mich da. Ohne mich retten zu müssen.« Sie sagte es wie die Tatsache, die es war, trotzdem schwang ein Anflug von Ungläubigkeit in ihrer Stimme mit. Sie bewegte ihre Hand unter meiner und für einen kurzen Moment hatte ich Angst, sie würde sie vor mir zurückziehen. Stattdessen verschränkte sie unsere Finger.

»Ich habe dir doch gesagt, dass ich nur für dich da sein will, während du dich selbst rettest.« Ich drehte meinen Oberkörper zu ihr und drückte ihre Hand fester, während meine andere an ihre Wange wanderte. »Du bist stark, Camila. Du brauchst niemanden, der dich rettet.«

Sie öffnete den Mund, bevor sie mir widersprechen konnte, strich ich mit dem Daumen über ihre Lippen.

»Das heißt aber nicht, dass du da allein durchmusst. Du hast wunderbare Freunde und …« Ich brach ab, ihre Lider flatterten. Obwohl sie sich gegen meine Hand an ihrer Wange lehnte, obwohl sie meine Hand drückte und obwohl sie mit ihrem Oberkörper fast unmerklich näher kam, wurde ich plötzlich schüchtern. Ich wusste nicht, wie ich mit einer weiteren Abfuhr umgehen würde. Noch weniger wusste ich, wie ich damit umgehen würde, wenn wir einen Schritt weitergingen.

Ich seufzte, aber in dem Moment, in dem sich ihr Mund zu dem angedeuteten, sanften Lächeln formte, das so typisch für sie war, wurde mir klar, dass mein Herz keinen Rückzieher dulden würde. »Und mich. Wenn du mich lässt.«

»Ich habe Angst«, flüsterte sie, ohne einen Zentimeter

zurückzuweichen.

»Wovor?« Ich wagte kaum, mich zu bewegen.

»Davor, wieder zu fallen, in der Erwartung, dass irgendwer mich auffängt. Dass du mich auffängst.«

»Ich …«

»Mit dir fühle ich mich wie in einer Blase, die uns vor der Realität schützt, und ich will mich fallen lassen. Ganz.«

Ihr Blick wurde noch eine Spur intensiver und ich war mir sicher, dass sie mein Herz schlagen hören konnte.

»Aber die Realität ist nicht weg, Leo. Das wissen wir beide. Wir können uns nicht in der Blase verstecken. Irgendwann werden uns all die harten Wahrheiten treffen und dann …« Sie schloss die Augen, als müsste sie Kraft sammeln. »Dann ist es vielleicht schon zu spät. Ohne die Blase wird der Fall wehtun. Ich will das nicht noch mal. Ich kann das nicht noch mal.« Ihre Worte klangen jetzt gepresster. Gequälter. Wahrscheinlich kämpften auch ihr Herz und ihr Gehirn gegeneinander und ich konnte nicht glauben, dass ausgerechnet wir beide uns gefunden hatten.

»Wer sagt denn, dass wir in der Realität fallen, Camille?« Ich drückte ihre Hand fester und versuchte so überzeugend zu klingen wie möglich, obwohl ich genauso viel Angst hatte wie sie. Wir hatten beide Angst, dass unsere Herzen einen weiteren Sturz nicht überleben würden. Mit dem Unterschied, dass ich Camilles Grund dafür kannte, aber immer noch zu feige war, ihr meine ganze Wahrheit zu sagen.

»Wer sagt, dass wir es nicht tun?«, sie richtete sich ein wenig auf und ich hatte das Gefühl, meine Chance würde langsam, aber sicher weggespült werden wie der Sand am Strand, wenn ich nicht endlich handelte.

»Camille, ich …« Ich wollte es ihr sagen. Ich wollte ihr

alles anvertrauen, damit sie wusste, dass sie nicht die Einzige war, die sich verletzlich machte.

Dann sah ich in ihre Augen. Diese tiefen blauen Augen, die mich vom ersten Moment an in ihren Bann gezogen hatten. Die es geschafft hatten, dass ich all meine Prinzipien über Bord warf und mit jedem Mal, mit dem ich sie sah, ein bisschen mehr an Gefühlen zuließ. Sie hielten mich aber auch davon ab, mich komplett schutzlos zu machen. Nicht weil ich Camille nicht vertraut hätte, sondern weil ich zu viel Angst davor hatte, all das, was mit ihr in mein Leben kam, wieder zu verlieren.

»Camille, ich will bei dir sein. Egal, wie kompliziert es ist. Egal, ob es der falsche Zeitpunkt ist.« Ich drehte mich mit meinem ganzen Körper zu ihr und drückte ihre Hand. Sie verstand die Aufforderung und tat es mir gleich.

»Du sagst das, als wäre es das Einfachste der Welt.« Sie zog ihre Beine an und schlang ihre Arme um die Knie.

Ohne weiter darüber nachzudenken, rückte ich näher an sie heran und streckte meine Beine links und rechts von ihr aus. Ich müsste nur noch meine Arme um ihren schlanken Körper schließen, dann könnte ich sie an mich ziehen, aber ich wusste, dass ich ihr die Zeit geben musste, die sie brauchte.

»Es ist das Einfachste der Welt, Camila. Und gleichzeitig das Komplizierteste.«

Sie nickte langsam und der Griff um ihre Beine wurde lockerer.

»Es ist kompliziert, weil wir uns diese Verbindung nicht erklären können. Und es ist kompliziert, weil ich dir nicht erklären kann, wie viel mir all die noch so kleinen Momente bedeuten, die wir miteinander hatten. Aber es ist einfach, weil ich jetzt weiß, dass es keinen Sinn macht, diese Verbindung zu ignorieren.« Ich schob mich noch ein Stück näher an sie, bis mein Oberkörper ihre Beine berührte.

»Ich weiß, wie viel dir diese Momente bedeuten, Leo«, sagte Camille und ließ ihre Hände sinken, bevor sie tief durchatmete. »Weil sie mir genauso viel bedeuten wie dir.« Ihre Stimme war immer noch leise, aber nicht mehr zögerlich oder zurückhaltend. Genau das gab mir das Selbstbewusstsein, endlich das zu tun, was ich tun wollte, seit ich sie vor ein paar Stunden so niedergeschlagen auf der Bank sitzen gesehen hatte.

Als ich meine Arme um sie schlingen wollte, streckte sie die Beine aus, sodass sie über meinen lagen. Ich legte meine Hände auf ihren unteren Rücken, zog sie auf meinen Schoß und drückte sie an mich. So fest, dass unsere Herzen sich spüren konnten. Eigentlich hätte ich erwartet, dass sich mein Herz gar nicht mehr beruhigen könnte, doch sobald ich Camille im Arm hielt, war genau das Gegenteil der Fall. Es schlug fest, aber ruhig in meiner Brust, als wäre es vollkommen zufrieden. Mit geschlossenen Augen vergrub ich meinen Kopf in ihren weichen Haaren, die wie immer nach Mandelblüten rochen, und wusste, dass ich diesen Duft für immer mit Camille, Strand und Sonnenuntergängen verbinden würde.

Als sie sich langsam von mir löste, kribbelten meine Beine von der ungewohnten Position, aber um nichts in der Welt hätte ich sie zuerst losgelassen.

»Was ist heute anders als gestern?« Sie war die Erste, die etwas sagte.

»Was meinst du damit?« Ich vergrub meinen Kopf wieder an ihrem Hals, damit sie mir nicht vom Gesicht ablesen konnte, wie genau ich wusste, was sie meinte.

»Wieso ziehst du dich heute nicht zurück?« Sie lehnte ihre

Stirn an meine und ein Kribbeln schoss durch meinen Körper. So schnell, dass mir fast schwindelig wurde und ich sie instinktiv wieder fester an mich drückte.

»Weil ich jetzt weiß, wie es sich angefühlt hat«, antwortete ich wahrheitsgemäß. Meine Hände wanderten ihren Rücken bis zu ihrem Nacken hinauf und langsam wieder zu ihrer Taille und ich spürte, wie sie erschauderte. Dass ich diese Wirkung auf sie hatte, ließ mich mutiger werden. »Und weil ich es in dem Moment bereut habe, in dem ich dich losgelassen habe.«

Camille atmete tief durch und lehnte sich ein wenig nach hinten, um mir in die Augen zu sehen. Als ich das Funkeln wahrnahm, das mir auch in der Dämmerung entgegenstrahlte, ahnte ich, was sie sagen würde.

»Ich will deine ganzen Wahrheiten wissen. Die, die außerhalb der Blase existieren, Leo.« Sie scannte mein Gesicht und sofort schoss mir die Hitze in die Wangen. Mein Teint war auch ohne regelmäßige Sonne gebräunt, aber ich war mir nicht sicher, ob er die Röte verdecken konnte. Gerade als ich den Mund öffnen wollte, löste sie ihre Hand von meinem Nacken und legte einen Finger auf meine Lippen. Es war ausgerechnet diese unschuldige Berührung, die es schaffte, dass sich die Hitze in meinem Kopf erst in meinem Magen ausbreitete, dort aus tiefer wanderte und zwischen meinen Beinen Halt machte. Ein verdammtes Jahr war es her, dass ein Mädchen diese Reaktion bei mir bewirkt hatte. Und nie war es vorgekommen, dass es jemand mit einer Umarmung und ein paar unschuldigen Berührungen schaffte. Dass es Camille war, die meinem Körper eindeutiges Verlangen entlocken konnte, war nicht verwunderlich. Dass es ausgerechnet in einem Moment geschah, der vor Zerbrechlichkeit fast zitterte, musste ein schlechter Scherz des Universums sein.

»Aber nicht heute. Heute will ich in der Blase bleiben. *Unserer* Blase.« Ihr Daumen wanderte über meine Unterlippe zu meiner Wange, bis ihre Hand wieder in meinem Nacken lag. Ihre Finger fuhren durch meine Haare, strichen über meinen Hals und ich konnte nicht verhindern, dass mein Atem schwerer wurde.

Sie kam mir so nah, dass meine Nasenspitze ihre Wange berührte. So nah, dass mein Verstand Mühe hatte, mit dem, was hier gerade passierte, mitzukommen.

»Nur für heute«, antwortete ich und hoffte mit jeder Faser meines Körpers, dass ich es genauso meinte.

Ihr Mund zuckte, als ich ihn mit meinem streifte. Als ich sanft ihre Unterlippe umschloss, reagierte mein Körper wieder so wie beim ersten Mal. Mit Flehen und Betteln, aber dieses Mal musste ich ihn nicht enttäuschen. Statt zu erstarren, kam endlich Bewegung in mich. Ich zog Camille ein Stück näher und legte meine Hände in ihren Nacken, während meine Zunge über ihre Unterlippe streifte. Sie verlagerte ihr Gewicht und schlang die Beine um meinen Oberkörper, sodass sie sich noch fester an mich drücken konnte.

Ich wurde mir der Konsequenzen dieses Kusses bewusst, als sie durch meine Haare fuhr: Dieser Kuss könnte der letzte Augenblick gewesen sein, in dem mein Herz mir allein gehörte.

»Wieso lächelst du?«, fragte sie, ohne ihre Lippen von meinen zu lösen.

»Weil ich mich gerade in unserer Blase sehr wohlfühle.« Ich nahm ihr Gesicht in beide Hände und blickte in funkelnde dunkelblaue Iriden, die jetzt die Farbe des Meeres in der Abenddämmerung hatten. Dieser Moment war so wertvoll und so zerbrechlich, aber ich wollte ihn um jeden Preis genießen. Auch wenn ich mir sicher war, dass ich gerade einen Fehler beging. Nicht damit, Camille zu küssen. Das fühlte sich so richtig an, dass ich nicht wusste, wie ich je wieder damit aufhören sollte. Dennoch war ich dabei, all die unbequemen Wahrheiten für dieses temporäre Glücksgefühl zu ignorieren, und konnte nur hoffen, dass diese Tatsache unsere Blase nicht für immer zum Platzen brachte.

29

Camille

Rylan hatte recht. Ich würde ihr das natürlich nicht sagen, doch ich wusste es, als Leos Lippen meine trafen.

Ich hatte es komplett falsch herum gesehen. Leo, war nicht derjenige, den ich geküsst hatte, um mein Herz abzulenken. Leo war es, von dem ich mein Herz ablenken wollte. Ohne Erfolg. Eigentlich wusste ich es schon, als er vor ein paar Stunden, die mir nun wie eine kleine Ewigkeit vorkamen, vor mir stand und ich mich am liebsten in seine Arme geworfen hätte. Und das, obwohl ich unbedingt sauer auf ihn sein wollte. Aber je länger ich darüber nachdachte, desto schwieriger wurde es, Gründe dafür zu finden. Sein einziges Vergehen war, mich an dem Tag am See nicht geküsst und danach Abstand zu mir gehalten zu haben. Beide Dinge hatten mich verletzt, aber konnte ich ihm daraus wirklich einen Vorwurf machen? Ich verhielt mich schließlich genauso widersprüchlich und war diejenige, die noch halb in einer Beziehung gesteckt hatte, als wir uns kennenlernten.

»Alles okay, Camila?« Meinen Namen so aus Leos Mund zu hören, während er durch unseren Kuss außer Atem war, brachte einen Schwall Emotionen mit sich, der mich zum

Schwanken brachte. Leo hielt mich immer noch mit einem Arm umschlungen, als wollte er mir zeigen, dass er mich nicht fallen lassen würde. Zumindest nicht allein. Mit der anderen Hand fuhr er immer und immer wieder mein Gesicht entlang, bereitete mir mit seinen Fingern eine Gänsehaut, die sich längst über meinen ganzen Körper gezogen hatte und nicht den Eindruck machte, als würde sie in nächster Zeit verschwinden.

Ich drückte meine Lippen wieder auf seine und legte meine Antwort in diesen Kuss. Er *schmeckt* fast genauso, wie er riecht, schoss es mir durch den Kopf. Nach Zitrone und Sommer. Und etwas, das nur Leo war. Meine Hände fuhren durch seine dicken Haare, immer und immer wieder, bevor ich mutiger wurde und sie über seine Schultern und seinen Rücken nach unten gleiten ließ. Ich spürte, wie seine Brust sich schneller hob und senkte, als meine Finger vorsichtig seinen Bauch streichelten. Ich würde mich als zurückhaltenden Menschen bezeichnen. Im Leben und vor allem wenn es um körperliche Nähe ging. Aber mit Leo war es anders. Schon als er mich auf seine Beine gezogen hatte, erwischte mich die Welle des Verlangens so heftig, dass ich kaum damit umzugehen wusste. Ich wollte ihn spüren und schmecken und ich hatte das Gefühl, ihm immer noch nicht nah genug zu sein. In diesem Moment wollte ich nicht, dass die Blase um uns so groß wurde, dass sie die Realität mit unter sich einschloss. Ich wollte, dass sie so klein wie möglich blieb.

»Leo …« Ich wollte ihn auffordern, weiterzumachen, doch er brachte mich mit einem Blick zum Schweigen.

»Du bist unglaublich, Camille. Als hätte sich das Universum Zeit mit dir gelassen, weißt du das?«

Er verteilte sanfte Küsse erst auf meinem Kiefer, dann

auf meinem Hals. Anstelle einer Antwort kam ein unterdrücktes Stöhnen aus meinem Mund.

»Vergiss das nie.« Er wartete keine Antwort ab, sondern war in der nächsten Sekunde wieder ganz nah bei mir, als wollte er seine Worte mit seinem Körper untermauern. Und ich? Ich hörte, was er sagte. Die Sätze hallten in meinem Kopf wider und doch fiel es mir schwer, ihre Bedeutung zu begreifen. Die Stimmung zwischen uns war viel zu aufgeladen. Zuerst vor Erregung, aber Leo hatte es geschafft, dass der Moment sich wie ein Versprechen anfühlte. Ich öffnete die Augen, nur um festzustellen, dass die Sonne mittlerweile viel tiefer am Himmel stand.

Sekundenlang dachte ich nach. Darüber, was wir hier eigentlich taten. Ob wir es vielleicht nicht tun sollten. Ob es falsch war, den Tag mit dem einen Mann zu beginnen und mit einem anderen zu beenden. Aber wie konnte es falsch sein, wenn es sich so verdammt richtig anfühlte? Als hätte Leo meine Gedanken – mein Zögern – gespürt, hielt auch er inne. Sein Blick wanderte über mein Gesicht. Fragend. Bittend.

Es gab so viele Emotionen in mir, die ich mir selbst nicht erklären konnte. Zumindest nicht in meinem Gehirn, denn mein Körper wusste genau, dass er Leo wollte. Ganz.

Wieder griff ich mit beiden Händen in seine Haare und zog ihn sanft, aber bestimmt zu mir. Ich spürte, dass er nachfragen wollte und erstickte seine Worte mit einem Kuss. Ohne es zu wissen, gab ich mir damit selbst die Antwort. Es mochte vielleicht nicht falsch sein, doch es gab einen Unterschied. Einen Unterschied, ob man jemanden küsste, weil man glaubte, das Richtige zu tun, ihn attraktiv fand oder es einfach Gewohnheit war. Mit Leo war es anders. Mit ihm fühlte es sich so an, als müsste ich ihn küssen. Weil ich nicht anders konnte. Weil ich mit Worten keine Chance hätte, meine Gefühle zu beschreiben.

Als wir uns das nächste Mal voneinander lösten, lag das an Maya, die ein paar Mal neben uns nieste.

»Sie ist zu höflich, um zu bellen, aber wir sollten sie füttern und nach Hause bringen, bevor sie unruhig wird.« Leo lächelte schüchtern, fast entschuldigend. Er biss sich auf seine Unterlippe und am liebsten hätte ich ihn sofort wieder geküsst, als ich sah, wie gequält sein Gesichtsausdruck wurde, während er seine Umarmung lockerte.

»Ich weiß, du willst nicht nach Hause …«, er beugte sich zu mir und gab mir einen sanften Kuss auf die Stirn.

»Schon okay, Leo. Wirklich.«

Eigentlich wäre das der Moment, in dem er mich loslassen und wir zurück in die Realität gehen sollten. Und eigentlich wäre das der Moment, in dem ich meine Hände von seinem Nacken lösen sollte, dennoch blieben wir genau so, wie wir waren. Es brauchte noch zwei weitere Nieser von Maya, bis Leo sich mit einem unwilligen Schnauben aufsetzte. Als ich es ihm gleichtat, kam ich nicht umhin, auf seine Erektion zu starren, die sich von innen gegen die dunkle Jeans drückte. Durch unsere Position und den dicken Stoff konnte ich sie vorhin nur erahnen, aber zu sehen, was für eine Wirkung ich auf ihn hatte, schickte ein Pochen zwischen meine Beine, von dem ich sicher war, es zuvor noch nie gespürt zu haben. Genauso sicher war ich, dass es von selbst nicht wieder verschwinden würde.

Erst als wir Abstand zwischen uns gebracht hatten, drängte Maya sich zwischen uns, als hätte sie gewartet, bis wir endlich fertig wurden.

»Sie ist wirklich eine sehr höfliche Hündin.« Ich griff wie selbstverständlich nach Leos ausgestreckter Hand und rappelte mich auf.

»Wie das Herrchen so der Hund. Liegt bestimmt an der guten Erziehung.« Er zwinkerte mir zu und seine Finger verschränkten sich mit meinen, als wäre es das Normalste der Welt. Er ließ mich nicht los, als er seinen Hoodie und seine Jeans notdürftig von Sand befreite, und auch nicht, als wir zurück zum Auto gingen. Erst als er Maya in ihre Box auf den Rücksitz verfrachtete und ihr eine Tupperdose voll Trockenfutter hinstellte, löste er seine Hand aus meiner.

»Du bist ziemlich gut vorbereitet.«

Er hob ein Plüschtier vom Boden auf, legte es Maya in die Box und mein Herz setzte einen Schlag aus. »Wir sind ein eingespieltes Team.« Ich hörte das Lächeln in seiner Stimme, bevor ich es sah. »Ist dir kalt?«

Erst jetzt merkte ich, dass ich die Arme um meinen Körper geschlungen hatte.

»Hier.« Er zog sein Sweatshirt aus und hielt es mir hin.

»Schon gut, im Auto ist es wärmer.« Ich ließ meine Arme sinken und wusste nicht, warum ich ihm widersprach.

»Keine Widerrede. Ich habe dich vielleicht hierher entführt, aber ich lass mir nicht nachsagen, dass ich ein unhöflicherer Kidnapper bin als meine Komplizin hier.« Er tätschelte Maya, die zufrieden ihr Abendessen fraß und uns nicht mehr groß beachtete.

Er kam einen Schritt auf mich zu und zog mir kurzerhand seinen Hoodie über den Kopf. Im nächsten Moment erschrak ich, weil sich das Kichern, das aus meinem Mund kam, anhörte, als käme es direkt aus einer schlechten Teenie-Serie, aber Leo sah mehr als zufrieden aus, als ich sein Oberteil angezogen hatte. Wahrscheinlich, weil es mein furchtbares Kleid versteckte.

»Wie weit sind wir von *Elbury Park* entfernt?« Ich wunderte mich über mich selbst, dass mir diese Frage erst jetzt durch den Kopf schoss.

»Ungefähr eine Stunde. Näher an der Stadt findet man leider kein Meer.« Er zuckte mit den Schultern. »Wir müssen nur noch an einer Tankstelle halten, trotzdem schaffen wir es bestimmt vor acht Uhr.«

Ich wusste nicht, ob er mein Nicken sehen konnte. Für eine Weile sagte niemand von uns etwas. Dann schloss ich die Augen. Ich war nicht müde, aber ich hatte das Gefühl, meine Gedanken sortieren zu müssen. Es funktionierte nicht. Ich überlegte, ob es falsch war, was ich hier tat – oder mit Leo getan hatte –, nachdem ich am Morgen noch mit Bryson zusammen gewesen war. Was würde passieren, wenn ich ihn wiedersah? Wenn meine Eltern merkten, dass ich einfach gegangen war. Am meisten dachte ich an Leo und das, was passiert war, was passierte und vielleicht noch passieren würde. Seltsamerweise war das der Gedanke, der mir am wenigsten Angst machte.

»Wie lange ist Maya eigentlich schon bei dir?« Wir hatten die ersten Meilen schweigend hinter uns gebracht, und obwohl es keine unangenehme Stille war, durchbrach ich sie, bevor meine Gedanken zu sehr wanderten. Beim Klang ihres Namens bewegte Maya sich in ihrer Box, als würde sie verstehen, dass wir über sie sprachen, und Leos Mundwinkel zuckten nach oben.

»Ich habe sie vor fünf Jahren als Baby am Strand gefunden. Ich weiß bis heute nicht, ob jemand sie ausgesetzt hat oder ob sie weggelaufen ist.« Er zuckte mit den

Schultern.

»So wenig ich das glauben möchte – wahrscheinlich war es eher Ersteres. Sie war noch so klein und schwach, dass ich mir nicht vorstellen kann, dass sie sich freiwillig von ihrer Mutter entfernt hätte.« Er schüttelte den Kopf, als könnte er nicht glauben, wie Menschen so herzlos sein konnten.

»Sie wäre fast von den Wellen mitgerissen worden und hat tagelang gezittert. Komischerweise liebt sie Wasser trotzdem über alles.« Wieder zuckte er mit den Schultern. »Von ihr kann ich in Sachen Traumabewältigung noch einiges lernen.«

Seine Schultern verspannten sich, als würde er es bereuen, die Worte ausgesprochen zu haben. Auch mein Körper versteifte sich, weil ich wissen wollte, wovon er sprach, gleichzeitig wollte ich die unbequemen Wahrheiten nicht in unsere Blase lassen.

»Ich wollte früher auch immer einen Hund«, wechselte ich das Thema, obwohl es sich nicht ganz richtig anfühlte. »Aber meine Eltern waren der Meinung, ein Mädchen sollte keinen Hund haben.« Ich schüttelte den Kopf, weil ich diese Ansicht immer noch nicht verstand.

Aus dem Augenwinkel registrierte ich, wie Leo sich mir zuwandte und eine Braue nach oben zog. »Warum? Das ergibt keinen Sinn.«

Ich seufzte. »Ich weiß, ich habe nicht nachgefragt.«

Ich hatte nie nachgefragt. Egal um was es ging, ich hatte einfach alles akzeptiert. Eigentlich hatte Bryson nicht unrecht, als er sagte, ich wäre der passivste Mensch, den er kannte. Nur dass das in meinen Augen keine gute Eigenschaft war. Nicht mehr.

»Meine Eltern waren zuerst auch skeptisch, aber ich glaube, insgeheim waren sie froh, als ich sie mit nach Hause gebracht habe.« Er richtete seinen Blick wieder auf die Straße und wirkte nachdenklich, bevor er weitersprach.

»Es war wie in einem der Jugendbücher, die wir früher in der Schule gelesen haben, damit sich die Kinder ohne Freunde nicht mehr so schlecht fühlen.« Er lachte auf, doch es war nicht sein ansteckendes Lachen. Dieses Mal klang es bitter. »Junge hat keine Freunde und ist traurig. Junge findet Hund. Hund wird seine beste Freundin. Junge wirkt glücklicher, ist aber immer noch traurig, wenn ihn niemand dabeihaben will.« Leo atmete einmal tief ein und mein Herz zog sich zusammen. Niemals hätte ich gedacht, dass ausgerechnet Leo – der Leo, der so freundlich und hilfsbereit war – nicht mit seiner ganzen Jahrgangsstufe befreundet gewesen war.

»Sorry, Camila. Das ist nicht gerade das, was unsere Blase zu einem angenehmeren Ort macht. Ich schwöre, so sozial inkompetent bin ich nicht.« Er schenkte mir ein Lächeln, das seine Augen nicht erreichte. »In der High School wurde es anders …« Er brach ab. »Zumindest für eine Weile. Bis es irgendwann wieder nur noch Maya und mich gab.«

»Leo …« Ich zögerte. »Es ist okay, wenn du nicht darüber sprechen willst.«

»Ich …«, setzte er an. »Vielleicht irgendwann.«

Er umklammerte das Lenkrad fester, als wir auf den Highway fuhren. Sein Kiefer spannte sich an, als würde er mit sich selbst kämpfen. Als würde er versuchen, etwas für sich zu behalten, das unbedingt nach draußen wollte.

Er gewann den Kampf.

»Wie war deine Schulzeit?«

»Irgendwie andersherum als deine.« Erst als er mir einen fragenden Blick zuwarf, fiel mir auf, wie kryptisch das klingen musste.

»Ich hatte viele Freunde. Irgendwie waren sie immer da, ich musste mich nicht einmal anstrengen. Bis Bryson irgendwann mehr wurde als ein Freund.« Ich spürte, wie Leo zusammenzuckte.

»Er wurde zum Mittelpunkt meines Universums, weil er es so wollte. Seine Freunde wurden meine und alles, was ich früher gerne gemacht hatte, verschwand nach und nach und irgendwie schienen es alle okay so zu finden.« Ich schüttelte den Kopf, weil es mir jetzt so unglaublich dumm vorkam. Aber meine Eltern waren nie stolzer auf mich als an dem Tag, an dem ich ihnen Bryson offiziell als meinen festen Freund vorgestellt hatte. Und auch wenn sich meine alten Freunde langsam von mir entfernten, bewunderten sie mich insgeheim, weil ich die Erste war, die einen festen Freund hatte. Noch dazu einen der beliebtesten Jungen unserer Gegend. »Irgendwann sah jeder in mir nur noch *Brysons Freundin.* Als hätte ich allein keinen eigenen Wert mehr.« Ich merkte erst mit ein paar Sekunden Verzögerung, dass ich meine Hände in den Sitz krallte, weil mir bewusst wurde, was für eine Idiotin ich war. Kein Wunder, dass Colin mich langweilig fand.

»Hey, Camila.« Leo löste eine Hand vom Lenkrad und im nächsten Moment spürte ich seine Berührung an meinem Arm. Er schob den Ärmel seines Hoodies nach oben und strich über die nackte Haut an meinem Handgelenk. Obwohl ich in der gleichen Sekunde eine Gänsehaut bekam, entspannte sich mein ganzer Körper, als er weitersprach. »Du weißt, dass dein Wert nicht steigt oder sinkt, nur weil andere ihn sehen oder nicht sehen, oder?«

Als ich mit den Schultern zuckte, schüttelte er den Kopf. »Du bist immer gleich wertvoll. Das ist nicht von anderen abhängig.« Seine Hand lag nun ruhig auf meiner, und obwohl ich mich nicht traute, danach zu greifen, hoffte ich, er würde sie nicht wegnehmen.

»Kannst du das auch von dir behaupten?« Bei meiner Frage zuckte Leo zusammen. »Ehrlich gesagt … Keine Ahnung. Ich habe jemandem die Macht gegeben, mich zu zerstören, und danach habe ich mich so wertlos gefühlt wie nie zuvor.« Er verstummte, aber ich wusste instinktiv, dass er weitersprechen würde.

»Okay, ich bin wahrscheinlich wirklich hyperkritisch. Nicht was dich betrifft«, fügte er hinzu, »sondern was mich betrifft. Ich habe mich wertlos gefühlt, weil ich nicht mehr an mich selbst geglaubt habe … Mir nicht mehr selbst geglaubt habe. Ich habe nur noch gesehen, was andere in mir gesehen haben. Also, nein, ich kann das nicht von mir behaupten.«

Er klang so gequält, als er diese Tatsache zugab. Vielleicht nicht einmal, weil er sie mir sagte, sondern zu sich selbst. Endlich fand ich den Mut, meine Finger mit seinen zu verschränken. Er drückte meine Hand sofort, als hätte er nur darauf gewartet.

»Weißt du, wir sind Menschen aus Knochen und was weiß ich noch alles – da musst du Addie oder Kian fragen – und deshalb können wir auch zerbrechen.« Mein Blick hing an seinem Gesicht, das immer noch angespannt aussah, gleichzeitig schienen sich die kleinen Rädchen in seinem Kopf unaufhörlich zu drehen. »Aber das heißt auch, dass wir wieder heilen können.«

30

Camille

»Bist du schon bereit, dich der Realität zu stellen?« Leo hatte den Motor nicht abgestellt, als wir an der Straße vor meinem Wohngebäude hielten. Nach dem kurzen Ausflug in unsere Vergangenheit verlief die Fahrt schweigsamer. Aber Leo ließ meine Hand nicht mehr los.

Wir hatten tatsächlich nur eine Stunde gebraucht, obwohl Leo uns an einer Tankstelle notdürftig mit Wasser und einem erstaunlich guten Sandwich versorgt hatte. Addie und Rylan hatte ich geschrieben, dass Leo mich abgeholt hatte und es mir gut ging. Sie fragten nicht einmal nach, was der Plan war, sondern schickten lieber eine Reihe eindeutiger Emojis, bis ich mein Handy augenrollend wegpackte – weil die Symbole alle ziemlich korrekt waren. Auch das mussten die beiden nicht wissen. Zumindest noch nicht.

»Ist schon okay, Leo. Die Realität ist schließlich nicht weg, das wussten wir.« Ich hatte keine Ahnung, wie ich die Stimmung zwischen uns deuten sollte. Die Autofahrt zurück in die Stadt war angenehm gewesen. Die Unterhaltung floss mal ruhiger, mal ernster dahin und Leos Nähe fühlte sich so gut an, dass es mir nichts ausgemacht hätte, die ganze Nacht weiterzufahren. Nur jetzt, da wir uns verabschieden mussten, wurde es seltsam. Weil wir Angst davor hatten, was in der Realität passieren würde.

»Tja, dann … Danke, dass du mich abgeholt hast.« Ich schnallte mich ab und tastete nach dem Türgriff. Ich hatte es nicht eilig, nach Hause zu kommen, aber ich wollte nicht, dass die Stimmung zwischen uns zu angespannt wurde. Als ich schon einen Fuß auf den Asphalt gesetzt hatte, zögerte ich und drehte mich noch mal um.

»Du warst heute vielleicht nicht meine erste Wahl …«, ich suchte nach den richtigen Worten, als Leo seinen Mund auf und wieder zuklappte. »Aber ich bin froh, dass du mich entführt hast.«

Das Lächeln, das ich ihm mit diesen Worten schenken wollte, fühlte sich verkrampft an, zumindest so lange, bis ich sah, wie sich sein rechter Mundwinkel höher schob als sein linker und seine Augen aufleuchteten. »Ich auch, Camila.«

Kurz dachte ich, er wolle etwas hinzufügen, doch er fuhr sich nur durch die Haare, die mittlerweile in alle Richtungen verwuschelt waren, und lenkte seinen Blick auf Maya, die sich in ihrer Box drehte.

»Also dann …« Zögerlich setzte ich auch noch den linken Fuß auf den Asphalt und hob die Hand, obwohl sich so eine Verabschiedung nach dem Tag, den wir hatten, absolut bescheuert anfühlte. Ich registrierte, dass Leo das Lenkrad fest umklammert hielt, und in mir kroch leise die Enttäuschung hoch. Obwohl ich sie mit aller Macht unterdrücken wollte, drang sie in jeden Winkel meines Körpers vor und ließ mein Herz schwer werden. Das war sie also, die Realität. In der nichts mehr einfach war.

»Bye, Leo«, murmelte ich mehr zu mir selbst und zu dem

Nachmittag, an dem sich alles leichter ertragen ließ, als zu ihm.

»Camila! Warte!« Leos Stimme tönte über das leise Motorengeräusch zu mir, noch bevor ich die Tür komplett schließen konnte.

»Warte, bitte.« Er drückte die Beifahrertür von innen auf und sah mich abwartend an.

»Ich weiß genau, dass du noch nicht bereit bist, nach Hause zu gehen.« Er klopfte mit der flachen Hand auf den Beifahrersitz und ich war zu perplex, um nachzufragen. Also folgte ich seiner Aufforderung und setzte mich zurück in den Wagen.

»Leo?« Ich berührte seine Hand, als er keine Anstalten machte, weiterzusprechen. Er wandte den Kopf zu mir und seine dunklen Augen wirkten fast ängstlich.

»Vielleicht können wir unsere Blase auf mein Zuhause ausweiten?« Er ließ das Lenkrad los und fuhr sich mit beiden Händen übers Gesicht. »Vielleicht … Ach verdammt.« Fast hatte ich das Gefühl, seine Lippen zitterten, als er sie aufeinanderpresste.

»Vielleicht kannst du mir dabei helfen, dass sich mein neues Zuhause hier noch ein bisschen richtiger anfühlt?« Er klang so schüchtern, wie ich es noch nie bei ihm erlebt hatte, und als er mir wieder ins Gesicht schaute, formte sein Mund ein lautloses »Bitte«.

Eigentlich wollte ich nachdenken. Darüber, ob ich bereit dafür war. Darüber, was ich überhaupt fühlte, aber irgendetwas war anders. Ich musste nicht erst überlegen, was ich wollte, weil ich es wirklich fühlte. Das wurde mir spätestens bewusst, als mein Herz sich vor Freude fast überschlug, weil er mich nicht wortlos hatte gehen lassen.

»Bitte bleib.« Er griff nach meiner Hand, als ich nicht

sofort antwortete, obwohl ich am liebsten laut *JA* geschrien hätte.

»Nur noch ein bisschen.« Ich drückte seine Hand und zog mit der anderen die Autotür zu. Für einen kurzen Moment schloss Leo die Augen und stieß erleichtert die Luft aus.

Als er mich losließ, um das Auto in *Drive* zu setzen, nur um seine Finger danach sofort wieder mit meinen zu verschränken, schob ich den Gedanken beiseite, der sich still und leise in mein Gehirn geschlichen hatte. Leo hatte mir immer noch nicht seine ganze Wahrheit gesagt und ich hatte zu viel Angst davor, sie zu hören, dass ich lieber den einfachen Weg wählte. Im Verdrängen und Ignorieren von Tatsachen war ich wirklich eine wahre Meisterin geworden. Mit dem Unterschied, dass sich der Grund dafür dieses Mal viel besser anfühlte als alle anderen zuvor.

Nachdem wir Leos Wohnung betreten hatten, ging Maya zielstrebig auf ihr Körbchen neben einem kleinen grauen Sofa zu und rollte sich zufrieden zusammen, während ich ihr etwas zögerlich folgte. Vielleicht hatte ich diese Aktion nicht zu Ende gedacht. Ich ließ meinen Blick durch den Raum schweifen, und obwohl ich schon einmal hier gewesen war, fühlte es sich an, als würde ich alles zum ersten Mal sehen.

Vielleicht war ich damals so verwirrt, dass ich mich nicht wirklich in Leos Wohnung umgesehen hatte. Sie war klein, aber hübsch und eher schlicht eingerichtet. Wenn Addie hier wäre, würde sie ihm sofort eine Kiste Dekoartikel holen.

Ohne Vorwarnung krochen wieder Zweifel in mir hoch. Ob ich hier sein sollte und ob Leo mich wirklich hierhaben wollte. Was, wenn auch er zweifelte? Was war überhaupt mein Plan? Was war unser Plan? Bevor ich mich geistig endgültig in eine Abwärtsspirale begeben konnte, riss mich ein Poltern aus meinen Gedanken, ehe ich merkte, dass ich über etwas gestolpert war.

»O Gott, sorry.« Als ich realisierte, dass eine Gitarrentasche zu meinen Füßen lag, die ursprünglich einmal an der Wand gelehnt haben musste, spürte ich Leos Hand an meinem Oberarm, die mich nicht mehr losließ.

»Das ist Blakes. Ich habe ihm neue Saiten draufgezogen.« Mein Blick wanderte von der schwarzen Tasche zurück zu Leo und die Situation war fast schon lächerlich angespannt.

»Blake hat dir seine Gitarre anvertraut?« Ich sagte das nur halb im Spaß, weil ich wusste, dass Blake seine Gitarre heilig war.

»Hey, sag das nicht so.« Leo grinste und machte einen Schritt nach vorne. »Eine Gitarre ist wie ein sehr sensibler Teil des Körpers.« Er bückte sich und stellte das Instrument übertrieben sanft wieder an die Wand. »Darüber macht man keine Witze.« Er gab mir einen kurzen Klaps auf die Schulter, als er sah, dass ich einiges an Mühe aufbringen musste, um ihn nicht auszulachen.

»Welcher Teil deines Körpers ist deine Gitarre denn?« Ich wusste nicht, woher ich den Mut und die Schlagfertigkeit nahm, aber plötzlich fühlte es sich ganz natürlich an.

Leo fuhr sich übers Kinn und tat, als würde er nachdenken. »Hört es sich kitschig an, wenn ich *meine Seele* sage?« Ich hörte das Lächeln in seiner Stimme und sah sein schiefes Grinsen, das ich so sehr an ihm liebte. *Stopp.* Was dachte ich denn da? Mochte, nicht liebte. Ich mochte sein schiefes Grinsen. *Mochte.*

»Ähm ja, das hört sich furchtbar kitschig an. Könnte glatt ein Latino-Popsong aus der Feder von Leonardo Felipe sein.«

Und so schnell, wie wir sie verloren hatten, war sie wieder da. Die lockere Stimmung, das Gefühl, in einer Blase zu stecken, in der wir einfach *wir* sein konnten.

»Du musst damit aufhören, Camila.« Er legte seine Hand an meine Wange.

»Was mache ich denn?« Ich lehnte mich wie von selbst in seine Berührung und das Kribbeln, das sie auslöste, kam mir fast schon zu vertraut vor.

»Mich so anzusehen, als wärst du nirgends auf der Welt lieber als bei mir. Das macht mich verrückt und dann kann ich nicht mehr so höflich sein wie Maya.« Er kam noch näher, bis unsere Körper sich berührten.

»Und du musst damit aufhören, meine Gedanken zu lesen.« Fast hätte ich mir die Hand vor den Mund geschlagen, als mir bewusst wurde, was ich gesagt hatte, und dass ich ihm gerade schutzlos meine Gefühle offenbarte, aber ich kam nicht mehr dazu. Es dauerte nur den Bruchteil einer Sekunde, bis in seinen Augen etwas aufflackerte. Und es dauerte nicht einmal den Bruchteil einer Sekunde, bis sein Körper an meinen gepresst und sein Mund auf meinem war. Konnte es möglich sein, dass jeder weitere Kuss, den wir teilten, noch ein Stück intensiver war als der vorherige? Es kam mir fast unmöglich vor und doch fühlte ich mit jedem Kuss mehr. Mehr Zuneigung. Mehr Verständnis. Aber auch mehr Verlangen. Mehr Lust. Fast musste ich mich dazu zwingen, mich nicht sofort wieder an ihn zu pressen. Es war das erste Mal, dass ich mich mit jeder Faser meines Körpers zu jemandem so sehr hingezogen fühlte, und ich hatte Angst, nicht zu wissen, wie man all diese Gefühle kontrollierte.

»Leo …« Ich wusste nicht, was ich zu ihm sagen sollte. Meine rationale Gehirnhälfte sagte mir, dass wir es vielleicht überstürzten, wenn wir einen Schritt weiter gehen würden, aber der Rest von mir wollte nicht, dass er aufhörte. Im Gegenteil, ich verzehrte mich so sehr nach ihm, dass ich mir nicht vorstellen konnte, ihn zum Aufhören aufzufordern. Es war nicht das erste Mal, dass ich erregt war. Natürlich nicht. Doch so hatte es sich nie so angefühlt. So intensiv und so dringend. Als würde ich Leos Nähe brauchen. In dem Moment, in dem er seine Hand fordernder über meinen Körper wandern ließ, meinen Rücken, meine Taille, meinen Po berührte, wurde mir bewusst, dass nicht nur die meisten meiner Gefühle bisher in der linken Gehirnhälfte stattgefunden hatten, sondern auch die Lust. Ich wusste genau, wann ich erregt sein sollte, und wenn ich mich darauf fokussierte, funktionierte es bei neun von zehn Malen. Dieses Mal passierte das Gegenteil. Ich war nicht fokussiert. Ich war dabei, mich fallen zu lassen.

»Wir sollten aufhören, wenn wir nicht den ganzen Boden mit dem Sand verkratzen wollen«, murmelte ich, als ich die feinen Körner unter meinen Schuhen spürte.

»Sollten wir«, antwortete Leo und küsste sich meinen Kiefer entlang. Seine Worte hätten seinen Taten nicht stärker widersprechen können, denn seine Hände hörten nicht auf, über meinen Körper zu gleiten, und sein Atem verwandelte sich mit jedem Kuss mehr in ein Stöhnen. Erst als er mich gegen die Wand drückte und wir durch seine Bewegung eine weitere Ladung Sand auf den Boden rieseln hörten, stoppte er. Seine Hände waren links und rechts von meinem Gesicht an der Wand abgestützt und sein Atem ging schwer. Er blickte mich so intensiv aus seinen dunklen Augen an, dass ich dachte, er wollte mich jeden Moment verschlingen, ohne dass ich etwas dagegen gehabt hätte.

»Sorry«, murmelte ich ohne jeglichen Zusammenhang und wäre die Stimmung zwischen uns nicht sowieso schon so aufgeladen gewesen, wäre ich bestimmt rot geworden.

»Schon gut.« Seine tiefe, ruhige Stimme bescherte mir – schon wieder – eine Gänsehaut. »Ich bin es gewohnt, hinter Maya her zu wischen. Was macht da eine Frau mehr oder weniger?«

Es vergingen ein paar Sekunden, in denen wir uns nur anschauten. Die Stimmung kippte nicht. Sie wurde nicht lockerer und auch nicht angespannter. Wenn überhaupt irgendetwas passierte, lud sie sich mit jedem Wimpernschlag weiter auf.

»Komm mit.« Leos Stimme war so rau, wie ich es noch nie von ihm – oder fürs Protokoll: von irgendjemandem – gehört hatte, als er sich von der Wand abstieß, mir einen Arm um die Taille legte und mich vor sich her durchs Schlafzimmer auf die Badezimmertür zuschob. Ein bisschen fühlte es sich an wie ein Déjà-vu. Wieder war sein Bett ungemacht und wieder fühlte es sich wahnsinnig intim an, hier zu sein. Ich liebte es, dass seine Bettdecke zerwühlt war und eine graue Jogginghose, die er vermutlich zum Schlafen trug, halb auf dem Boden lag. Es fühlte sich echt an. Genauso wie das Buch auf der Seite der Matratze, die er nicht benutzte, und seine Gitarre, die über einem Sessel in der Ecke hing. All das fühlte sich so sehr nach Leo an, dass meine Haut wieder zu kribbeln begann. Dieses Gefühl verstärkte sich, als ich hinter ihm in das kleine Badezimmer trat und von dem zitronigen Duft, der ihn immer umgab, komplett umschlossen wurde.

»Alles in Ordnung?« Leo zog einen Stapel Handtücher aus einer Schublade und merkte, dass ich etwas unschlüssig mitten im Raum stand.

»Keine Ahnung, es fühlt sich irgendwie alles so unwirklich an.« Ich schlang die Hände um meinen Körper und löste sie sofort wieder, als Leo einen Schritt auf mich zu machte.

»So ist das in der Blase. Es muss sich nur gut unwirklich anfühlen.« Seine Mundwinkel zogen sich nach oben und automatisch löste sich der Knoten, der sich in meinem Magen gebildet hatte. Wie automatisch streckte ich meine Hände nach Leo aus und er zögerte keine Sekunde, bevor er mich in seine Arme zog.

Ich vergrub mein Gesicht an seinem Hals und sog seinen unverkennbar frischen Leo-Duft ein. Es sollte verboten werden, dass jemand nach so einem Tag noch so gut roch.

Seine Augen ruhten auf mir und seine Finger fuhren die Konturen meines Körpers nach. Wenn ich gedacht hatte, die Erregung wäre in den letzten Minuten, in denen wir voneinander abgelassen hatten, abgeflaut, kam sie sofort zurück und ließ meinen Atem schwerer werden.

»Willst du, dass ich hierbleibe?« Er nahm mein Gesicht in beide Hände und ich wusste, dass er es mir nicht vorhalten würde, wenn ich ablehnte. Aber das wollte ich nicht. Nicht nach diesem Tag. Nicht, nachdem ich die Chance bekommen hatte, mich mit Leo für ein paar Stunden vor der Realität zu verstecken.

Als ich nickte, leckte Leo sich fast unmerklich über die Lippen und ich hatte erwartet, dass er mich sofort an sich ziehen würde. Aber nichts passierte. Er schloss für einen Moment die Augen und atmete tief durch.

»Du weißt, dass ich dich nicht deswegen mit hierhergenommen habe, oder?« Er biss sich auf seine Unterlippe und am liebsten hätte ich laut losgelacht. Bei jedem anderen wäre ich wahrscheinlich von genau diesem Hintergedanken ausgegangen. Aber nicht bei Leo.

»Und du weißt, dass ich nicht deswegen mit hierhergekommen bin, oder?«, stellte ich die genauso rhetorische Gegenfrage und überwand gleichzeitig das letzte bisschen Abstand zwischen uns, um seine – und meine – Bedenken beiseitezuschieben.

Als ich ihn küsste, war es, als hätte sich ein riesiger Knoten der Anspannung in Leo gelöst. Ohne noch einmal zu zögern, schob er seine Zunge so schwungvoll zwischen meine Lippen, dass ich fast das Gleichgewicht verlor und einen Schritt nach hinten taumelte, hätte Leo die Arme nicht so fest um mich geschlungen. Als hätte er mit meiner Zustimmung sein ganzes Selbstbewusstsein zurückerlangt, drang er tiefer in meinen Mund ein. Dieser Kuss war nicht mehr vorsichtig oder fragend. Er war wie zwei Ausrufezeichen hintereinander. Als wolle er mir sagen, dass er dieses Mal nicht gehen würde. Seine Zunge forderte meine zu einem Spiel heraus, das ich nur zu gern mitspielte, weil ich wusste, dass wir es beide gewinnen würden.

31

Camille

Leos Augen waren heißer, frisch gebrühter schwarzer Kaffee und vom Zucker darin war nichts mehr zu sehen. Stattdessen waren sie voller Verlangen, als er mir seinen Hoodie abstreifte und sofort nach dem Reißverschluss meines Kleides tastete.

Seine Zähne knabberten an meiner Unterlippe und als ich mein Becken gegen seines presste, konnte ich seine Erektion deutlich spüren. Die nächste Welle, die mich überrollte, war nicht mehr nur Erregung. Sie war pure Lust. Etwas, das ich nicht aus Erfahrung kannte, trotzdem genau zuordnen konnte. Zum ersten Mal in meinem Leben verstand ich, warum die Menschen ihren Kopf ausschalteten, wenn sie mit jemandem zusammen waren, dessen Anziehungskraft sie nicht standhalten konnten.

Leo zog in einer fließenden Bewegung den Reißverschluss meines Kleides nach unten, streifte es mir von den Schultern und ließ es achtlos zu Boden fallen. Es fühlte sich befreiend an, es mit meinem Fuß in eine Ecke zu kicken und mich ganz auf Leos Berührungen auf meiner nackten Haut zu konzentrieren. Ich spürte die Schwielen an seinen Fingern, die bestimmt von den Gitarrensaiten kam, und das

Kribbeln, das sie mir bescherten, wanderte direkt zwischen meine Beine. Plötzlich stoppte er und ließ seinen Blick über meinen Körper gleiten.

Ich wollte ihm zeigen, dass es okay war, wenn er weitermachte, und griff unter sein weißes Longsleeve. Er erschauderte und sein Atem wurde schwerer, als ich es ihm etwas umständlich über den Kopf zog. Es war nicht das erste Mal, dass ich ihn oberkörperfrei sah, aber es war das erste Mal, dass ich ihn wirklich ansehen konnte. Er hatte trotz seiner Körpergröße feine, definierte Muskeln. Obwohl ich es im ersten Moment befremdlich gefunden hatte, dass er Yoga machte, wusste ich, als ich seine angedeuteten Bauchmuskeln nachfuhr, dass er nicht nur im Schneidersitz am See saß und ruhig ein- und ausatmete. Meine Hand wanderte langsam tiefer und Leo zog scharf Luft ein, als ich die dunkle Haarlinie berührte, die in seine Hose führte. Immer noch stand ich eng an ihn gepresst, als er seine Hand zwischen uns schnellen ließ und mich aufhielt.

»Willst du hier weitermachen?« Ich hörte seine tiefe Stimme, die vor Erregung zitterte, und hob verständnislos den Kopf. Wie konnte er denken, dass ich *nicht* weitermachen wollte?

»Ich meinte *hier*, Camila.« Er lächelte, als er meine hochgezogenen Brauen sah, und deutete auf die Duschwanne. »Du weißt schon, der Sand und so.«

Ich nickte, obwohl sich plötzlich Aufregung unter alles andere mischte, als er mich losließ und das Wasser aufdrehte. Ich hatte oft erlebt, dass Addie mit Kian unser ganzes warmes Wasser aufbrauchte. Damit war es auch schon zu Ende mit meiner Erfahrung, was eine Dusche zu zweit betraf. Kurz überlegte ich, ob ich Leo genau das sagen sollte, aber als er sich zu mir umdrehte und mit einem Finger meinen BH-Träger von der Schulter schob, verdrängte ich den Gedanken so schnell, wie er gekommen war. Ich wollte dieses kleine erste Mal mit Leo. Und ich wollte ihn auf keinen Fall aufhalten, indem ich meine Unerfahrenheit vor ihm ausbreitete.

Als hätte er gespürt, dass ich zögerlicher wurde, übernahm er die Führung. So bestimmt, dass ich keinen Zweifel daran hatte, wie sehr er das hier wollte, gleichzeitig so langsam, als wollte er mir sagen: Du kannst mich jederzeit aufhalten. Er verteilte heiße Küsse auf meiner Schulter, während er seine Hände zum Verschluss meines BHs gleiten ließ. Fast war ich froh, als er drei Anläufe brauchte, um ihn zu öffnen. Vielleicht weil ich mir deshalb einreden konnte, dass er aus der Übung war. Oder weil ich nicht die Einzige war, die beim Sex nicht die Souveränität in Person war. Als er ihn mir fast schüchtern abstreifte, gesellte sich der Mut endlich wieder zu meinen Unsicherheiten. Ich griff nach seinen Händen und führte sie zu meinem Höschen. Er sollte wissen, wie sehr ich das hier wollte. Es schien zu funktionieren, denn er zögerte nicht einmal halb so lange, ehe er mit dem Daumen unter den Bund fuhr und es nach unten fallen ließ.

»Du bist wunderschön, Camille.« Er löste sich ein paar Zentimeter von mir, aber es fühlte sich unglaublich weit an. Seine Blicke lagen voller ehrlicher Bewunderung auf meinem nackten Körper und ich hatte mich nie so begehrt gefühlt. »Ich hoffe, du weißt das.«

Plötzlich konnte es mir nicht schnell genug gehen, mehr von Leo zu sehen und zu spüren. Zielstrebig streckte ich meine Hände aus und öffnete mit fahrigen Bewegungen seine Hose. Immer noch spürte ich seine Blicke auf mir, als er mir half, sie mitsamt seiner Unterwäsche abzustreifen.

»Wir sollten nicht so viel warmes Wasser verschwenden.« Ich griff nach seiner Hand und zog ihn zur Duschwanne. Seine Finger lagen auf meiner Taille und wanderten zu meinem Po, als ich vor ihm unter den Wasserstrahl trat. Ich schloss die Augen und genoss das warme Wasser auf meiner Haut und Leos Hände auf meinem Körper. Er presste mich an sich und ich spürte seine Härte an meinem Rücken. Mit einer Hand stützte ich mich an der Wand vor mir ab und schlang die andere um seinen Nacken, während seine Zähne erst mein Ohr und dann meinen Hals reizten. Ich krallte mich in seine Haare, als seine rauen Finger über meine Brüste strichen. Erst sanft, dann immer fordernder, bis sein Daumen meine Nippel immer schneller reizte und mir ein lautes Stöhnen entlockte. Erschrocken von mir selbst klappte ich meinen Mund zu und hoffte, dass Leo es nicht bemerkte.

»Ich mag es zu hören, was ich mit dir mache«, flüsterte er an mein Ohr. Er hatte es doch bemerkt. Ich hatte mich selbst nie für eine Person gehalten, die beim Sex laut war, andererseits hatte ich mich auch noch nie so gefühlt wie in diesem Moment.

Leo löste sich kurz von mir, drehte mich um und drückte mich sanft, aber bestimmt auf den Badewannenrand. Ehe ich nachfragen konnte, sank er auf die Knie zwischen meine Beine, bis sein Kopf auf der Höhe meiner Brust war. Er presste seine Lippen auf meine Haut und küsste jeden Zentimeter davon. Mein Atem wurde lauter, als er einen meiner Nippel mit den Lippen umschloss und gleichzeitig seine Zunge immer wieder darüber gleiten ließ. Als ich das Gefühl hatte, nicht mehr still sitzen zu können, löste er sich von mir, nur um sich meiner anderen Brustwarze zu widmen. Ich ließ mich an die kühlen Fliesen sinken, während Leo seine linke Hand auf meinem Oberschenkel ablegte und mit der rechten meine Brust massierte. Ich versuchte, jede einzelne seiner Berührungen in mich aufzunehmen. Das nächste laute Stöhnen, das mir entfuhr, ließ sich ebenso wenig zurückhalten wie das erste, mit dem Unterschied, dass es sich dieses Mal viel natürlicher anfühlte. Ich erstickte es nicht, als mich Leo ganz sanft mit seinen Zähnen um den Verstand brachte, sondern spreizte sogar meine Beine ein wenig weiter. Seine Hände nahmen die Einladung an und fuhren meinen Oberschenkel hinauf. Am liebsten hätte ich ihn angebettelt, schneller zu machen, aber so weit war ich noch nicht. Als seine Finger über meine pochende Mitte fuhren, sah er mich fragend an.

»Ich will das hier, Leo.« Meine Stimme klang erstickt, als ich das erste Mal so etwas wie einen Wunsch beim Sex äußerte. Ich hätte nicht gedacht, dass es möglich wäre, aber Leos Augen wurden noch eine Spur dunkler. Er berührte meinen empfindlichsten Punkt. Sanft, fast ehrfürchtig, immer darauf bedacht, mir nicht wehzutun. Zuerst hoffte ich, er würde schneller werden, weitermachen, doch als er sich tiefer sinken ließ und anfing, die Innenseiten meiner Oberschenkel zu küssen, wusste ich nicht mehr, was ich wollte. Er war schon viel zu weit oben, als ich in seine Haare griff und ihn aufhielt.

»Leo, ich …« Ich stockte. Wie sollte ich ihm erklären, dass das hier ein weiteres – nicht mehr ganz so kleines – erstes Mal für mich war? Leo hörte sofort auf und legte seine Hände an meine Taille.

»Willst du das nicht?« Aufmerksam musterte er mich und wartete auf meine Antwort, die nicht kam. »Camila.« Seine Daumen streichelten meine Haut und ich schloss die

Augen.

»Doch, aber ich kann das nicht.« Erst als die Worte meinen Mund verließen, merkte ich, wie unglücklich meine Wortwahl war. Leo wich ein paar Zentimeter zurück und sah nun besorgt aus.

»Wir können sofort aufhören, Camille. Du musst mir sagen, wenn du …«

»Nein.« Ich unterbrach seinen aufkeimenden Redeschwall. »Ich meinte ich kann *das* nicht, weil ich nicht weiß, wie *das* geht.« Ich zeigte erst auf sein Gesicht, dann auf meinen Unterkörper, weil mir der Ausdruck nicht über die Lippen kann. »Ich … es tut mir leid, dass ich so unerfahren bin.« Ich biss mir auf die Unterlippe, weil es wohl kaum etwas Unerotischeres gab, als eine Studentin, die nackt zugab, bis auf gelegentlichen Sex in der Missionarsstellung, bei dem sie nicht einmal nennenswert aktiv war, keinerlei Erfahrungen zu haben.

»Hör auf dich zu entschuldigen, wenn es nichts zu entschuldigen gibt.« Leo klang ungehalten, setzte sich aber im nächsten Moment auf und schlang seine Arme um mich.

»Daran ist nichts Schlimmes, okay?« Als ich nur nickte, nahm er mein Gesicht in beide Hände. »Ich will, dass du weißt, dass es okay ist, aber …« Er küsste mich und ich schmolz dahin, als ich spürte, wie viel Zärtlichkeit darin lag. »Willst du das mit mir erleben?«

Seine Hände lagen immer noch an meinen Hüften und seine Berührung jagte mir immer noch Schauer über den Rücken. Doch das war nicht der Grund, warum ich langsam nickte. Ich konnte mir plötzlich nicht mehr vorstellen, es mit jemand anderem als Leo zu erleben.

»Sag mir nur, was dir gefällt oder nicht gefällt, ja?« Er fing an eine Spur aus Küssen von meinem Schlüsselbein über meinen Bauch nach unten zu ziehen und wieder brachte ich nicht mehr zustande als ein Nicken.

Als sein Mund meine empfindlichste Stelle berührte, hatte ich das Gefühl, Sterne zu sehen. Ich glaubte aus den ungefragten Erzählungen meiner Mitbewohnerinnen zu wissen, was mich erwartete, aber darauf war ich nicht vorbereitet. Leo verharrte eine gefühlte Ewigkeit in seiner Position, bevor er anfing, seine Lippen zu bewegen. Erst ganz langsam, als hätte er Angst, etwas kaputt zu machen, trotzdem riss mich die Erregung mit, die mit jeder Bewegung durch meinen Körper rauschte. Auf der Suche nach Halt griff ich mit meinen Händen erst an die Fliesen, um die Kontrolle zu behalten – dann bewegte Leo seine Zunge. Immer wieder fuhr er meine Konturen von unten nach oben entlang und ich war mir sicher, ich wäre vom Wannenrand gerutscht, wenn er mich nicht festgehalten hätte. Ohne es zu merken, kam ich ihm immer mehr mit meinem Becken entgegen. Ich konnte nicht genug von dem Gefühl bekommen, das er in mir auslöste. Ich dachte, das hier wäre der Gipfel dessen, was ich beim Sex empfinden könnte, aber als Leo seine Zunge über einen bestimmten Punkt kreisen ließ, konnte ich ein Stöhnen nicht mehr zurückhalten.

»Leo …« Ich war mir sicher, sein Name war der erste, der so aus meinem Mund kam. Ich spürte, wie sein Mund sich zu einem Lächeln verzog und er ein bisschen langsamer wurde.

»Ich hab doch gesagt, du musst mir sagen, was dir gefällt.« Er ließ von mir ab und verteilte zwischen seinen Worten Küsse auf der Innenseite meiner Oberschenkel. Quälend langsame Küsse.

»Leo!« Meine Stimme klang unwillig. »Bitte!«

»Bitte was?«, fragte er unschuldig und warf mir einen eindeutigen Blick zu.

»Bitte … mach weiter.« Meine Stimme klang gepresst und ich konnte nicht glauben, dass ich das gerade wirklich gesagt hatte.

»Also gefällt es dir?« Leo fuhr meine Taille, meinen Po, meine Oberschenkel mit den Händen nach, so langsam, als hätte er alle Zeit der Welt.

»Ja, es gefällt mir, Leo.« Ich hätte am liebsten mit den Augen gerollt, stattdessen kamen die Worte wie ein Flehen aus meinem Mund. Sein leises, raues Lachen ertönte und im nächsten Moment spürte ich ihn wieder. Dieses Mal schneller und fordernder, als hätten ihn meine Worte beflügelt. Meine Beine begannen zu zittern und ich hatte das Gefühl, in Lichtgeschwindigkeit auf etwas zuzurasen, von dem ich nicht wusste, dass es existierte. Ich wusste nur, dass ich es nicht einmal aufhalten könnte, wenn ich gewollt hätte. Mein Atem wurde schwerer, kam nur noch stoßweise und hätte ich die Lippen nicht zusammengepresst, hätte ich laut gestöhnt, so unglaublich fühlte es sich an, was Leo mit mir machte.

»*Déjate llevar*, Camila.« Seine Stimme, die immer ein bisschen dunkler klang, wenn er Spanisch sprach, hüllte mich ein wie eine Wolke. »Lass los, Camille«, wiederholte er, und bevor ich darüber nachdenken konnte, was er meinte, zeigte er es mir. Er drückte meine Beine noch ein Stück weiter auseinander und saugte an meiner Knospe, bis ich keine andere Wahl hatte, als loszulassen. Meine Brust hob und senkte sich, als ich von einem Orgasmus durchströmt wurde, von dem ich nicht wusste, dass mein Körper dazu fähig war. Mein Stöhnen hallte an den Badezimmerwänden wider und es war mir nicht einmal peinlich, dass ich Leo so deutlich zeigte, was er gerade mit mir anstellte. Ich griff mit einer Hand in seine Haare, weil ich nicht mehr wusste, wo ich mich festhalten sollte. Er löste sich nur langsam von mir, so als wollte er den Moment bis zum Schluss auskosten. Als ich die Kontrolle über meinen Körper wiedererlangt hatte, brauchte ich ein paar Atemzüge, um zu verstehen, was gerade passiert war und warum es sich so unglaublich gut angefühlt hatte.

Leo wartete kurz, bevor er sich aufrappelte und mich auf die Beine und in seine Arme zog.

»Bist du okay?«, murmelte er in meine Haare und fast dachte ich, er würde einen Witz machen.

»Ja, ich … Das war ein weiteres erstes Mal.« Als er sich von mir lösen wollte, hielt ich ihn fest. Ich konnte ihm unmöglich in die Augen sehen, während ich ihm dieses kleine Geheimnis verriet, das nicht einmal meine Freundinnen kannten, geschweige denn Bryson. Bis gerade eben war ich nicht einmal selbst zu hundert Prozent sicher. Aber nachdem, was ich gerade mit Leo erlebt hatte, wusste ich, dass dies mein erster richtiger Orgasmus war.

32

Leo

»Singst du für mich?« Camille öffnete die Augen und obwohl sie müde wirkte, strahlte das Blau darin.

»Hmm?« Mein Gehirn arbeitete viel langsamer, seit wir nach einer Ewigkeit aus der Dusche gestiegen und quasi auf direktem Weg ins Bett gefallen waren. Camille machte nicht ein einziges Mal Anstalten, nach Hause gehen zu wollen, und ich war mir sicher, dass ich sie sowieso nicht hätte gehen lassen. Nicht, solange ich die Realität noch aussperren konnte. Eingewickelt in die Decke, die immer auf meinem Bett lag, aber nie benutzt wurde, hatte sie sich neben mich gekuschelt und ich konnte kaum fassen, wie richtig sich das anfühlte. Die sexuelle Anspannung war nach wie vor vorhanden, trotzdem machte niemand von uns einen weiteren Schritt in diese Richtung. Das, was in der Dusche passiert war, war unglaublich gewesen. Nicht nur weil es das Heißeste war, was ich je getan hatte, und nicht einmal, weil ich Camille so sehr wollte. Die Tatsache, dass sie sich mir hingegeben – mir vertraut hatte –, war erotischer als meine Lippen auf ihrem nackten, nassen Körper, als alles, was ich je erlebt hatte. Und nachdem sie mir gestanden hatte, dass die unglaubliche Lust, die sie durchfuhr, ein erstes Mal für sie war, musste ich mich anstrengen, ihr nicht zu zeigen, dass ich fast auf der Stelle ohne jegliche Berührungen gekommen wäre.

»Leo.« Die Decke raschelte, als Camille sich aufrichtete, und rutschte ein Stück tiefer, als sie den Arm nach mir ausstreckte. Zu wissen, dass sie darunter nackt war, ließ mein Herz schneller schlagen als ihre Berührung.

»Du willst, dass ich dir etwas vorspiele?« Ich drehte mich auf die Seite, um sie besser ansehen zu können. Mein Handtuch saß tief auf meinen Hüften und der Drang, meinen Körper vor Camille zu verstecken, war komplett verschwunden.

»Vorsingen«, wiederholte sie ein bisschen drängender und ließ ihren Kopf wieder aufs Kissen sinken.

»Sowas wie ein Schlaflied?« Ich hatte keine Ahnung, wie viel Zeit vergangen war, nur dass es spät sein musste, aber ich wollte die Zeit mit Camille auf keinen Fall mit Schlafen verschwenden. Ich wusste nicht einmal, ob sie hier schlafen wollte.

»Nein, kein Schlaflied.« Sie sagte das so, als wäre es das Abwegigste der Welt.

»Gut, ich will nämlich nicht, dass du einschläfst.« Ich lächelte, als sie näher zu mir rutschte und mir eine Hand auf die Hüfte legte. Es war, als würde sie ihre Zurückhaltung mit jeder Minute in meiner Gegenwart ablegen und ich könnte mit Worten nicht einmal beschreiben, wie glücklich mich das machte.

»Einen Latino-Popsong.« Sie ließ ihre Finger sanft über meinen nackten Bauch gleiten und ich erschauderte im selben Moment.

»Ist das dein Ernst?« Ich wollte sarkastisch klingen, doch meine kompletten Gehirnzellen konzentrierten sich auf ihre

Berührung und das, was sie in mir auslöste.

»Natürlich ist das mein Ernst, Leonardo Felipe. Du darfst dir auch aussuchen, welchen. Aber es muss Spanisch sein.« Sie versuchte sich an einem ernsten Gesichtsausdruck, aber ich sah in ihren Augen, dass auch sie die Berührung nicht kalt ließ.

»Warum muss es Spanisch sein?« *Warum ist das wichtig?*

»Weil ich deine Stimme mag, wenn du Spanisch sprichst«, antwortete Camille, ohne zu zögern, als wäre es eine unumstößliche Tatsache. »Sie klingt dann wärmer.«

Sie blinzelte und ihren Mund umspielte ein Lächeln, als ich sie an mich zog. Solange sie ein wenig länger bei mir blieb, würde ich ihr alles vorsingen, was sie wollte.

»Kann das noch ein bisschen warten?« Meine Lippen streiften die ihren und sie schloss die Augen.

»Ein bisschen«, murmelte sie, bevor sie ihre Hände in meinem Nacken verschränkte und mich an sich zog.

Der Kuss dauerte nicht nur ein bisschen. Er dauerte eine viel zu kurze Ewigkeit und hätte wahrscheinlich niemals geendet, hätte Camille mich nicht aufgehalten. Ich wollte sie gerade aus ihrer Decke schälen, in die sie wie ein Burrito gewickelt war, als sie meine Hand festhielt.

»Es ist ein bisschen später, Leo.« Ihre Stimme klang atemlos und ich lächelte, weil ich wusste, dass sie genauso sehr weitermachen wollte wie ich. Allerdings war sie besser darin, ihre Prinzipien einzuhalten.

»Aber nur einer, okay?« Ich löste mich ganz von ihr, weil ich sonst nie hätte aufhören können, und robbte bis zum Ende des Bettes, um nach meiner Gitarre zu greifen. Als ich mir den Gurt um die Schulter legte, setzte sich Camille auf und lehnte sich ans Kopfteil meines Bettes.

»Wenn du mich weiterhin so ansiehst, wird es bloß ein

halber.« Ich grinste, obwohl ich es todernst meinte. Ihr Blick lag viel zu intensiv auf mir.

Kurz überlegte ich, mich neben sie zu setzen, stattdessen blieb ich am Fußende, kreuzte meine Beine in den Schneidersitz und hoffte, dass das, nur mit dem Handtuch bekleidet, nicht komplett lächerlich wirkte. Für einen kurzen Moment stand eine Frage in Camilles Augen geschrieben, doch ich konnte ihr nicht erklären, warum ich nicht näher zu ihr rückte.

Als ich ihr gesagt hatte, dass ich normalerweise nur für mich oder meine Familie sang, war das die Wahrheit. Es lag aber nicht daran, dass ich mich vor Publikum nur auf meine Gitarre konzentrieren wollte. Es lag daran, dass Singen für mich intimer war, als nackt neben jemandem im Bett aufzuwachen. Obwohl ich nicht einmal meine eigenen Texte schrieb, fühlte es sich an, als würde ich mein Innerstes schutzlos jedem, der mit zuhörte, ausliefern. Dabei war es egal, ob ich ein tiefgründiges Lied oder einen nichtssagenden Charthit sang. Ich hatte keine Ahnung, warum das so war oder ob Blake sich genauso fühlte, und ich hatte Angst, er würde mich nicht verstehen, wenn ich ihn danach fragen würde.

Probehalber schlug ich ein paar Akkorde eines Liedes an, das ich in- und auswendig konnte, weil meine Großmutter damit bei uns in Dauerschleife das Haus beschallt hatte. Außerdem wusste ich, dass es Camille gefallen würde.

Erst nachdem ich die ersten Zeilen gesungen und so getan hatte, als müsse ich mich auf meine Finger konzentrieren, wagte ich es, aufzusehen. Camille lehnte nicht mehr an dem hellen Kopfteil meines Bettes, sondern hatte sich aufgerichtet und sah mich aus ihren großen blauen Augen an. Besser gesagt, sie sah direkt in mich hinein. Ihr Blick war so dunkel und durchdringend, dass ich kurz Angst hatte, sie würde den Text verstehen, der zwar furchtbar kitschig war, trotzdem irgendwie auf sie – auf uns – zutraf.

Ich kam gerade einmal bis zum ersten Refrain, da krabbelte Camille mitsamt ihrer Decke näher auf mich zu, bis mir der Duft meines Duschgels auf ihrer Haut in die Nase stieg. Ich schaffte es, mich auf zwei weitere Zeilen zu konzentrieren, auch wenn es bei mir eher wie eine Ballade als ein fröhlicher Popsong klang.

Sé que sientes mariposas, yo también sentí sus alas,
déjame robarte un beso que te enamore y tu no te vayas.

Ich wurde immer langsamer, bis ich schließlich verstummte, obwohl das Lied noch nicht zu Ende war. Auf meine Gitarre gestützt sah ich Camille in die Augen, die mich immer noch regungslos betrachtete.

»Ich habe doch gesagt, wenn du mich so ansiehst, kann ich nur den halben Song singen.«

Sie schob die untere Lippe über die obere und ich war mir sicher, sie war sich nicht einmal bewusst, wie unglaublich süß sie in diesem Moment aussah.

»Was bedeutet das?« Sie lehnte sich zu mir.

»Ich dachte, es ist nicht wichtig, Hauptsache es ist Spanisch. Vielleicht habe ich über ein grünes Blatt gesungen, das auf den Boden fällt, und eine Katze, die damit spielt.« Ich versuchte, locker zu klingen, aber die Stimmung war viel zu aufgeladen.

»Nicht, wenn du es *so* singst.« Sie zupfte an ihrer Decke. »Als würdest du es für mich singen.«

»Ich habe es für dich gesungen, Camille.« Ich rückte ein Stück näher an sie, bis nur noch die Gitarre zwischen uns war. »Du hast mich schließlich darum gebeten.«

»Leo.« Ihre Stimme wurde ungeduldig. »Du weißt, was ich meine.«

»Okay … es geht nicht um ein grünes Blatt und um eine Katze, trotzdem ist es kitschig. Vor allem, wenn man es übersetzt.« Meine Stimme klang gequält. Sie hatte recht. Ganz vielleicht hatte ich das Lied ausgewählt, weil der Text ein bisschen auf uns zutraf, aber wenn ich ihr die Worte auf Englisch übersetzte, wäre das furchtbar peinlich für mich.

»Bitte.« Sie legte den Kopf schief und nahm meine Hand, die noch immer den letzten Akkord griff, und jeglicher Widerstand schien sich aus meinem Körper zu verabschieden.

»Ich weiß, dass du die Schmetterlinge spürst, auch ich spüre ihre Flügel. Schenke mir einen Kuss, damit du dich verliebst und mich nicht verlässt.« Ich kniff die Augen zusammen, weil ich nicht glauben konnte, wie schlimm sich Übersetzungen von Liedtexten manchmal anhören konnten. Hätten *Carlos Vives* und *Sebastián Yatra* das Lied auf Englisch geschrieben, wäre es garantiert ein Flop geworden. Camille grinste, aber ich sah, dass sich ihre Wangen rosa gefärbt hatten. Vielleicht konnte sie die kitschigen und absolut klischeehaften Schmetterlinge genauso fühlen wie ich.

»Weiter«, flüsterte sie, ließ meine Hand los und ich wusste, dass sie nicht die Übersetzung meinte.

Déjame robarte el corazón,
déjame escribirte una canción.
Déjame que con un beso nos perdamos los dos.

Ich schlug die Akkorde nur halbherzig an und sprach mehr, als dass ich sang, bevor ich wieder verstummte.

»Zwei von den drei Sätzen stimmen.« Ich legte die Gitarre zur Seite und zog Camille an mich. Wer hätte gedacht, dass es ausgerechnet ein alternder Latino-Popstar schaffen würde, mir den Mut zu geben, mich Camille so weit zu öffnen, dass es kein Zurück mehr gäbe. Sie schlang die Arme um mich und sah mich abwartend an.

»Lass mich dein Herz stehlen, lass mich dir einen Song schreiben.« Mit jedem Wort näherte ich mich ihrem Gesicht und plötzlich war es mir ganz egal, wie schrecklich der Text sich in der Übersetzung anhörte. »Lass mich dich küssen, damit wir uns verlieren können.«

»Darf ich mir aussuchen, welche davon wahr werden?« Ich spürte ihren Atem auf meinem Gesicht, als ich über ihre Wangen strich.

»Du kannst es versuchen, aber ich glaube nicht, dass ich in der Lage bin, dir einen eigenen Song zu schreiben.« Ich erwartete, dass Panik über mich hereinbrach, weil sie mit diesem Geständnis endgültig und unumstößlich wusste, dass mir all das mehr bedeutete als eine kurze Flucht vor der Realität.

»Gut.« Ihre Lippen berührten meine und fast hätte ich protestiert, als sie wieder ein wenig Abstand zwischen uns brachte. »Das ist auch das Einzige der drei Dinge, die ich nicht will. Es gibt schon genug Lieder.«

Sie hatte die Worte kaum zu Ende gesprochen, da hob ich sie samt ihrer Decke hoch, bevor ich sie auf das Bett legte und vorsichtig über sie glitt. Mein Handtuch verrutschte gefährlich weit nach unten, aber das war mir egal. Es zählte nur, dass ich Camille so nahe wie möglich sein konnte und dass sie das Gleiche wollte.

»Ich muss dir noch etwas sagen.« Dieses Mal war ich es, der wieder Abstand zwischen uns brachte. Sie schnaubte unwillig, doch ich hatte das Gefühl, dass sie es unbedingt wissen musste.

»Das war auch ein erstes Mal für mich.« Ich küsste ihre Wange, als sie ihre Brauen verwirrt zusammenzog.

»Dass du halbnackt singst?« Ich hörte den amüsierten Unterton in ihrer Stimme.

»Dass ich für eine Frau singe.« Ich strich ihr die mittlerweile fast getrockneten Haarsträhnen, die ihr Gesicht in sanften Wellen umspielten, aus dem Gesicht und sah zu, wie ihre Augen erst größer wurden und dann aufleuchteten. Sie gab mir keine Antwort, das musste sie auch nicht. Das Strahlen, das so gut zu dem tiefen, sanften Blau passte, sagte so viel mehr als alle Worte. Und wenn noch der Rest eines Zweifels aufflackerte, wurde der mit dem nächsten Kuss, den sie mir gab, zu Asche gemacht.

Und da war es wieder, mein Herz, das so glücklich war, dass es sich eigentlich selbst überschlagen musste. Stattdessen schlug es fest, aber ruhig in meiner Brust, sobald ich Camille nahe war. Und dieses Gefühl war so viel besser als temporäres Herzklopfen.

33

Leo

»Wieso machst du mich nur so verrückt?« Ich war mir nicht sicher, ob ich die Worte zu Camille, zu mir selbst oder irgendwie zu uns beiden sagte. Ich ließ sie keine Sekunde lang aus den Augen, als sie ihre Hände an meinem Oberkörper hinabgleiten ließ, um sie dann um meinen Rücken zu schlingen und mein Becken an ihres zu pressen.

»Darüber können wir morgen nachdenken.« Sie versuchte sich aus der Decke zu winden, ohne mich loszulassen. Nur zu gerne war ich bereit, ihr zu helfen, obwohl mein verdammt vernünftiges Gehirn jetzt schon Angstzustände an meinen restlichen Körper sendete, weil ich keine Ahnung hatte, wie unsere Welt morgen aussehen würde.

Trotzdem waren andere Synapsen stärker und Camille machte es mir leicht, mich wieder ganz auf sie zu konzentrieren. Als ihre Hände forsch über meinen Hintern und dann über die Innenseiten meiner Oberschenkel wanderten, legte sie einen Schalter in mir um. Den, der für meine höfliche Zurückhaltung verantwortlich war. Ich zerrte an der Decke, bis sie nackt unter mir lag, und meine Hände fuhren wie im Rausch wieder und wieder ihre Kurven nach. Fühlten ihre weiche Haut und die Hitze, die von ihr ausging. Dass ihr Atem mit jeder meiner Bewegungen schneller wurde, half nicht gerade dabei, die Erregung, die sich aufgestaut hatte, in Schach zu halten. Ohne es zu merken, hatte ich angefangen, mein Becken auf ihr zu bewegen, bis sich mein Handtuch von den Hüften löste und ich es mit einer fahrigen Bewegung achtlos auf den Boden warf. Ich wollte sie komplett spüren. Alles von ihr. Meine Küsse wurden drängender und ich presste meinen Körper gegen ihren, wollte, dass jeder Zentimeter meiner Haut von ihrer berührt wurde. Als ich mein Bein zwischen ihre schob und mich gegen ihre Mitte drückte, erstickte nur mein Mund ihr Stöhnen.

Es machte mich verrückt, zu wissen, dass sie mich wollte. Zu spüren, wie ihre Hände meinen Körper mit jeder Sekunde drängender liebkosten. Wie sie ihren Rücken durchbog. Indem sie mir zeigte, dass sie mich so sehr wollte wie ich sie, steigerte sie meine Lust ins Unermessliche.

»Camille, ich …« Ich wollte sie stoppen, als sie mit einer Hand zwischen unsere Körper fuhr, aber als sie meine Härte umfasste, wusste ich plötzlich nicht mehr, wieso. Als sie ihre Hand langsam bewegte, zuckte ich am ganzen Körper. Ich vergrub mein Gesicht an ihrem Hals, sodass ihre Haare mein Stöhnen fast verschluckten.

Ich war ihr so nah, dass ich spürte, wie feucht und bereit sie für mich war, und als sie mich losließ und mir ihr Becken entgegendrängte, verstand ich, was sie wollte. Gleichzeitig erinnerte ich mich wieder daran, warum ich sie aufhalten musste.

»Camila, warte …« Meine Hände glitten über ihre Schultern, an ihren Hals.

»Ich will das, Leo. Dich.« Ihre Stimme war so rau und voller Verlangen, dass ich meinen Blick kurz von ihr abwenden musste, um mich zu konzentrieren.

»Ich … das meinte ich nicht.« Wieder stöhnte sie unter mir, aber als ich mich nicht mehr bewegte, öffnete sie die Augen. Sie waren verschleiert vor Lust und ich konnte nicht glauben, dass ich nicht weitergehen konnte.

»Ich bin nur gut vorbereitet, wenn es um Maya geht. Das hier …« Ich legte eine Hand an ihre Wange. »Habe ich nicht geplant.«

Es dauerte ein paar Sekunden, bis sich in ihren Augen Enttäuschung und Unglauben breitmachte.

»Ich habe keine Kondome hier«, fügte ich unnötigerweise hinzu.

»Was? Gehört das nicht eigentlich zur Grundausstattung eines jeden Studierenden?« Sie klang unwillig und wäre ich nicht selbst so enttäuscht, würde ich mich wahrscheinlich darüber freuen, dass sie die Tatsache, nicht mit mir schlafen zu können, so sehr traf.

»Warum sollte ich Kondome hier haben, wenn ich sie nie benutze? Das wäre, als hätte ich einen Haarglätter hier, den ich niemals brauchen werde.« Sarkasmus war in diesem Moment eigentlich fehl am Platz, aber ich hatte keine Ahnung, wie ich mit der Situation umgehen sollte.

Für den Bruchteil einer Sekunde umspielte ein zufriedenes Lächeln Camilles Mund und ich erlaubte mir den zugegebenermaßen etwas eingebildeten Gedanken, dass es sie treffen würde, wenn ich regelmäßig Kondome bräuchte, obwohl es zu dieser Annahme eigentlich keinen Grund gab.

»Sorry.« Sie änderte ihre Position unter mir, und obwohl die Stimmung eigentlich weg sein sollte, war mein Körper ganz anderer Meinung. »Ich hänge zu viel mit Pit und Blake herum, die haben an jedem erdenklichen Ort Kondome versteckt, damit ihnen so etwas nicht passiert.« Sie zuckte mit den Schultern und sah mich fragend an.

»Was soll ich sagen?« Ich zeigte zwischen unseren nackten Körpern hin und her. »Mir passiert so etwas nie. Ich wüsste nicht, warum und wo ich Kondome verstecken sollte.« Ich wollte mich gerade von ihr herunterrollen, da wurden ihre Augen wieder größer und die Enttäuschung darin wich etwas anderem.

»Blakes Gitarre!«, rief sie fast schon euphorisch, als müsste ich verstehen, was sie meinte. Als ich nicht reagierte, wand sie sich unter mir. »Blake hat Kondome in seiner Gitarrentasche. Pit hat ihm den Tipp gegeben, nachdem Blake sich beschwert hatte, dass er nach einem Auftritt endlich irgendeinem seiner Kommilitonen nähergekommen war, mit dem er schon wochenlang im Computer-Lab geflirtet hatte, und dann kein Kondom dabeihatte und er später nie wieder eine Chance bei ihm hatte. Seitdem hat er immer welche in seiner Gitarrentasche.«

Noch während sie den letzten Satz beendete, rollte ich mich vom Bett und hetzte in den Flur, als würde mein Leben davon abhängen. Normalerweise war ich keiner der Typen, bei denen Sex einen besonders großen Stellenwert im Kopf einnahm. Ich konnte sehr gut ohne und wäre nie im Leben auf die Idee gekommen, Kondome nur für den Fall zu kaufen, dass ich mit irgendeiner Frau, die ich auf einer Party oder in der Vorlesung kennengelernt hatte, schlafen wollte. Ich wusste, dass dieser Fall nicht eintreten würde. Und dann kam Camille. Und änderte alles.

Wie sehr ich mit ihr schlafen wollte, wurde mir noch einmal bewusster, als ich nach zwei Anläufen den Reißverschluss von Blakes Tasche aufriss und tatsächlich ein

Kondom fand. Fast hätte ich einen spontanen Freudentanz aufgeführt, wenn sich nicht jede Minute weg von Camille wie absolute Zeitverschwendung angefühlt hätte.

»Erinnere mich daran, mich bei Blake zu bedanken.« Ich war fast außer Atem, als ich mich wieder zu Camille aufs Bett warf und das Kondom triumphierend in die Luft hielt. Sie zog skeptisch die Brauen zusammen und ich lachte leise, während ich mich langsam wieder über sie beugte.

»Keine Sorge, ich werde mich *nicht* bei Blake dafür bedanken, dass er mir ermöglicht hat, mit dir zu schlafen.« Ich gab ihr einen Kuss auf die Stirn und kurz schloss sie die Augen.

»Können wir jetzt vielleicht aufhören über Blake zu sprechen?« Sie schlang die Arme um mich und presste ihre Lippen auf meine und eine Sekunde später dachte ich nur noch an Camille.

»Leo?« Camille lehnte im Türrahmen und lächelte mich an. Und ich fragte mich, ob das Universum nicht doch vielleicht einen größeren Plan verfolgte, auf den wir keinen Einfluss hatten.

Es war Sonntagmorgen und ich befand mich mitten in einem Déjà-vu. Oder nannte man das anders, wenn man eine Situation noch einmal erlebte, nur in einer verbesserten Form? So ging es mir nämlich in diesem Moment, in dem ich mich zu Camille umdrehte. Wie vor ein paar Wochen stand sie fast schüchtern im Türrahmen zur Küche und musterte mich. Genau wie damals trug sie mein viel zu großes Sweatshirt und ihre zerzausten Haare flogen ihr ums

Gesicht. So viel zu dem Part, der sich wie ein Déjà-vu anfühlte. Der Unterschied zum letzten Mal aber war, dass ich den Wunsch, sie käme direkt aus meinem Bett, so weit wie möglich von mir weggeschoben hatte. Niemals hätte ich ahnen können, dass genau dieses Szenario wahr werden und sogar besser als in meinen Gedanken sein könnte.

»Bevor du fragst, was ich mache. Ich mache Frühstück. Na ja, oder Mittagessen.« Ich grinste. Ob sie sich wohl erinnern konnte, dass sie mich genau danach das letzte Mal gefragt hatte? Sie sah sich in meiner kleinen Wohnung um, bis ihr Blick am Wohnzimmerfenster hängen blieb.

»Wie spät ist es denn schon?« Sie biss sich auf die Unterlippe, als hätte sie auf einmal ein furchtbar schlechtes Gewissen.

»Kurz nach elf und bevor du Panik bekommst«, ich machte einen Schritt auf sie zu, »deine Mitbewohnerinnen wissen, wo du bist.«

»Sag mir bitte nicht, du hast in den Gruppenchat geschrieben, dass ich bei dir geschlafen habe.« Sie kniff die Augen zusammen und ging dann in die Hocke, um Maya zu kraulen, die mich vor einer Stunde geweckt hatte. Man konnte ihr wirklich keinen Vorwurf machen, normalerweise stand ich spätestens um sieben auf, um sie zu füttern. Dafür, dass sie heute so viel länger warten musste, war sie wahnsinnig geduldig, oder höflich, wie Camille sagen würde.

»Glaubst du wirklich, ich würde das in den Gruppenchat schreiben? Vielleicht noch mit einem Selfie von uns im Bett und einem kurzen Danke an Blake, dafür, dass er so gerne Sex nach Auftritten hat?« Ich machte einen weiteren Schritt auf sie zu. »Sie wissen, dass ich dich abgeholt habe und du hier geschlafen hast. Nicht mehr und nicht weniger. Aber das musste ich ihnen sagen, sie wären sonst ausgeflippt. Zu Recht.«

Camille zog am Saum meines Hoodies, der ihr nur knapp bis über den Po reichte und so freie Sicht auf ihre Beine bot.

»Dir ist klar, dass sie sowieso ausflippen werden, oder? Wenn auch aus anderen Gründen.« Ich konnte nicht richtig deuten, ob sie diese Tatsache amüsant oder beunruhigend fand.

»Tja, sie haben mir keine andere Wahl gelassen, bis ich zugestimmt habe, zum sonntäglichen Filmabend mitzukommen, und mir erlaubt, dich bis dahin bei mir zu behalten.« Ich ging einen Schritt auf sie zu und lächelte sie an. »Wenn du das willst, natürlich.«

Sie stand immer noch im Türrahmen und strich sich jetzt fast schüchtern die blonden Strähnen aus dem Gesicht.

»Wenn nicht, dann ist das auch okay. Du musst nicht einmal auf dem Sofa neben mir sitzen, wenn dir das unangenehm ist.« Ich blieb stehen, weil ich nicht genau deuten konnte, was sie fühlte.

»Ich … Du bist mir nicht unangenehm, Leo.« Sie stieß sich von der Tür ab.

»Gut, ich würde nämlich sehr gerne neben dir auf dem Sofa sitzen.« Endlich fand ich den Mut, meine Hände an ihre Taille zu legen, und zog sie langsam näher. Ich wusste nicht, wie ich reagiert hätte, wenn sie sich nicht in meine Arme hätte sinken lassen. Wenn sie nicht ihre Hände um meinen Nacken geschlungen und mich angelächelt hätte. So wie sie es immer tat, bevor sie mich küsste. Mit diesem unwiderstehlichen Lächeln, das ich mit Worten niemals beschreiben könnte. Nicht einmal mit tausend kitschigen Latino-Popsongs. Es war so warm, dass es fast grausam wäre, es nicht küssen zu können, und es ließ mich vergessen, dass die Realität irgendwo da draußen auf uns wartete.

34

Leo

»Okay, Kian: Würdest du von einer komplett verrückten und zwanghaften Person lieber geliebt oder gehasst werden?« Blake grinste in die Runde, während Kian sich einen Klaps von Addie einfing, als er sie mit einem eindeutigen Blick ansah.

Es war Abend geworden und Camille und ich waren erst aufgebrochen, als im Sekundentakt Nachrichten auf unseren Telefonen eingegangen waren und wir keinen brauchbaren Vorwand gefunden hatten, um nicht am sonntäglichen Filmabend teilzunehmen, der – wie mir Camille erklärte – ein sehr ernstes Ritual war. Ich war noch keine fünf Minuten in der Wohnung der Mädels, und so gerne ich mit Camille allein war, so froh war ich, dass wir keine Ausrede gefunden hatten. Mit der ganzen Clique im Wohnzimmer zu sitzen und über alles und nichts zu sprechen, zu lachen und einfach nur zusammen zu sein, während keiner sich länger als eine Sekunde auf den Film konzentrierte, von dem ich nicht einmal wusste, wie er hieß, wurde sofort eine meiner liebsten Collegeerfahrungen. Nach der Zeit mit Camille natürlich.

Wir hatten sogar Maya unerlaubterweise mitgenommen

und sie schien sich in all dem Trubel sehr wohlzufühlen, auch wenn sie mit mir an ein ruhigeres Leben gewohnt war. Es war fast so, als wäre sie genauso froh wie ich, dass es nicht mehr nur uns beide gab. Nachdem sie sich von jedem ausgiebige Streicheleinheiten abgeholt hatte, lag sie nun neben der kleinen Küchentheke und genoss es, einfach nur dabei zu sein.

»Hmm … da ich mich hier in Gesellschaft von einigermaßen verrückten Personen befinde, würde ich sagen: geliebt werden.« Kian lachte.

»Wer hat gesagt, dass du von jedem hier geliebt wirst?« Rylan warf ihm ihren besten gruseligen Blick zu, bevor sie ihr Lachen nicht mehr unterdrücken konnte, und sah dann auffordernd zu mir.

»Und du, Leo?« Rylan hob eine Braue.

»Ich glaube, egal wofür ich mich entscheide, am Ende des Tages würde man meine Leiche wohl mit abgezogener Haut finden.« Ich zuckte mit den Schultern und konnte nicht glauben, dass es Leute gab, die über Dinge, die ich gesagt hatte, aufrichtig lachten. Die mich überhaupt dabeihaben wollen.

»Wow, das ist irgendwie eine viel zu gruselige und präzise Antwort.« Rylan schüttelte sich, als würde sie sich vor ihrem inneren Auge wirklich gerade vorstellen, wie ich gehäutet werde.

»Sorry, ich hab eine blühende Fantasie.«

»Wohl eher eine düstere«, lachte sie, bevor sie weitersprach.

»Okay, ich bin dran. Camille: Würdest du lieber für den Rest deines Lebens mit dem Gefühl herumlaufen, dass du ein kleines Steinchen im Schuh hast, oder mit dem Gefühl, für immer diese kleine Schale vom Popcornmais zwischen den Zähnen zu haben?« Durch die ganze Gruppe ging ein kollektives Raunen, nur Camille schien gar nicht zugehört zu haben.

»Egal welches, wenn eines dieser beiden Dinge eintritt, hoffe ich, ich bedeute euch genug, dass ihr mich von meinen Qualen erlöst.« Pit, der neben mir und Camille auf dem kleinen grauen Sofa saß, das ohne die vielen Kissen wahrscheinlich Platz für eine weitere Person geboten hätte, warf theatralisch die Hände in die Luft. Camille hingegen schien so sehr in Gedanken zu sein, dass sie nicht einmal das merkte.

Ich hatte registriert, dass sie im Laufe der Zeit immer ruhiger geworden war, und das trotz der ausgelassenen Stimmung. Niemand machte eine Bemerkung darüber, dass wir offensichtlich die Nacht zusammen verbracht hatten, und keiner schien es komisch zu finden, dass zwischen Camille und mir auf einmal alles anders war. Sie nahmen es so selbstverständlich hin, dass wir erst nach Einbruch der Dunkelheit gemeinsam aufgetaucht waren, als wäre das schon hundert Mal passiert. Auch wenn wir uns in der Gesellschaft unserer Freunde anders verhielten – wir saßen zwar nebeneinander, dennoch wagte ich es nicht, ihre Hand zu nehmen –, wusste ich, dass die anderen verstanden. Mehr noch, sie schienen es gut zu finden.

»Hey. Alles okay?« Ich berührte sie zum ersten Mal, seit wir die Wohnung betreten hatten, am Arm und erst dann reagierte sie.

»Was? Ja. Ich muss nur schnell aufs Klo.« Sie wartete keine Antwort ab, sondern stand auf und verschwand in dem kleinen Flur, ohne sich umzudrehen. Während ich ihr perplex hinterherstarrte, stand Maya auf und tapste in die gleiche Richtung.

»Ähm … vielleicht sollte ich …« Ich beendete den Satz nicht, aber Pit und Addie nickten mir beide so aufmunternd zu, dass ich, ohne groß darüber nachzudenken, aufstand und das Wohnzimmer verließ.

»Camila.« Sie war nicht aufs Klo gegangen, auch nicht in ihr Zimmer. Sie hockte im Flur vor Maya und hatte die Hände in ihrem Fell vergraben.

»Was ist los?« Ich machte einen Schritt auf sie zu.

»Nichts«, murmelte sie mehr zu Maya als zu mir und plötzlich beschlich mich ein mulmiges Gefühl. War es das gewesen? War unsere Zeit fernab der Realität abgelaufen und all das, was wir hatten, damit Geschichte?

»Camila.« Ich ging noch einen Schritt auf sie zu, bis sie endlich zu mir aufsah. Ihre Wangen waren rosa und in ihren Augen konnte ich immer noch das Funkeln sehen. Trotzdem wirkte sie jetzt, bei Tageslicht und ohne die ganzen Hormone, die uns letzte Nacht fest im Griff hatten, distanzierter. Fast ängstlich.

Ich ging vor ihr in die Hocke und Maya legte mir ihre Schnauze auf die Knie.

»Die Realität«, antwortete Camille, als hätte ihr das Wort schon auf der Zunge gelegen.

»Das Wochenende ist noch nicht vorbei.« Ich wusste, dass sie recht hatte, und ich wusste auch, dass ich ihr und den Tatsachen auswich, aber ich konnte nicht anders.

»Leo!« Sie schüttelte unwillig den Kopf und so sehr ich es normalerweise liebte, meinen Namen aus ihrem Mund zu hören, so wenig mochte ich es, wenn dieser gequälte Unterton in ihrer Stimme mitschwang.

»Ich … ich … habe Angst.« Sie presste diese Worte hervor. »Dass es falsch ist, wenn es zu schnell geht.« Sie blinzelte, als wäre sie von ihren eigenen Worten überrascht.

»Hast du nur Angst davor oder geht es dir wirklich zu schnell?« Ich griff nach ihrer Hand.

Sie brachte bloß ein leises »Nein« über die Lippen, aber ich verstand genau, was sie meinte.

»Dann ist es auch nicht falsch.« Ich hoffte inständig, dass ich ihr die Zweifel nehmen konnte. »Du darfst dir doch nicht schon vorher alles kaputt machen, Camille.« Ohne zu überlegen, stand ich auf und zog sie mit mir nach oben. Obwohl meine Worte bei ihr anzukommen schienen, fühlte ich mich ein wenig wie ein Heuchler. Ich war derjenige, der dringend mal ein bisschen nachdenken sollte, statt hier so großspurige Sätze zu schwingen. Ich war auch derjenige, der mindestens doppelt so viel Angst haben sollte, in die Realität zurückzukehren. Trotzdem war ich auch derjenige, der mit aller Kraft versuchen wollte, Camille bei sich zu halten.

»Es ist nur, irgendwie geht es so schnell. Bis gestern war ich noch der Meinung, eine funktionierende Beziehung zu haben, und heute wache ich in einem fremden Bett auf. Das passt doch gar nicht zu mir.« Sie blickte entschuldigend zu mir hoch, doch ich konnte nicht verbergen, wie weh mir ihre Worte taten. Auch wenn sie nicht unrecht hatte.

»Wenn du das so sagst, dann …«

Sie unterbrach mich.

»Ich sage das nicht nur so. Ich sage nur, was passiert ist.« Sie presste die Lippen aufeinander.

»Camille, dir ist klar, dass nichts, was zwischen uns gestern passiert ist, falsch war, oder? Solange du es nicht bereust, war nichts davon falsch.« Ich konnte nicht glauben, dass sie als Antwort lediglich mit den Schultern zuckte.

»Ich bereue nichts, Leo. Aber so schnell nach … nach Bryson …« Dieses Mal war ich es, der sie unterbrach.

»Du musst aufhören, alles automatisch mit Bryson zu verbinden. *ER* hat dich betrogen, *ER* hat dich manipuliert und ausgenutzt. *ER* hat dich verdammt noch mal gehen lassen. Was willst du denn noch für Beweise, dass nichts davon deine Schuld ist? Verdammt Camille. Wenn du dich schlecht fühlst, weil du mit mir geschlafen hast oder weil du dich mir anvertraut hast oder sonst etwas, dann okay. Richte deine Wut von mir aus auf mich. Aber hör endlich auf, dich so zu quälen, ich kann das nicht mitansehen.« Ich machte einen Schritt zurück und wie von selbst fingen meine Hände an zu gestikulieren.

Camille klappte den Mund auf und wieder zu. Sie schüttelte den Kopf und sah mich dann wieder an, doch die richtigen Worte kamen ihr nicht über die Lippen.

»Nichts zwischen uns muss schnell gehen, okay? Wir können zusammen abhängen, laufen oder mit Maya spazieren gehen und einfach Freunde sein, okay? Weißt du noch, was ich vor ein paar Wochen zu dir gesagt habe?«

»Das es Bullshit ist, wenn ich sage, dass wir keine Freunde sind?« Sie lächelte und automatisch ging ich wieder einen Schritt auf sie zu.

»Ich weiß, ich sage viele schlaue Dinge, aber ich meine etwas anderes.« Ich legte ihr meine Hände an die Wangen, als sie spielerisch mit den Augen rollte. »Ich will in deinem Leben sein, Camille. Egal wie groß der Platz ist, den du mir darin einräumst. Wir können zumindest Freunde sein. Erst mal.« Ich wagte es nicht, sie zu küssen, weil ich nichts überstürzen und unbedingt ihre Antwort hören wollte.

»Du musst damit aufhören, Leo!«, wiederholte sie den Satz, den ich gestern zu ihr gesagt hatte.

»Was mache ich denn?« Ich merkte, wie mein Grinsen breiter wurde.

»Du musst damit aufhören, immer das Richtige zu sagen, damit ich nirgends anders sein will als bei dir.« Sie hatte den Satz kaum zu Ende gesprochen, da war es mit meiner Zurückhaltung endgültig vorbei. Ich zog sie in meine Arme und vergrub mein Gesicht in ihren Haaren.

»Es ist trotzdem immer noch Bullshit«, murmelte sie an meine Schulter. »Wir waren schon immer etwas anderes als Freunde. Das ist es ja, was es so kompliziert macht.«

35

Leo

Die nächsten Tage vergingen und ich fühlte mich, als wäre eine Hälfte von mir immer noch in der *Camille-und-Leo-Bubble* und die andere in der Realität.

In der Blase ging ich mit Camille laufen oder zeigte ihr ein paar einfache Yogaübungen für ihren Rücken und ihre Atmung, die immer damit endeten, dass mir selbst der Atem fehlte, wenn sie mich küsste. In diesen Momenten war Camille lockerer. Mehr sie selbst. Sie dachte nicht lange über jedes Wort, das sie sagte, und alles, was sie tat, nach. Vielmehr öffnete sie sich und erzählte mir sogar, dass sie Bryson ignorierte, obwohl er hartnäckig den Kontakt zu ihr suchte.

»Vielleicht will er nur seinen Autoschlüssel wieder. Oder dir deine Tasche zurückbringen«, gab ich einmal zu bedenken, obwohl ich mir überhaupt nicht vorstellen wollte, dass Camille diesem Arschloch auch nur näher als zwei Meter kam. Nichts in ihrer Tasche konnte so wichtig sein, dass es ein Treffen mit ihm rechtfertigen würde, und Bryson hatte bestimmt einen Ersatzschlüssel. Camille zuckte daraufhin mit den Schultern und insgeheim war ich froh, dass sie ihn lieber ignorierte, statt sich mit ihm auseinanderzusetzen. Obwohl ich genau wusste, dass es der falsche Weg war.

»Schreibst du mir eigentlich keine Post-its mehr?« Es war später Mittwochnachmittag und Camille begleitete mich und Maya vom *Mug Café* nach Hause. Es war zu einer schönen kleinen Tradition geworden, dass wir uns zum Lernen vor das Café setzten, damit ich Maya mitnehmen konnte. Unsere Anwesenheit schien so selbstverständlich geworden zu sein, dass es niemanden störte, Rücksicht zu nehmen. Jeden Tag fühlte ich mich mehr wie ein richtiger Bestandteil der Gruppe. Sogar die Fannings hatten angefangen, immer ein paar Leckerlis für Maya bereitzustellen, und ich konnte nicht glauben, wie viel Glück ich hatte.

Vielleicht war es so mit dem Glück. Man konnte es nicht ein ganzes Leben lang haben, sondern immer nur phasenweise. Als müsste man erst ein Pfand in Form einer dunklen Zeit hinterlegen, damit man es richtig wertschätzte. Und ich schwöre, bei mir funktionierte dieses System. Nichts von dem, was passiert war, seit ich in *Elbury Park* ankam, war für mich selbstverständlich und ich wollte jeden Tag am liebsten in meinem Gedächtnis speichern. Für die nächste schlechte Phase, von der ich mir sicher war, dass sie irgendwann kommen würde.

»Ich weiß nicht, du sprichst doch jetzt freiwillig mit mir.« Ich berührte sie mit meiner Schulter und am liebsten hätte ich den Arm um sie gelegt, aber so weit waren wir noch nicht. Das, was Camille gesagt hatte, hätte nicht wahrer sein können: Wir waren niemals nur Freunde und das war es, was es so verdammt kompliziert machte. Wir hatten kopfüber angefangen und wussten beide nicht, wie wir damit umgehen sollten.

Wir lebten vielleicht wieder in der Realität, aber nicht

zusammen. Zusammen waren wir immer noch in unserer Blase. Dort fühlte es sich richtig an, mit ihr zusammen zu sein. Dort konnte ich unbeschwert ich selbst sein. Ich hatte keine Hemmungen, sie zu küssen, mit ihr zu scherzen und zu lachen. Doch wenn wir nicht allein waren, waren wir in der Realität. Wir hielten Abstand, aus Angst, was passieren könnte, wenn wir es nicht täten.

»Ich vermisse sie trotzdem.« Camille zuckte mit den Schultern.

»Wer hätte das gedacht?« Ich lächelte sie an. »Gut, dass ich zwei ganze Blöcke aus dem Café mitgenommen habe.«

Camille nickte zufrieden und ich fragte mich, wie lange es so weitergehen könnte. Wie lange wir es in diesem Status, in dem sich alles nur so halbrichtig anfühlte, noch aushalten würden. Ich hätte nicht darüber nachdenken sollen.

Aber als ich begann, das Glück, von dem ich nie gedacht hätte, es in Camille zu finden, zu genießen, beschloss das Universum, dass mein Konto leer war.

Und dann platzte sie. Die Blase, die vielleicht gar nicht mehr hätte existieren sollen und in der ich mich versteckt hatte, weil ich so verdammte Angst hatte. Ich hatte nicht mehr die Chance, sie auf die Realität auszuweiten, weil diese mitsamt ihren unbequemen Wahrheiten vor mir stand und alles zerstörte.

Ich erkannte Lucys hellbraune, viel zu lange und zu glatte Haare, noch bevor ich ausmachen konnte, dass sie sich auf den Stufen meines Wohngebäudes mit Blake unterhielt. Sie hatte die gleiche aufrechte Haltung, die immer ein bisschen angespannt wirkte, und redete auf Blake ein, der die Arme vor der Brust verschränkt hatte.

In derselben Sekunde wandten sich beide in unsere Richtung. Mein Blick lag auf Camille, die erst mit ein wenig Verzögerung merkte, dass ich stehen geblieben war. Sie drehte sich zu mir um und legte den Kopf schief.

»Es tut mir so leid, Camila«, flüsterte ich, aber ich wagte es nicht, ihr in die Augen zu sehen.

»Wovon redest du, ich …« Sie verstummte, als mein Name viel zu laut aus Lucys Mund zu uns drang und meine Ex-Freundin mit schnellen Schritten auf uns zukam. Ich blickte an ihr vorbei zu Blake, der sichtlich verwirrt am Eingang stand, und hoffte, dass sie ihn nur nach dem Weg gefragt hatte.

»Leo.« Wieder klang mein Name viel zu falsch, wenn Lucy ihn mit ihrer lauten Stimme aussprach, die wie immer keine Widerrede zuließ. »Wir müssen reden.«

Kein »Hi, Leo«, keine Erklärung. Nur ein Befehl. Lucy schien sich in den letzten zwölf Monaten kein bisschen verändert zu haben. Paradoxerweise mochte ich früher genau dieses wahnsinnige Selbstbewusstsein und diese natürliche Führungsstärke an ihr; wahrscheinlich weil ich genau das Gegenteil davon war.

Camille sagte nichts, in ihren Augen lagen all die Fragen, die ich ihr schon längst hätte beantworten sollen. Als sie erst zu Lucy, die die Arme vor der Brust verschränkt hatte, und dann wieder zu mir sah, war mir sofort klar, was sie dachte. Das war sie, die Wahrheit, die immer zwischen uns stand. Und dort vielleicht immer stehen würde, weil Lucys Anwesenheit mich unausweichlich daran erinnerte, dass ich meinen Schmerz nur verdrängt hatte. Nie zugelassen.

Ich hatte keine Ahnung, wie viel Zeit vergangen war. Es schien, als hielte die ganze verdammte Welt den Atem an.

»Hi, ich bin Lucy.« Sie streckte Camille doch tatsächlich die Hand hin, als würden wir gleich alle zusammen Kaffee trinken gehen.

»Was willst du hier, Lucy? Ich habe dich nicht gebeten, herzukommen.« Was ich sagte, ergab eigentlich keinen Sinn. Natürlich hatte ich sie nicht gebeten, herzukommen. Wenn ich durch eine unglückliche Fügung der Sterne überhaupt mit ihr geredet hätte, dann höchstens, um sie darum zu bitten, *nicht* herzukommen.

»Du hast nicht auf meine Anrufe und Nachrichten reagiert und deine Eltern haben gesagt, du würdest vorbeikommen, aber du bist nicht aufgetaucht.« Lucy ließ die Hand sinken und kam einen Schritt auf mich zu.

»Du hast mit meinen Eltern geredet? Was zum Teufel, Lucy! Warum verdammt noch mal solltest du das tun?« Ich wurde viel zu laut. Camille zuckte neben mir zusammen. Blake kam langsam auf uns zu und stellte sich neben sie. So als spürte er, dass sie gleich jemanden brauchen würde, der sie festhielt. Jemand, der eigentlich ich sein sollte. Doch derjenige, der alles zerstörte, konnte wahrscheinlich nicht gleichzeitig derjenige sein, der sie davor beschützte.

»Ja, ich habe mit deinen Eltern geredet. Was kann ich dafür, dass du mich ignorierst?« Nur Lucy schaffte es, in mir dieses Gefühl auszulösen. Dieses Gefühl, als müsste man die ganze Welt anzünden, um die Wut und die Verzweiflung irgendwie aus dem Körper zu lassen. Wie konnte sie es wagen, mit meinen Eltern zu sprechen? Und wie konnten meine Eltern ihr auch nur den Hauch einer Chance geben?

Weil sie immer noch an dir zweifeln, meldete sich eine Stimme in meinem Gehirn und machte mich noch verzweifelter.

»Du hattest kein Recht dazu, Lucy«, sagte ich leiser.

»Und du hast kein Recht, mich einfach zu ignorieren.

Das … Diese Sache«, Lucy schien abzuwägen, wie viel Blake und Camille wussten. Ihre geschockten Gesichter sollten Antwort genug sein. »Wir müssen darüber reden.« Sie warf Camille einen letzten Blick zu und stellte sich dann zwischen uns. »Allein.«

»Wir werden bestimmt nicht allein irgendwo reden.« Ich machte einen Schritt zurück, weil ich ihre Nähe fast nicht ertragen konnte.

Bei meinen Worten zuckte sie zusammen, obwohl sie sich sicher sehr gut daran erinnern konnte, warum ich niemals wieder mit ihr allein sein wollte, aber sie fing sich sofort. Lucy ließ sich nicht einschüchtern. Auch wenn sie es war, die mein Leben zerstört hatte, nur um ihres so weiterzuführen wie bisher.

»Heißt das, du willst vor deinen Freunden mit mir reden?« Sie beäugte Blake und Camille, die uns immer noch reglos anstarrten. Camille sah aus wie ein scheues Reh im Lichtkegel eines Scheinwerfers und Blake wirkte, als würde er überlegen, ob es sinnvoller wäre, sich einzumischen oder bei Camille zu bleiben.

»Vor deiner Freundin?« Lucy spuckte mir die Worte vor die Füße und kam noch einen Schritt näher, doch dieses Mal war ich wie versteinert. Camille zuckte zusammen und auch Blake schien sich zunehmend zu verspannen.

»Drohst du mir etwa?« Ich ließ sie nicht zu Wort kommen, sondern redete gleich weiter. »Du weißt so gut wie ich, dass ich nichts mit der ganzen Sache zu tun hatte. Was willst du denn noch von mir? Willst du mir dieses Leben auch noch nehmen?«

Lucy verringerte das letzte bisschen Abstand zwischen uns und legte mir eine Hand auf den Arm, als könnte sie ahnen, dass ich vor ihr zurückweichen würde. Für einen

Moment war es, als versetzte uns diese Berührung beide in Schockstarre.

Mein Herz raste, als ich mich unsanft von ihr losriss. »Fass mich nicht an, Lucy. Fass mich nie wieder an.«

Endlich blinzelte sie und machte einen Schritt zurück, sodass ich wenigstens wieder atmen konnte.

»Ich habe dir nichts genommen, Leo. Das ist alles unglücklich gelaufen.« Lucys selbstbewusster Blick verrutschte sekundenlang, aber sie fing sich sofort wieder.

»Unglücklich gelaufen?« Ich warf die Hände in die Luft. »Du hast verdammt noch mal zugesehen, wie ich deinetwegen förmlich gezwungen wurde, mein ganzes Leben aufzugeben. Du hast …«

Weiter kam ich nicht, weil ich wieder eine Berührung am Arm spürte. Dieses Mal versetzte sie mich nicht in eine Schockstarre, sondern durchzog meinen Körper mit einem vertrauten Kribbeln. Camille stellte sich neben mich und legte eine Hand auf meinen wild gestikulierenden Arm. »Leo, was ist hier los?«

»Camille, du musst bitte gehen.« Es bereitete mir körperliche Schmerzen, diese Worte zu sagen, und es fühlte sich an, als würde mein Herz in tausend Teile zerspringen, als ich bemerkte, wie weh ihr meine Aufforderung tat. Trotzdem wich sie nicht vor mir zurück und machte es uns damit beiden noch schwerer.

»Was? Nein! Ich gehe nirgendwo hin.« Sie kniff ihre Augen zusammen und verschränkte die Arme vor der Brust. »Die Wahrheit, Leo.«

Ich hörte, wie Lucy schnaubte. »Du hast es ihr nicht erzählt?« Lucy formulierte den Satz wie eine Frage, aber ich hörte an ihrer Stimme, dass sie diese Tatsache nicht weiter verwunderte. Sie kannte mich zu gut.

»Süße, dann ist es vielleicht besser so.« Sie drehte sich zu Camille und schenkte ihr einen mitleidigen, gleichzeitig so überheblichen Blick aus ihren braunen Augen, von denen ich wusste, dass sie alles bekommen könnten, was sie wollten. Dann wandte sie sich wieder an mich. »Wenn du deiner Freundin nichts davon erzählt hast, ist es wohl doch noch nicht so abgeschlossen, wie du sagst.«

»Sie ist nicht meine Freundin!«, presste ich hervor und bereute es sofort. Warum hatte ich von all den Sätzen, die ich meiner Ex an den Kopf werfen konnte, ausgerechnet den gewählt, der mich selbst am meisten verletzte? Camille machte sofort einen Schritt zurück und stolperte fast über ihre eigenen Füße, hätte Blake nicht hinter ihr gestanden, um sie festzuhalten.

»Camille, bitte geh.« Sie musste gehen. Ich konnte nicht zulassen, dass sich meine Vergangenheit wieder in meine Gegenwart drängte und alles zerstörte. Auch wenn es dafür schon zu spät war. Lucys Auftauchen an der *Elbury University* war wie eine Sturzflut. Freiwillig hätte ich ihr nie die Schleusen geöffnet, aber sie ließ sich durch nichts und niemanden aufhalten und rollte mit aller Macht über mich und mein Leben, nur um nichts als Verwüstung zurückzulassen.

»Du schickst mich weg?« Camilles Stimme brach und sie schloss für den Bruchteil einer Sekunde die Augen. »Nach allem, was zwischen uns war? Ich dachte, du meintest es ernst.« Sie blinzelte eine Träne weg und ich glaubte auf der Stelle vor Schmerz und Schuldgefühlen zu zerspringen.

»Es tut mir leid, Camille.«

Fassungslos starrte Camille in mein Gesicht und versuchte nicht einmal mehr, die Tränen, die in diesem Moment zu laufen begannen, zurückzuhalten. »Du hast doch gesagt, wir brauchen die Blase nicht mehr«, flüsterte sie und am liebsten hätte ich mit ihr geweint und ihr erklärt, dass ich innerlich gerade in tausend Teile zerbrach.

»Leo, Alter.« Blake, der sich die Szene bisher stumm angesehen hatte, machte einen Schritt nach vorne. »Was zum Teufel soll das?« Er stellte sich neben sie und funkelte mich an. Von seinen sonst so freundlichen Gesichtszügen war nichts mehr übrig und für ein paar Sekunden musste ich den Blick abwenden, weil ich wusste, dass ich gerade nicht nur Camille wegstieß. Ich würde auch Blake verlieren. Blake, der mich so selbstverständlich in seinem Leben willkommen geheißen und mir gezeigt hatte, wie es war, gemocht zu werden – als Freund, um seiner selbst willen. Und mir damit das Leben an der *Elbury University* ermöglicht hatte, wie ich es kannte. Trotzdem sah ich keine andere Möglichkeit. »Kannst du Camille bitte nach Hause bringen?«

Blake schüttelte den Kopf, sein Kiefer war so angespannt, wie ich es nie bei ihm gesehen hatte. Er sah aus, als würde er mich am liebsten in der Luft zerreißen.

»Bitte, Blake.« Meine Stimme war lange nicht so gefasst, wie ich mir das gewünscht hätte, und nicht so stark, wie sie hätte sein müssen. Aber es wirkte. Auch wenn Blake nicht aussah, als wäre er mit dem, was hier passierte, einverstanden, nickte er fast unmerklich. Er legte Camille den Arm um die Schulter und drückte sie an sich. Ich wäre auf Blake niemals eifersüchtig, aber in diesem Moment hätte ich ihn am liebsten von ihr weggeschubst, weil ich derjenige sein sollte, der bei ihr war.

»Ich dachte wirklich, du würdest das nicht tun.« Camille bewegte sich keinen Millimeter, als Blake Anstalten machte, sie mitzuziehen.

»Es tut mir leid, Camila«, wiederholte ich die Worte, von

denen ich wusste, dass sie niemals ausreichen würden.

»Nein, mir tut es leid, Leo. Für mich selbst.« Sie wirkte, als würde sie gar nicht realisieren, dass Blake seinen Griff um ihre Schulter verstärkte, weil ihre gesamte Aufmerksamkeit mir gewidmet war. »Es tut mir leid, dass ich all unsere langen Gespräche, die kleinen Nachrichten, unser Lachen und unsere kleinen Insider-Jokes für etwas gehalten habe, was es offensichtlich nicht war. Dass es mir etwas bedeutet hat.« Ihre Stimme brach beinahe. »Ich sollte es mir in Zukunft zwei Mal überlegen, wen ich in mein Herz lasse.«

Erst als diese Worte ihren Mund verlassen hatten, ließ sie sich leicht gegen Blakes Körper sinken, der mich immer noch mit aufeinandergepressten Lippen anstarrte. Seine schwarzen Augen taxierten mich für ein paar Sekunden. Fast herausfordernd. Als wollte er mir die Möglichkeit geben, etwas zu tun. Etwas zu sagen. Irgendetwas, das unsere Herzen schützen würde. Doch ich stand nur regungslos da, als hätte ich mich spontan in eine Eisskulptur verwandelt. Allerdings hatte ich in diesem Moment nur mein Herz eingefroren, weil es sonst nicht überlebt hätte zu sehen, wie Camille sich ruckartig umdrehte und aus meinem Leben verschwand. Weil ich sie weggeschickt hatte.

»Fürs Protokoll: Daran bin ich nicht schuld.« Lucy zeigte auf Blake und Camille, die zwischen den Universitätsgebäuden verschwanden, und riss mich aus meiner Starre. Ich hätte nicht für möglich gehalten, dass ich das überhaupt einmal schaffen würde, aber während der letzten Minuten hatte ich sie komplett aus meinem Gedächtnis verdrängt.

»Doch, bist du. Du solltest nicht hier sein. Wir sind fertig miteinander.« Ich ging an ihr vorbei, kam jedoch nur ein paar Schritte weit, ehe sie mich überholte und sich vor mich stellte. »Warte!«

Sie trat einen Schritt zurück und hob beschwichtigend die Hände, als sie merkte, wie sehr ich mich in ihrer Nähe verspannte. Dass sie einlenkte – zumindest ein wenig – verblüffte mich so sehr, dass ich stehen blieb. Lucy lenkte nicht ein. Sie gab nicht auch nicht nach. So etwas war gar nicht in ihrer DNA angelegt.

»Leo, das gerade eben zeigt doch, dass wir nicht darüber hinweg sind. Wir müssen darüber reden. Bitte. Glaubst du, für mich war das letzte Jahr leicht?« Ihre Augen funkelten und hätten mich fast darüber hinweggetäuscht, dass das hier Lucy war, die vor mir stand. Sie sah so aufrichtig und verletzlich aus, dass ich ihr fast geglaubt hätte. Aber an diesem Punkt waren wir schon einmal. Damals war ich darauf reingefallen und sie hatte mich direkt in die Hölle geschubst.

»Verschwinde aus meinem Leben, Lucy. Für immer.« Mit diesen Worten ging ich an ihr vorbei. Ich zwang mich dazu, nicht auf den Eingang zuzulaufen und mich nicht noch einmal umzudrehen. Doch Lucy folgte mir nicht und ich wusste nicht, was ich getan hätte, wenn sie mich erneut berührt hätte.

Zwar fühlte ich mich, als wäre ich schon wieder in der Hölle angekommen, aber dieses Mal war ich zumindest schlau genug, um mich vom Feuer fernzuhalten. Auch wenn ich das dumpfe Gefühl hatte, in den letzten Momenten wirklich die Welt angezündet zu haben. Zumindest das, was mir die Welt bedeutete.

36

Camille

Die Blase war nicht geplatzt. Sie war zerstört worden. Und zwar von der gleichen Person, die sie errichtet hatte. Und ich hatte keine Ahnung, was überhaupt geschehen war. Alles, was ich wusste, war, dass Leo mich weggeschickt hatte. Dass es schon wieder passiert war. Ich hatte jemandem ein Stück von meinem Herzen gegeben, das ich nie mehr zurückbekommen würde. Die Person, die ich bei Leo war, war verschwunden. Er hatte diesen Teil von mir genommen und mir vor die Füße geworfen. Wäre Blake nicht dabei gewesen, wäre der Rest von mir wahrscheinlich daneben gelandet. Ich hatte mich fallen gelassen und es hatte sich gut angefühlt, solange Leo da war. Aber dann machte er einfach einen Schritt zurück und ich landete auf dem Boden und niemand fing mich auf. Leo war weg. Jetzt war nichts und niemand da, der den Schmerz aufhalten konnte. Auch nicht Blake, der mein Schluchzen den ganzen Weg in unsere Wohnung ertragen und mich nicht für eine Sekunde losgelassen hatte. Erst als Addie uns die Tür öffnete und mich sofort in ihre Arme zog, löste er sich von mir. Ich wollte mich bei ihm bedanken, doch ich konnte mir nicht vorstellen, dass mir in absehbarer Zeit überhaupt ein zusammenhängender Satz über die Lippen kommen würde.

»Süße, alles ist gut. Komm.« Addie strich mir immer wieder über den Kopf und schob mich sanft in Richtung Sofa. Widerstandslos ließ ich mich von ihr in die Kissen drücken.

»Willst du mir erzählen, was passiert ist?« Sie setzte sich neben mich, aber statt einer Antwort konnte ich ihr nur mit einem lauten Schluchzen dienen.

»Camille.« Addies Stimme klang gequält und ich konnte es ihr nicht verübeln, dass mein Ausbruch sie überforderte. Sie hatte mich nie richtig weinen sehen.

»Ich weiß jetzt, wie sich richtiger Herzschmerz anfühlt.« Es war das Erste, das ich hervorpresste, nachdem ich mich halbwegs beruhigt hatte. Als ihre Miene noch ein Stück besorgter wurde, flossen die Tränen wieder schneller.

»Leo.« Blake sprach seinen Namen vorsichtig aus, als wüsste er, dass er mir damit wehtun würde. Doch ich war ihm fast dankbar, als er Addie zwar kurz, aber sehr schmerzhaft zusammenfasste, was vor nicht einmal zehn Minuten passiert war. Ich hätte es niemals geschafft, irgendetwas davon zu wiederholen.

»Ich bringe diesen Idioten um.« Rylan stürmte im nächsten Moment durch die Wohnungstür und stolperte fast über den Teppich unter unserem Sofa. Wahrscheinlich war sie es, an die Blake eben noch eine Nachricht getippt hatte. Als sie mich sah, verengten sich ihre Augen zu Schlitzen. »Ich bringe ihn auf der Stelle um. Was fällt ihm eigentlich ein …«

Weiter kam sie nicht, weil Blake mit zwei großen Schritten bei ihr war und sie zum Schweigen brachte. »Du bringst niemanden um, du kannst nicht einmal eine Mücke erschlagen, außerdem hat Leo ...«

»Eine Mücke hat Camille auch nicht das Herz gebrochen. Das ist etwas ganz anderes.« Tatsächlich wurde ihre Stimme ruhiger, aber nicht weniger bedrohlich. Fast musste ich schmunzeln bei dem Gedanken, dass sie Leo wahrscheinlich wirklich körperlich angegriffen hätte, wenn er hier wäre.

»Und ich habe gedacht, es war die beste Idee, die ich in letzter Zeit hatte, als ich zugestimmt habe, dass Leo dich von *Edgewood* nach Hause holt. Ich konnte ja nicht ahnen …« Addie rieb sich mit den Händen übers Gesicht. »Ich dachte wirklich, er wäre kein Arschloch.«

»Er ist kein Arschloch.« Blake setzte sich auf die Sofalehne hinter mir und sah mich entschuldigend an, obwohl ich ihm am liebsten recht gegeben hätte. Leo war kein Arschloch, egal was gerade passiert war.

»Hör auf ihn zu verteidigen, Blake. Verdammt noch mal. Ich dachte, du warst dabei!« Rylan funkelte ihn wütend an und fast dachte ich, sie würde ihn vom Sofa schubsen.

»Genau deshalb.« Er wandte sich zu mir. »Camille, ich will ihn nicht verteidigen, aber das … das war etwas anderes. Er wollte das nicht.« Blake hatte sichtlich Mühe, die richtigen Worte zu finden.

»Warum hat er es dann getan?« Meine Stimme brach.

»Ich weiß es nicht, aber ich bin mir sicher, es liegt nicht an dir.« Blake sagte diese Worte, die Leo mir schon so oft gesagt hatte, und ich vergrub mein Gesicht in den Händen.

»Ganz toll gemacht, Blake«, murmelte Rylan, weil sie keine Ahnung hatte, was seine Worte in mir ausgelöst hatten.

»Ich muss kurz ins Bad.« Ich wartete keine Antwort ab, sondern stürzte auf direktem Weg in unser kleines Badezimmer und knallte die Tür hinter mir zu. Meine Gedanken rasten. *Es liegt nicht an dir, Camille. Es liegt niemals an dir.* Leos Stimme klang in meinem Kopf und ich hatte Angst, dass ich sie für immer da drin hören würde. Schon wieder hatte er mich weggeschubst, nachdem er alles dafür getan hatte, dass ich bei ihm bleiben würde. Er war für mich da gewesen, hatte mir zugehört und mir das Gefühl gegeben, gut so zu sein, wie ich war. Ich konnte einfach nicht glauben, dass ich mich so getäuscht hatte. Gerade als ich dachte, ich hätte seine Signale endlich richtig gedeutet, änderte er wieder die Richtung und ließ mich ratlos zurück.

Ich stützte mich auf unserem Waschbecken ab und erschrak vor meinem eigenen Spiegelbild, das viel trauriger aussah, als ich es in Erinnerung hatte. Meine Augen waren mehr grau als blau und meine Haut wirkte viel zu blass im Kontrast zu meinen vom Weinen geröteten Wangen. Ich sah erbärmlich aus. Nicht so erbärmlich, wie ich mich fühlte, aber ganz nah dran. Ich senkte meinen Kopf und tastete nach dem Badewannenrand, als ich merkte, wie der eiserne Griff um meine Lunge zurückkam. In den letzten Tagen, nein Wochen, war dieses Gefühl komplett verschwunden. Dieses Gefühl, weglaufen zu müssen, damit mein Körper endlich atmen konnte. Jetzt kam es mit voller Wucht zurück. Ich hielt mich mit beiden Händen am Wannenrand fest und versuchte mich zu konzentrieren. Atmen, ich musste atmen.

Du musst ausatmen, Camille. Wieder hörte ich Leo in meinen Gedanken. *Dein Körper verarscht dich.*

Ich schüttelte mich, weil ich den warmen Klang seiner Stimme kaum ertragen konnte, aber im nächsten Moment lockerte sich der Griff. Mein Herz beruhigte sich und meine Lunge füllte sich mit Sauerstoff.

»Camille, alles in Ordnung?« Rylan klopfte – nein

hämmerte – alibimäßig an die Badezimmertür, die sie nach zwei Sekunden aufriss.

»Ich will einfach ein bisschen allein sein.« Ich schaffte es kaum, Rylan in die Augen zu schauen. »Bitte«, fügte ich hinzu, als sie fast entrüstet den Kopf schüttelte.

»Du musst da nicht allein durch, Süße. Das weißt du doch, oder?« Sie setzte sich neben mich und legte mir vorsichtig einen Arm um die Schultern. »Wir sind alle hier.«

Der blumige Duft ihrer Haare stieg mir in die Nase, als sie ihren Kopf gegen meinen legte.

»Ich weiß. Aber ich glaube, es ist trotzdem an der Zeit, dass ich lerne, mit mir allein zurechtzukommen.« Ich versuchte immer noch, mich auf meine Atmung zu konzentrieren.

Rylan löste sich ein Stück von mir und sah mich fragend an, während Addie leise ins Badezimmer getapst kam.

»Nicht ohne euch. Ich meine ohne irgendwelche Männer.« Entschuldigend sah ich zu Blake, der im Türrahmen stehen geblieben war. »Du weißt schon, was ich meine.«

Er verzog seinen Mund zu einem Grinsen und nickte. »Aber Leo, er …« Die Grübchen an seinen Wangen verschwanden, als er wieder ernster wurde.

Bevor ich ihn unterbrechen konnte, warf Rylan ihm einen Blick zu, der genauso bedrohlich wirkte, als könne er Laserstrahlen schießen, und Blake verstummte. »Ohne Männer, Blake. Sie hat doch schon gesagt, du und die anderen beiden Chaoten können bleiben. Setz das nicht aufs Spiel.«

Er presste die Lippen aufeinander und ich wusste, dass es nur an Rylan lag, dass er schwieg.

»Ich weiß, du magst Leo, aber ich kann das im Moment

nicht. Er …« Ich brach ab und überlegte kurz. »Ich glaube, er kann das im Moment auch nicht.«

»Aber ihr zwei. Camille, die Chemie zwischen euch ist so stark, dass es jeder spüren kann.« Blake klang fast verzweifelt.

»Die Chemie zwischen zwei Menschen hat nicht immer etwas mit der Kompatibilität zu tun, Blake.« Rylans Worte waren so ernst und so schmerzhaft, obwohl ich nicht glaubte, dass sie nur an mich gerichtet waren. Das machte es aber nicht weniger wahr.

»Im Moment bringen wir einander nur Chaos in den Kopf und Gift ins Herz – ich kann nicht mehr. Ich kann das einfach nicht mehr. Ich habe genug eigenes Chaos, das ich beseitigen muss.« Dieses Eingeständnis an mich selbst kam schmerzhaft und so voller Wucht, dass meine Tränen auf einen Schlag zu trocknen schienen.

»Das ist das Traurigste, was ich je gehört habe. Und ich bin mit Kian zusammen.« Addie, die die letzten Minuten schweigend neben mir gesessen hatte, wischte sich eine einzelne Träne von der Wange und drückte mich an sich. Eine Zeit lang saßen wir einfach so da, fast als würden wir alle über unser persönliches Chaos nachdenken, bis Rylan die Stille unterbrach.

»Was machen wir denn jetzt? Du kannst doch Leo nicht einfach aus deinem Leben streichen. Er ist schließlich immer noch hier.« Sie klang alarmiert, so als wäre ihr gerade eingefallen, dass Leo sich nicht in Luft auflösen würde.

»Ich habe absolut keine Ahnung«, antwortete ich wahrheitsgemäß und blickte zu Blake. »Aber du musst ihn bestimmt nicht wegen mir aus deinem Leben streichen.« Ich wusste, wie gut sich die beiden angefreundet hatten, und ich wollte nicht der Grund dafür sein, dass diese

Freundschaft zerbrach, die nichts mit mir zu tun hatte. Blake nickte knapp, und obwohl ich nicht genau deuten konnte, was das hieß, hatte ich nicht die Kraft, nachzufragen.

»Camille …«, setzte Addie wieder an, doch ich schüttelte den Kopf.

»Ich muss mich erst um mein eigenes Chaos kümmern.« Die Worte kamen über meine Lippen, ohne dass ich darüber nachgedacht hatte, aber sie fühlten sich gut an. Ich konnte mir das selbst nicht mehr länger antun. Irgendwann musste ich anfangen, mein eigenes unperfektes Leben in die Hand zu nehmen, statt anderen die Macht darüber zu geben. Ich durfte nicht länger glauben, alle hätten nur das Beste für mich im Sinn. Es wurde Zeit, dass ich aus meinen Fehlern lernte, und auch wenn der Weg zu dieser Erkenntnis schmerzhafter war, als ich mir jemals erträumt hätte, brachte sie auch endlich so etwas wie Ruhe in mein aufgeregtes Herz.

***

Der Weg war nicht nur schmerzhafter als gedacht, er kostete auch viel mehr Kraft, als ich für möglich gehalten hatte. Je mehr Tage vergingen, desto unsicherer wurde ich, dass es wieder besser werden würde. Es war zwei Tage her, dass Leo mich fallen gelassen hatte, und es war zwei Tage her, dass ich beschlossen hatte, endlich allein mein Leben aufzuräumen. In den zwei Tagen war nicht einmal etwas Nennenswertes passiert, außer einem kleinen Streit zwischen Addie und Kian, den ich ausgelöst hatte. Ich saß mit einem Kurskatalog der wirtschaftswissenschaftlichen Fakultät am Küchentresen. Addie unterstützte mich in meinem Vorhaben, ein paar meiner Kurse zu schmeißen und dafür neue auszuprobieren. Als Kian zu uns kam, erinnerte er Addie daran, was fast mit ihrem Studium passiert wäre, als sie ihren Studienplan komplett erneuert hatte. Mich wies er darauf hin, dass ich doch mein Studium eigentlich mochte und mit meinem Abschluss tun und lassen konnte, was ich wollte. Schließlich sei ich nicht an einen Job in *Whitewater Real Estate* gebunden. Während ich Kian dankbar für seine strengen Worte war – weil er recht hatte und ich aufhören konnte, mich damit zu beschäftigen –, war Addie sauer, weil er »immer noch einen Stock im Arsch hatte«. Zwar war die ganze Situation nur ein Auslöser für einen Streit, der rein gar nichts mit mir zu tun hatte, dennoch fühlte ich mich schlecht. Auch die Tatsache, dass die beiden nur eine halbe Stunde später wieder einträchtig nebeneinander auf dem Wohnzimmerteppich zwischen ihren Büchern saßen und sich über irgendwelche ekelhaften Krankheiten unterhielten, als wäre nichts passiert, machte es nicht besser.

Überhaupt fühlte ich mich ständig schlecht. Wahlweise traurig, ausgelaugt oder einfach wie ein nervliches Wrack.

Ich hätte am liebsten losgeheult, als wir in einer Vorlesung eine Präsentation über die Abholzung des Regenwalds und deren Auswirkungen auf die Umwelt ansehen mussten. Als Blake mir am gleichen Tag mit seiner Gitarre auf der Schulter über den Weg lief, wäre ich am liebsten weggerannt, weil sich Leos warme Stimme, die mir spanische Popsongs vorsang, in mein Gehirn schlich, und ich den Gedanken daran, was wir beinahe gehabt hätten, fast nicht aushielt. Automatisch überlegte ich, ob er mit Leo gesprochen hatte, aber ich brachte es nicht übers Herz, ihn zu fragen. Ich hatte meinen Freunden verboten, Leos Namen in meiner Anwesenheit in den Mund zu nehmen, und ich würde nicht die Erste sein, die diesen selbstauferlegten Pakt brach.

Jahrelang hatte ich gedacht, dass es falsch sein musste, Gefühle nur im Kopf zu analysieren, anstatt ihren vollen Umfang zu spüren. Doch seit dem Tag, an dem Leo unsere Blase zerstört hatte, tat es sogar weh, wach zu sein. Wenn mir irgendein kleiner Elf die Möglichkeit gegeben hätte, meine Gefühle wieder in die Aktenordner in meinem Gehirn zu sortieren, hätte ich dafür bereitwillig ein Stück meiner Seele verkauft.

Am schlimmsten wurde es allerdings am Donnerstag, als Pit mich nach meiner Laufrunde – die so weit vom See und unserem Felsen weg war wie nur irgendwie möglich – abfing und mich zwang, mit ins *Mug Café* zu kommen. Er hatte mir hoch und heilig versprochen, dass Leo nicht da sein würde, und mir im gleichen Atemzug klar gemacht, dass er mich über seine Schulter werfen würde, wenn ich nicht freiwillig mitkam.

Als wir den *University Park* durchquerten, war ich mir ziemlich sicher, dass Pit seine Drohung mindestens genauso sehr bereute wie ich die Tatsache, dass ich ihn nicht einfach ignoriert und mich in meinem Zimmer versteckt hatte.

Ich hörte sein Lachen, bevor ich ihn sah. Und obwohl mein Körper sich mit aller Macht in die andere Richtung bewegen wollte, drehte ich meinen Kopf.

Bryson saß mit ein paar seiner Freunden im Gras und lachte über etwas, das das Mädchen mit den rotblonden Locken neben ihm gesagt hatte. Es klang viel zu laut und wahnsinnig falsch, aber es durchfuhr mich wie ein Blitz. Zusammen mit der Erkenntnis, dass Leo nicht die einzige männliche Baustelle in meinem Leben war. Erst als ich stehen blieb und mein Gehirn verzweifelt versuchte, meinem Körper den Befehl zu geben, sich endlich abzuwenden, fing ich Brysons Blick auf. Im selben Moment wusste ich, dass ich nicht diejenige war, die ihn zuerst entdeckt hatte. Er rückte demonstrativ ein Stückchen näher an seine Begleiterin, ohne mich aus den Augen zu lassen. Wäre ich nicht so traurig gewesen, hätte ich wahrscheinlich laut aufgelacht. Er hatte mir ins Gesicht gesagt, dass er mich betrogen hatte. Mehrfach. Wie zum Teufel konnte er denken, ein Mädchen neben ihm im Gras könnte mir noch mehr wehtun als das? Oder als unsere ganze verdammte manipulative Beziehung?

In meine melancholische Grundstimmung mischte sich Wut, als er mich anfunkelte. Sogar aus dieser Entfernung konnte ich spüren, dass wir zumindest in einer Sache einer Meinung waren: Das zwischen uns war noch nicht abgeschlossen. Wäre ich nicht ich, wäre ich auf der Stelle auf ihn zugelaufen, hätte ihm eine Ohrfeige gegeben und ihn zum Teufel geschickt. Aber ich war ich. Deshalb machte ich einen Schritt zurück und verlor das Blickduell. Pit, dem ich hoch anrechnete, sich nicht einzumischen, nahm meine Hand und wollte mich weiterziehen, doch ich schüttelte nur den Kopf.

Er warf mich nicht über seine Schulter, er versuchte mich nicht einmal zu überreden. Er brachte mich wortlos nach Hause und machte mir eine heiße Schokolade, in der das Verhältnis von Kakao zu Milch so falsch war, dass man sie fast nicht als solche bezeichnen konnte. Trotzdem war ich ihm so dankbar, dass die Tränen wieder zu laufen begannen.

Ich mochte meine Gefühle nicht mehr. Sie waren hier das wahre Arschloch.

37

Leo

»Wenn du die Tür nicht aufmachst, trete ich sie ein.« Blakes Stimme drang ungehalten durch die dünnen Wände im Wohnheim und Maya lief aufgeregt zwischen Flur und Küche hin und her. Ob sie sich freute, weil sie Blake kannte und mochte, oder spürte, dass ich ihn eigentlich nicht in die Wohnung lassen wollte, war schwer zu sagen.

»Okay, ich trete die Tür nicht ein«, kam es eine Spur ruhiger von ihm. »Aber nur wegen Maya.«

»Hör auf hier rumzuschreien und gib ihm doch erst mal die Chance, die Tür zu öffnen.« Ich stutzte, als ich Kians tiefe Stimme hörte, die irgendwie immer ein bisschen einschüchternd klang. Blake hatte ihn als Verstärkung mitgebracht?

Ich war den beiden – und allen anderen Menschen – in den letzten Tagen aus dem Weg gegangen und es hatte erstaunlich gut funktioniert. Maya und ich machten unsere Spaziergänge so früh morgens, dass noch niemand unterwegs war, und nachts, wenn es im Wohnheim ruhig war. Ihr schien es nichts auszumachen. Sie war eher irritiert, dass ich seit Neuestem wieder den ganzen Tag mit ihr verbrachte. Ich glaubte, sie freute sich viel mehr als ich, dass Blake und Kian vor der Tür standen, entweder weil es bedeutete, dass sie Abwechslung von mir bekam, oder weil sie hoffte, für ein paar Stunden ihre Ruhe vor mir zu haben.

Und ich? Als Blake am Tag zuvor das erste Mal an meine Tür geklopft hatte, war ich gerade im Schlafzimmer und hatte mich totgestellt. Ein Teil von mir wollte froh sein, dass er mich nicht komplett ignorierte, ein anderer hatte Angst vor dem, was er mir zu sagen hatte. Den Gruppenchat hatte ich stumm geschaltet und Blakes Nachrichten nicht einmal geöffnet. Der einzige Grund, warum ich mein Handy checkte, war die irrationale Hoffnung, Camilles Name würde aufpoppen. Ich ignorierte sowohl Lucys Anrufe als auch die Nachrichten meiner Mutter, weil ich ihr nicht verzeihen konnte, mit Lucy gesprochen und ihr sogar meinen Aufenthaltsort verraten zu haben.

Nur als meine Großmutter anrief, brachte ich es nicht übers Herz, sie wegzudrücken. Sie ließ zwar eine Schimpftirade auf mich los, weil ich weder angerufen hatte, noch am Wochenende vorbeigekommen war, aber sie erwähnte Lucy mit keinem Wort. Und das, obwohl ich mir zu einhundert Prozent sicher war, dass sie wusste, was los war.

»Wir können auch hier warten, bis Maya rausmuss, das weißt du, oder?« Kian klopfte noch einmal auf die Tür und ich schloss die Augen. Wie hoch waren die Chancen, dass mir einer von beiden eine verpassen würde? Ich hätte es definitiv verdient, auch wenn es lange nicht so wehtun würde, wie zu wissen, dass ich Camille verloren hatte. Und dass es ihr meinetwegen schlecht ging.

Ich machte ein paar Schritte auf die Tür zu, vor der Maya schwanzwedelnd saß. Sie hatte den vollgesabberten Tennisball im Maul, der immer neben der Tür lag, weil er ihr aufgeregtes Bellen unterdrückte. Ich hatte nie gewusst, wie ich ihr das abtrainieren sollte, also habe ich ihr kurzerhand jedes Mal, wenn es klingelte, einen Tennisball in den Mund gesteckt, bis sie ihn von selbst aufgehoben hatte, sobald jemand an der Tür war.

Kian und Blake hatten recht. Ich konnte mich nicht ewig hier verstecken. Lucys Besuch hier in meinem neuen Leben hatte mir gezeigt, dass *Weglaufen* und *Verstecken* sich höchstens als Kinderspiele eigneten, nicht für das wahre Leben.

Ich atmete zwei Mal tief durch, während ich auf die Tür zuging, und drehte zögerlich den Schlüssel im Schloss. Im nächsten Moment drückte jemand von außen die Klinke nach unten und die Tür flog so schwungvoll auf, dass ich ein paar Schritte zurückmachen musste.

»Hat ja lang genug gedauert.« Blake drückte sich an Kian vorbei und streichelte Maya, bevor er sich vor mir aufbaute. Er war ein paar Zentimeter kleiner als ich, aber das machte ihn nicht weniger einschüchternd. »Was zum Teufel hast du dir dabei gedacht, uns fast eine Woche lang zu ignorieren? Dass wir irgendwann vergessen, dass du existierst?« Er kam noch einen Schritt näher und ich hob abwehrend die Hände.

Blake schüttelte irritiert den Kopf. »Was soll das?« Er zeigte auf mich und meine Verteidigungshaltung. »Glaubst du, wir sind hier, um dir eine runterzuhauen?« Seine Worte klangen fast belustigt. »Das wird Rylan erledigen, wenn sie dich allein in die Finger bekommt. Aber keine Angst, so viel Kraft hat sie nicht.« Er grinste und ich verstand gar nichts mehr. Mein Blick wanderte zu Kian, der noch gar nichts gesagt hatte und versuchte, Maya den Ball wegzunehmen. Sie rannte schwanzwedelnd um ihn herum und freute sich über einen neuen Spielkameraden.

»Also: Bist du okay?« Blake kam noch einen Schritt auf

mich zu und ich ließ die Hände sinken.

»Du fragst mich, ob ich okay bin?«, stellte ich irritiert eine Gegenfrage.

»Natürlich. Das letzte Mal, als ich dich gesehen habe, sahst du nämlich so aus, als wärst du vom Teufel persönlich verfolgt worden.« Er verstummte und überlegte. »Was vielleicht nicht einmal so falsch ist, oder?«

Ich nickte, weil wir beide an Lucy dachten.

»Und jetzt siehst du auch nicht viel besser aus. Ungefähr so wie Camille.« Er lächelte zufrieden, als ich bei ihrem Namen zusammenzuckte und die Arme um meinen Körper schlang.

»Also bedeutet sie dir doch etwas. Camille, nicht der Teufel. Gut, dass wir das geklärt haben.« Er wirkte zufrieden und ging an mir vorbei in die Küche, um im Kühlschrank zu wühlen.

Währenddessen schüttelte Kian ungläubig den Kopf und ich war mir nicht sicher, ob es Blake oder mir galt.

»Ich dachte, wir wären hier, damit er uns erklären kann, was los ist. Vielleicht solltest du ihn dafür auch mal zu Wort kommen lassen.« Er rollte Maya den Ball wieder vor die Nase und kam auf mich zu.

»Du siehst echt scheiße aus, Alter.« Er musterte mich skeptisch, machte jedoch keine Anstalten, mich anzuschreien oder zu beleidigen. Na ja, noch schlimmer zu beleidigen.

»Ich … Wie geht es Camille?« Ich fuhr mir übers Gesicht und kniff die Augen zusammen. »Ist sie okay?«

»Nein, ist sie nicht.« Kians Worte kamen trocken aus seinem Mund. »Aber jetzt reden wir über dich.«

Er ging an mir vorbei und setzte sich an meinen Tisch, an dem ich noch nie gegessen hatte. Als Blake es ihm gleichtat und mich auffordernd ansah, fühlte ich mich, als würde ich gerade meinem eigenen Verhör zustimmen.

»Was zum Teufel hast du dir dabei gedacht? Ausgerechnet mit Camille? Sie ist keine für eine Nacht. Und du doch auch nicht.« Blake schob mir ein Glas mit Wasser über den Tisch. Es hätte nur noch gefehlt, dass er meine Schreibtischlampe aus dem Schlafzimmer holte und sie direkt auf mich richtete.

»Nein, das … das war doch niemals der Plan.« Ich krallte meine Fingernägel in den Stuhl.

»Warum versucht sie dann Rylan und Addie davon zu überzeugen, dass es okay ist, weil ihr sowieso nur ein Wochenende miteinander verbringen wolltet? Das macht doch keinen Sinn. Du interessierst dich doch sonst auch nicht dafür, mit irgendjemandem zu schlafen.« Blake legte den Kopf schief und ich spürte, wie mir die Hitze in die Wangen schoss.

»Wirst du etwa rot? Ich weiß genau, dass du mein letztes Kondom geklaut hast. Hat mich übrigens ganz schön in Schwierigkeiten gebracht gestern.«

Kian schlug Blake auf den Arm.

»Schon gut, ich verzeihe dir, weil du mein Kumpel bist. Aber du hast dich nie für ein Mädchen interessiert, seit du hier bist. Und jetzt suchst du dir ausgerechnet Camille aus? Versteh mich nicht falsch, ich dachte, zwischen euch wäre mehr. Sie würde niemals leichtfertig mit jemandem ins Bett steigen.« Blake redete weiter, während es in mir arbeitete. Sie glaubten, ich hätte mit Camille geschlafen, nur weil ich Sex wollte? Und was noch viel schlimmer war, glaubte Camille das auch?

»Blake, du bist manchmal so ein Idiot.« Kian unterbrach Blakes Redefluss und meine rasenden Gedanken. »Wie kannst du nur auf der einen Seite so schlau sein und funktionierende Roboterarme bauen und auf der anderen so bescheuert? Er hat sich *wegen* Camille nicht für ein Mädchen interessiert.«

Blake runzelte die Stirn und sah entschuldigend zwischen uns beiden hin und her.

»Klassische Inselbegabung«, murmelte Kian und sah auffordernd zu mir. »Also, was hast du zu deiner Verteidigung zu sagen? Wir glauben nämlich nicht, dass du Camille nicht mehr in deinem Leben willst, nach letztem Wochenende.«

Ich wusste nicht, woran es lag. Aber der Drang, den beiden alles zu erklären, wurde übermäßig stark. Vielleicht weil sie tatsächlich hier waren und meine Seite der Geschichte hören wollten, statt mich als Arschloch abzustempeln, das ihre Freundin nur für schnellen Sex ausgenutzt hatte. Vielleicht weil sie wirklich besorgt um mich waren oder einfach, weil ich das erste Mal erlebte, wie es war, richtige Freunde zu haben. Solche, die auch da waren, wenn es schwierig wurde. Oder wenn man ihre Freundschaft eigentlich gar nicht verdient hatte.

Vielleicht hielt ich den Schmerz, der sich in meinem ganzen Körper festgesetzt hatte wie die Zecken, die ich regelmäßig aus Mayas Fell entfernen musste, auch einfach nicht mehr aus. Jedenfalls war ich verzweifelt und verletzt genug, um ihnen einen Teil meiner Wahrheit zu erzählen.

»Ihr habt irgendwie beide recht«, fing ich an und Blake warf Kian einen triumphierenden Blick zu, bevor er seine Augen wieder auf mich richtete.

»Ich habe mich wirklich für kein Mädchen interessiert. Nicht erst, seit ich hierhergekommen bin, sondern schon seit ungefähr einem Jahr. Lucy, sie war – ist – der Grund dafür. Ich wollte mich auch nicht für Camille interessieren.

Aber sie war einfach da und dann konnte ich nicht anders. Sie wirkte so verletzt und zerbrechlich. Irgendwie hat sie mich an mich selbst erinnert und ich wollte unbedingt für sie da sein. Und dann, dann war es zu spät, Abstand zu halten. Ich dachte, ich könnte das alles einfach verdrängen. Aber ich habe es versaut. Sie würde mir das niemals verzeihen. Sie wird mir das niemals verzeihen.«

Ich schloss meine Augen und legte den Kopf in den Nacken. Für eine Weile sagte niemand etwas und kurz beschlich mich der Gedanke, dass es vielleicht gar keinen Sinn ergab. Dass sich das alles nur wie eine schlechte Ausrede anhörte.

»Alter, Camille ist nicht dumm. Und sie hat ein viel zu großes Herz. Sie weiß, dass Lucy nicht deine Freundin ist, die dich wieder zurückerobern will. Aber du kannst Camille nicht einfach so wegstoßen. Weißt du, wie schwierig es ist, Camilles Vertrauen zu bekommen? Wir haben das immer noch nicht komplett geschafft und du stößt sie einfach weg, als würde es nichts bedeuten.«

»Es bedeutet mir alles, Blake.« Meine Stimme war leise, aber überzeugend.

»Du solltest nicht hier sitzen und *mir* das sagen, sondern *ihr*.« Er lehnte sich nach vorne und musterte mich. »Leo, du musst mir das nicht beantworten. Ich habe gesehen, wie du reagiert hast, als Lucy dich berührt hat. Ich habe auch gesehen, dass du normalerweise Abstand zu Frauen hältst, außer zu Camille.« Er fixierte mich, um jede meiner Reaktionen genau zu analysieren, und ich war mir sicher, dass er wusste, wie nah er der Wahrheit gekommen war. »Was hat sie getan?«

Für einen Moment war ich sprachlos. Ich hatte mit dieser Frage gerechnet, hatte sie schon unzählige Male gestellt bekommen. Aber nicht in dieser Version. Es war nie irgendjemand nur im Entferntesten auf die Idee gekommen, dass Lucy etwas getan haben könnte. Die Fragen lauteten immer »Was hast du getan?« Oder zumindest »Was ist mit ihr passiert?« Nie hatte jemand angenommen, dass ich vielleicht gar nichts getan hatte.

Als ich nicht antwortete, sagte Kian: »Du musst uns nichts erklären, wir haben weiß Gott alle unsere eigenen Dämonen, aber Camille verdient die Wahrheit, findest du nicht?«

Natürlich fand ich das, doch wie sollte ich ihr die Geschichte erzählen, wenn sie noch nicht einmal ein Ende hatte? Wenn ich eines aus dieser Sache gelernt hatte, dann, dass man jedes Kapitel beenden musste, egal wie unschön es war.

»Ich habe Lucy nichts getan. Ich war betrunken und sie hat mich geküsst. Wir waren früher mal zusammen und ich weiß bis heute nicht einmal, warum sie das wollte. Ich habe sie weggestoßen, aber ich war so betrunken, dass ich mich nicht mehr genau daran erinnern konnte. Sie auch nicht. Trotzdem hat sie die Wahrheit ein bisschen hässlicher gemacht und niemand hat je daran gezweifelt. Ich habe sie nicht angefasst.« Obwohl ich es nicht übers Herz brachte, weiterzuerzählen, nickten die beiden.

»Deshalb reagierst du so, als würdest du sofort einen allergischen Schock erleiden, wenn du in die Nähe von Alkohol kommst.« Blake sagte das, als hätte er sich diese Frage nicht nur einmal gestellt.

»Der Alkohol hat alles zerstört. Alles.« Ich stützte meine Ellenbogen auf den Tisch und vergrub das Gesicht in meinen Händen.

»Hör zu, ich weiß nicht genau, was vorgefallen ist, aber es

war bestimmt nicht der Alkohol. Wenn jemand etwas zerstört hat, war es Lucy.« Kians Stimme klang mit einem Mal überhaupt nicht mehr bedrohlich, sondern warm und voller Verständnis. Als ich es wieder wagte, die beiden anzusehen, sah ich, wie Blake nickte, und mir wurde erst richtig bewusst, dass die beiden kein bisschen an mir zweifelten. Nicht einmal meine Eltern hatten diesen Ausdruck im Gesicht. Diesen Ausdruck, an dem man erkennen konnte, dass einem geglaubt wird.

»Wieso …?« Ich konnte den Satz nicht zu Ende bringen, weil ich spürte, wie meine Stimme brach, doch die beiden verstanden.

»Wieso sollten wir dir nicht glauben, Leo? Du hast uns nie einen Grund dazu gegeben.« Schulterzuckend warf Kian einen Blick auf Blake. »Und außerdem hast du treuere und harmlosere Augen als dein Hund.« Er grinste, wurde aber sofort wieder ernst. »Du musst mit ihr reden. Du musst ihr das erklären. Alles.«

»Ernsthaft, Jungs. Danke. Für alles.« Ich atmete tief durch. »Aber ich weiß nicht, ob ich das kann. Wenn Camille nicht mehr in meinem Leben ist, weil ich sie weggestoßen habe, tut das weh, aber es ist leichter zu ertragen, als wenn sie mich verlässt, weil sie die Wahrheit kennt. Ich glaube, ich bin nicht bereit dafür.« Ich schüttelte den Kopf und im gleichen Moment wusste ich, dass ich niemals bereit dafür sein würde, Camille noch einmal aus meinem Leben verschwinden zu sehen.

»Niemand ist doch jemals bereit für irgendwas, oder?« Kian lehnte sich über den Tisch zu mir. »Besonders nicht, wenn es um Liebe oder Gefühle geht.«

Zuerst dachte ich, er würde mir zustimmen und mich darin bestärken, bis an mein Lebensende in meiner Wohnung eingesperrt zu bleiben. Doch das tat er nicht. Stattdessen lächelte er tatsächlich. »Aber wenn es jemand schafft, dass du aus deinem Schneckenhaus herauskommst, ist es das Risiko doch wert, oder?«

»Ganz ehrlich? Ich habe keine Ahnung.« Ich seufzte, als mir dämmerte, dass ich sehr wohl eine Ahnung hatte. Ich war für Camille schon das größte Risiko eingegangen, das ich mir überhaupt vorstellen konnte. Die ganze Zeit hatte ich mir eingeredet, für Camille da sein zu wollen, ohne zu merken, wie sie es geschafft hatte, dass ich mich selbst wieder öffnen wollte. Wieder vertrauen und mich wieder fallen lassen wollte. Ich hatte die offensichtliche Tatsache so vehement ignoriert, dass ich alles zerstört hatte. Camille war es, die mich mein Leben wieder hatte leben lassen. Das spürte ich deutlich, jetzt, da ich mich selbst wieder zurück auf Los gestellt hatte und einen Tag nach dem anderen nur irgendwie überleben wollte.

Mit einem Mal brauten sich in mir so viele widersprüchliche Gefühle zusammen, dass es mich fast nicht mehr auf meinem Verhörstuhl hielt. Ich fühlte mich furchtbar wegen dem, was mit Lucy passiert war. Wegen dem, was mit meinem Leben passiert war, und vor allem wegen dem, was Camille meinetwegen durchmachen musste. Aber auch wenn ich es niemals geglaubt hätte, fühlte ich mich dank Blake und Kian besser. Leichter, als könnte ich mir endlich eine Realität zu schaffen, in der ich keine Blase mehr brauchte, um mich zumindest eine begrenzte Zeit lang wohlzufühlen. Auch wenn ich wusste, dass mir der schwere Part erst noch bevorstand.

38

Camille

»Nein! Vergiss es!« Ich hörte Rylans Geschrei durch die angelehnte Zimmertür und schreckte von meinen Büchern hoch. Es war das erste Mal, dass ich überhaupt wieder ein Buch öffnen konnte, ohne dass meine Gedanken sofort zu Leo wanderten. Zu Leo und Lucy. Wie sich das anhörte. *Leo und Lucy.* Wie ein schlechter Animationsfilm über zwei Hauskatzen. Ich hatte wegen Leo geweint. Dann hatte ich jede Interaktion zwischen uns bis ins kleinste Detail analysiert, bis ich mir sicher war, in einem Paralleluniversum zu existieren. Im Moment befand ich mich in der Verdrängungsphase und verkroch mich, so oft es ging, hinter meinen Büchern, um zumindest etwas in meinem Leben auf die Reihe zu bekommen. Meine Freunde ließen mich nicht einmal für ein paar Stunden allein in der Wohnung und es kam mir fast so vor, als hätten sie einen detaillierten Schichtplan ausgearbeitet. Sie hatten es aufgegeben, mich dazu überreden zu wollen, Leo eine Nachricht zu schreiben. Aber ich wusste, dass sie mir nicht zustimmten. Sie fanden immer noch, ich sollte ihn zur Rede stellen. Doch das würde ich nicht tun. Weil wir uns wieder nur im Kreis drehen würden. Ich war mir sicher, dass Lucy die unbequeme Wahrheit war, vor der sich Leo in unserer Blase verstecken wollte. Addie und Rylan waren bis vor ein paar Tagen der Überzeugung, dass sie seine Freundin von zu Hause war, und ich hatte sie nicht korrigiert. Obwohl ich keine Beweise dafür hatte, war ich sicher, dass Leo keine Freundin hatte. Er war Leo, und auch wenn er mir das Herz gebrochen hatte, war er kein Arschloch. Zumindest keines im klassischen Sinne. Betrug oder andere Menschen waren es nicht, was mich verletzt hatte. Es war die Erkenntnis, dass ich bereit war, für ihn meine Welt zu öffnen, während er mich für seine eigene einfach fallen gelassen hatte. Er wollte eine Chance auf ein *Wir* in der Realität und ich hatte sie ihm gegeben. Sogar als Lucy aufgetaucht war, hatte ich ihm die Möglichkeit gegeben, bei ihm zu sein. Dieses Mal hätte ich diejenige sein können, die für ihn da ist. Doch er wollte mich nicht. Seine Wahrheiten waren ihm wichtiger als unsere Realität.

»Verschwinde!« Wieder klangen Rylans Worte an mein Ohr, und auch wenn es keine Seltenheit war, dass ihre Stimme durch den ganzen Flur schallte, beschlich mich ein ungutes Gefühl. Ihre Stimme war nicht getränkt von Selbstbewusstsein, so wie normalerweise, sondern schien fast zu zittern.

Ich konnte nicht ausmachen, mit wem sie sich unterhielt, da ihr Gesprächspartner in einer normalen Lautstärke sprach. Also drückte ich die Tür langsam auf und spähte in den Flur. Weil unser Wohnheim gefühlte tausend Jahre alt war, ertönte das unvermeidliche Quietschen – Rylan wirbelte herum und ihre braunen Augen sahen mich ängstlich an.

»Sie ist also nicht da, was?« *Bryson.*

Seine Stimme triefte vor Verachtung, als er erst mich und dann Rylan anfunkelte. Am liebsten wäre ich wieder rückwärts in mein Zimmer gestolpert und hätte die Tür zugesperrt, aber ich musste mich daran erinnern, dass es an der Zeit war, mich um mein eigenes Chaos zu kümmern.

»Ist schon okay, Rylan.« Ich trat neben sie und legte ihr eine Hand auf die Schultern, doch sie bewegte sich keinen Millimeter.

»Ich lasse dich garantiert nicht mit ihm allein.« Sie verschränkte die Arme vor der Brust und ließ ihn nicht aus den Augen.

»Rylan. Lass mich das machen. Bitte.« Meine Stimme war fest und ich spürte, wie Bryson sich versteifte. Auch wenn ich immer noch mitgenommen aussah – ich würde alles dafür tun, keine Schwäche zu zeigen.

»Fünf Minuten, dann rufe ich den Sicherheitsdienst.« Sie kniff die Brauen zusammen und drehte sich zögerlich um. Ich hatte keinen Zweifel daran, dass sie jedes unserer Worte belauschen würde, aber das war mir egal.

Bevor Bryson den Mund aufmachen konnte, drehte ich mich zu unserer Kommode um und griff nach seinem Autoschlüssel. Seit Tagen lag er dort wie ein Mahnmal dafür, dass das Kapitel Bryson immer noch nicht abgeschlossen war.

»Hier.« Ich drückte ihm den Schlüssel in die Hand und stellte zufrieden fest, dass ich ihn damit etwas aus dem Konzept brachte. »Deshalb bist du doch hier, oder?«

»Was? Nein!« Er trat einen Schritt auf mich zu. »Ich bin hier, weil du mich ignorierst.«

»Wie soll ich dich denn ignorieren, wenn du dich nicht bei mir meldest, Bryson?« Ich fixierte meine Reisetasche in seiner Hand und wägte ab, ob ich sie ihm einfach aus der Hand reißen und ihn zurück in den Flur schubsen könnte.

»Ich glaube nicht, dass ich derjenige sein sollte, der sich

meldet. Du bist schließlich einfach abgehauen und hast mich wie einen Idioten stehengelassen.« Er ließ meine Tasche mit einem lauten Knall fallen und stellte sich breitbeinig vor mich. Ich schluckte und widerstand dem Drang, vor ihm zurückzuweichen, mit aller Kraft.

»Du hast doch gesagt, ich soll mir ein *Uber* nehmen, weil ich nicht in der Verfassung war«, ich malte Anführungszeichen in die Luft, »um mit dir gesehen zu werden.«

»Zu deinen Eltern. Nicht zurück zur Uni. Das weißt du ganz genau. Ich weiß gar nicht, was in dich gefahren ist, Camille. Wir haben doch darüber gesprochen.« Er schüttelte den Kopf und klang wie ein Erwachsener, der einem Kind erklärte, dass es keine so gute Idee war, vor ein Auto zu laufen.

»Darüber, dass es toll ist, wie passiv ich bin, weil du mich dann nach Strich und Faden ausnutzen und betrügen kannst? Oder darüber, wie du mich für deine Interessen missbraucht und all die Jahre manipuliert hast.« Ich war selbst überrascht, wie ruhig meine Stimme klang, während ich eines der schmerzhaftesten Kapitel noch einmal durchlebte. »Weißt du was? Ich will es gar nicht wissen, Bryson. Ich habe dich geliebt. So sehr, dass ich alles für dich getan hätte, und jetzt muss ich mich fragen, warum ich nicht gut genug für dich war.«

Bryson starrte mich ein paar Sekunden lang nur an, dann blitzten seine grünen Augen auf. Er würde nicht so einfach nachgeben.

»Das ist mal wieder typisch. Die Erde dreht sich nicht nur um dich. Nur weil ich dir nicht meine ungeteilte Aufmerksamkeit schenken kann, musst du so ein Drama veranstalten.« Er kickte die Reisetasche in den Flur und ich hörte, wie Rylan sich hinter der Tür zum Wohnzimmer bewegte.

»Nur weil ich von meinem festen Freund erwarte, dass er keiner anderen die Zunge in den Hals steckt, heißt das nicht, dass ich deine ungeteilte Aufmerksamkeit will. Ich wollte deine Freundin sein. Nicht mehr und nicht weniger. Keine Investition in deine Zukunft oder dein Image.« Ich ließ meine angespannten Schultern sinken, weil es wahnsinnig befreiend war, ihm all das zu sagen, was er schon vor Monaten hätte hören sollen.

»Süße, du bist doch beides für mich. Es gibt uns doch nur zu zweit.« Bryson legte den Kopf schief, aber sein siegessicherer Ausdruck war aus seinen Augen verschwunden.

»Ich will gar nichts mehr für dich sein, Bryson. Ich will nur, dass du weißt, dass ich gut genug war, einfach deine Freundin zu sein. Du warst derjenige, der mir einreden wollte, dass ich mich mehr anstrengen müsste.« Ich ging einen Schritt zurück, weil ich seine Nähe plötzlich nicht mehr ertragen konnte.

»Willst du damit sagen, du wirfst alles weg? Hast du einen anderen, oder was?« Er ballte die Hände zu Fäusten.

»Erstens werfe ich gar nichts weg. Du wolltest mich doch nicht mehr. Und zweitens spielt es keine Rolle, ob ich einen anderen habe oder nicht. Es ist ganz allein meine Entscheidung, ob ich mir dir zusammen sein will oder nicht. Und wenn ich lieber allein als mit dir zusammen sein will, musst du das akzeptieren.« Es tat weh. Es tat verdammt weh. Gleichzeitig fühlte es sich so gut an, endlich aufzuräumen. Mit dieser Beziehung, die mein Leben eigentlich ordnen sollte, aber nur Unruhe gestiftet hatte.

»Du kannst doch allein gar nicht.« Bryson spuckte mir diese Worte vor dir Füße und ich hatte das Gefühl, er holte zu seinem letzten Schlag aus. »Glaubst du, ich weiß nicht, dass du mit diesem Neuen rumhängst, der hier einfach aufgetaucht ist? Diesem Mexikaner, der so aussieht, als würde er den Rasen im *University Park* mähen? Wie tief willst du noch sinken, Camille?«

Es kostete mich einiges an Mühe, ihn nicht auf der Stelle anzuschreien, damit er aufhörte, so abfällig über Leo zu sprechen. Doch diese Genugtuung sollte er nicht bekommen.

»Ich bin lieber mein Leben lang allein, als es mit dem Falschen zu verbringen. Und du …« Ich machte einen Schritt auf die Tür zu und griff nach der Klinke. »Du bist garantiert der Falsche.«

»Du glaubst, ich bin der Falsche?« Bryson schnaubte, trat aber tatsächlich hinaus in den Flur, nicht ohne mich aus seinen grünen Augen in Grund und Boden zu starren. »Du verbaust dir hier gerade deine ganze Zukunft. Du wirst nie wieder jemanden wie mich finden.«

»Das ist der verdammte Plan, Bryson!« Ich machte einen Schritt nach vorne, sobald er endlich aus der Wohnung getreten war, und schlug ihm die Tür vor der Nase zu. Sie fiel mit einem unnötig lauten Knall ins Schloss, und obwohl ich kein Fan von überdramatisierten Abgängen war, tat es unglaublich gut. Es war wie eine Metapher dafür, dass Bryson mit einem Knall aus meinem Leben verschwunden war.

Ich ließ mich mit dem Rücken gegen die Tür sinken und realisierte nur langsam, was gerade passiert war.

»O Gott, Camille. Was zur Hölle?« Rylan stürzte aus dem Wohnzimmer direkt auf mich zu. »Das war … Ich bin so stolz auf dich.« Sie versuchte nicht einmal, zu verbergen, dass sie gelauscht hatte, und drückte mich überschwänglich an sich. »Wie fühlst du dich?«

Ich horchte in mich hinein und kicherte, weil ich mich selbst nicht verstand. »Ich habe keine Ahnung.«

Ich hatte wirklich keine Ahnung. Es fühlte sich gut an, Bryson endlich aus meinen Leben zu schicken, gleichzeitig hatte ich unglaubliche Angst davor, was als Nächstes passieren würde. Was ich mit meiner Zukunft anstellen sollte und wie sehr meine Eltern ausflippen würden. Aber zum ersten Mal nach so langer Zeit war die Angst nicht mehr groß genug, um den bequemen Weg zu wählen, statt meinen eigenen zu gehen. Ich hatte Bryson nicht angelogen. Ich war lieber allein als mit dem Falschen zusammen. Und wenn Leo nicht der Richtige für mich sein wollte, dann würde ich es irgendwie schaffen, damit umzugehen. Ich war gut genug. Auch allein.

Rylan stand immer noch hibbelig vor mir und zog an den Kordeln meines Hoodies, um meine Aufmerksamkeit auf sich zu ziehen. »Tja, es gibt wohl nur einen Weg, dieses Problem zu lösen.«

»Was macht ihr hier? Es ist Freitagabend und ihr seid Anfang zwanzig und nicht Anfang vierzig!« Blake und Kian standen eine Stunde später in unserem Wohnzimmer und ich fragte lieber nicht nach, wie sie überhaupt in unsere Wohnung gekommen waren. Die Chancen standen gut, dass Addie ihnen einfach unseren Ersatzschlüssel überlassen hatte.

»Wir bewerfen das Problem mit Eiscreme.« Addie bewegte sich träge und hob ihre Schüssel mit dem halbgeschmolzenen Oreo-Eis.

»Und dafür braucht ihr gleich zwei verschiedene Eiskartons?« Kian ging ums Sofa herum und quetschte sich neben Addie, die sich sofort an ihn kuschelte und mir damit ungewollt einen kleinen Stich verpasste. Wie war das noch mal mit, *ich war mehr als okay damit, mein Leben allein zu verbringen?*

»Das hier …«, Pit, der kurz nach Bryson aufgetaucht war und uns eigentlich zu einer Party schleppen wollte, dann aber mit uns ins Zuckerkoma gefallen war, hielt die Box mit dem Karamell-Schokoeis hoch, »… ist zum Feiern.« Er grinste, weil er wusste, dass die Jungs keine Ahnung hatten, was überhaupt passierte.

»Also hast du mit Leo gesprochen?« Blake fixierte mich skeptisch und in mir zog sich alles zusammen, weil das Eis sich Zeit damit ließ, das Leo-Problem zu lösen.

»Warum sollte ich das tun?«

»Ich meine, ob er mir dir gesprochen hat?« Blake kam zögerlich näher, und als er einen skeptischen Blick mit Kian tauschte, wurde mir klar, dass hier gerade irgendetwas passierte, von dem ich nicht sicher war, ob es mir gefallen würde.

»Hat er natürlich nicht.« Rylan warf die Hände in die Luft und Addie nickte zustimmend. »Sonst würde sie wohl kaum hier mit uns auf der Couch sitzen.«

»Wieso dachtest du, er hat sich gemeldet?« Ich richtete mich auf und hatte das Gefühl, dass mir vom ganzen Eis augenblicklich schlecht wurde.

»Weil …« Blake fuhr sich durch seine schwarzen Haare und sah so zerknirscht und schüchtern aus, wie ich es nie von ihm erlebt hatte. »Du solltest wirklich mit ihm reden.«

»Blake!« Rylans Stimme war ruhig, aber durchdringend. »Was ist los?«

»Es geht ihm nicht gut und eigentlich dachte ich, er hätte

verstanden, dass er es dir erklären muss, aber …« Wieder brach er ab und sah hilfesuchend zu Kian.

»Er hat gesagt, er müsse ein schweres Gespräch führen, und wir dachten, dass er Camille meint.« Kian wollte weitersprechen, doch Addie schlug ihm mit der flachen Hand auf die Schultern.

»Ihr habt mit ihm geredet? Warum solltet ihr das tun? Und warum hast du mir das nicht gesagt?« Sie klang viel zu wütend dafür, dass es nicht Streit war, den sie austragen wollte. »Ich fasse es nicht. Ich dachte, wir wären endlich darüber hinweg, uns wichtige Dinge zu verheimlichen.« Unter ihre Wut mischte sich Trauer, und obwohl ihr Ausbruch nicht unbedingt verhältnismäßig war, verstand ich, wo er herkam.

»Addison.« Kian blieb wie immer ruhig. »Hier geht es nicht um uns, okay?« Er strich ihr ein paar Strähnen aus dem Gesicht und der Blick, den er ihr zuwarf, sprach Bände. Sogar ich konnte darin das Versprechen erkennen, dass er niemals etwas tun würde, was das, was die beiden hatten, zerstören könnte. In der nächsten Sekunde entspannten sich Addies Schultern, und auch wenn ich es nicht sehen konnte, war ich mir sicher, dass ihre Lippen eine Entschuldigung formten, bevor sie Kian einen Kuss auf die Wange drückte.

»Kann uns vielleicht mal jemand erklären, was hier los ist?« Rylan rutschte ungeduldig in ihrem großen Sitzsack hin und her. »Wenn ihr schon unbedingt in die Höhle des Löwen gehen musstet, könnt ihr uns ruhig erklären, was er gesagt hat.«

»Camille, er wollte dir nicht wehtun, ich glaube, das weißt du, oder? Es ging nie um dich.« Blake ignorierte Rylan, was völlig untypisch für ihn war, und fixierte mich, aber ich schüttelte nur den Kopf.

»Nein, Blake, ich kann das nicht noch mal.« Er wusste genau, was ich meinte. »Es ist, als würde es nicht ausreichen, einmal einen Fehler zu machen. Nein, lieber mache ich ihn zehnmal, nur um sicherzugehen, dass es mir immer noch wehtut. Ich kann da nicht noch einmal durch. Ich kann mich nicht noch einmal an etwas, an jemanden klammern, der mir wehtut.« Meine Finger krampften sich um meinen Löffel, weil es mindestens genauso schmerzte, es auszusprechen, wie der Gedanke daran, nie mehr mit Leo reden zu können.

»Leo will dir doch nicht wehtun.« Kian richtete sich auf und blickte an Addie vorbei zu mir. »Er ist derjenige mit dem Schmerz. Ich sage nicht, dass das eine Entschuldigung ist, aber es ist zumindest eine Erklärung.«

»Du solltest auf ihn hören, Camille, er weiß schließlich, wovon er spricht.« Blake, der Kian normalerweise in jedem Satz einen sarkastischen Kommentar an den Kopf warf, klang so ernst, dass sich eine Gänsehaut über meinen Körper zog.

Bevor ich überhaupt nach den passenden Worten in meinem Gehirn kramen konnte, richtete sich Pit, der schon erstaunlich lange ruhig war, ruckartig auf. »Ich kann nicht glauben, dass ihr euch auf seine Seite stellt. Ihr seht doch, was er aus Camille gemacht hat!« Er funkelte unsere Freunde wütend an, bevor er sich – eine ganze Spur sanfter – an mich wandte. »Nichts für ungut, Süße.«

Instinktiv fuhr ich mir durch meinen Zopf, mit dem ich schon seit Tagen herumlief. Ich konnte Pit seinen Kommentar nicht mal verübeln. Normalerweise hielt ich mich an einen strikten Haarwaschplan, um meine Haare zu schonen, aber trotzdem immer gepflegt auszusehen. Der war allerdings in der letzten Woche genauso durcheinandergeraten wie alles andere in meinem Leben. Ich hatte auch seit Tagen schon meine Brille auf, mit der ich nur selten unter Menschen ging, doch meine Augen waren vom vielen Weinen und Schlafentzug viel zu empfindlich für Kontaktlinsen geworden.

»Wir stellen uns auf gar keine Seite, Pit«, sagte Blake und sah wieder hilfesuchend zu Kian, der ihm aufmunternd zunickte. »Aber wir können auch nicht mit ansehen, wie ihr beide daran zugrunde geht, obwohl es so einfach sein könnte.«

»Mit Leo ist nichts einfach«, entfuhr es mir viel zu schnell und zu laut, sodass sogar Pit zusammenzuckte.

»Süße, dafür hat er dich aber ganz schon oft zum Lächeln gebracht, oder?« Addie löste sich von Kian und strich mir über den Arm.

»Er ist von uns allen hier am wenigsten Arschloch. Ich glaube, er war nur viel zu lange allein mit seinen Dämonen.« Kian seufzte, und dass diese Worte aus seinem Mund kamen, machte sie noch viel bedeutungsvoller. Er wusste genau, wovon er sprach. »Er hätte doch tatsächlich gedacht, Blake wollte ihn auf der Stelle verprügeln.« Kian lachte, als wäre es das Unlogischste, das er je gehört hatte, und vielleicht war es das ja auch.

»Hey, ich könnte ihn verprügeln, wenn ich wollte«, mischte Blake sich wieder ein und sah so aus, als würde er sich selbst nicht glauben. »Er ist eine sensible Seele, Camille. Wie du. Deshalb ist es ja so kompliziert. Ihr steht euch selbst im Weg.«

»Camille steht überhaupt niemandem im Weg.« Pit verschränkte die Arme vor der Brust und sah immer noch nicht überzeugt aus. »Wenn, dann ist Leo der, der nicht weiß, wie man durch eine geöffnete Tür geht.«

»Deshalb hat man Freunde, die einem dabei helfen.« Addie gab ihm einen Klaps. »Aber ich glaube, Leo hat überhaupt keine Ahnung, wie das ist.«

»Freunde zu haben, die sich in deine Angelegenheiten einmischen und dir jegliche Privatsphäre nehmen?« Pit versuchte, ernst zu klingen, doch sein Grinsen verriet ihn und brachte ihm einen weiteren Klaps von Addie ein.

»Er weiß nicht, wie es ist, überhaupt Freunde zu haben.« Addies Worte hingen in unserem Wohnzimmer wie eine düstere Wolke. Keine, die ein Gewitter ankündigte, sondern eine dicke, graue und melancholische Wolke, die sich immer weiter ausbreitete und uns alle zu verschlucken drohte.

»Deshalb wird es Zeit, dass er lernt, wie es ist, uns fünf als Freunde zu haben.« Rylan klatschte voller Tatendrang, von dem ich nicht wusste, woher er kam, in die Hände.

»Das klingt wie eine Drohung. Außerdem hat er sechs Freunde, Rylan.« Blake setzte sich neben sie auf den Sitzsack.

»O bitte, Camille ist sicher so einiges für ihn, aber bestimmt nicht eine von seinen Freunden.« Rylan rutschte unruhig auf ihrem Sitz hin und her. Niemandem schien es aufzufallen, dass ich schon seit einigen Minuten nichts mehr gesagt hatte.

»Und es ist verdammt noch mal auch eine Drohung. Wenn er uns als Freunde hat, dann kann er nicht einfach abhauen und glauben, dass wir uns nicht einmischen. Wir werden uns sowas von in sein Leben einmischen. Und er wird gefälligst dankbar dafür sein.« Rylan plapperte weiter, während es in meinem Kopf arbeitete.

Bryson war derjenige, mit dem sich eine Beziehung

anfühlte, als würde er mich ins kalte Wasser schubsen. Und wenn ich unterzugehen drohte, sah er einfach nur zu und rief: »Lern schwimmen«. Und dann kam Leo. Leo, der mich nicht retten konnte, der aber bei mir war und mir gezeigt hatte, dass ich niemanden dafür brauche. Dass ich selbst schwimmen konnte. Es war wie ein Versprechen, an das ich mich geklammert hatte. Ein Versprechen, das mir so wahnsinnig viel Kraft gegeben hatte.

Und jetzt saß ich hier, an dem Ort, an dem ich mich am wohlsten fühlte, zwischen den Menschen, deren Freundschaft so bedingungslos und unerschütterlich war, dass es mir einen Stich ins Herz versetzte, wenn ich nur daran dachte, dass Leo dieses Gefühl nicht kannte.

Trotzdem fühlte ich mich nicht so ruhig, wie ich sollte. Das Eis, das für die Problemlösung zuständig war, wirkte immer noch nicht. Sonst würde ich mich nicht so fühlen, als wäre ich an einer Kreuzung angekommen. Einer, an der ich akzeptieren konnte, dass Leo sein Versprechen gebrochen hatte. Oder daran zu glauben, dass jedes einzelne Wort davon die Wahrheit war.

39

Leo

»Leonardo!« Meine Großmutter stürzte sich auf mich, als wären vier Jahre, statt vier Wochen vergangen. *Waren es wirklich erst vier Wochen?*, schoss es mir durch den Kopf. Vier Wochen voller Neuanfänge und Veränderungen, in denen doch irgendwie alles gleich geblieben war. Vier Wochen, in denen ich Camille kannte, dabei kam es mir schon wie eine Ewigkeit vor. Eine gute Ewigkeit. Eine, die die Bedeutung dieses Wortes verdiente. Bevor ich es versaut hatte.

Abuela schien von meinen rasenden Gedanken nichts mitzubekommen. Oder es störte sie nicht, denn sie drückte mich immer noch so fest an sich, dass ich mich fast nicht mehr bewegen konnte, was nach den Gesetzen der Physik eigentlich gar nicht möglich sein dürfte. Sie war gefühlt nur halb so groß wie ich und ich fragte mich jedes Mal, wie sie meinem Vater und mir die Gene für unsere Größe vererben konnte.

»Was fällt dir ein, erst jetzt hier aufzutauchen?« Abrupt löste sie sich von mir und gab mir einen Klaps auf die Schulter. Ohne meine Antwort abzuwarten, stürzte sie sich in der nächsten Sekunde auf Maya, die sich sichtlich freute, in unserem alten Zuhause zu sein.

»Was hab ich dich vermisst.« Sie sagte diese Worte zu Maya, aber ich wusste, dass sie mir genauso galten.

»Wo sind Mom und Dad?« Ich hörte selbst, dass ich gehetzt und unhöflich klang, und ich wollte Zeit mit meiner Großmutter verbringen, aber zuerst musste ich etwas Ordnung in mein Chaos bringen. Und ich musste es schnell tun. Bevor mich der Mut dazu wieder verließ.

Meine Großmutter richtete sich auf, legte den Kopf schief und sah mich an, als hätte ich undeutlich gesprochen. Es dauerte viel zu lange, bis ich verstand, was sie erwartete.

Sie kniff die Augen zusammen, als ich ihr die gleiche Frage noch einmal auf Spanisch stellte und endlich eine Antwort bekam.

Ich drückte ihr einen Kuss auf die Wange, bedeutete Maya, bei ihr zu bleiben, und rannte mehr, als dass ich ging, in das untere Stockwerk. Ich hörte noch, wie meine Großmutter vor sich hinschimpfte, dass ich nach vier Wochen schon meine Muttersprache vergessen hätte und in diesem Haus sowieso niemand mehr Spanisch spräche. Auch wenn ich normalerweise genügend Geduld für ihre Beschwerden hatte, beschloss ich, dass Maya sie leichter ertragen konnte, und ging zielstrebig auf die Tür zu, die in den unteren Teil des Hauses führte. Bis vor ein paar Wochen hatte ich dort mit meinen Eltern gewohnt. Ich liebte unser Haus und merkte erst jetzt, wo ich wieder da war, wie sehr ich es vermisst hatte. Es war direkt am Wasser gebaut, eine Hälfte stand auf einem großen Kalkfelsen, die andere stützte sich auf Stelzen. So konnte der obere Bereich meiner Großmutter barrierefrei gestaltet werden und wirkte von der Straßenseite fast wie ein Bungalow. Im Inneren wurde er aber durch eine Treppe mit dem unteren Teil des Hauses verbunden, in dem ich aufgewachsen war. Erst vor der breiten Schiebetür, die mich direkt in den Wohn-Essbereich meiner Eltern führen würde, blieb ich stehen und legte den Kopf in den Nacken.

Es fühlte sich fast so an, als wäre ich um ein Jahr zurückversetzt worden. Zu dem Tag, an dem ich mich fühlte, als würde ich mich meiner eigenen Hinrichtung ausliefern. Genauso war es dann auch. Die Enttäuschung meiner Eltern und das Wissen, dass sie nicht zu einhundert Prozent hinter mir standen, waren wie ein Todesstoß. Der Todesstoß für die Person, die ich einmal war. Die, zu der mich meine Eltern erzogen hatten und der sie eigentlich vertrauen sollten. In diesem Moment wusste ich, dass ich damit hätte leben können, wenn sich alle meine ehemaligen Mitschüler, meine Kommilitonen und all die Menschen, mit denen ich aufgewachsen war, von mir abgewendet hätten. Alle, denen ich so sehr zu beweisen versucht hatte, dass ich einer von ihnen war, hatten mich fallen gelassen. Und es wäre mir egal gewesen, wenn meine Eltern mir geglaubt hätten und mein Zuhause damit der sichere Ort geblieben wäre, der er meine gesamte Kindheit über gewesen war.

Ausgerechnet meine Eltern, die noch viel besser wussten als ich, wie schnell man abgestempelt wurde, nur weil man dunklere Haare und dunklere Haut hatte, und wie leicht einem geglaubt wurde, nur weil seine Vorfahren dieses Land erobert hatten.

Es war nicht so, dass unser Verhältnis seitdem furchtbar wäre, dennoch hingen diese unausgesprochenen Wahrheiten und Vorwürfe seitdem ständig zwischen uns. Meine Mutter hatte in regelmäßigen Abständen das Thema aufgegriffen oder mich gebeten, zumindest mit irgendjemandem darüber zu sprechen, aber ich hatte immer abgeblockt. Verdrängen schien mir stets das kleinere Übel zu sein. Ich schüttelte den Kopf, weil ich nicht glauben konnte, dass es so viel Zeit und ein weiteres gebrochenes Herz brauchte, bis ich verstand, dass ich den falschen Weg gewählt hatte.

Kurz überlegte ich, anzuklopfen, dann kam mir der Gedanke bescheuert vor. Nicht nur, weil meine Eltern wussten, dass ich kommen würde. Das hier war auch mein Leben lang mein Zuhause gewesen.

»Leo!« Mein Vater war der Erste, der mich bemerkte, als ich viel zögerlicher als beabsichtigt durch die Schiebetür in den hellen Wohnbereich trat. Zu meinem beklemmenden Gefühl gesellte sich sofort ein vertrautes, als ich durch die große Fensterfront direkt aufs Wasser blickte. Meine Schultern entspannten sich automatisch und mein Herzschlag fand in einen ruhigeren Rhythmus. Das Meer hatte mich schon immer beruhigt.

Er kam in schnellen Schritten auf mich zu und bremste im letzten Moment ab, als würde er nicht genau wissen, wie er mit mir umgehen sollte. Er trug noch seinen dunklen Anzug und fast stahl sich ein Lächeln auf meine Lippen, weil das bedeutete, dass er extra wegen mir früher aus dem Büro gekommen war. Allerdings war ich – oder besser gesagt meine Abwesenheit – auch der Grund, dass er seine Samstage inzwischen regelmäßig in der Kanzlei verbrachte. Für ein paar Sekunden sahen wir uns in die Augen. Schätzten uns ab, bis mein Vater den ersten Schritt machte und mich in eine kurze, aber feste Umarmung zog.

»Geht es dir gut, *Hijo*?« Er hielt mich an den Schultern fest und musterte mich von oben bis unten, als würde er irgendwelche körperlichen Schäden an mir erwarten.

»Nein, es geht mir nicht gut.« Ich ließ die Schultern sinken und bereute meine Aussage in der nächsten Sekunde, als sich seine Gesichtszüge verhärteten. Aber ich wollte ihnen nichts mehr vormachen.

»Leonardo, was ist passiert?« Meine Mutter drängte meinen Vater zur Seite und schloss mich in ihre Arme, als wollte sie mich nie wieder loslassen. Sie war einen Kopf kleiner als ich, aber ihre Umarmungen fühlten sich immer noch so an wie der beste Schutz, den es vor der Welt da draußen gab. Als sie sich wieder von mir löste, glitzerten Tränen in ihren Augen, die meinen fast identisch waren.

»Können wir uns vielleicht setzen?« Ich deutete auf den großen Esstisch, an dem das letzte Gespräch so furchtbar verlaufen war, und meine Eltern nickten. Ernste Gespräche führten wir als Familie schon immer auf Englisch, was keinen Sinn ergab, aber für uns trotzdem am besten funktionierte.

»Warum war Lucy hier?« Ich dachte nicht groß darüber nach, bevor ich mit der Tür ins Haus fiel. Ich sah keinen Sinn darin, belanglosen Small Talk zu machen, während es sich der riesige Elefant im Raum bequem machte und dann nur noch schwerer zu beseitigen wäre.

»Sie wollte mit dir reden«, antwortete meine Mutter zögerlich und ich sah ihr an, dass sie meine nächste Frage schon wusste. »Ich habe ihr gesagt, dass du am Wochenende vorbeikommen wolltest. Als du das nicht getan hast …« Sie brach ab und blickte zu meinem Vater, dessen Miene so unleserlich war wie im Gerichtssaal. »Ich dachte, ich tue das Richtige, Leo. Sie wirkte aufrichtig verzweifelt.«

»Sie wirkte aufrichtig verzweifelt? Ist das dein Ernst, *Mamá*?« Ich krallte meine Fingernägel in den Holztisch. »Du weißt doch genau, was für eine hervorragende Schauspielerin sie ist.«

»Leo«, setzte mein Vater an, verstummte aber sofort wieder.

»Nein, wisst ihr natürlich nicht, weil ihr immer noch nicht glaubt, dass sie schauspielert, oder?«

Meine Eltern blickten sich zuerst gegenseitig und dann wieder mich an. Ich hatte das Gefühl, dass sie mit der Situation vollkommen überfordert waren, und es tat mir im Herzen weh, sie so zu sehen. Obwohl ich so gerne noch viel wütender auf sie wäre, brachte ich es nicht zustande, weil sie mir sonst immer die besten Eltern waren, die ich mir vorstellen konnte.

»Was wollte sie denn überhaupt von mir?«

Meine Mutter blinzelte ein paar Mal. »Sie hat nur gesagt, dass sie dringend mit dir reden muss. Ich dachte, du hättest mit ihr gesprochen, als sie in *Elbury Park* war.«

»Wie könnt ihr bloß denken, dass irgendetwas davon eine gute Idee war? Sie hat mein Leben ruiniert. Sie hätte sogar euren Ruf fast ruiniert. Wie könnt ihr einfach zulassen, dass sie wieder in unser Leben platzt?« Mein Atem ging stoßweise, aber ich hatte das Gefühl, die Worte müssten dringend an die Oberfläche.

»Sie hat wieder alles kaputtgemacht«, fügte ich eine ganze Spur leiser hinzu und es fiel mir zunehmend schwerer, all meine Gefühle zu kontrollieren.

»Leo, wir wussten nicht, dass es dich wieder so aufwühlen würde. Ich … Wir dachten, es würde dir guttun, diese Sache mit ihr zu klären.« Mein Vater drückte die Hand meiner Mutter und seine undurchdringliche Miene schien von Sekunde zu Sekunde zu verrutschen.

»Wegen ihr glaubt die ganze verdammte Insel, dass ich sie auf einer Party betrunken zum Sex genötigt und dann halb bewusstlos im Badezimmer zurückgelassen habe. Und das ist wahrscheinlich noch die harmloseste Version der Geschichte, die die Leute glauben. Wie zum Teufel sollte mich das jemals nicht mehr aufwühlen?«

Als die Tränen meiner Mutter zu laufen begannen, war es auch für mich fast unmöglich, das Brennen hinter meinen Lidern zu ignorieren. Der Schmerz wollte mit aller Kraft an die Oberfläche.

»Leonardo?« Die Stimme meiner Großmutter durchschnitt die bedrohliche Stimmung im Esszimmer wie ein scharfes Messer. Ich hatte sie nicht hereinkommen hören und ich wollte auch nicht, dass sie bei diesem Gespräch dabei war.

»Ahora no«, *jetzt nich*t, fuhr ich sie an, in einem Tonfall, den ich sofort bereute. Ich drehte mich um, mit einer Entschuldigung auf der Zunge, aber die Worte blieben mir im Hals stecken.

40

Leo

»Leo.« Camille stand etwas verloren neben meiner Großmutter und starrte mich an, ihre meerblauen Augen weit aufgerissen.

Sie hat es gehört, schoss es mir durch den Kopf.

»Leo«, wiederholte sie meinen Namen und der Klang ihrer Stimme allein warf mich fast aus der Umlaufbahn.

Sie stand hier, im Haus meiner Eltern, das einen Teil von mir repräsentierte, den ich so sehr von ihr und meinem Leben in *Elbury Park* trennen wollte, dass ich nicht gemerkt hatte, wie ich damit alles Gute kaputtmachte.

Sie hat meine Wahrheit gehört. Meine Gedanken rasten, als Camille fast schüchtern einen Schritt auf mich zu machte. Ich war mir sicher, dass diese ganze Situation sie wahnsinnig stressen musste, weshalb es noch weniger Sinn ergab, dass sie hier war.

»Was machst du hier?« Wäre die Situation eine andere gewesen, hätte ich vermutlich über die Ironie lachen können. Darüber, dass sie nun diejenige war, die auftauchte, während ich kurz vorm Zusammenbruch stand und mit aller Macht versuchte, sie davon abzuhalten, bei mir zu sein. Aber nichts an dieser Situation war zum Lachen.

»Sei nicht unhöflich!« Die Worte meiner Großmutter klangen viel zu weit entfernt, dafür, dass sie nur ein paar Schritte von mir entfernt stand. »Willst du uns deine Freundin nicht vorstellen?«

Bei ihren Worten zuckte ich zusammen, und das, obwohl sie wirklich *Freundin* meinte und nicht *feste Freundin.*

Camille versteifte sich, als meine Großmutter ihr einen Arm um die Schulter legte, aber sie wandte sich nicht von mir ab. Ich sah ihr an, dass sie sich unwohl fühlte, gleichzeitig las ich in ihren Augen etwas anderes, etwas Entschlossenes, und es fiel mir zunehmend schwerer, dem standzuhalten. Auch wenn ich vor einer Minute noch in Tränen ausbrechen wollte.

»Ähh … Abuela, das ist …«, fing ich an, doch meine Großmutter schnitt mir das Wort ab.

»Leonardo Felipe. Wir sprechen nicht Spanisch, wenn unser Gast die Sprache nicht versteht.« Sie funkelte mich an und ich erstarrte. Nicht weil ihre Worte besonders scharf aus ihrem Mund kamen, sondern weil ich mich kaum daran erinnerte, wann ich sie zuletzt Englisch sprechen gehört hatte. Ich hatte das Gefühl, dass Camille schmunzeln wollte, als sie meinen vollen Namen hörte, aber dieses ganze Szenario ließ es nicht zu.

»Komm, Camille, willst du etwas trinken?« Meine Großmutter warf noch einen missbilligenden Blick auf mich und einen, den ich nicht deuten konnte, auf meine Eltern, bevor sie sich wieder an Camille wandte, deren Anwesenheit ich immer noch nicht verarbeitet hatte.

»Nein!« Ich sprang auf und bereute es sofort, weil mir Camille viel zu nah war. »Ich mache das.«

Ich vermied es, mich zu meinen Eltern umzudrehen, aber meine Großmutter drängte mir ihren Blick, der voller

Genugtuung war, förmlich auf.

»Komm mit!« Wäre dies eine andere Situation gewesen, hätte ich ihr eine Hand auf den Rücken gelegt. Doch das hier war meine momentane Realität, in der ich die Blicke meiner Familie im Rücken spürte, als ich mit viel zu großem Sicherheitsabstand vor ihr in die offene Küche ging. Ich verfluchte das Open-Floor-Konzept unseres Hauses, weil es jegliche Privatsphäre zunichtemachte, und starrte viel zu lange in den Kühlschrank, bevor ich eine Flasche Wasser herauszog, von der ich nicht wusste, ob Camille sie überhaupt wollte.

»Leo, ich …« fing Camille an, als ich ihr das Wasser in die Hand drückte, peinlich genau darauf bedacht, sie nicht zu berühren.

»Du hättest nicht herkommen sollen. Wie bist du überhaupt … Woher weißt du … O Gott.« Ich legte meinen Kopf in den Nacken und fuhr mir übers Gesicht, bis mir klar wurde, dass wir nicht allein waren.

Aus dem Augenwinkel sah ich meine Eltern, die wenigstens den Anstand hatten, nicht offensichtlich in unsere Richtung zu starren. Ganz im Gegensatz zu meiner Großmutter, die mit verschränkten Armen neben dem Tisch stand und sichtlich angestrengt versuchte, jedes Wort zu verstehen.

Ich wägte gerade meine Möglichkeiten ab, als mein Vater räuspernd aufstand. »Leo, wir …«, setzte er an, als ich herumwirbelte.

»Nein, Camille wird nicht bleiben.«

»Leo!« Camille neben mir klang mindestens genauso entsetzt wie meine Mutter, die ebenfalls meinen Namen rief und aufstand.

»Wie wäre es, wenn ihr euch kurz allein unterhaltet?«

Meine Mutter kam langsam auf uns zu und lächelte Camille gequält an. Ich war mir nicht sicher, ob sie froh war, dass unser Gespräch unterbrochen wurde, oder ob sie Camilles Anwesenheit störte.

»Nein, ich …« Weiter kam ich nicht, weil meine Großmutter trotz der Proteste meines Vaters auf mich zugestürmt kam.

»Das Mädchen ist extra wegen dir den ganzen Weg hierhergekommen. Egal, was du glaubst, für Gründe zu haben, sie wegzuschicken, du wirst dich jetzt zusammenreißen. So habe ich dich nicht erzogen.«

Sie verschränkte die Arme vor der Brust und ignorierte das Augenrollen meiner Mutter. Die beiden hatten zwar ein gutes Verhältnis, aber sie hasste es immer noch mindestens genauso sehr wie früher, wenn sich ihre Schwiegermutter in meine Erziehung einmischte. Was diese allerdings nicht davon abhielt, es trotzdem zu tun. Camilles Wangen färbten sich rosa, während sie aussah, als würde sie die Wasserflasche jeden Moment in der Hand zerdrücken.

Auch wenn ich es immer noch kaum ertragen konnte, sie in meiner Nähe zu haben, wollte ich nicht, dass sie sich in der Gegenwart meiner Familie unwohl fühlte. Ob es an der Erziehung meiner Großmutter oder den Gefühlen für Camille lag, die nach wie vor meine vorherrschenden Emotionen waren, wollte ich nicht analysieren.

Für ein paar Sekunden war es still. Eine Seltenheit in diesem Haus, in dem es sich an den meisten Tagen anhörte, als lebten hier zehn, statt vier Personen. Ich spürte drei dunkelbraune und ein blaues Augenpaar auf mir und sie alle erwarteten eine Reaktion von mir. Zu meiner Überraschung war es Camille, die die Stille durchbrach. Meine komplette Haut kribbelte, weil ich wusste, wie schwer es für sie sein musste, sich so schutzlos in den Fokus meiner Eltern zu stellen.

»Leo! Bitte.« Fast erwartete ich, ihre Hand auf meiner Haut zu spüren, aber sie bewegte sich nicht. Dafür war alles in mir in Aufruhr. Sie wirkte so traurig, dass ich wegsehen musste, weil ich es sonst nicht übers Herz gebracht hätte, sie wegzuschicken.

»Leo, bitte sprich mit mir.« Camille stand immer noch an der gleichen Stelle, als traute sie sich nicht, einen Schritt näher zu kommen.

»Du hättest nicht herkommen sollen. Ich kann das alles nicht.« Ich machte einen Schritt zurück und sah nur aus dem Augenwinkel, wie mein Vater seine Mutter in den Wohnbereich zog, um uns wenigstens ein bisschen Privatsphäre zu geben.

»Warum nicht?« Camilles Blick lag auf mir und verriet doch nichts darüber, was sie dachte.

Sie weiß es und sie wird anfangen, dich mit anderen Augen zu sehen. Das Wissen, dass Camille sich von mir abwenden würde, konnte ich fast nicht ertragen. Ich hatte versucht, sie von mir fernzuhalten. Als ich keine Chance mehr gegen das hatte, was sie in mir auslöste, wollte ich die unbequeme Wahrheit verdrängen. Ich war kläglich gescheitert. Camille stand hier und ich würde zusehen müssen, wie meine Vergangenheit ihre Sicht auf mich verändern würde.

»Weil ich ein einziges Chaos bin.« Meine Stimme war leise, weil ich nicht wollte, dass meine Familie die Gefühle darin ausmachen konnte.

»Leo, ich …«, setzte Camille an, aber ich unterbrach sie.

»Es tut mir leid.« Kopfschüttelnd wandte ich mich ab. Ich hatte keine Ahnung, wie ich überhaupt noch hier stehen konnte, statt auf der Stelle umzufallen. Die Anstrengung, die es mich kostete, Camille schon wieder wegzustoßen, schien zu groß, als dass ich mich je wieder davon erholen könnte.

»Nein, Leo.« Sie reckte das Kinn nach vorne und suchte meinen Blick. »Egal, wie oft du mich wegschicken willst, ich werde nicht gehen.«

»Bitte, mach es nicht unnötig kompliziert.« Ich fuhr mir mit der Hand übers Gesicht, doch sie ignorierte meinen Einwand.

»Ich glaube, jetzt brauchst du jemanden, der für dich da ist, während du dir selbst hilfst.« Camille machte einen Schritt auf mich zu. »Ich werde nicht gehen, Leo. Lass dir Zeit und tu, was du tun musst. Ich werde nicht weggehen.«

Sie wandte sich ein letztes Mal um und ging auf die Tür zu. Bevor ich abwägen konnte, was sie meinte, hob sie die Hand, um sich von meiner Familie zu verabschieden, und verschwand durch die Schiebetür. *Sie würde nicht weggehen.* Instinktiv wusste ich, dass sie vor der Tür warten würde, aber mein Körper streikte. Ich konnte ihr nicht hinterherlaufen, sondern blieb wie angewurzelt stehen. Ich ignorierte meine schimpfende Großmutter, die sich – zum Glück für Camille unverständlich – über meine fehlenden Umgangsformen beschwerte, und ließ mich auf einen der Hocker fallen, die an den Längsseiten der Kücheninsel standen.

Camille war hier. Camille hatte gehört, was mit Lucy passiert war. Und sie wollte trotzdem bleiben.

»Leonardo! Wie kannst du dieses nette Mädchen nur so behandeln. Sie …« Eine weitere Schimpftirade meiner Großmutter wurde von meinem Vater unterbrochen, doch ich hatte nicht einmal die Kraft, ihm dafür zu danken.

»Mamá, basta ya. *Es reicht.* Leo kann das jetzt nicht gebrauchen. Du kennst dieses Mädchen nicht und er wird seine Gründe haben. Hör einfach auf damit!« Es kam selten vor, dass mein Vater sich gegen seine Mutter stellte, aber wenn er es tat, dann wirkte es. Meine Großmutter war zu stolz, um einzulenken, doch ihr Blick verriet mir, dass es ihr leidtat. Für ein paar Sekunden stand sie unschlüssig in unserer Küche, bevor sie sich auf einen Sessel im Wohnzimmer verzog und so tat, als würde sie lesen. Nur über ihre Leiche würde sie riskieren, irgendein kleines Detail zu verpassen.

»Ich brauche frische Luft«, murmelte ich, obwohl die Terrassentür weit offenstand. Ich stürzte auf die große Veranda, die sich über die Länge des gesamten Stockwerks zog und von der aus man den ganzen Strandabschnitt betrachten konnte. Es dauerte keine Sekunde, bis ich Camilles lange blonde Haare sah, ihre zarte Figur, wie sie direkt am Wasser entlangging. Obwohl sie sich von unserem Haus wegbewegte, wirkte sie nicht so, als würde sie weglaufen. Eher so, als würde sie sich die Zeit mit einem kleinen Strandspaziergang vertreiben.

»Ist sie der Grund dafür?« Meine Mutter stützte sich neben mir mit den Ellenbogen auf das Terrassengeländer. Ohne sie anzusehen, wusste ich, dass auch ihr Blick auf Camille gerichtet war.

»Irgendwie schon.«

»Weiß sie es?« Die Stimme meiner Mutter klang zögerlich, so als hätte sie Angst, ich würde mich wieder komplett vor ihr verschließen.

»Zumindest das, was sie gerade gehört hat.« Ich schüttelte den Kopf, als könnte ich so das beklemmende Gefühl verdrängen. Das Gefühl, dass Camille von meinem größten Schmerz wusste. »Sie sollte es nicht wissen«, fügte ich hinzu und spürte, wie meine Mutter sich zu mir drehte.

»Hast du es ihr nicht gesagt, weil du Angst hattest, dass

sie dir nicht glaubt? Oder dachtest du, es wäre nicht mehr wichtig?«

»Wie könnte es jemals nicht mehr wichtig sein? Es ist so ein großer Teil von mir, dass es mich fast auffrisst. Ich habe versucht es zu verdrängen …« Ich zögerte, weil ich mich plötzlich so schutzlos fühlte.

»Es hat mich so verändert. In *Elbury Park* lief es besser. Aber ich habe solche Angst, dass alles mit einem Schlag in Flammen aufgeht.« Meine Blick haftete auf Camille, als wäre sie mein Fixpunkt, an dem ich mich orientieren musste. »Camille, sie … Ich hätte es nicht noch mal ertragen. Wenn sie mich auch mit anderen Augen gesehen hätte, ich …« Ich brach ab, weil die Angst davor, Camille könnte mich als etwas sehen, was ich nicht war, zu übermächtig wurde.

»Leo. *Hijo.* Wir sehen dich doch nicht mit anderen Augen. Das haben wir nie.« Meine Mutter klang verzweifelt, doch ich brachte es immer noch nicht über mich, sie anzusehen.

»Ihr habt mir nicht geglaubt. Ausgerechnet meine eigene Familie. Ihr hättet mich beschützen müssen.« Hinter meinen Lidern brannte es und plötzlich fühlte ich mich wie ein kleines Kind, das von seinen Eltern alleingelassen wurde, obwohl ich schon längst für mich selbst verantwortlich sein sollte.

»Wir haben dir geglaubt, Leo. Immer. Wir waren nur überfordert, Schatz. Es gab keine Klagen oder rechtlichen Schritte. Dinge, mit denen wir uns auskennen. Es gab nur Worte und Gefühle und wir wusste nicht, wie wir damit umgehen sollten. Und dann haben wir alles falsch gemacht. Wir dachten, es würde irgendwann von selbst weggehen, obwohl ich gesehen habe, wie es dich auffrisst. Aber mit dem Umzug … Ich dachte, es wäre eine Universallösung. Jetzt weiß ich, dass es falsch war.« Ihre Stimme wurde brüchiger und endlich schaffte ich es, sie anzusehen. »Es tut mir leid, Leo. Vielleicht kannst du mir das irgendwann verzeihen. Bitte vergiss nicht, dass wir nie an dir gezweifelt haben. Nie.«

Meine Mutter versuchte nicht einmal, die Tränen zurückzuhalten, die sich in ihr wahrscheinlich genauso lange aufgestaut hatten wie in mir. Mir war bewusst, dass ich kein Wort erwidern könnte, ohne selbst in Tränen auszubrechen. Trotzdem bedeuteten mir die Worte meiner Mutter alles. Ich machte einen Schritt auf sie zu und schlang meine Arme um sie. Als ihr Schluchzen stärker wurde, drückte ich sie fester an mich. So wollte ich ihr zeigen, wie sehr mir dieses Gespräch geholfen hatte. Noch immer fühlte ich mich miserabel, hatte Angst. Aber das Wissen, dass meine Eltern bedingungslos an mich glaubten, machte es in diesem Moment ein bisschen leichter.

»Leo?« Meine Mutter murmelte an meine Schulter und weigerte sich, mich loszulassen. »Ich weiß, du bist zu alt für meine Tipps, aber …« Bevor sie weitersprechen konnte, legte ich meine Hände auf ihre Schultern und drückte sie sanft von mir weg. »Du solltest zu ihr gehen.«

»Was?« Ich machte einen Schritt zurück.

»Sie ist schlauer als wir. Sie zweifelt nicht an dir, Leo, und sie gibt dir keinen Grund, irgendetwas in diese Richtung zu denken. Sie hat sogar ihre Tasche dagelassen. Ich weiß nicht, was das zwischen euch ist, doch ich bin mir sicher, es ist etwas Gutes.« Sie wischte sich ihre Tränen von den Wangen und lächelte mich an. »Geh zu ihr, Leo. Bestraf sie nicht für Fehler, die wir gemacht haben. Und vor allem hör auf dich selbst zu bestrafen.«

Ihre Worte wurden eindringlicher, dennoch sickerten sie nur langsam zu mir durch. Ich blickte an ihr vorbei zum Strand. Camille hatte sich in den Sand gesetzt und starrte aufs Wasser. »Was wenn es mir wieder wehtun wird?« Ich flüsterte meine Worte und meine Mutter legte mir eine Hand an die Wange.

»Sei mutig, *hijo*. Es wird Zeit für dich, die nächste Seite aufzuschlagen. Du wirst sehen, wie viele Geschichten dieses Leben noch für dich bereithält. Du musst nur den Mut haben und umblättern. Glaub mir, es wird das beste Gefühl der Welt sein.«

Ein paar Sekunden vergingen. Vielleicht waren es auch ein paar Minuten, in denen ich über die Worte meiner Mutter nachdachte. *Sei mutig, Leo.* Vielleicht musste ich nicht für immer ein Feigling sein. Vielleicht hatte ich endlich etwas gefunden, für das es sich lohnte, jedes Risiko der Welt einzugehen. Vielleicht hatte ich *jemanden* gefunden. Das Gefühl, mit Camille reden zu müssen, weil ich mir nicht vorstellen konnte, wie ich ohne sie die nächste Seite in meinem persönlichen Buch aufschlagen sollte, kam mit einem Schlag und sperrte alles andere aus. Ich stieß mich vom Geländer ab, hielt aber kurz inne. »Gracias, Mamá.« Ich drückte meiner Mutter einen schnellen Kuss auf die Wange und rannte mehr, als dass ich ging, zur Terrassentür.

»Du wirst uns dieses Mädchen offiziell vorstellen, wie ein guter Sohn, verstanden?« Sie hielt mich am Arm zurück, bevor ich durch den Wohnbereich verschwinden konnte, wo meine Großmutter und mein Vater vor lauter Neugierde kaum stillsitzen konnten. »Wage es ja nicht, mit ihr zurück an die Uni zu fahren, ohne sie zum Abendessen eingeladen zu haben.« Meine Mutter lächelte, aber ich hatte keinen Zweifel daran, dass sie es vollkommen ernst meinte.

»Werdet ihr mich blamieren?« Ich grinste, weil ich ihre Antwort kannte.

»Wir werden dich sowas von blamieren und du wirst jede einzelne Sekunde über dich ergehen lassen.« Sie ließ meinen Arm los. »Und jetzt raus mit dir.«

41

Leo

Ich lächelte, als ich mich umdrehte und drei Stufen auf einmal nach oben nahm. Ich lächelte auch noch, als ich Maya aus der Wohnung meiner Großmutter holte und zum Strand lief. Erst als ich barfuß auf Camille zuging, schnürte sich mein Magen wieder zu. Maya wurde schneller und lief voraus. Ich beneidete sie, als Camille die Arme um ihren Körper schlang. Zwar konnte ich ihr Gesicht nicht sehen, aber ich war mir sicher, dass sie lächelte.

»Hey«, murmelte ich und kam mir gleichzeitig unglaublich bescheuert vor.

Camille wandte sich zu mir und tatsächlich wirkte ihr Gesicht freundlich. »Hey«, erwiderte sie.

»Haben Blake und Kian …?« Ich brauchte den Satz nicht auszusprechen, weil sie den Kopf schüttelte.

»Sie haben mir nichts erzählt. Die beiden sind so loyal wie Maya.« Sie grinste, bevor ihre Miene wieder ernster wurde. »Nur dass der Schubs, den sie dir geben wollten, eventuell nicht ganz ausreichte. Kian und Addie haben mich hergebracht. Sie wollten vorm Haus warten, aber ich habe gesagt, sie können ruhig nach Seattle fahren.« Sie zog ihre Beine an. »Ich habe ja gesagt, ich gehe nicht weg.«

Das zarte Lächeln, das ich so an ihr liebte, umspielte ihre Lippen und zum ersten Mal strahlte sie wieder die Ruhe aus, die sich sofort auf mich übertrug. Sie klopfte mit ihrer Hand auf die Fläche neben ihr, und obwohl alles in mir immer noch auf Flucht getrimmt war, setzte ich mich neben sie in den Sand.

»Warum bist du nicht sauer auf mich?« Wieder vergrub ich mein Gesicht in meinen Händen, weil ich das Gefühl hatte, ich verdiente es nicht, dass sie bei mir war.

»Ich bin sauer auf dich, Leo.« Sie griff nach meinen Händen, damit ich sie ansehen musste. »Und ich bin verletzt, weil du mir nicht vertraust, nachdem ich dir mein Herz zum Fraß vorgeworfen habe.« Kurz zuckten ihre Mundwinkel und ich zog irritiert die Brauen zusammen.

»Sorry. Addie und Rylan vergleichen dich mit einem Löwen. So, jetzt ist es raus.«

»Sie vergleichen mich mit einem Löwen? Mich? Maya hat mehr mit einem Löwen gemeinsam als ich. Und sie wäre wahrscheinlich Vegetarierin, wenn sie wüsste, was in ihrem Hundefutter ist.« Ich drehte meinen Oberkörper zu ihr.

»Lange Geschichte, die gerade überhaupt nicht wichtig ist.«

Sie zuckte mit den Schultern. »Ich fühle so vieles, wenn ich an dich denke, dass ich nicht mehr weiß, wo mir der Kopf steht. Aber ich bin mir zu einhundert Prozent sicher, dass ich für dich da sein werde, wenn du deinen Schmerz zulässt, Leo. Egal ob du willst oder nicht. So wie du es bei mir gemacht hast.« Sie setzte sich aufrecht hin und sah mich an. Abwartend. Flehend. Ich wollte sie in den Arm nehmen, doch ich hatte Angst, alles wieder kaputtzumachen.

»Ich …« Camille zögerte. »Ich habe gehört, was du zu

deinen Eltern gesagt hast. Was Lucy getan hat.« Sie umklammerte meine Hände, als hätte sie Angst, ich könnte im nächsten Moment aufspringen und vor ihr weglaufen. »Es tut mir leid, dass du den Zeitpunkt, mir deine Wahrheit zu sagen, nicht selbst bestimmen konntest.«

»Ist das dein Ernst, Camille?« Ich schüttelte den Kopf, ohne ihre Hände loszulassen. »Du solltest mich anschreien, mich kratzen oder sonst etwas tun, aber dich nicht bei mir entschuldigen. Ich hätte es dir längst erzählen sollen. Aber …« Wieder brach meine Stimme. »Ich hatte einfach so eine verdammte Angst davor, was es mit uns machen würde. Oder vielleicht war ich einfach egoistisch. Ich wollte nur die guten Seiten. Die in der Blase.« Meine Stimme fing wieder an zu zittern. »Ich hatte genug von den schlechten Seiten, aber … tja, jetzt gibt es nur noch schlechte Seiten.«

»Gibt es nicht, Leo. Die schlechten gehören eben auch dazu.«

Für ein paar Augenblicke war es still zwischen uns. Wir lauschten den Wellen und den vereinzelten Möwenschreien und hingen unseren Gedanken nach. »Ich habe ihr nichts getan, Camille. Das musst du mir glauben.« Es brach einfach aus mir heraus. Nicht nur die Worte, sondern auch die Tränen, die sich hinter meinen Lidern gesammelt und darauf gewartet hatten, endlich fließen zu dürfen. »Ich war zu betrunken, um mich erinnern zu können, aber ich hätte ihr niemals etwas getan.«

Ich zog Camille meine Hände weg, um mein Gesicht vor ihr zu verbergen. Ein Jahr lang hatte ich nicht geweint. Nicht um das, was mit Lucy passiert war, und nicht um das, was danach aus meinem Leben geworden war. Und ausgerechnet vor Camille öffnete sich die Schleuse und die Welle der Vergangenheit riss mich mit. Und ich hatte keine andere Wahl, als es zuzulassen.

»Das weiß ich doch, Leo.« Camille zögerte keine Sekunde und schloss ihre Arme um mich. Sie war so viel kleiner und zarter als ich und doch fühlte es sich an, als könnte ich mich einfach an ihre Schulter fallen lassen. »Ich glaube dir.« Sie strich mir über den Rücken und ließ mich erst los, als mein Atem sich wieder beruhigte. Ich wollte gerade den Mund öffnen, da kam sie mir zuvor. »Warum sollte ich dir nicht glauben? Weil du ein Mann bist? Für dich gilt die gleiche Unschuldsvermutung wie für jeden anderen auch.«

Wieder wollte ich etwas erwidern, doch sie sprach einfach weiter. »Und du bist außerdem du. Und das, was Lucy aus dir gemacht hat, bist du ganz bestimmt nicht.«

»Wie kannst du dir da so sicher sein?« Ich brachte ein bisschen Abstand zwischen uns, damit ich ihr ins Gesicht sehen konnte. Meine Augen brannten noch von den Tränen, aber Camilles sanfter und verständnisvoller Blick ließ mich vergessen, dass mir meine Gefühle gerade eben noch peinlich gewesen waren.

»Weil ich dich kenne, Leo. Und wehe, du sagst jetzt, das stimmt nicht …« Sie lächelte und schaffte es, mein Herz, das ich vor ein paar Tagen eingefroren hatte, ein bisschen anzutauen. »Ich kenne dich Leo, und selbst wenn du den Tequilavorrat von ganz Seattle getrunken hättest, würdest du nicht einmal ausrasten, wenn dir jemand die Gitarre geklaut hätte.«

Wieder breitete sich Stille aus, obwohl mir tausend Sachen einfielen, die ich ihr unbedingt sagen wollte.

»Willst du …«, fing Camille im gleichen Moment an, in dem ich den Mut fasste, weiterzusprechen.

»Das Letzte, woran ich mich damals erinnern konnte,

war, dass wir uns im Treppenhaus geküsst haben. Ich weiß nicht einmal mehr, warum, die Sache zwischen uns war schon lange abgeschlossen. Sie war meine erste Freundin an der High School und ich hatte nie verstanden, warum sie sich mit mir eingelassen hatte. Ich war damals nicht unbedingt beliebt. Anscheinend fand sie es auf eine verdrehte Weise cool, sich mit dem Außenseiter zu zeigen. Ich hätte alles für sie getan und sie wusste das. Verstehst du, warum mir sofort klar war, wie sehr du Liebe mit Manipulation verwechselt hast? Mir ist dasselbe passiert.«

Camille nickte und zog an den Ärmeln ihres Pullis, als ich sie an Bryson erinnerte.

»Mir hat diese Liebe auch wehgetan, aber ich dachte, so ist das eben. Als sie sich von mir getrennt hatte, weil sie doch lieber mit dem beliebten Eishockeyspieler, der nebenbei gesagt einer meiner Kindheitsfreunde war, zusammen sein wollte, war ich fast erleichtert. Auch wenn ich wieder ein Niemand war. Ich glaube, ich hätte es nicht mehr länger ertragen. Ich war viel einsamer, während ich mit ihr zusammen war, aber ich habe erst viel zu spät gemerkt, dass es daran lag, dass ich der Einzige war, der wirklich Gefühle in diese Beziehung investiert hatte. Paradoxerweise war es nach dem Ende leichter, die tatsächliche Einsamkeit zu ertragen. Wahrscheinlich weil es niemanden mehr gab, der mir wehtat.«

Ich atmete ein paar Mal tief durch und suchte nach Ablehnung in ihren Augen. Nach etwas, das mir sagte, wie wenig sie diesen Teil von mir mochte, doch nichts davon fand ich. Sie lehnte sich näher zu mir und legte ihre Hand neben meine, als wollte sie mir die Möglichkeit geben, danach zu greifen, wenn ich bereit dafür war.

»Caleb, ihr neuer Freund, war aber nicht wie ich. Er hat

nicht seine gesamte Freizeit nach ihr ausgerichtet. Er war nicht immer da, wenn ihr langweilig war, oder hat getan, was sie wollte. Ich glaube, sie war hin- und hergerissen zwischen dem Status, den sie als Freundin des Teamcaptains hatte, und der Gewissheit, jemanden zu haben, der blind und bedingungslos alles für sie getan hätte.« Als ich es wirklich aussprach, hörte es sich noch viel bescheuerter an als in meinen Gedanken.

»Gott, ich bin so jämmerlich.« Ich ließ meinen Kopf hängen, weil ich Camilles Blick nicht länger sehen wollte, aber sie ließ es nicht zu.

Sie überwand die kleine Distanz zwischen uns und nahm mein Gesicht in beide Hände. »Du bist nicht jämmerlich, Leo. Du bist einfach nur viel zu real und gut für diese Welt. Deshalb trägst du auch so viel Schmerz mit dir herum.« Ihr warmer Atem kitzelte mein Gesicht und der Drang, mich einfach vor allem zu verschließen und mich mit ihr in unserer Blase zu verstecken, wurde übermächtig.

»Erzählst du mir, was in dieser Nacht passiert ist?« Camille ließ mich zögerlich los und am liebsten hätte ich Nein gesagt, aber mittlerweile hatte ich verstanden, dass es nicht anders ging. Wenn ich mich nicht mit meinen Dämonen auseinandersetzte, würde ich sie nicht bekämpfen können.

»Ich schätze, sie wollte nur Aufmerksamkeit. Sie hat mich angerufen und angefleht, zur Party zu kommen. Da hätte ich schon wissen müssen, dass das eine furchtbare Idee war. Ich ging nie auf Partys und ich hatte keine Erfahrung mit Alkohol. Lucy wusste das auch und sie fand es wohl witzig, mich mit ihren Freundinnen abzufüllen. Bevor ich verstand, was überhaupt passierte, hatte ich jegliches Vernunftgefühl verloren. Eigentlich ist es ein Wunder, dass ich es lebend nach Hause geschafft habe. Auch wenn ich bis heute nicht weiß, wie.«

Ohne viel darüber nachzudenken, stand ich auf und ging ein paar Schritte zum Wasser. Nur so weit, dass Camille mich noch hören konnte. »Sie ist vor versammelter Mannschaft auf meinen Schoß geklettert und hat angefangen, mit mir rumzumachen. Etwas, das ich im nüchternen Zustand niemals zugelassen hätte. Ich weiß auch nicht, was sie damit bezwecken wollte. Sie war sich definitiv bewusst, dass es jeder mitbekommen hatte. Nicht nur die Leute, die auf der Party waren. Auf einer Insel spricht sich so etwas schneller herum als die Geburt eines Kindes.« Ich drehte mich nicht zu Camille um, aber ich hörte, wie auch sie aufstand.

»Ich weiß noch, dass die anderen uns angestachelt haben weiterzugehen, und ich war wahrscheinlich nur einen Shot davon entfernt, es wirklich zu tun, aber anscheinend hatte ich mir zu dem Zeitpunkt noch nicht alle Gehirnzellen vernebelt. Das Nächste und Letzte, an das ich mich erinnern konnte, war, wie sie mich im Treppenhaus aufgehalten und sich auf mich gestürzt hatte.« Ich spürte Camilles Anwesenheit hinter mir, gleichzeitig fühlte ich mich zurückversetzt in das stickige Stiegenhaus der Bar. Ich konnte den klebrigen Boden unter meinen Schuhen förmlich spüren und den modrigen Geruch der alten, feuchten Mauern riechen. »Ich weiß, dass wir uns noch mal geküsst haben, aber ich weiß auch, dass wir uns gestritten haben und ich sie stehen lassen habe. Ich war mir immer so sicher. Danach ist alles schwarz. Egal wie sehr ich mich anstrenge, ich kann mich nicht erinnern. Nicht daran, worüber wir gestritten haben, nicht daran, wie ich nach Hause gekommen bin. Ich weiß nur noch, dass ich am nächsten Morgen auf dem Sofa im Wohnzimmer und in meiner persönlichen Hölle aufgewacht bin.« Mein Kopf sank nach vorne, als wären all die Erinnerungen zu schwer für mein Gehirn. Fast fühlte ich mich so, als wäre kein Jahr vergangen. Wieder versuchte ich krampfhaft, mich daran zu erinnern, was nach diesem Kuss passiert war, aber es ging nicht. Ich war wie blockiert. Als wollte mein Gehirn meinem Körper einen Streich spielen. Die Erinnerung war da, doch ich konnte sie nicht abrufen. Fetzen dieses Abends blitzten immer wieder auf, waren aber stets unbrauchbar. Dass Caleb mir ins Gesicht gelacht hatte. Dass ich am Rand eines Sofas allein saß. All diese Erinnerungen, die ich nicht mehr brauchte. Nur die, die ich so unbedingt wollte, kam nicht.

»Leo?« Camille berührte meinen Rücken, doch ich schüttelte sie ab.

»Sie haben Lucy in einer Abstellkammer gefunden. Halb nackt. Als ich aus meinem komaartigen Schlaf erwacht bin, wusste das schon die gesamte Insel. Genauso wie sie wussten, dass ich derjenige war, auf dessen Schoß sie den ganzen Abend lang gesessen hatte.« Mein Körper zog sich zusammen, als ich mich daran erinnerte, wie mein Vater mir von dem Anruf einer seiner Partner erzählt hatte. Er brauchte es nicht einmal auszusprechen. Mir war klar, was die Leute von mir dachten, und ich konnte nichts tun, um die Welle aufzuhalten. Ich schlang die Arme um meinen Körper und versuchte meine Emotionen zu kontrollieren. Genau wie damals. Nur etwas war anders. Während mein Vater mich damals allein gelassen hatte, um seine eigenen Gefühle zu verarbeiten, schlangen sich nun zwei Arme um meine Taille. Vorsichtig, so als wäre sie sich nicht sicher, ob ich es zulassen würde, drückte Camille sich an mich und war einfach nur da.

42

Camille

Ich spürte Leos schweren Atem, während ich mich fester an ihn drückte. Meine Hände schlang ich um seinen Bauch und ich merkte, wie er verzweifelt versuchte, sich unter Kontrolle zu halten. Er versteifte sich und kurz dachte ich, er würde mich wegstoßen. Aber als er nach meinen Armen griff, um mich fester an sich zu ziehen, spürte ich, wie sein Körper bebte. Ich konnte mir nicht vorstellen, wie er sich gerade fühlen musste. Wie es sein musste, diese Last mit sich herumzutragen, in der Gewissheit, dass niemand seine Wahrheit glaubte oder auch nur hören wollte. Noch immer war ich verletzt und traurig darüber, dass er mich von sich gestoßen hatte, weil er mir nicht genug vertraut hatte, aber den Grund dafür zu kennen, brach mir das Herz fast ein zweites Mal. Ich konnte und wollte nicht verstehen, wie auch nur irgendjemand auf dieser Insel glaubte, dass Leo zu so etwas fähig wäre. Menschen, die ihn kannten, seit er ein kleines Kind war. Seine Mitschüler, die mit ihm großgeworden waren.

Ich verlor jegliches Zeitgefühl, während ich einfach dastand, an Leos warmen, zitternden Körper gelehnt, und wartete, bis er bereit war, weiterzusprechen.

»Ich habe immer wieder erklärt, dass ich absolut keine Ahnung hatte, mit wem sie zusammen war, aber es hat mir nicht gerade geholfen, nicht mehr genau zu wissen, was passiert war.« Wie von selbst sprach Leo weiter, so als müsse er jetzt, wo er damit angefangen hatte, die Geschichte beenden.

»Hast du … Ich meine, gab es eine Anzeige?« Ich fühlte mich im gleichen Moment schlecht, dass ich diese Frage ausgesprochen hatte, weil ich nicht weiter nachbohren wollte. Leo schüttelte nur den Kopf.

»Lucy hat keine Anzeige erstattet, weil es nichts gab, was man anzeigen konnte. Sie wurde nicht vergewaltigt. Ich weiß nicht, mit wem sie geschlafen hat – es war vermutlich ein Urlauber –, aber das Einzige, was sie ihm vorwerfen konnte, war, dass er sie komplett betrunken alleingelassen hatte.« Leo atmete ein paar Mal tief durch und drehte sich langsam um.

»Aber, wieso …«

Er kniff die Augen zusammen, sein Gesicht wirkte fast verzerrt und ich ließ meine Arme sinken.

»Sie hat sich keine besonders große Mühe gegeben, es aufzuklären. Als ein paar Angestellte der Bar sie gefunden hatten, gingen sie automatisch davon aus, dass es gegen ihren Willen passiert war. Ich schätze, Lucy hatte nicht einmal was damit zu tun, dass das Gerücht gestreut wurde, aber sie hat nichts dafür getan, es zu zerschlagen. Auch nicht, als alle mit dem Finger auf mich zeigten.«

Er blickte an mir vorbei ins Leere und am liebsten hätte ich die Arme sofort wieder um ihn geschlungen.

»Lucy hat einfach nichts getan. Sie hat mich nie beschuldigt, das musste sie auch nicht. Die Menschen haben sich wie Geier darauf gestürzt, und bevor dieser verdammte Tag zu Ende war, gab es die wildesten Geschichten. Die populärste war wohl, dass der einsame Außenseiter noch einmal was von der beliebten Prinzessin wollte, und als er es nicht bekommen hat, hat er es sich genommen.«

Leos Körper zitterte immer noch und ich machte einen Schritt auf ihn zu. Es tat mir unfassbar weh, ihn so zu sehen, und fast musste ich mich zwingen, meinen Blick nicht von seinen feuchten Augen zu lösen, doch ich konnte ihm das nicht antun. Er verdiente es, dass ich mir seine Wahrheit anhörte und dass ich sah, was sie mit ihm machte.

»Am Anfang habe ich mich zu verteidigen versucht, wollte die Sache richtigstellen. Aber jeder hatte gesehen, wie verdammt betrunken ich war, und ich konnte nicht verbergen, dass ich mich nur schemenhaft an diese Nacht erinnern konnte.« Er atmete tief ein und aus und schaute in den Himmel.

»Ich schätze, das hat zu diesem Zeitpunkt keine Rolle mehr gespielt. Die Leute haben sich eine Meinung gebildet. Jeder kennt Lucy und ihre Familie, sie gehören so sehr zu der Insel wie die Möwen hier. Niemand würde etwas anzweifeln, wenn es aus Lucys Mund kommt.« Er richtete den Blick wieder auf mich, aber ich hatte das Gefühl, es kostete ihn einiges an Überwindung. »Und ich bin nur ein Niemand. Einer, der sowieso nie dazugehört hat. Warum hätte mir ausgerechnet da jemand zuhören sollen?«

»Du bist kein Niemand, Leo.« Ich überwand die letzten Zentimeter zwischen uns und legte meine Hände an sein Gesicht. Mit meinem Daumen strich ich eine Träne von seiner Wange, bevor ich weitersprach.

»Du bist nicht das, was dir passiert ist, und auch nicht das, wozu die Leute dich gemacht haben. Du bist auch nicht dein Schmerz.« Leo versteifte sich, aber er wandte sich nicht ab. »Du bist du, und das wird immer genug sein.«

»Ich weiß einfach nicht, wie ich damit umgehen soll.« Er nahm meine Hände und löste sie von seinem Gesicht. »Die Zeit in Elbury Park – die Zeit mit dir – das war wie eine Testversion von meinem Leben, wie es hätte sein können. Ich dachte, wenn ich das alles hinter mir lasse, könnte ich von vorne anfangen, aber es hat mich eingeholt. Ständig lebte ich in der Angst, dass alles vorbei sein könnte. Dass ich einen Fehler mache oder alle merken, dass ich eigentlich gar nicht dazugehöre. Ich dachte, wenn ich es lange genug verdränge, würde es irgendwie weggehen, doch es wurde nur schlimmer. Ich habe damit einfach alles zerstört.« Er wollte meine Hände loslassen, aber ich ließ es nicht zu. Stattdessen drückte ich sie fester. »Es tut mir leid, Camille. Du solltest sowas nicht durchstehen müssen.«

»Leo!« Er zuckte zusammen, weil ich lauter wurde als beabsichtigt. »*Du* solltest sowas nicht durchstehen müssen. Vor allem nicht allein. Aber du bist nicht mehr allein, verstehst du das? Du hast nicht nur mich, sondern noch einen Haufen anderer Chaoten, die dir zwar das Leben schwer machen werden, aber nur, weil sie dich lieben, okay? Es interessiert uns nicht, wozu dich diese Leute gemacht haben. Es ist nur wichtig, was du bist. Und du bist ein wundervoller Mensch.«

Ich drückte seine Hände fester, doch er entzog sich meinem Griff.

»Ich wünschte, wir könnten einfach die Zeit zurückdrehen. Dahin zurück, als alles noch gut war und wir Spaß hatten, bevor ich dir das Herz gebrochen habe.« Er stand immer noch so dicht vor mir, dennoch hatte ich Angst, er würde im nächsten Moment Abstand zwischen uns bringen. »Ich wollte nicht, dass diese Sache … meine Vergangenheit unsere Blase zum Platzen bringt. Ich wünschte wirklich, ich hätte das nicht zugelassen und alles kaputtgemacht.«

»Ich nicht.« Ich musste all meinen Mut zusammenkratzen, um wieder nach seiner Hand zu greifen. »Ich will nicht mehr in unserer Blase sein, Leo. Wir müssen in der Realität zurechtkommen. Die, in der es all den Schmerz und all die unbequemen Wahrheiten gibt.«

»Ich weiß nicht, wie das gehen soll.« Endlich verschränkte er seine Finger wieder mit meinen, und obwohl in seinen Augen immer noch diese tiefe Traurigkeit stand, wagte ich zu hoffen, dass er mich bei sich bleiben ließ.

»Ich auch nicht. Aber ich finde, wir sollten es versuchen.« Ich strich über seine Hand und es vergingen erneut zu viele Momente, bis er mich wieder ansah.

»Du bist du. Und du bist ein wundervoller Mensch, Leo. Mein *wundervoller* Mensch«, wiederholte ich und seine Augen blitzten auf. »Und dieser Mensch sollte dringend aufhören, sich alles kaputtzudenken.«

Es dauerte immer noch viel zu lange, bis sein schiefes Lächeln zurückkam. Es verdrängte die Traurigkeit aus seinem Blick nicht, aber es war zumindest ein Anfang.

»Camila, ich würde dich wirklich sehr gerne küssen, aber …« Er gab mir einen unschuldigen Kuss auf den Scheitel und es war mir fast unmöglich, meine Enttäuschung zu verbergen.

»Ich bin mir ziemlich sicher, dass meine Familie auf der Terrasse steht und uns beobachtet.« Sein schiefes Grinsen verrutschte noch etwas mehr, als er mit dem Kopf in die Richtung seines Hauses deutete. Ich drehte mich um und tatsächlich konnte ich drei Personen ausmachen, die sich neugierig über das Geländer lehnten. Zum Glück waren sie so weit weg, dass ich ihre Gesichter nicht erkannte. Trotzdem konnte ich nicht verhindern, rot zu werden.

»Oh.« Ich wollte einen Schritt zurückweichen, doch Leo ließ mich nicht los.

»Und du musst zum Abendessen bleiben. Vielleicht wäre das etwas unangenehm, wenn … Na ja, du weißt schon.« Seine Hände strichen über meinen Hinterkopf und fast wäre es mir egal gewesen, dass seine Eltern uns beobachten konnten, ich wollte nichts mehr, als seine vollen Lippen auf meinen zu spüren.

»Aber danach …« Leos Finger glitten über meinen Nacken, als wollte er es mir mit Absicht schwer machen.

»Das heißt, du willst, dass ich bleibe?« Meine Stimme zitterte, aber dieses Mal war es nicht vor Nervosität.

»Für immer in meiner Realität, Camila.«

43

Camille

»Du hast uns Slushies besorgt?« Leo ließ sich neben mir in den Sand fallen und gab mir einen Kuss auf die Wange. Ich saß genau an derselben Stelle, am gleichen Strand, an dem alles begonnen hatte, und Leos warmes Lächeln zeigte mir, dass ihm diese Tatsache genauso viel bedeutete wie mir.

»Mit Zauberrezept. Deine Großmutter hat mir gezeigt, wie man sie macht.« Ich drückte ihm einen Becher in die Hand.

»Du hast Slushies mit meiner Großmutter gemacht? Das ist … Wow.« Er drehte den Becher in seiner Hand, als wäre diese Tatsache das Verrückteste, das in den letzten vierundzwanzig Stunden passiert war.

»Ich weiß. Ich habe deine Eltern kennengelernt, in deinem Kinderzimmer übernachtet und mit deiner Großmutter in der Küche gestanden. Und wir hatten noch nicht einmal ein richtiges Date.« Meine Stimme klang amüsiert, aber ich konnte nicht leugnen, dass ein Körnchen Wahrheit hinter dieser Aussage steckte. Leo und ich hatten unsere Geschichte kopfüber begonnen und uns zwischenzeitlich in unseren eignen Stürmen verloren. So glücklich ich darüber war, dass endlich ein bisschen Ruhe und Sonnenschein einkehrte, so sehr machte mir diese Tatsache Angst. Ich wollte nichts überstürzen. Dafür war das, was Leo und ich hatten, viel zu wertvoll.

»Wie war es heute?« Ich nahm einen Schluck aus meinem Becher und gab Leo Zeit, bis er zu erzählen begann. Wir hatten gestern die halbe Nacht geredet und auch, wenn es für Leo am wichtigsten gewesen war, sich mit seinen Eltern auszusprechen, waren wir beide der Meinung, dass er dieses Kapitel nur abschließen konnte, indem er mit Lucy redete. Am liebsten wäre ich mit zu dem Treffen gegangen, doch das war etwas, das er allein machen musste. Ich konnte nur für ihn da sein.

»Meine Erinnerung ist nicht wiedergekommen.« Er zuckte traurig mit den Schultern, weil es das war, was er sich von diesem Treffen erhofft hatte. »Aber Lucy … Sie macht eine Therapie.«

»Was? Ich dachte, das damals ... Das war freiwillig.« Ich stellte meinen Becher in den Sand und drehte mich zu ihm.

»War es auch.« Leo legte mir beschwichtigend eine Hand auf mein Knie. »Trotzdem hat sie ganz schönen Mist gebaut, und das wurde ihr wohl irgendwann selbst bewusst. Damals hat sie die Sache nie richtiggestellt, weil sie Angst um ihren Ruf hatte. Und weil sie Aufmerksamkeit wollte. Dafür hat sie mein Leben bereitwillig und mit voller Absicht zerstört.« Er presste die Lippen aufeinander und ich merkte, wie sehr ihn das Gespräch wirklich aufgewühlt hatte. »Aber es sieht so aus, als hätte sie doch ein Gewissen. Und das hat ihr so sehr zu schaffen gemacht, dass sie sich Hilfe gesucht hat. Anscheinend läuft auch im Leben einer Insel-Prinzessin so einiges schief und ich war nur ein Mittel zum Zweck, das aus dem Ruder gelaufen ist.« Er verspannte sich und mich beschlich das Gefühl, dass dieses

Gespräch vielleicht doch keine so gute Idee gewesen war. »Sie hat mir mein Leben vollkommen sinnlos zur Hölle gemacht.«

»Leo …« Ich wusste nicht genau, was ich darauf sagen sollte, also griff ich einfach nach seiner Hand.

»Sie kann sich übrigens wieder erinnern. Konnte sie schon immer.« Er schüttelte ungläubig den Kopf, und bevor ich mich entscheiden konnte, ob ich es wirklich wissen wollte, sprach er schon weiter. »Es war Caleb. Und einer seiner Teamkollegen. Deshalb war es ihr auch so wichtig, dass niemand davon erfährt. Sie kam sich schäbig vor, weil sie mit zwei Männern geschlafen hat. Sie hat lieber mein Leben zerstört, statt zu riskieren, dass jemand davon erfährt und sich eine Meinung über sie bildet.« Er kniff die Augen zusammen und drückte meine Hand, so als müsste er sich an etwas festhalten. »Ganz ehrlich, ich bin froh, dass sie eine Therapie macht, trotzdem werde ich ihr niemals verzeihen können.«

»Das verlangt auch niemand von dir. Du musst nur lernen, damit umzugehen, Leo. Du musst ihr nicht verzeihen, aber du musst dir selbst vergeben, okay?« Ich rückte ein bisschen näher an ihn und strich über seinen Rücken, bis er nickte und sich ein wenig entspannte.

»Willst du immer noch, dass ich dir wieder Post-its schreibe?« Nachdem wir ein paar Minuten schweigend aufs Meer geblickt hatten, kam wieder Leben in Leo und er zog etwas aus seiner Hosentasche. Ich wusste nicht, warum ich so perplex darüber war, aber ich brachte nur ein Nicken zustande und griff nach einem der kleinen grünen Zettel, von denen ich nie genug bekommen konnte.

Ich bin ein einziges Chaos!

»Leo …« Ich wollte gerade protestieren, als er mir einen zweiten Zettel in die Hand drückte.

Dieses Chaos ist wahrscheinlich das Letzte, was du gerade brauchst!

»Leo!« Ich spürte ein Brennen hinter meinen Lidern. Was zum Teufel bezweckte er damit? Seine dunklen Augen lagen auf mir. Für endlos lange Sekunden war seine Miene ausdruckslos, bis er seine Handfläche öffnete und ich darin noch ein zerknülltes grünes Zettelchen sah.

»Ist das dein Ernst?« Ich hob die Brauen und musste mich zusammenreißen, um mich nicht sofort auf das kleine Papier zu stürzen.

»Sorry, aber das ist die größte Wahrheit.« Er zuckte entschuldigend mit den Schultern und vergrub die Hände in seinen Hosentaschen, nachdem ich das Papierkügelchen an mich genommen hatte. Für einen kurzen Moment zögerte ich. Was, wenn mir diese Wahrheit wehtun würde? Doch dann erinnerte ich mich daran, dass das hier Leo war. Leo, der mir nur wehgetan hatte, weil er selbst viel zu viel Schmerz erlebte.

»Bitte, lies ihn einfach, Camila.« Seine Stimme klang gequält und ungeduldig. Genauso wie ich mich fühlte. Doch weil er es war, der es für eine gute Idee hielt, mich mit den Zetteln so auf die Folter zu spannen, ließ ich mir Zeit, das Papier auseinanderzufalten.

Aber dieses Chaos liebt dich, Camila.

»Leo, ich …« Ich brach ab, weil sich viel zu viele Emotionen in mir ausbreiteten. Und alle waren in meinem Herzen – keine davon in meinem Kopf.

»Dieses Mal stimmen alle drei Sätze.« Leo drehte sich zu mir. »Den Rest konnte ich nicht auf die Zettel schreiben, das würde den Rahmen sprengen und es wäre außerdem Papierverschwendung.« Er zuckte mit den Schultern, so als hätte er mir nicht gerade seine Liebe gestanden.

»Äh … den Rest?« Mein Herz schlug fester und ich suchte nach den passenden Worten, um auf das, was auf dem letzten Zettel stand, zu antworten.

»Dass du meine Gedanken nicht einmal verlassen hast, seit ich dich das erste Mal gesehen habe.« Er kam noch näher, bis unsere Körper sich berührten. »Dass ich nicht eine Sekunde lang daran gezweifelt habe, mit dir zusammen sein zu wollen, obwohl ich es wirklich versucht habe.« Er grinste und ich hielt für einen Moment die Luft an. »Dass ich mich bei dir sicherer fühle. Sicher vor all dem Schmerz, den ich mit mir herumtrage.« Seine Miene wurde ernster, dann zog sich sein rechter Mundwinkel wieder nach oben. »Dass ich mir sicher bin, dass nur du Sinn machst, Camila.« Er legte seine Hände auf meine Schultern und ließ sie langsam, fast schüchtern nach unten wandern.

»Ich … Leo, das hätte ich wirklich gerne auf einem Zettel verewigt gehabt.« Ich schmunzelte, weil ich ein bisschen Zeit brauchte, um meine Gedanken in Worte umzuwandeln.

»Wäre es auch okay, wenn ich es dir einfach immer und immer wieder sagen würde?« Er griff nach meinen Händen und seine dunklen Augen fixierten mich erwartungsvoll.

»Das wäre schön. Ich will dich nämlich in mein Leben lassen, Leo. Und der Platz, den du darin hast, ist riesig. Du bist vielleicht aus Versehen in mein Leben gestolpert, aber ich will, dass du mit voller Absicht bleibst. Ganz. Mit deinem Chaos und deiner Vergangenheit.« Ich schlang meine Hände um seinen Körper und drückte mich an ihn. So wie ich es am liebsten schon bei unserer ersten Begegnung getan hätte. Ich vergrub mein Gesicht in seiner Halsbeuge und hielt ihn einfach nur fest. Damit er verstand, dass ich ihn nicht gehen lassen würde. Das ich nicht gehen würde.

»Mit voller Absicht, Camila.«

EPILOG

Camille

»Du starrst, Süße.« Rylan stieß ihren Ellenbogen gegen meine Rippen und zwang mich so, meine Augen von Leo abzuwenden.

»Ich höre zu. Genau wie du.« Mir war nicht entgangen, dass auch ihre gesamte Aufmerksamkeit auf den beiden Jungs lag, wobei ich mir ziemlich sicher war, dass sie jemand anderen fixierte als ich, auch wenn sie es hier und heute nicht zugeben würde.

Ich betrachtete Leo, der mir gegenüber auf Addies neuester Errungenschaft saß. Einer mintgrünen, runden Picknickdecke mit Fransen, die uns auch ohne ihre Kissenlandschaft die Aufmerksamkeit aller Partybesucher einbrachte. Er hatte sich seinen Hoodie über den Kopf gezogen, sodass sein Gesicht fast komplett im Schatten lag und seine schwarzen Haare in die Stirn gedrückt wurden. Seine halbgeschlossenen Augen waren unter seinen dichten Wimpern fast gar nicht mehr zu erkennen, seine Lippen wirkten vollkommen entspannt. Ich wusste, dass er sich in diesem Moment ganz auf seine Gitarre konzentrierte.

Wir saßen wieder einmal zusammen am See, wieder tauchte die Sonne den Himmel in ein orange-rotes Licht und wieder hatte die Eishockeymannschaft ein Lagerfeuer angezündet und die halbe Universität eingeladen. Es war fast genauso wie vor ein paar Wochen, mit dem Unterschied, dass sich die Stimmung nicht nur so anfühlte, als wäre in dieser Nacht alles besser. Es *war* alles besser. Es war eine dieser Nächte, in denen alles leichter war und von denen man sich wünschte, sie würden für immer dauern. Als Leo meinen Blick auffing, geriet er nicht einmal aus dem Takt, obwohl er mich ansah, als würde in diesem Moment jeder seiner Gedanken mir gehören. Das schiefe Lächeln, das sich auf seinem Gesicht abzeichnete, so als wäre es unmöglich zurückzuhalten, und die Gänsehaut, die sich schlagartig auf meinem Körper ausbreitete, zeigten mir, dass es weder das Lagerfeuer noch der Sonnenuntergang waren, die mich leichter fühlen ließen. Es war Leo, der mir mit jeder Faser seines Körpers zeigte, wie es war, *seine* Person gefunden zu haben. Wie es sein konnte, jemanden zu lieben, der diese Liebe bedingungslos annahm und erwiderte. Er musste es mir nicht sagen, er zeigte es mir jedes Mal, wenn er mich abholte und mich behandelte, als wäre ein Date mit mir das Beste, was ihm je passiert war. Wenn er mich auszog und mir das Gefühl gab, die schönste Frau der Welt für ihn zu sein. Wenn er mir einen grünen Smoothie mitbrachte und auf dem grünen Zettel, der darauf klebte, stand:

Egal, wie eklig das Zeug ist, das du trinkst. Es wird mich nie davon abhalten, dich küssen zu wollen.

Leo musste ich nie sagen, wie ich behandelt werden wollte. Was ich erwartete. Mit ihm war alles leicht. Unsere

Beziehung, die noch keine richtige war, war mühelos und geduldig. Es fühlte sich an wie eine Freundschaft, die entzündet wurde. Ich wollte ihn in meinem Leben haben und er zeigte mir jeden Tag, dass er bleiben wollte. Ohne dass ich nur eine Sekunde lang das Gefühl hatte, ihn dazu zwingen zu müssen.

Als ob Leo spüren konnte, dass meine Gedanken bei ihm – bei uns – lagen, intensivierte er seinen Blick und lächelte mich an. Mit seinem unverwechselbaren schiefen Grinsen, das ich viel lieber an ihm mochte als alle anderen Gesichtsausdrücke. Keine Ahnung, welchen Text Blake gerade sang. Überhaupt hörte ich alles wie durch einen dichten Nebel, in dem das Einzige, was ich erkennen konnte, Leo war. Ich könnte ewig hier sitzen und ihm zuhören und genoss das Kribbeln, das sich von meiner Kopfhaut bis in meinen kleinen Zeh schob. Ich liebte es, ihn Gitarre spielen zu sehen. Noch lieber mochte ich es, wenn wir allein waren und er mir spanische Lieder vorsang, von denen er behauptete, die Texte würden überhaupt keine Bedeutung haben. Aber seine Augen verrieten ihn jedes Mal, wenn er etwas nur für mich sang. Solange ich Leos Augen lesen konnte, musste ich kein Spanisch verstehen.

Erst als Rylan ihren Kopf an meiner Schulter ablegte, kam ich mit meinen Gedanken wieder im Hier und Jetzt an.

»Wieso kann nicht das ganze Leben so leicht sein, wie sich eine Nacht mit Musik am Lagerfeuer anfühlt?« Ihre Stimme war ruhig und hörte sich nur teilweise wie eine Frage an.

Trotzdem bekam sie eine Antwort. »Vielleicht weil wir zu jung dafür sind, dass alles problemlos läuft. Nicht dass uns langweilig wird. Addie sagt doch immer, wir brauchen das Abenteuer.« Ich lehnte mich ein bisschen zurück, sodass ich die Hände hinter mir abstützen konnte.

»Ich sage immer: Mach es für das Abenteuer.« Addie, die zwischen Kians Beinen saß und gerade überhaupt nicht so aussah, als wäre sie auf der Suche nach einem Abenteuer, grinste uns an.

»Oder sucht euch jemanden, mit dem sogar Einkaufen zum Abenteuer wird.« Kian lächelte mit Blick auf Addie und drückte ihr einen Kuss auf den Scheitel. Und automatisch wandte ich mich wieder Leo zu, der gerade die letzten Akkorde spielte und Blake dann einen High Five gab. Pit rückte ein Stück von mir weg, als Leo über die Decke auf mich zu krabbelte. Ich konnte den Zeitpunkt gar nicht mehr festmachen, wann solche Berührungen in der Öffentlichkeit normal geworden waren. Es fühlte sich irgendwann ganz natürlich an, mich an ihn zu lehnen, wenn wir mit unseren Freunden im Wohnzimmer saßen, oder seine Hand zu halten, wenn wir mit Maya spazieren gingen. Rylan seufzte, als er mir einen Kuss auf die Lippen gab. Es war kein genervtes Seufzen, sondern eher ein *Hach-ich-würde-auch-gerne-die-große-Liebe-finden-Seufzer.* Vielleicht war es auch ein *Bekomm-endlich-deinen-Arsch-hoch-und-sag-ihm-wie-sehr-du-ihn-liebst-und-macht-es-endlich-offiziell-Seufzer.*

Leo und ich waren ständig zusammen. Aber wir waren nicht offiziell *zusammen.* Nachdem er sich mir endlich komplett geöffnet und ich meinen Eltern klargemacht hatte, dass mein Leben in Zukunft weit weg von Bryson, der Firma, und wenn es sein musste, auch von ihnen stattfinden würde, kam es mir zu früh und zu überstürzt vor, eine Beziehung einzugehen. Leo sah das anfangs anders, doch nachdem er gemerkt hatte, wie ernst es mir war, hatte er zugestimmt, erst einmal langsam und von vorne anzufangen. Seitdem waren vier Wochen vergangen, in denen so viel gleichgeblieben war, aber sich noch viel mehr verändert hatte. Ich hatte mich verändert, genauso wie Leo, der endlich in *Elbury Park* und inmitten unserer Freunde angekommen war. Und obwohl ich Veränderungen immer noch nicht als besonders erstrebenswert betrachtete, konnte ich dieses Mal mit Sicherheit sagen, dass alles besser war.

Leo

»Hey. Können wir kurz reden?« Camille löste sich von Rylan und kam mir so nah, dass ich mich zusammenreißen musste, ihr nicht einen leidenschaftlicheren Kuss zu geben als den öffentlichkeitstauglichen, den ich ihr gerade auf den Mund gedrückt hatte. Bei dem berühmten *Wir-Müssen-Reden*-Satz wäre mir normalerweise der Angstschweiß ausgebrochen, aber nicht, wenn er von Camille kam. Zwischen uns gab es keine unausgesprochenen Wahrheiten mehr, vor denen wir Angst haben müssten. Es hatte sich noch nie so richtig angefühlt, mich einem Menschen komplett und schutzlos zu öffnen wie bei ihr. Weil ich wusste, dass sie alles dafür tun würde, um den Schmerz von mir fernzuhalten, statt ihm die Türen zu öffnen.

»Jetzt? Am Felsen?« Sie leckte sich über die Lippen und mir wurde schlagartig viel zu warm in meinem Hoodie.

»Camila. Schlägst du etwa vor, was ich denke?« Ich hob anzüglich die Brauen.

»Bist du etwa vorbereitet?« Camille sah mich triumphierend an, als ich den Blick senkte und den Kopf schüttelte.

»Dann ist es nicht das, was ich vorschlage.« Sie kam näher, drückte mir einen Kuss auf die Wange und dann auf den Hals, wo sie so lange verweilte, bis Pit sich neben uns räusperte und uns einen eindeutigen Blick zuwarf. So als könne er nicht verstehen, wie er auf einmal von noch einem harmonischen Pärchen umgeben sein konnte.

»Irgendwann wird jemand kommen, für den du uns anbetteln wirst, dir zu sagen, wie man ein Mädchen für sich gewinnt.« Ich gab ihm einen Klaps auf die Schulter und rappelte mich auf.

»Manchmal vermisse ich den Leo, der Angst hatte, in einer Gruppe überhaupt etwas zu sagen.« Pit grinste mich an und griff nach seiner Bierflasche.

»Oder den Leo, der Angst hatte, eine verpasst zu bekommen, wenn er etwas Falsches sagt.« Blake stieß mit Pit an und ich konnte nicht glauben, dass innerhalb so kurzer Zeit nicht nur Camille, sondern auch ein Haufen Menschen, die wie eine zweite Familie für mich waren, mein Leben bereichert hatten. Manchmal befürchtete ich, dass mein Glückskonto viel zu schnell wieder leer werden würde, aber wenn ich mein Leben von außen betrachten könnte, würde ich gerade nichts ändern wollen. Ich wollte hier sein und ich wollte glücklich sein, nicht mehr und nicht weniger.

»Camila, es war mein Ernst, als ich gesagt habe, dass ich nicht vorbereitet bin.« Ich saß neben Camille auf unserem Felsen. Besser gesagt, saß Camille auf mir und küsste mich um den Verstand. »Vielleicht muss ich mir doch mal Tipps von Pit und Blake holen«, murmelte ich, ohne mich ganz von ihren weichen Lippen zu lösen.

»Bloß nicht. Ich mag dich so, wie du bist.« Sie löste sich von mir und sah viel nachdenklicher aus als vor ein paar Sekunden. »Deshalb sind wir irgendwie hier.«

»Weil du mich magst?« Ich legte meine Hände in ihren Nacken und ließ meine Finger darüber kreisen, weil ich es liebte, wie stark sie auf diese Berührung reagierte. Dieses

Mal schien sie zu tief in ihren Gedanken zu sein, denn ihre Lider fingen nicht wie sonst zu flattern an.

»Ja … Nein. Ich glaube, wir haben lange genug von vorne angefangen.« Sie bewegte sich auf mir und auch, wenn die Luft nicht mehr vor sexueller Spannung flirrte, konnte ich nicht ignorieren, wie mein Körper auf sie reagierte.

»Bei dir fühle ich mich viel lebendiger und viel weniger verloren, Leo. Und ich will, dass das so bleibt.« Sie klang fast schüchtern und am liebsten hätte ich ihr geholfen, aber ich wollte unbedingt hören, was sie zu sagen hatte, weil ich spürte, dass es mir gefallen würde. »Ich will dieses Gefühl nicht mehr gehen lassen. Ich will *dich* nicht mehr gehen lassen. Ich will einfach, dass du ganz zu mir gehörst.«

Sie lehnte sich ein Stück zurück, sodass sie mir besser in die Augen sehen konnte. Ihr Blick war dunkel und ich konnte die Aufregung darin sehen. »Heißt das, ich kann meiner Großmutter sagen, dass ich nächstes Wochenende meine Freundin mitbringe? Meine feste Freundin? Sie wird nämlich langsam ungeduldig. Fast so ungeduldig wie ich.« Ich legte meine Hände an ihre Wange und sie atmete tief ein und aus.

»Ja … Ich meine, wenn du das willst?« Sie leckte sich über die Lippen und im nächsten Moment hatte ich meine Arme um sie geschlossen.

»Ich will nichts anderes als das, Camila. Wir haben alle Zeit der Welt, aber ich will in jeder Zeit mit dir zusammen sein.« Ich vergrub mein Gesicht in ihren Haaren und atmete den Duft ein, von dem ich nie genug bekommen würde. Mein Herz schlug fest und ruhig und ich wusste, dass das hier der Anfang von etwas noch viel Besserem war.

»Da ist noch etwas, Leo.« Sie löste sich von mir und sah mir so fest in die Augen, wie sie es nur tat, wenn sie etwas wirklich Wichtiges sagen wollte.

»Ich kann mich nicht mehr daran erinnern, wann ich es das erste Mal gefühlt habe. Es ist auf jeden Fall schon viel zu lange her, als dass ich es dir noch länger verschweigen könnte …« Sie brach ab und holte tief Luft. »Ich liebe dich, Leo. Du hast mir gezeigt, wie sich eine Liebe anfühlt, von der ich nicht einmal wusste, dass sie existiert.« Wieder bewegte sie sich in meinen Armen und atmete erleichtert aus. »Ich finde, du solltest das wissen.«

»Ich weiß das, Camila. Und ich habe nichts dagegen, wenn du es mir jeden Tag aufs Neue sagst.« Ich legte meine Hand an ihre Wangen und drückte ihr einen Kuss auf die Stirn. »Ich wünschte, ich könnte dir sagen, wie sehr ich dich liebe, aber dieses Gefühl ist so neu für mich, dass ich die richtigen Worte erst noch finden muss.« Sie kam näher, bis sich unsere Lippen berührten.

»Dann ist es ja gut, dass wir dafür jetzt alle Zeit der Welt zusammen haben.«

DANKSAGUNG

Und schon wieder ist es an der Zeit, DANKE zu sagen. So ganz kann ich es ja immer noch nicht glauben, dass ich jetzt tatsächlich eine Danksagung für meinen ZWEITEN Roman schreibe. (Falls es nur ein Traum ist, weckt mich bitte nicht auf.)

Danke an euch, liebe Leser*innen, dass Camille und Leo ein Zuhause in euren Regalen und in euren Herzen gefunden haben. Es ist mir so schwergefallen, die beiden loszulassen, aber ich weiß, dass sie bei euch gut aufgehoben sind.

Danke an meine Community auf Instagram, die meine Zweifel-Beiträge genauso mögen wie die Positiven und mir mit ihren lieben Worten immer wieder neue Kraft und Motivation geschenkt haben.

Danke, ihr lieben VAJONA-Mädels, einfach dafür, dass es euch gibt. Das ganze Autor*innen-Ding würde ohne euch nur halb so viel Spaß machen.

Mein größter Dank gilt auch bei »A Universe FOR US« Vanessa und dem ganzen Team vom VAJONA-Verlag, die von Anfang an mich und meine Geschichten geglaubt haben und ohne die nichts davon möglich wäre.

Danke auch an meine Lektorin Désirée, die die Geschichte von Camille und Leo nicht nur so viel besser gemacht, sondern mir auch so einiges beigebracht hat. Ich freue mich schon auf weitere Projekte mit dir.

Ganz besonders möchte ich meiner Für-Immer-Freundin danken, die mich (wenn auch unfreiwillig) mit Inspiration für die Freundschaft der Elbury-Mädels versorgt und mir gezeigt hat, was dieser Begriff eigentlich bedeutet.

Danksagungen machen mich immer ein bisschen sentimental, weil sie mich an all die wichtigen Menschen in meinem Leben erinnern. Deshalb möchte ich zum Schluss euch allen danken – DANKE, dass ihr ein Teil von mir seid.

Weitere Romane der Autorin Stefanie R. Carl

Der bunte Start der Elbury University – Reihe von *Stefanie R. Carl*

A Galaxy FOR US

Stefanie R. Carl
484 Seiten
ISBN 978-3-948985-15-8
VAJONA Verlag

»Manche Menschen kommen in dein Leben und retten deine Welt, ohne es überhaupt zu merken.«

Addisons Prioritäten für ihre Zeit an der Elbury University sind klar: Spaß haben, das Leben genießen und keine Party auslassen. Dinge, die in Kians Leben keine große Rolle spielen. Zu tief sitzen seine Schuldgefühle. Zu groß ist der Schaden, den er in der Vergangenheit angerichtet hat. Als er auf Addison trifft, ist für ihn klar: Er darf sie auf keinen Fall zu sehr in seine Welt lassen, egal wie stark die Anziehungskraft zwischen ihnen ist. Addison aber denkt gar nicht daran, das Knistern zwischen ihnen zu ignorieren, und durchdringt mit ihrer fröhlichen Art Stück für Stück seine sorgfältig aufgebaute Mauer. Je näher sich die beiden kommen, desto klarer wird – ihre Geschichten gehen nicht so weit auseinander, wie es auf den ersten Blick scheint.

Der romantische Abschluss der Elbury University – Reihe von *Stefanie R. Carl*

A World FOR US

Stefanie R. Carl
ca. 450 Seiten
ISBN 978-3-948985-61-5
VAJONA Verlag

<u>Veröffentlichung: 08. Juni 2022</u>

»Warum habe ich so große Angst davor, dich zu verlieren, obwohl du nicht einmal mir gehörst?«

Rylan und Blake glauben, ihre Gefühle füreinander im Griff zu haben. Auch als sie den Kampf gegen die Anziehungskraft zwischen einander immer wieder verlieren und im Bett landen, sind sie überzeugt: Als Freunde funktionieren sie besser.
Denn für Rylan bedeutet ihre Zeit an der Elbury University, endlich sie selbst zu sein. Ohne Beziehungen, die sie in der Vergangenheit immer wieder verändert haben. Und auch Blake ist sich sicher: Er würde sich nie wieder so verletzlich machen.
Aber das Herz fragt nicht um Erlaubnis. Oder nach Plänen, Ängsten und Zweifeln, die sich hinter der selbstbewussten Fassade verstecken. Es spielt nach seinen eigenen Regeln.

Weitere Liebesromane im VAJONA Verlag

Ein Roman über Verlust, beißendem Gewissen und einem Foto, das alles ändert, von *Emma Vaughn*

Strangers Again

Emma Vaughn
Ca. 400 Seiten
ISBN 978-3-948985-31-8
VAJONA Verlag

»Durch Jamie fühlte ich mich nicht weniger einsam, durch sie fühlte ich mich nach Jahren endlich wieder lebendig.«

Endlich eigene Entscheidungen treffen zu können, darauf freut Jamie sich am meisten, als sie zu ihrem Bruder Max nach Seattle zieht. Doch Max hatte mit keinem Wort seinen Mitbewohner Sam erwähnt. Dieser hat nicht nur ein Alkoholproblem, sondern lässt Jamie immer wieder spüren, dass sie unerwünscht ist. Denn sie ist das Letzte, was Sam gebrauchen kann. Ihre Anwesenheit erinnert ihn täglich an den größten Verlust seines Lebens. Trotzdem gelingt es ihr, sich in sein gebrochenes Herz zu schleichen und es Stück für Stück wieder zusammenzusetzen. Ihre anfängliche Feindseligkeit entwickelt sich zu einer tiefen Zuneigung, bis Jamie ein Foto findet, das alles ändert …

Die neue Reihe von *Maddie Sage*

Liebe. Schauspiel. Leidenschaft.

EVERYTHING – We Wanted To Be 1

Maddie Sage
ca. 450 Seiten
ISBN 978-3-948985-45-5
VAJONA Verlag

Veröffentlichung: 27. April 2022

»Schauspiel war für mich so viel mehr als meine Leidenschaft. Es war das Ventil, das ich brauchte, um all die Schatten meiner Vergangenheit erträglicher werden zu lassen.«

Die Welt von Blair besteht aus aufregenden Partys und glamourösen Auftritten. Als Tochter eines Hollywoodregisseurs besucht sie eine der renommiertesten Schauspielschulen in LA. Doch so sehr sie sich anstrengt – ihre Bemühungen, endlich ihre eigene Karriere voranzubringen, bleiben erfolglos, obwohl sie seit Monaten von einem Casting zum nächsten hechtet.

Am Morgen nach einer Benefizgala verspätet sie sich für das Vorsprechen einer neuen Netflixserie. Während des Castings begegnet sie dem Schauspieler und Frauenschwarm Henri Marchand, den sie von der Gala am Vorabend wiedererkennt. Ausgerechnet er ist ihr Co-Star und meint, ständig seinen französischen Charme spielen lassen zu müssen.

Die Chemie zwischen den beiden stimmt auf Anhieb, sodass Blair unerwartet eine Zusage für eine der Hauptrollen erhält. Nicht nur die beiden Charaktere kommen sich mit jedem Drehtag näher, auch Blair und Henri fühlen sich immer mehr zueinander hingezogen. Aber kann sie dem Netflixstar wirklich vollkommen vertrauen?

Der fesselnde Beginn der BROKE ME-Reihe von
Vera Schaub

YOU BROKE ME First

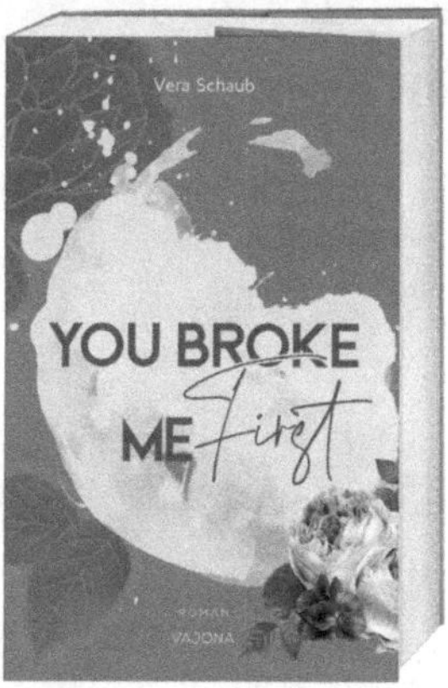

Vera Schaub
ca. 450 Seiten
ISBN 978-3-948985-43-1
VAJONA Verlag

<u>Veröffentlichung: 13. April 2022</u>

»Phoebe raubte mir nach verdammten drei Jahren immer noch den Atem und in ihrem Arm hielt sie mein neues Leben. Lilah.«

Daryl war mein Zuhause und der Mensch, den ich für immer lieben würde. Umso schlimmer hatte es mich getroffen, als er nach seinem High-School-Abschluss einfach spurlos aus meinem schutzlosen Leben verschwunden war.

Ich erkannte Phoebe sofort, als ich Jahre später wie vom Schicksal gefügt wieder vor ihr stand. Mein Herz hatte nie aufgehört für sie zu schlagen, aber ich wusste, dass ich Verantwortung zu tragen hatte, die viele in unserem jungen Alter nicht annähernd verstehen konnten. Doch was war mein Leben wert, wenn ich es nicht mit meiner Seelenverwandten teilen konnte?

Romantasy-Romane im VAJONA Verlag

Ein tragischer Romantasy-Roman mit einem außergewöhnlichen Setting von *Miriam May*

DAS ERBE – Dein Leben für meine Krone

Miriam May
356 Seiten
ISBN 978-3-948985-14-1
VAJONA Verlag

»Ein Reich, das von langen Nächten in Finsternis gehüllt wird.
Ein Herrscher, der sich seiner Krankheit beugen muss.
Eine Tradition, die ein grausames Opfer fordert.«

Callora steht kurz davor, den Thron ihres Vaters zu besteigen. Sie kann es kaum erwarten, sich als Herzogin zu beweisen und das Reich aus der Dunkelheit zu führen. Doch zunächst steht ihr eine Prüfung bevor – eine Prüfung, die Neubeginn und Ende zugleich sein soll. Kann ein Blick in Thareks tiefblaue Augen sie davon abhalten, sein Blut zu vergießen?

Ein dramatischer Romantasy-Roman
von *Vanessa Krust*

Melody of Life – Unter deinen Flügeln

Vanessa Krust
314 Seiten
ISBN 978-3-948985-03-5
VAJONA Verlag

»SEITDEM SICH MEIN KÖRPER IN EIN SCHLACHTFELD VERWANDELT HAT, HABE ICH GELERNT, WIE WICHTIG DIE ORDNUNG IST.«

Ein sanfter Luftzug, der über ihre nackten Arme weht und die kleinen Härchen aufstellt. Ein tiefer Atemzug, der ihr dabei helfen soll, ihre Angst unter Kontrolle zu bringen. Aber es hilft nichts. Denn sie kann nicht fliehen. Nicht vor ihrem eigenen Körper und nicht vor dem Tod.

Thea hat ihr tödliches Schicksal akzeptiert.
Aber Natalis ist nicht gewillt, aufzugeben. Er wird seine Flügel ausbreiten und um Theas Leben kämpfen. Bis zum bitteren Ende. Denn die beiden verbindet etwas, das tiefer geht. Tiefer als das, was sie auseinanderzureißen droht.

Doch reicht Liebe aus, um den Fängen göttlicher Vorbestimmung zu entfliehen?

Fantasyromane im VAJONA Verlag

EVENTORRA – Das schwarze Herz der Liebe

Ella C. Schenk
ca. 520 Seiten
Band 1
ISBN 978-3-948985-35-6
VAJONA Verlag

»Sei dir bewusst, dass alle Geschichten, die man dich gelehrt hat, falsch und erlogen sind. Die wahre Geschichte ist eine andere. Eine brutalere.«

Vier Hexenschwestern werden ins dunkle Königreich geschickt, um die arrangierte Bluthochzeit zwischen dem Kronprinzen und der Prinzessin aus dem Finsteren Tal zu verhindern. Eine Verbindung, die niemals eingegangen werden darf, da Eventorra sonst gänzlich in Dunkelheit zu ersticken droht.

Mithilfe ihrer Magie sollen die Hexen versuchen, dem Kronprinzen den Kuss des Todes einzuhauchen. Allerdings gerät ihr Auftrag ins Wanken, da es scheint, als ob die Königsfamilie tief in ein grausames Schicksal verstrickt ist. Zu allem Überfluss entpuppen sich der Prinz und sein Bruder auch noch als äußerst charmant und anziehend, sodass Gefühle aufkeimen, die völlig fehl am Platz sind.

Doch schon bald müssen die Schwestern feststellen, dass das ihre geringsten Probleme sind. Denn sie geraten zwischen die Fronten dreier Göttinnen und mitten hinein in eine Fehde, so uralt und von Rache geprägt, dass die Vernichtung Eventorras nahe scheint …

Die griechische Mythologie in einem grandiosen, fantasyvollen Setting von *Ani K. Weise*

ORACULUM – Fall der Götter

Ani K. Weise
ca. 550 Seiten
Band 1
ISBN 978-3-948985-41-7
VAJONA Verlag

<u>**Veröffentlichung: 30. März 2022**</u>

»Was wäre, wenn es wahr ist und sie kein Mythos sind? Wenn es sie wirklich gibt? Die Götter in Olympia!«

Bei Ausgrabungen in Griechenland stößt die Archäologin Kyra Delany mit ihren Kollegen auf einen unglaublichen Fund einer längst vergessenen Zeit. Einen Tempel zu Ehren Ares, dem Gott des Krieges. Aber was Kyra in den Tiefen Griechenlands entdeckt, ist mehr als nur ein Stück Geschichte. Inmitten der Mythen und Legenden kommt sie einer Wahrheit auf die Spur, ohne zu ahnen, dass sie schon immer ein Teil davon ist.

Episch. Atemberaubend. Emotionsgeladen.

Der Auftakt einer noch nie dagewesenen Fantasyreihe

von *Sandy Brandt*

DAS BRENNEN DER STILLE – Goldenes Schweigen

Sandy Brandt
ca. 450 Seiten
Band 1
ISBN Paperback 978-3-948985-52-3
ISBN Hardcover 978-3-948985-53-0
VAJONA Verlag

Veröffentlichung: 25. Mai 2022

»Früher hätte sich die Menschheit durch ihre Lügen fast ausgerottet – die Überlebenden haben geschworen, dass es nie wieder so weit kommt. Heute erscheint jedes gesprochene Wort narbenähnlich auf der Haut. Die Elite herrscht stumm, während die sprechende Bevölkerung als Abschaum gilt.«

Olive und Kyle kommen aus zwei verschiedenen Welten.
Die achtzehnjährige Olive lebt in einer Welt, die von absoluter Stille und Reinheit geprägt ist. Selbst unter der stummen Oberschicht gilt sie als Juwel. Kyle dagegen trägt tausende Wörter auf der Haut und ein gefährliches Geheimnis im Herzen.
Als sie gemeinsam entführt werden, sind sie überzeugt, der andere sei der Feind. Sie ahnen nicht, dass dunklere Intrigen gesponnen werden. Olive will ihr Schweigen wahren, um nicht der geglaubten Sünde zu verfallen. Und Kyle weiß, dass es für ihn tödlich enden wird, wenn das stumme Mädchen hinter sein Geheimnis kommt. Beide müssen entscheiden, welchen Preis sie für ihre Freiheit zahlen wollen – und ob sie einander vertrauen können …

Folge uns auf:

Instagram: www.instagram.com/vajona_verlag
Facebook: www.facebook.com/vajona.verlag
Website: www.vajona.de

Weitere Romane der Autorin Stefanie R. Carl

Der bunte Start der Elbury University – Reihe von
Stefanie R. Carl

A Galaxy FOR US

Stefanie R. Carl
484 Seiten
ISBN 978-3-948985-15-8
VAJONA Verlag

»Manche Menschen kommen in dein Leben und retten deine Welt, ohne es überhaupt zu merken.«

Addisons Prioritäten für ihre Zeit an der Elbury University sind klar: Spaß haben, das Leben genießen und keine Party auslassen. Dinge, die in Kians Leben keine große Rolle spielen. Zu tief sitzen seine Schuldgefühle. Zu groß ist der Schaden, den er in der Vergangenheit angerichtet hat. Als er auf Addison trifft, ist für ihn klar: Er darf sie auf keinen Fall zu sehr in seine Welt lassen, egal wie stark die Anziehungskraft zwischen ihnen ist. Addison aber denkt gar nicht daran, das Knistern zwischen ihnen zu ignorieren, und durchdringt mit ihrer fröhlichen Art Stück für Stück seine sorgfältig aufgebaute Mauer. Je näher sich die beiden kommen, desto klarer wird – ihre Geschichten gehen nicht so weit auseinander, wie es auf den ersten Blick scheint.

Der romantische Abschluss der Elbury University – Reihe von *Stefanie R. Carl*

A World FOR US

Stefanie R. Carl
ca. 450 Seiten
ISBN 978-3-948985-61-5
VAJONA Verlag

<u>Veröffentlichung: 08. Juni 2022</u>

»Warum habe ich so große Angst davor, dich zu verlieren, obwohl du nicht einmal mir gehörst?«

Rylan und Blake glauben, ihre Gefühle füreinander im Griff zu haben. Auch als sie den Kampf gegen die Anziehungskraft zwischen einander immer wieder verlieren und im Bett landen, sind sie überzeugt: Als Freunde funktionieren sie besser.
Denn für Rylan bedeutet ihre Zeit an der Elbury University, endlich sie selbst zu sein. Ohne Beziehungen, die sie in der Vergangenheit immer wieder verändert haben. Und auch Blake ist sich sicher: Er würde sich nie wieder so verletzlich machen.
Aber das Herz fragt nicht um Erlaubnis. Oder nach Plänen, Ängsten und Zweifeln, die sich hinter der selbstbewussten Fassade verstecken. Es spielt nach seinen eigenen Regeln.

Weitere Liebesromane im VAJONA Verlag

Ein Roman über Verlust, beißendem Gewissen und ein Foto, das alles ändert, von *Emma Vaughn*

Strangers Again

Emma Vaughn
Ca. 400 Seiten
ISBN 978-3-948985-31-8
VAJONA Verlag

»Durch Jamie fühlte ich mich nicht weniger einsam, durch sie fühlte ich mich nach Jahren endlich wieder lebendig.«

Endlich eigene Entscheidungen treffen zu können, darauf freut Jamie sich am meisten, als sie zu ihrem Bruder Max nach Seattle zieht. Doch Max hatte mit keinem Wort seinen Mitbewohner Sam erwähnt. Dieser hat nicht nur ein Alkoholproblem, sondern lässt Jamie immer wieder spüren, dass sie unerwünscht ist. Denn sie ist das Letzte, was Sam gebrauchen kann. Ihre Anwesenheit erinnert ihn täglich an den größten Verlust seines Lebens. Trotzdem gelingt es ihr, sich in sein gebrochenes Herz zu schleichen und es Stück für Stück wieder zusammenzusetzen. Ihre anfängliche Feindseligkeit entwickelt sich zu einer tiefen Zuneigung, bis Jamie ein Foto findet, das alles ändert …

Die neue Reihe von *Maddie Sage*
Liebe. Schauspiel. Leidenschaft.

EVERYTHING – We Wanted To Be 1

Maddie Sage
ca. 450 Seiten
ISBN 978-3-948985-45-5
VAJONA Verlag

Veröffentlichung: 27. April 2022

»Schauspiel war für mich so viel mehr als meine Leidenschaft. Es war das Ventil, das ich brauchte, um all die Schatten meiner Vergangenheit erträglicher werden zu lassen.«

Die Welt von Blair besteht aus aufregenden Partys und glamourösen Auftritten. Als Tochter eines Hollywoodregisseurs besucht sie eine der renommiertesten Schauspielschulen in LA. Doch so sehr sie sich anstrengt – ihre Bemühungen, endlich ihre eigene Karriere voranzubringen, bleiben erfolglos, obwohl sie seit Monaten von einem Casting zum nächsten hechtet.
Am Morgen nach einer Benefizgala verspätet sie sich für das Vorsprechen einer neuen Netflixserie. Während des Castings begegnet sie dem Schauspieler und Frauenschwarm Henri Marchand, den sie von der Gala am Vorabend wiedererkennt. Ausgerechnet er ist ihr Co-Star und meint, ständig seinen französischen Charme spielen lassen zu müssen.
Die Chemie zwischen den beiden stimmt auf Anhieb, sodass Blair unerwartet eine Zusage für eine der Hauptrollen erhält. Nicht nur die beiden Charaktere kommen sich mit jedem Drehtag näher, auch Blair und Henri fühlen sich immer mehr zueinander hingezogen. Aber kann sie dem Netflixstar wirklich vollkommen vertrauen?

Der fesselnde Beginn der BROKE ME-Reihe von
Vera Schaub

YOU BROKE ME First

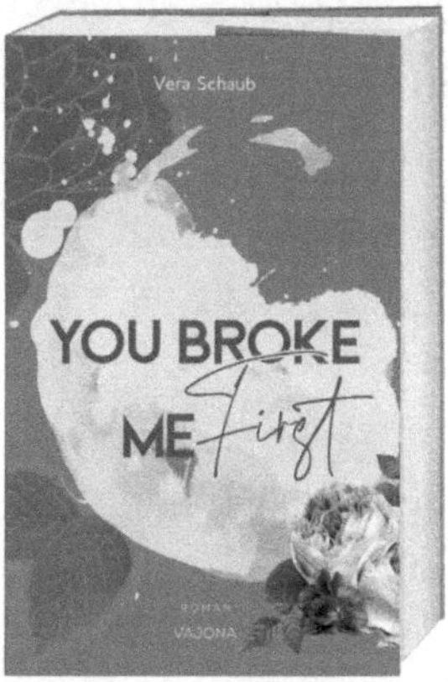

Vera Schaub
ca. 450 Seiten
ISBN 978-3-948985-43-1
VAJONA Verlag

<u>Veröffentlichung: 13. April 2022</u>

»Phoebe raubte mir nach verdammten drei Jahren immer noch den Atem und in ihrem Arm hielt sie mein neues Leben. Lilah.«

Daryl war mein Zuhause und der Mensch, den ich für immer lieben würde. Umso schlimmer hatte es mich getroffen, als er nach seinem High-School-Abschluss einfach spurlos aus meinem schutzlosen Leben verschwunden war.

Ich erkannte Phoebe sofort, als ich Jahre später wie vom Schicksal gefügt wieder vor ihr stand. Mein Herz hatte nie aufgehört für sie zu schlagen, aber ich wusste, dass ich Verantwortung zu tragen hatte, die viele in unserem jungen Alter nicht annähernd verstehen konnten. Doch was war mein Leben wert, wenn ich es nicht mit meiner Seelenverwandten teilen konnte?

Ein dramatischer Romantasy-Roman
von *Vanessa Krust*

Melody of Life – Unter deinen Flügeln

Vanessa Krust
314 Seiten
ISBN 978-3-948985-03-5
VAJONA Verlag

»SEITDEM SICH MEIN KÖRPER IN EIN SCHLACHTFELD VERWANDELT HAT, HABE ICH GELERNT, WIE WICHTIG DIE ORDNUNG IST.«

Ein sanfter Luftzug, der über ihre nackten Arme weht und die kleinen Härchen aufstellt. Ein tiefer Atemzug, der ihr dabei helfen soll, ihre Angst unter Kontrolle zu bringen. Aber es hilft nichts. Denn sie kann nicht fliehen. Nicht vor ihrem eigenen Körper und nicht vor dem Tod.

Thea hat ihr tödliches Schicksal akzeptiert.
Aber Natalis ist nicht gewillt, aufzugeben. Er wird seine Flügel ausbreiten und um Theas Leben kämpfen. Bis zum bitteren Ende. Denn die beiden verbindet etwas, das tiefer geht. Tiefer als das, was sie auseinanderzureißen droht.

Doch reicht Liebe aus, um den Fängen göttlicher Vorbestimmung zu entfliehen?

Fantasyromane im VAJONA Verlag

EVENTORRA – Das schwarze Herz der Liebe

Ella C. Schenk
ca. 520 Seiten
Band 1
ISBN 978-3-948985-35-6
VAJONA Verlag

»Sei dir bewusst, dass alle Geschichten, die man dich gelehrt hat, falsch und erlogen sind. Die wahre Geschichte ist eine andere. Eine brutalere.«

Vier Hexenschwestern werden ins dunkle Königreich geschickt, um die arrangierte Bluthochzeit zwischen dem Kronprinzen und der Prinzessin aus dem Finsteren Tal zu verhindern. Eine Verbindung, die niemals eingegangen werden darf, da Eventorra sonst gänzlich in Dunkelheit zu ersticken droht.
Mithilfe ihrer Magie sollen die Hexen versuchen, dem Kronprinzen den Kuss des Todes einzuhauchen. Allerdings gerät ihr Auftrag ins Wanken, da es scheint, als ob die Königsfamilie tief in ein grausames Schicksal verstrickt ist. Zu allem Überfluss entpuppen sich der Prinz und sein Bruder auch noch als äußerst charmant und anziehend, sodass Gefühle aufkeimen, die völlig fehl am Platz sind.
Doch schon bald müssen die Schwestern feststellen, dass das ihre geringsten Probleme sind. Denn sie geraten zwischen die Fronten dreier Göttinnen und mitten hinein in eine Fehde, so uralt und von Rache geprägt, dass die Vernichtung Eventorras nahe scheint …

Die griechische Mythologie in einem grandiosen, fantasyvollen Setting von *Ani K. Weise*

ORACULUM – Fall der Götter

Ani K. Weise
ca. 550 Seiten
Band 1
ISBN 978-3-948985-41-7
VAJONA Verlag

<u>Veröffentlichung: 30. März 2022</u>

»Was wäre, wenn es wahr ist und sie kein Mythos sind? Wenn es sie wirklich gibt? Die Götter in Olympia!«

Bei Ausgrabungen in Griechenland stößt die Archäologin Kyra Delany mit ihren Kollegen auf einen unglaublichen Fund einer längst vergessenen Zeit. Einen Tempel zu Ehren Ares, dem Gott des Krieges. Aber was Kyra in den Tiefen Griechenlands entdeckt, ist mehr als nur ein Stück Geschichte. Inmitten der Mythen und Legenden kommt sie einer Wahrheit auf die Spur, ohne zu ahnen, dass sie schon immer ein Teil davon ist.

Folge uns auf:

Instagram: www.instagram.com/vajona_verlag
Facebook: www.facebook.com/vajona.verlag
Website: www.vajona.de